Le retour de lord Melrose

JULIET LANDON

Le retour de lord Melrose

LES HISTORIQUES

*éditions*Harlequin

Cet ouvrage a été publié en langue anglaise
sous le titre :
HIS DUTY, HER DESTINY

Traduction française de
JACQUES CEZANNE

Illustration de couverture :
© PINO DAENI / THOMAS SCHLUCK

83-85, boulevard Vincent-Auriol, 75013 PARIS — Tél. : 01 42 16 63 63
Service Lectrices — Tél. : 01 45 82 47 47
ISBN 978-2-2808-3517-6 — ISSN 1159-5981

Chère lectrice,

« A cœur vaillant, rien d'impossible », affirme-t-on. Une certitude partagée par vos six héroïnes de ce mois qui, toutes, vont relever par amour d'incroyables défis… Ainsi, en 871, époque des invasions vikings, Gemma, une jeune orfèvre chargée de restaurer *Le sceptre d'or* magique des rois de Wessex, met sa vie en péril en recueillant chez elle un inconnu blessé, ennemi des Vikings, qu'elle fait passer pour son mari… Plus tard, en 1229, Seona *La fiancée écossaise* est prête à soulever des montagnes pour épouser l'homme que son cœur a choisi. Peu lui importe le scandale ; elle ne laissera personne s'opposer à son bonheur — pas même le roi… Découvrez vite cette deuxième partie de *Noces celtiques*, la saga médiévale de Margaret Moore. Toujours au Moyen Age, mais cette fois à la Cour d'Aliénor d'Aquitaine, lady Ivy doit relever un défi d'un tout autre ordre : apprendre les règles de l'amour courtois à un fougueux chevalier qui séduit toutes les dames de la Cour. Une mission d'autant plus délicate que *Le chevalier de la reine* lui inspire à elle aussi d'inavouables tentations. Trois siècles plus tard, en 1473, lady Nicola livre également bataille… au sens propre ! Habile au maniement de l'épée, elle brave les convenances en portant le pourpoint et se jure de ne jamais succomber aux affres de la passion. Mais c'est compter sans *Le retour de lord Melrose*… Autre époque, autre défi : en 1815, Alexandra cache sous sa robe de mariée, non pas une jarretière, mais… un pistolet. Que compte-t-elle en faire ? Vous le saurez en assistant aux *Noces du scandale*. Toujours sous la Régence anglaise, lady Miranda, seule dans son lit, se pose cette épineuse question : comment transformer un mariage de convenance en un mariage d'amour ? Et l'idée qui lui vient alors va bouleverser sa vie…

Enfin, le 1er novembre, ne manquez pas, dans la collection Best Sellers, *Le secret du Nil*, de Shannon Drake.

Bonne lecture et rendez-vous en décembre,

La responsable de collection

À cette époque...

Les deux héros de ce roman médiéval ont été fiancés dans l'enfance par leurs parents...

Intervenant après la demande en mariage, les fiançailles constituent une promesse de mariage, prononcée par les deux fiancés (appelés aussi promis et promise jusqu'au XIXème siècle), ou par leurs parents si ceux-ci sont trop jeunes. Le mot désigne en outre la période qui s'écoule entre cette promesse et les noces.

La promesse de mariage existait déjà au Moyen Âge. Les fiançailles, selon le droit romain, étaient surtout soumises aux règles définies par l'Eglise (donc au tribunal matrimonial épiscopal) ; à cela s'ajoutaient des dispositions venues du droit germanique, qui faisaient des fiançailles un contrat écrit ou oral établi entre le fiancé et le père de la fiancée (plus tard, la fiancée elle-même). Comme lors d'un achat, le contrat, souvent établi en présence de témoins, clarifiait la répartition des biens et les modalités de succession. Au Moyen Âge et aux siècles suivants encore, le contrat était scellé par une poignée de mains, un verre de vin partagé, un repas de fiançailles et/ou la remise d'un gage, appelé arrhes du XIIIème au XVIIème siècle, consistant en divers objets ou en monnaie.

1.

Rejetant d'un geste altier son lourd manteau par-dessus son épaule, Nicola empoigna la rapière et fit face à son adversaire, un sourire aux lèvres.

— Etes-vous prêt ? demanda-t-elle d'une voix douce.

Le jeune homme semblait déjà regretter de s'être mis ainsi en difficulté, en prétendant qu'elle ne connaissait rien à l'art de l'escrime à l'italienne. Il ignorait, bien évidemment, qu'elle possédait une paire de fleurets qu'elle utilisait à cet effet depuis des années.

— Et maintenant, comment dois-je faire ? s'enquit-elle innocemment.

— De votre mieux, milady…, répondit-il avec une légère hésitation.

— Ne devrions-nous pas ôter ces mouches ridicules de la pointe de nos épées ?

— Ce… n'est pas conseillé quand on s'entraîne…, bredouilla le jeune homme.

— Bah ! Qu'avons-nous à faire d'être prudents ? Cela nous changera un peu.

— Vraiment, milady ? Etes-vous sûre de…

— Certaine. Ah, voilà qui est mieux ! Maintenant, en garde ! Est-ce comme cela que l'on dit ?

Cela faisait des semaines que ce godelureau l'agaçait, et il commençait à être temps de s'en débarrasser.

Il devait avoir vingt-quatre ans tout au plus, et jugeait apparemment l'escrime à pointe nue dangereuse, car il semblait sur la défensive, presque apeuré même, et visiblement surpris par la maîtrise qu'affichait Nicola. Seuls les nobles prenaient ce genre d'exercice au sérieux, et la plupart tenaient leur connaissance du métier des armes d'un séjour en France ou en Italie.

Mais les femmes, bien sûr, n'étaient pas censées s'y connaître le moins du monde.

Nicola Coldyngham, cependant, tirait l'épée avec ses quatre frères depuis sa plus tendre enfance. Agile et experte, elle savait depuis longtemps tenir tête aux hommes, car il n'y avait pas de place dans sa famille pour une mauviette.

Surpris par son attaque soudaine, le jeune homme leva sa rapière une seconde trop tard, si bien que celle-ci vola dans les airs avant même qu'il ait eu le temps de s'échauffer.

— Oh, pardon ! s'exclama Nicola, comme si elle faisait mine de s'excuser. Voulez-vous que nous recommencions ?

— Je vois que vous êtes entraînée, répondit-il d'un ton aigre en ramassant son arme, piqué au vif de se voir si facilement défait. Vous auriez pu me prévenir.

— Je l'ai fait, hier soir, mais vous ne m'avez pas crue. Allons, en garde !

Il entama l'assaut suivant avec une détermination nouvelle, mais avec un peu de rancœur également, se demandant comment une aussi jolie femme, qui devait hanter les rêves de tous ceux qui la rencontraient, pouvait l'avoir vaincu dans cet exercice masculin entre tous. Mais à trop se concentrer sur cette question, il en oublia de tenir sa garde, et se retrouva bientôt sous le coup d'une attaque qui ne lui laissa pas le temps de réagir.

Pour la seconde fois, son épée traversa la pièce pour aller frapper le sol dans un grand vacarme d'acier, juste aux pieds d'un homme aux larges épaules, qui venait de s'encadrer dans la porte et regardait les deux combattants avec une expression énigmatique. L'inconnu secoua la tête d'un air dégoûté en posant le pied sur la lame encore vibrante, et jeta au jeune homme un regard plein de pitié et de mépris.

Sans demander son reste, celui-ci s'inclina devant Nicola et quitta la salle par la porte du fond en la claquant derrière lui.

La pointe de son épée, qu'elle posait à terre pour s'y appuyer, toucha le sol avant même que Nicola s'aperçoive que l'intrus n'était pas exactement un inconnu pour elle, et que son regard arrogant et inquisiteur lui rappelait exactement le souvenir qu'elle gardait de lui. Alors qu'elle était à peine sortie de l'enfance, il l'avait regardée avec dédain du haut de ses seize ans, se montrant même particulièrement rustre à son égard, en dépit de la protection de ses frères.

Lentement, il s'éloigna de la porte ouverte en dégrafant son pourpoint, dont il se défit comme d'une seconde peau désormais inutile, le laissant choir au sol sans un regard. Il ramassa ensuite la rapière et vint se placer dans la lumière, sans lâcher Nicola du regard, ni afficher la moindre surprise devant le changement opéré par les années sur le corps et le visage de la jeune femme.

— Essayons un peu, lança-t-il d'une voix calme, en faisant tourner la pointe de son épée. Moi non plus je ne me sers pas d'une mouche pour m'entraîner…

Nicola remarqua une transformation sensible dans sa voix, une basse profonde ayant remplacé le fausset hésitant de ses seize ans. Disparu également, son accent écossais guttural et sonore, même si le ton autoritaire dont il usait semblait, lui, ne l'avoir jamais quitté.

Si la famille de Nicola pouvait s'enorgueillir de descendre d'une lignée sans rivale en Angleterre, celle de l'intrus possédait une fortune qui lui donnait apparemment le droit de se croire supérieur au reste du monde, et par conséquent de commander tout un chacun sans vergogne.

Elle comptait bien lui montrer rapidement qu'il se trompait.

Pour toute réponse, elle tendit le bras, touchant de la pointe de sa rapière celle de son adversaire, les yeux fixés sur lui, persuadée néanmoins que les choses ne seraient pas aussi faciles qu'avec le godelureau.

D'abord, il avait cinq ans de plus qu'elle, et même si on la disait grande pour une femme, sir Fergus Melrose la dépassait largement. Il possédait un physique impressionnant, et le teint hâlé d'un homme habitué à vivre dans le vent et l'air marin. Ses poignets semblaient deux fois plus larges que les siens, et son corps délié paraissait avoir été taillé pour exercer le métier des armes.

Elle portait des braies de cuir d'agneau, d'ordinaire réservées aux hommes, et un pourpoint matelassé assez court, ayant choisi de se vêtir ainsi pour affronter son adversaire du matin.

Une natte épaisse contenait tant bien que mal sa chevelure opulente et sombre, mais nul n'aurait pu confondre son corps avec celui d'un garçon en voyant son pourpoint s'ouvrir sur sa poitrine, et la façon dont ses hanches remplissaient ses braies de cuir.

Les manches de sir Fergus, remontées jusqu'au coude, révélaient ses poignets puissants, et il venait de tirer le cordon qui fermait sa chemise, dévoilant son torse bruni par le soleil. Il s'agissait là d'une manœuvre destinée à détourner l'attention de l'adversaire, que Nicola connaissait pour avoir vu ses frères l'employer souvent. Nullement prise au dépourvu par cette ruse, elle résista fort bien à l'assaut, même si elle n'eut pas le loisir de porter une attaque, tant les coups pleuvaient sur elle.

Sir Fergus Melrose fit mine de reprendre sa garde comme un homme acculé à la défensive, dans le but évident de leurrer son adversaire en l'incitant à reprendre confiance. Mais encore une fois elle déjoua ce piège, refusant d'y tomber en avançant sur lui. La fatigue commençait à la gagner cependant et, à mesure qu'il accentuait la pression sur elle, elle sentait la sueur brûlante qui perlait à son front l'aveugler par moments, et le lin de sa chemise coller à sa peau.

Elle trouvait intimidante sa façon de combattre, car, outre qu'il faisait montre d'une énergie incroyable, il la surpassait grandement dans sa maîtrise de cet art, ne transpirant même pas malgré la vigueur de ses assauts. A tel point qu'au lieu d'anticiper ses attaques comme elle aurait dû le faire, Nicola se demandait combien de temps passerait encore avant que son arme lui soit arrachée des mains, et n'aille traverser la pièce comme celle de son adversaire précédent.

Après un échange vigoureux, elle baissa la pointe de son épée l'espace d'un instant. Faisant passer la sienne d'une main dans l'autre, Fergus la força, d'un geste, à relever sa lame en la défiant du geste et de la voix.

— Je pourrais vous battre de la main gauche !

La manœuvre semblait osée, mais Nicola n'eut pas le temps de le toucher, ni même de tenter d'effacer le sourire narquois qui flottait sur ses lèvres.

Pantelante et rompue de fatigue, elle commit une erreur

fatale, sentant, l'instant d'après, la pointe tranchante comme un rasoir entamer le fin tissu de sa chemise. Elle fit un bond en arrière et lâcha précipitamment son épée pour couvrir d'une main son sein découvert, tout en essayant de repousser Fergus Melrose de l'autre.

Mais il la tenait désormais acculée contre le mur, lui faisant de son corps une barrière infranchissable, le visage si près du sien qu'elle pouvait lire dans ses yeux gris l'intrépidité farouche qui avait fait, longtemps auparavant, son admiration autant que sa frayeur.

— Eh bien ! lança-t-il en contemplant la chevelure sombre de Nicola désormais libre. Certaines choses ont changé, il me semble, mais pas votre tempérament ! Si vous tenez absolument à jouer à des jeux d'hommes, il va falloir vous exercer…

Elle le fusilla du regard, brûlant de colère de le voir la serrer de si près, et écumant de rage contre sa propre impuissance.

— Quel droit avez-vous, répliqua-t-elle d'une voix qui trahissait son émotion, à travers le rideau de ses cheveux, de faire irruption dans ma demeure sans y avoir été invité ? Comment sauriez-vous si les choses ont changé ici, après une si longue absence ? Quant à mon tempérament, comme vous dites, j'en suis seule maîtresse et entends le rester ! Ecartez-vous !

Là-dessus, elle tenta de le repousser du bras, mais il semblait aussi inébranlable qu'un mur. Au lieu de reculer, il lui prit la main qu'elle tenait devant sa poitrine et la força à l'ouvrir, révélant sur sa paume une tache toute poisseuse de sang.

Fergus fit un pas en arrière pour inspecter le tissu lacéré de sa chemise et l'ombre rouge qui s'y dessinait, contemplant cet étrange spectacle avec de tels yeux qu'elle comprit instantanément qu'il n'avait pas voulu lui infliger cette blessure.

Cela rappela à Nicola les jeux de leur enfance, au cours

desquels elle se blessait souvent en essayant d'imiter ses frères, sans que Fergus s'émeuve le moins du monde des plaies et bosses qu'elle récoltait, ni du fier silence qu'elle gardait à leur propos.

Amis de longue date, leurs pères les avaient promis l'un à l'autre, à l'époque, mais comment un garçon manqué comme elle, âgé d'à peine onze ans, aurait-il pu comprendre les implications d'une telle promesse ? Et quel chenapan de seize ans, qui ne rêvait que d'aventures, n'aurait préféré à la compagnie de cette sauvageonne celle de ses frères ? Fergus avait sans doute bien trop de rêves en tête pour se soucier du serment de ses parents.

Nicola fit mine de tourner les talons, mais ses jambes tremblantes la trahirent tout à coup, et elle allait s'effondrer sur le sol lorsqu'il la saisit dans ses bras. Elle vit la fenêtre danser devant elle un instant, avant de grimacer sous la douleur. Serrant les dents, elle sentit sa colère revenir avec une force renouvelée.

— Lâchez-moi ! Et laissez-moi partir, monsieur ! Je n'ai nul besoin de vous. Mon régisseur…

Mais Fergus ne relâcha nullement son étreinte. Il la porta, toute fulminante d'humiliation, à moitié dépoitraillée. Et, après avoir monté un escalier étroit, passant deux portes et traversant deux couloirs sombres, il la déposa sur son grand lit, gardant les bras autour d'elle pour éviter qu'elle ne s'enfuie, sans prêter la moindre attention à ses protestations.

Elle ne se priva pas cependant de crier qu'elle pouvait très bien se débrouiller sans lui.

L'ombre sur le visage de Fergus l'empêchait de savoir s'il était affecté d'une quelconque façon par son état. Mais ses intentions lui parurent vite évidentes lorsque, saisissant ses deux poignets d'une main ferme, il les plaqua contre l'oreiller de brocart sur lequel reposait sa tête, réveillant la douleur que lui causait sa blessure.

Une terreur atroce la saisit.

— Non ! s'étrangla-t-elle, la gorge nouée par la peur. Je vous en supplie, non !

— Taisez-vous, ma belle, répliqua Fergus. J'ai le droit de savoir quel mal je vous ai fait... Et je doute fort que vous me laissiez regarder sans que je vous y force un peu.

— Vous n'avez aucun droit sur moi, et n'êtes pas le bienvenu ici ! Qui vous a convié ? Sûrement pas moi, en tout cas !

— C'est votre frère George qui m'a invité. Je suis venu un peu tôt, voilà tout, et en tant que votre futur époux, j'exige de pouvoir inspecter moi-même la marchandise. Tenez-vous tranquille !

Tout en parlant, il écarta le pourpoint, qui s'ouvrit de lui-même, puis la chemise trempée de sang, si bien qu'il découvrit la moitié d'un sein. Sur le galbe courait une ligne rouge.

Muette, morte de honte, Nicola chercha son regard, espérant vaguement voir dans ses yeux l'ombre d'un remords. Mais au lieu de l'odieux adolescent d'autrefois, elle trouva devant elle un homme totalement incapable d'éprouver le moindre scrupule, et d'une arrogance comme elle n'avait pas souvenir d'en avoir jamais vu chez aucun de ses soupirants.

Aucun d'entre eux, bien évidemment, n'aurait osé se comporter avec elle d'une manière aussi ignominieuse.

Un changement inouï semblait s'être opéré en lui pendant ces douze années, affermissant ses traits et sculptant son visage. Ses pommettes hautes, ses joues fermes, ses yeux d'un gris profond, sa mâchoire carrée, tout chez cet homme était parfait. Ses cheveux noirs et drus, qu'il portait courts, barraient son front d'une frange nette, renforçant encore la volonté farouche qu'on lisait dans son regard. Une fine cicatrice courait de sa tempe presque jusqu'au sourcil, et un anneau d'or ornait l'une de ses oreilles. Enfin, il émanait de sa personne une odeur envoûtante, que Nicola n'arrivait pas à définir. Cela sentait le grand air, peut-être même l'océan.

En tout cas, mieux valait pour lui qu'il évite, à l'avenir, de mentionner une fois encore sa qualité de futur époux.

— Allons, vous n'êtes pas trop abîmée, remarqua-t-il du ton d'un homme se disposant à acheter un cheval. Je vous prendrai en l'état, malgré votre blessure.

— Jamais ! M'entendez-vous ? Jamais, dussiez-vous être le dernier Anglais valide en ce royaume... A présent, hors d'ici, je vous ai assez vu ! Cette demeure est la mienne. Sortez !

Fergus n'esquissa même pas un geste pour couvrir la chair nue de sa victime.

— En ce cas, il vaut mieux pour moi que je sois écossais, n'est-ce pas ? demanda-t-il sur un ton de raillerie, visiblement conscient qu'elle se jetterait sur lui dès qu'elle serait libre de ses mouvements.

Il relâcha son étreinte avec circonspection, s'écartant d'un mouvement souple pour se mettre hors de portée de ses griffes, au moment même où deux servantes pénétraient dans la pièce, sans doute alertées par les cris furieux de leur maîtresse.

Fort heureusement, elles arrivèrent trop tard pour la voir rouler à bas du lit et tirer pudiquement sur sa poitrine la chemise déchirée, mais, en l'observant de plus près, elles durent remarquer quelques larmes qui perlaient à ses yeux, et que seule la longueur de ses cils empêchait encore de tomber.

Elles virent aussi, à leur grand dam, les traces de sang sur le tissu blanc. Mais, malgré leur surprise, c'étaient des femmes qui savaient se taire quand la nécessité le commandait.

Ce qui explique pourquoi peu de gens surent exactement

ce qui se passa, ce matin de juin de l'an de grâce 1473, dans la demeure de lady Nicola Coldyngham, à Bishopsgate.

Après une absence de douze longues années, ce n'était peut-être pas la meilleure façon pour sir Fergus Melrose de se présenter à nouveau devant lady Nicola. Quoique cela ressemblât fort à leurs brèves rencontres d'antan, après lesquelles, invariablement, elle rentrait toujours chez elle couverte de plaies et de bosses. Il se souvenait d'avoir vu en elle, à l'époque, un vrai garçon manqué, avec sa bouche trop grande et l'oblique de ses yeux, qui lui donnait l'air d'un lutin espiègle.

A présent, ses lèvres s'accordaient mieux à son visage de femme, et Fergus lui trouvait le menton charmant, mais l'intensité de son regard le troublait toujours autant. Et il devait même avouer qu'il avait eu bien du mal à se concentrer, durant leur joute, tant son hostilité et le défi qu'elle semblait lui lancer l'impressionnaient malgré lui.

Il aurait pu se noyer dans ces yeux magnifiques.

Au-delà de la colère, il y lisait d'abord une énergie indomptable, et peut-être aussi une certaine appréhension. Cela lui rappelait les moments où, essayant d'imiter ses frères en tout point, elle se rendait compte, malgré sa volonté farouche, de la difficulté qu'il y avait pour une toute jeune fille à accomplir tel ou tel exploit. Même s'il n'avait alors que seize ans, Fergus comprenait fort bien que l'attitude de Nicola constituait sa seule défense contre l'indifférence de sa mère.

Peu maternelle en effet, celle-ci — qui se trouvait être la troisième épouse de lord Coldyngham — la négligeait depuis ses trois ans, et la petite réagissait à cet abandon en se comportant en toute chose comme un garçon, espérant sans doute s'attirer ainsi les bonnes grâces des adultes, aux yeux desquels seuls les mâles semblaient avoir de l'importance.

En repensant à la jeune femme qu'il venait de blesser, Fergus ne put s'empêcher de constater, à sa grande surprise mais aussi à son grand soulagement, que sa féminité ne semblait pas avoir été affectée, même si elle conservait dans sa manière de se mouvoir quelques traits masculins assez intrigants.

Revenant sur ses pas, il traversa la grande salle sur laquelle s'ouvrait l'entrée, remarquant, au passage, qu'elle n'avait pas les dimensions impressionnantes de celles de la demeure que possédait la famille de Nicola dans le Wiltshire, et dont les hautes fenêtres s'ornaient de vitraux portant les armes des Coldyngham.

Quoique respectée et puissante, sa famille à lui ne pouvait s'enorgueillir que de quatre générations d'ancêtres écossais, ceux-ci ayant acquis leurs richesses et leur statut par les moyens habituels — c'est-à-dire, en général, la force — mais aussi, chose moins courante, grâce à un sens des affaires étonnant.

Il venait, enfin, tenir la promesse faite à son père un an plus tôt, sur le lit de mort de ce dernier, et devait rencontrer le frère aîné de la jeune femme, George, qui assumait désormais le titre de lord Coldyngham après le décès de leur géniteur. Il n'y avait aucun risque pour que Nicola ait fait à son frère le récit de leur combat, car il la savait bien trop fière pour demander à quiconque de la plaindre.

Il l'entendait encore lui lancer comme un défi qu'elle pouvait fort bien se débrouiller sans lui, et surtout qu'elle s'étonnait qu'il la trouve changée. Il lui semblait même avoir perçu dans ces paroles un peu de dépit. Mais plus encore que le souvenir de cet échange doux-amer, c'était celui de son corps léger entre ses bras et de son sein nu à la peau veloutée qui le hantait. De sa vie, il n'avait vu spectacle plus charmant que ce tétin d'une blancheur de lait, sur lequel courait un fin liseré rouge sang.

En douze ans, on pouvait s'attendre à des transformations immenses chez une jeune fille, mais jamais il n'aurait imaginé qu'une sauvageonne si peu soigneuse de sa personne puisse devenir cette femme superbe et fougueuse qui venait, quelques heures plus tôt, de le défier les armes à la main.

Ayant passé vraisemblablement toutes ces années à s'entraîner et à se battre, elle possédait un corps de rêve, affûté comme une lame, même si ses courbes voluptueuses — inimaginables chez la garçonne d'autrefois — lui conféraient une vulnérabilité émouvante. En fait, lors de leur joute, le plus difficile avait été précisément de ne pas se laisser troubler par cette féminité bouleversante. Il aurait pu la défaire en quelques instants, certes, mais fasciné par la grâce de ses gestes et l'ombre délicate de ses seins dansant sous la chemise de lin, il avait prolongé leur combat bien au-delà du raisonnable pour profiter du spectacle. Ce qui expliquait, à coup sûr, qu'il l'eût blessée involontairement, l'esprit sans doute trop troublé par cette vision.

Pour autant, elle semblait toujours aussi rétive et rebelle qu'autrefois. A onze ans, elle refusait obstinément de se conformer aux usages en vigueur concernant l'éducation des jeunes filles, ne faisant aucun effort pour se montrer docile ou obéissante, ce qui n'avait fait, à l'époque, qu'aggraver la réticence et la froideur de Fergus à l'égard de cette fille que leurs parents s'obstinaient à lui destiner.

Se serait-il soumis plus volontiers aux injonctions de son père s'il avait su, alors, qu'elle deviendrait un jour aussi étonnamment belle et désirable ? L'aurait-il aussi violemment désirée aujourd'hui ? Car il avait d'envie d'elle, bon sang ! Pourquoi le nier ? Sa féminité exubérante et singulière le rendait fou en même temps qu'elle l'intriguait. Quoi qu'il advienne, il devrait bientôt lui prouver qu'il n'était pas le rustre dont elle gardait sans doute le souvenir cuisant. Et il ferait bien de se présenter à elle sous un meilleur jour avant longtemps, car elle pourrait, sans cela, tenter de lui échapper à n'importe quel prix.

Et Dieu seul savait ce qu'elle pourrait imaginer pour ce faire ! Les femmes avaient toujours le don de surprendre ceux qui les croyaient prévisibles…

D'un geste décidé, il passa son pourpoint de velours brodé, l'ajustant sur ses hanches d'un coup sec, puis prit son chapeau orné d'une plume de faisan sur le coussin où il l'avait laissé un peu plus tôt, le gardant à la main en attendant l'arrivée imminente de George, lord Coldyngham.

A présent qu'il se trouvait sur place, il désirait ardemment conclure l'affaire sans attendre, car la promesse faite aux défunts ne pouvait plus être différée. Fergus regrettait d'autant plus amèrement l'absence de ceux-ci que la jeune femme risquait fort de renâcler. Nul doute qu'elle se serait soumise plus volontiers à l'autorité paternelle qu'à celle de son frère.

Un fracas de sabots dans la cour lui fit tendre l'oreille tout à coup. Il se leva d'un bond, un large sourire sur le visage pour la première fois de la matinée.

La porte s'ouvrit à la volée quelques instants plus tard.

— George ! Ou plutôt, milord Coldyngham, c'est bien ainsi qu'il convient de s'adresser à toi ? Te voilà enfin, mon ami ! s'écria Melrose.

— Fergus ! Pardon… sir Fergus, répondit le nouvel arrivant en imitant son compagnon. Quel plaisir de te revoir ! Tu m'as l'air d'être dans une forme étonnante ! Et voyez-vous ça, aucune blessure fraîche… Ah, ça ! Te serais-tu enfin calmé ?

Les deux hommes se congratulèrent abondamment, s'assénant de grands coups sur l'épaule. Comme entre tous les hommes de leur âge, la rivalité le disputait à l'amitié.

— Si fait ! J'en ai une ici, corrigea Fergus en tapotant du plat de la main la manchette mordorée de son bras gauche, ce qui lui rappela le regard vexé de Nicola en le voyant changer son épée de côté. Je m'efforce de me servir de ce poignet le plus possible. Avant longtemps il n'y paraîtra plus.

— Fort bien, remarqua George. Est-ce l'intendant qui t'a fait ouvrir les portes ? Et Nicola, est-elle déjà descendue te saluer ? Pas encore ? Cela m'étonne, car elle apprécie de jouer les maîtresses de maison, depuis qu'elle vit dans cette demeure.

Fergus sembla discerner comme une mise en garde dans ces paroles, mais se garda de tout commentaire.

— J'ai été désolé d'apprendre le trépas de ton père, poursuivit le frère de la jeune femme. Ses funérailles ont eu lieu en mer, je crois ?

— Oui. Des pirates barbaresques l'ont tué, en octobre, alors qu'il rentrait des côtes d'Afrique. Que le diable leur déchire les entrailles ! Ma mère t'adresse ses salutations, ainsi que ses condoléances pour la perte qui vous frappe, vous aussi. Je crois comprendre que Nicola a reçu cette demeure en héritage.

— En effet, répondit George.

Il balaya d'un regard nostalgique les tapisseries qui ornaient les murs de la pièce, les poutres peintes de motifs multicolores et, au sol, les carreaux de terre cuite rouge encadrant de larges plaques de granit poli.

Une longue table se dressait contre le mur à droite, sur laquelle on semblait avoir préparé de quoi servir une collation. Plusieurs coupes d'étain attendaient d'être remplies, et un assortiment de vaisselle de bois et de métal rutilait sous la lumière du soleil, qui entrait généreusement par deux hautes fenêtres. Comme au signal, des serviteurs entrèrent justement, portant des victuailles.

— Mon père résidait ici quand les sessions du Parlement lui imposaient d'être à Londres, expliqua lord Coldyngham. Il a légué cette demeure à Nicola en lieu et place d'une dot. Je suppose qu'il pensait ainsi lui donner l'indépendance qu'elle a toujours souhaitée. Mais je dois dire que personne dans la famille, sauf elle, apparemment, ne pensait qu'elle viendrait vivre ici pour de bon. Rassure-toi, elle a toute une maisonnée pour s'occuper des lieux, et le fait de vivre juste à côté d'un prieuré rend peut-être la chose un peu plus admissible… Tu sais ce que pensent les gens des femmes qui veulent s'émanciper… Surtout vu la façon dont elle le fait !

George fixa le buffet débordant de nourriture, d'un air perplexe et légèrement réprobateur.

— Quoi qu'on en dise, Nicola sait diriger sa maison, mais je dois dire que ni Charlotte ni moi-même n'apprécions beaucoup qu'elle tienne table ouverte comme le faisait notre père. Je ne crois pas qu'elle mesure le danger qu'elle court en agissant de la sorte. Et il est tout à fait impossible de la convaincre de se trouver un mari… J'imagine que sa vie lui convient parfaitement telle qu'elle est, et qu'elle n'a aucune intention d'en changer.

Encore une fois, Fergus sentit comme une mise en garde dans ces propos, qu'il préféra cependant ne pas relever.

— Et Daniel ? s'enquit-il après s'être éclairci la voix. Et Raymond ?

— Daniel s'occupe du domaine du Wiltshire en mon absence. Quant à Raymond, il étudie le droit. Je pense qu'il fera un bon ambassadeur pour le roi, dans quelques années.

— Et Patrick ?

— Ah ! C'est une autre affaire, répondit George en s'approchant de la table, tirant ensuite un banc pour s'y asseoir en face de son ami comme un marchand s'apprêtant à traiter une affaire.

Ce qui n'était finalement pas loin de la vérité.

En tant qu'aîné de la famille Coldyngham, il possédait désormais une fortune et une position enviables. D'un an plus âgé que Fergus, il pouvait se vanter d'être le maître de domaines prospères qui lui apportaient une rente colossale, d'un négoce de tissu qu'il dirigeait par plaisir, trouvant que la vie d'un lord était ennuyeuse sans cela, d'une demeure confortable, ainsi que d'une femme aimable et de deux enfants en bonne santé. Ayant hérité de son père un caractère affable et travailleur, il avait fait l'orgueil de ce dernier par sa droiture et sa tempérance, et jouissait d'une réputation d'honnêteté qui forçait le respect. Sans compter qu'avec sa beauté ténébreuse, on les prenait parfois pour deux frères, Fergus et lui, au temps de leurs études à Cambridge.

— Patrick se trouve toujours à Oxford, répondit-il, mais Dieu seul sait pourquoi… Je doute qu'il assiste aux cours de ses maîtres plus d'une fois par semaine, mais cela ne l'empêche pas de dépenser sans compter l'argent que je lui fais parvenir. Il n'entrera en possession de son héritage que le jour de ses vingt et un ans, et en attendant, c'est moi qui tiens les cordons de la bourse. Plus pour longtemps, Dieu merci.

— Essaierais-tu de me dire qu'il a des dettes ? suggéra Fergus.

— Bah ! répondit George avec un sourire pincé, en se servant une chope de bière. Lequel d'entre nous n'en a pas eu, à cet âge ? Souviens-toi… Cela dit, il semble tout faire avec démesure, et je ne me souviens pas d'avoir coûté autant à mon père. Quant à Nicola… Je suppose que c'est pour elle que tu es ici, pas vrai ? Je dois te dire, Ferg, qu'elle semble à toute force vouloir oublier l'accord passé entre ton père et le mien il y a douze ans… Et c'est justement pour cela que je t'ai invité ici. Il me semble qu'il est temps de prendre une décision à ce propos, quelle qu'elle soit. Je t'avoue que je n'ai jamais compris pourquoi nos chers défunts tenaient tant à vous voir mariés, tous les deux, même si j'imagine qu'ils avaient une bonne raison pour cela… Peut-être s'agissait-il d'argent, peut-être cela n'avait-il à voir qu'avec l'amitié qu'ils se portaient mutuellement… Je l'ignore, mais en tout cas, je ne pense pas qu'il soit raisonnable d'exiger qu'un si vieil arrangement soit tenu à toute force, si ni l'un ni l'autre vous n'en éprouvez le désir. Il n'est aucune loi qui vous y oblige.

Après ces fortes paroles, George but une longue gorgée de bière en scrutant le visage de Fergus par-dessus le bord de sa chope d'étain. Puis il coupa de son couteau quelques tranches d'un cuissot de porc luisant de graisse.

— En veux-tu ? dit-il pour meubler le silence.

D'un air absent, Fergus lui tendit son assiette. Il aurait pu répondre à certaines des questions que se posait son ami, mais préféra n'en rien faire.

— Ta sœur a-t-elle des prétendants ? s'enquit-il.

— Grands dieux, oui ! Des dizaines ! répondit George en plongeant de nouveau le nez dans sa chope. Ils arrivent ici dès le matin et c'est un défilé permanent jusqu'au soir, mais je dois reconnaître, à sa décharge, qu'elle sait fort bien s'en débarrasser quand elle les a assez vus. Tu connais Nicola…

Fergus la connaissait, en effet, et se rappelait qu'à onze ans déjà, elle congédiait les importuns — des garçons de son âge, en général — sans ménagement, après les avoir battus à plate couture dans quelque exercice violent.

— Mais encore ? insista-t-il.

George prit une bouchée qu'il mâcha longuement avant de répondre, la bouche encore pleine, ce qu'il ne se serait jamais permis devant sa famille.

— Elle les défie à l'escrime, expliqua-t-il en mastiquant sa viande, et si elle gagne, les renvoie séance tenante. Elle n'a pas beaucoup changé de ce point de vue, Ferg.

Fergus commençait à comprendre ce qui s'était passé lors de son arrivée, et s'inquiéta d'avoir perdu beaucoup de crédit à cette occasion, en dépit de sa victoire éclatante.

— Donc, elle ne songe à personne en particulier ? risqua-t-il.

— Pas que je sache. Pourquoi ? demanda George en cessant brusquement de mâcher pour dévisager son compagnon d'un air perplexe. Se pourrait-il qu'elle t'intéresse enfin, après toutes ces années ?

— J'ai fait une promesse à mon père sur son lit de mort…

George eut l'impression que cette affirmation manquait furieusement de conviction. Aussi répondit-il tout de go :

— Oublie ce serment un instant, veux-tu ? Tu es assez riche pour te marier avec qui bon te semble, ne l'oublie pas. Il y avait une condition à l'accord conclu par nos pères : que vous y consentiez tous deux une fois votre majorité atteinte. J'ai fait de mon mieux pour convaincre Nicola de se conformer aux vœux de l'auteur de ses jours, mais elle n'est pas de celles qui laissent à d'autres le soin de décider à leur place, tu le sais. Enfant, déjà, elle se montrait plus obstinée qu'une mule, et plus dangereuse quand elle s'avisait de ruer.

— Je t'avoue que je ne garde d'elle qu'un souvenir assez vague, car nos contacts sont restés plutôt distants et froids, à Coldyngham Manor. Mais il semble me souvenir, en effet, qu'elle n'en faisait qu'à sa tête.

— Exact, confirma George. Et avec les années, son obstination n'a fait qu'augmenter. En tout cas, elle ne laisse personne indifférent, tu peux me croire.

— Essaierais-tu de me faire comprendre qu'il y a quelqu'un, finalement ?

— Non, rassure-toi, affirma George. Personne qui compte, en tout cas.

— En ce cas, la préséance me revient. Et j'ai bien l'intention de faire usage de mon droit, mon ami, car je veux tenir ma promesse. Je l'ai faite à mon père sur son lit de mort, comme je te l'ai dit, précisa Fergus, sans illusions.

Coldyngham ne serait sûrement pas convaincu par cette assertion, sachant très bien à quoi s'en tenir sur les rapports entre Fergus et lord Melrose ces dernières années. Le père et le fils s'opposaient sur presque tout, disait-on, jusqu'à la mort du premier.

Comme prévu, George ne se laissa pas impressionner. Posant son couteau, il se pencha à travers la table :

— Tu l'as vue, n'est-ce pas ? demanda-t-il en baissant la voix. Sans cela, pourquoi insisterais-tu à ce point ?

Le silence de Fergus acheva de le convaincre qu'il voyait juste. Et il attendit un instant pour poursuivre, en homme patient et matois qu'il était.

— Tu es conscient, j'imagine, que tu entames cette démarche en position de faiblesse, Ferg. Tu t'y prends un peu tard, avouons-le. A quinze ans, elle se serait montrée sans doute plus docile, mais aujourd'hui…

— On lui a fait la cour ? La belle affaire ! Elle n'aura qu'à oublier ses soupirants et voilà tout !

George se laissa aller en arrière sur son banc, caressant sa lèvre du bout des doigts, de l'air d'un homme qui examine l'offre d'un client avec circonspection.

— Il me semble que tu oublies quelque chose d'essentiel, mon cher Fergus. Nicola n'est point exactement une jeune écervelée aux yeux pleins d'étoiles, attendant patiemment l'arrivée du prince charmant qui l'emportera sur son coursier. Au contraire, elle est parfaitement capable de se débrouiller seule jusqu'à ce qu'elle trouve exactement ce qu'elle cherche, si tant est que cet homme-là existe ! Si je me souviens bien, elle te détestait, petite, parce que chaque fois que tu arrivais ici, tu la privais de ses frères. Tu nous emmenais chasser l'oie sauvage, et jamais nous n'aurions pu te convaincre de l'emmener avec nous. Ce qui me laisse à penser que tu as à peu près autant de chances de conquérir son cœur que d'apprendre à voler. Je sais qu'elle est très belle, Ferg, mais j'ai peur qu'il te faille faire un peu plus, cette fois, que lui tirer les cheveux, si tu veux la convaincre de te rejoindre dans ton lit. Elle n'a pas la mémoire courte, crois-le bien.

Fergus ne desserra pas la mâchoire, les yeux fixés sur George.

— Tu ne t'imaginais tout de même pas que les choses seraient faciles ? demanda ce dernier, surpris par le silence de son ami.

— Non, certes, et je mesure le travail qu'il me reste à faire pour arriver à mes fins... Mais je la veux, George. M'aideras-tu à la conquérir ?

Il s'en tint là pour l'instant, conscient qu'il ne pouvait s'aventurer à en dire davantage. La réponse de son ami tarda si longtemps qu'il crut essuyer un refus.

— Je ne tolérerai pas qu'on lui fasse du mal, Ferg. Elle se prend parfois pour un homme, je te l'accorde, mais il serait faux d'en déduire qu'elle a le cuir tanné et le cœur endurci.

Elle est devenue une femme, à présent, et il ne sera pas facile de la séduire. C'est elle qui choisira, et elle seule, crois-moi.

— Je te crois, George.

— Crois-tu toujours avoir une chance de réussir ?

— Comme je l'ai dit, je dois essayer. Tu me connais.

Lord Coldyngham se pencha encore un peu et posa ses deux mains bien à plat sur la table.

— Certes, répondit-il, mais je dois te dire que si tes sourires et tes belles paroles ont pu séduire les filles à Cambridge ou en Ecosse, je doute que cela suffise avec Nicola. Elle n'est pas comme les autres femmes.

— Je la veux, George ! insista Fergus. Il faudra que je trouve un moyen de gagner son cœur. Je pense qu'à la longue j'y parviendrai.

Il savait parfaitement à quel point la jeune femme pouvait être différente de ses semblables, en effet. Il lui suffisait de penser à l'émoi qu'il ressentait chaque fois qu'il évoquait l'épisode de leur combat, et l'image de sa poitrine blanche où perlait un filet de sang. Dieu seul savait ce qui serait advenu sans l'arrivée inopportune des deux femmes de chambre !

— Ainsi, vous vous êtes parlé, tous les deux ?

— Très brièvement…

— A-t-elle toujours peur de toi ?

— Quand bien même ce serait vrai, nul doute qu'elle refuserait de l'admettre. Elle me déteste toujours, c'est évident, et je ne puis l'en blâmer, car je ne lui ai pas laissé le choix.

— En ce cas, il te reste en effet beaucoup de travail à accomplir. Mais tu peux compter sur moi pour t'aider.

— Je t'en remercie, George. Après toutes ces années, c'est déjà beaucoup te demander. Le reste est mon affaire.

— Et celle de Nicola, rectifia George. Si je peux me permettre…

Conscient de sa bévue, Fergus hocha la tête en réprimant une grimace.

— Bien sûr ! Mais fais-moi confiance. Je réussirai, même si je devais pour cela attendre jusqu'à la fin des temps.

George se redressa, l'air satisfait, et regarda son ami remplir deux nouvelles chopes de bière, un sourire sur le visage. Mais il remarqua néanmoins que Fergus semblait plus sérieux que jamais.

Il affichait la détermination farouche que George avait si souvent vue à l'œuvre à chaque fois que quelqu'un s'avisait de se mettre en travers de son chemin. D'ordinaire, il balayait toute résistance sans regret ni remords, mais il risquait d'en aller autrement, cette fois-ci. Nicola lui donnerait sans doute pas mal de fil à retordre. Et comme il n'aimait pas beaucoup qu'on lui résiste…

Fergus pensait exactement la même chose, persuadé qu'il faudrait, pour l'emporter, livrer une bataille acharnée. Mais il savait aussi que son adversaire lui ferait payer très cher le chapelet de rubis qu'une heure plus tôt il avait fait perler sur la peau immaculée de son sein.

2.

Dans la chambre haute inondée de lumière, aux murs tendus de tapisseries somptueuses, le son des cloches du prieuré de Sainte-Hélène, qui jouxtait la demeure, étouffait les battements du cœur de Nicola tandis que ses deux servantes pansaient sa plaie. On avait fermé la lourde porte de chêne à double tour depuis le départ de l'intrus, plus par défiance que par nécessité, car aucune des trois femmes ne s'attendait en vérité à ce qu'il revienne dans la pièce. Quoique… la maîtresse de maison n'aurait pu jurer qu'elle ne le souhaitait pas, au fond d'elle-même.

Pendant plusieurs années, la perspective d'épouser un Melrose lui avait semblé inconcevable, en particulier durant les longues absences de son père, pendant lesquelles elle passait le plus clair de son temps à courir les bois et les champs avec ses frères, sous la surveillance vigilante quoique discrète d'une armée de domestiques et d'une vieille nourrice.

A dix-huit ans, lord Coldyngham l'avait envoyée passer quelque temps à York pour y apprendre les bonnes manières — qui faisaient, disait-on, les épouses modèles — en qualité de dame de compagnie. Pour autant, elle ne pensait nullement à se marier, et voulait éviter à tout prix le mariage arrangé par son père, qui devait l'unir pour toujours à Fergus Melrose.

A la mort de l'auteur de ses jours, quatorze mois plus tôt, nantie d'un revenu confortable et d'une demeure qui ne l'était pas moins, elle avait cru pouvoir enfin mener sa vie comme elle l'entendait.

Assise à moitié nue sur son lit, s'étant débarrassée de ses vêtements masculins, elle serrait les dents en s'efforçant de respirer doucement pendant que l'une des deux femmes appliquait un onguent sur la plaie.

— Quel rustre ! Quel butor ! siffla-t-elle. Il est toujours aussi imbu de lui-même ! J'aurais dû porter ma dague et lui donner un coup par surprise. Cela aurait sans doute effacé sur ses lèvres ce sourire suffisant avec lequel il me narguait...

Tout à coup, elle sursauta, la bouche tordue par une grimace.

— Aïe ! cria-t-elle en saisissant la main de la servante. Assez... Cela suffit.

— Il est pourtant fort beau, maîtresse, commenta Marguerite tout en rinçant un linge taché de sang dans une bassine parfumée d'eau de rose. J'en connais beaucoup qui donneraient cher pour passer un moment seules avec lui dans un coin sombre. Je n'ai jamais vu homme plus séduisant. Pas même à York, loin s'en faut...

— A Londres non plus, renchérit Romarine.

— Ne vous y fiez pas. L'air ne fait pas toujours la chanson, déclara Nicola en enfilant sa chemise d'un geste mesuré, les dents serrées contre la douleur qu'elle savait inévitable. Vous n'avez sans doute jamais vu, non plus, d'homme capable de s'en aller tranquillement, comme si de rien n'était, après m'avoir infligé une telle blessure.

Le rouge aux joues, elle évita soigneusement de mentionner ce qui s'était passé entre les deux événements...

Elle se rappelait néanmoins parfaitement le regard intense

de l'homme qui venait de la terrasser et les frissons brûlants sur sa peau, tandis qu'il la portait vers son lit, de sa mâchoire serrée montrant à l'évidence qu'il se retenait avec peine de la prendre sur place, de sa voix altérée par le désir, qui la troublait follement malgré l'inanité de ses paroles. Elle savait parfaitement qu'il ne s'était pas contenté de regarder sa blessure. Elle voyait encore ses lèvres ouvertes sur un cri de stupeur muette, et l'admiration mêlée de surprise qui se lisait sur son visage.

Prudemment, elle fit glisser le tissu léger sur sa peau encore fragile, mais pas une ride, pas un tremblement ne vint perturber la pureté de ses traits. Au point que Romarine dut presque se pincer pour croire qu'il s'agissait bien de la même personne que l'instant d'avant.

Nicola remarqua son étonnement et, pour rassurer sa servante, lui expliqua qu'elle voulait oublier sa douleur pourtant bien réelle, ne fût-ce que pour ne pas donner à son assaillant le plaisir de la voir grimacer quand ils se rencontreraient de nouveau.

— Il l'a fait exprès, souffla-t-elle. Ne t'y trompe pas, cette blessure n'a rien d'un accident. Rien n'a changé depuis autrefois, sinon qu'à présent il est bien plus grand et bien plus fort.

Et bien plus beau. Mais à quoi bon le dire ?

Elle usait avec ses femmes de chambre d'une liberté de ton étonnante, mais qui se justifiait par le fait que Romarine et Marguerite étaient à son service depuis de nombreuses années, de sorte qu'elles partageaient toutes les trois une complicité de tous les instants, même si les deux servantes savaient conserver envers leur maîtresse une déférence de bon aloi.

Elles s'installèrent ensemble sur la courtepointe qui couvrait le pied du grand lit à baldaquin pour discuter un peu des derniers événements.

— Les choses ont grandement changé en douze ans, au contraire, objecta Marguerite en regardant tendrement les mains de Nicola. Vous n'êtes plus la sauvageonne qu'il a connue autrefois, milady.

Pour confirmer ses dires, elle tendit à sa jeune maîtresse le miroir d'acier poli qu'elle venait de prendre sur une commode.

— Regardez-vous ! poursuivit-elle. Je doute qu'il ait jamais vu femme aussi belle que vous en… combien cela fait-il ? Peste ! Je ne sais point compter, mais il doit avoir pas loin de vingt-cinq ans.

Vingt-huit, en vérité. Mais qui eût pu la blâmer de n'avoir jamais appris à faire une addition ?

Nicola repoussa le miroir en pinçant un peu les lèvres.

— Tu n'es pas vraiment impartiale, objecta-t-elle. De toute façon, belle ou pas, cela n'a rien changé. Et si mon frère l'a invité ici pour reparler de ce mariage, je pense qu'il va être fort déçu. Nous n'avons jamais été fiancés officiellement, et rien ne m'oblige à tenir une promesse que je n'ai pas faite. Ni aujourd'hui ni demain.

— A présent, suggéra Romarine en lissant son tablier blanc sur ses cuisses, il a vous falloir lui montrer que vous avez changé, contrairement à lui.

Personnellement, elle doutait que lord Melrose ait été très séduisant à seize ans, mais elle voulait bien le croire si l'on y tenait absolument.

— Vous savez vous comporter en tout point comme une dame, désormais, milady, mais aussi ignorer avec grâce un homme qui vous déplaît. Et si vous paraissez au dîner vêtue de vos atours les plus féminins, nul doute qu'il comprendra ce que vous voulez lui signifier. Après tout, peut-être que ce sont vos vêtements de garçon qui l'ont incité à se comporter si mal et à vous livrer cet assaut si furieux ? Allons, dites-moi… Quelle couleur choisirez-vous ? Du satin gris ou bien rouge ? Ou cette soie verte à rubans ?

— Certainement pas du vert, répondit Nicola. C'est la couleur de l'espérance. Plutôt quelque chose qui lui rappelle la couleur du sang…

Les deux servantes échangèrent un regard inquiet. Le rouge pouvait convenir, sans doute — car leur maîtresse avait un teint splendide qui s'accordait avec tout — mais augurait mal d'un armistice.

— C'est décidé ! Je prends le rouge, annonça Nicola triomphalement.

— Et que le meilleur gagne ! murmura Romarine pour elle-même.

Comme prévu par les deux femmes de chambre, le résultat de ces préparatifs contraignit les deux hommes à s'interrompre au beau milieu d'une phrase. Même si George, au contraire de Fergus, retrouva presque aussitôt son visage impassible.

Les cheveux tressés de Nicola disparaissaient désormais presque entièrement sous des voiles gracieusement arrangés sur sa tête, et solidement retenus par de longues épingles reliées entre elles par une résille constellée de perles chatoyantes. En lieu et place de son pourpoint et de ses braies de garçon, elle portait à présent une longue robe de soie damassée rouge sang ourlée de fourrure blanche, aux manches interminables et bordées sur le poignet d'un tulle vaporeux. Une ceinture de soie soulignait sa poitrine opulente, que dérobait partiellement aux regards un large collier serti de diamants et de rubis.

Et pour la deuxième fois de la journée, elle remarqua que

Fergus Melrose la regardait avec des yeux dans lesquels elle ne lisait aucun dédain, bien au contraire.

Elle adressa un sourire à son frère, lui tendant la main pour le saluer.

— Quelle joie de te voir ! lança-t-elle. Lotti et tes enfants sont-ils en bonne santé ?

Là-dessus, elle se pencha gracieusement pour lui tendre sa joue, posant la main sur son bras avant d'inspecter le brocart violet de son vêtement avec un regard admiratif.

— C'est fort joli, commenta-t-elle. Est-ce nouveau ?

Conscient qu'elle ignorait sciemment leur hôte, George répondit avec une pointe d'agacement dans la voix :

— Nicola, j'imagine que tu sais pourquoi sir Fergus a répondu à mon invitation… Je crois savoir que vous vous êtes rencontrés ce matin.

— Oh, je sais parfaitement de quoi il retourne, mon cher George, lança-t-elle, refusant absolument de saluer l'ami de son frère, ne voyant aucune raison de le faire à cette heure après s'y être refusée le matin même. Cela dit, j'aurais apprécié que tu me préviennes, d'autant que je suis chez moi. J'aurais pu être absente…

Elle laissa quelques instants planer le silence après cette remarque ambiguë, puis ajouta :

— En tout état cause, je n'ai nulle intention de discuter de mes projets de mariage devant un étranger. Je suis désolée, sir Fergus, à l'idée que vous avez dépensé un temps qui doit être précieux pour un si maigre résultat. Mais peut-être prendrez-vous un petit verre de malvoisie et nous ferez-vous le récit de vos aventures. Vous devez trouver Londres terriblement ennuyeux.

— Nicola ! intervint George d'une voix ferme. Fergus n'est nullement un étranger pour nous, et je pense qu'il mérite ta considération, puisqu'il a pris la peine de venir jusqu'ici. Il devrait être possible de discuter de cela comme de grandes personnes, que diable !

Depuis son entrée, elle évitait soigneusement de regarder leur hôte, quoiqu'elle eût pu décrire par le menu les vêtements qu'il portait, depuis son chapeau à plumes de faisan jusqu'aux bottes de chevreau décorées de petits boutons de bois, en passant par l'étui de sa dague serti de pierreries et la bourse brodée qui pendait à sa ceinture. Une fois encore, en le voyant, elle sentait l'air lui manquer, comme autrefois, comme le matin même… Et quoiqu'elle se sentît d'autant plus forte qu'elle avait soigneusement répété ce qu'elle lui dirait avant d'entrer dans la pièce, son émotion lui vola d'un seul coup tout son avantage. Elle ne pouvait plus douter à présent de l'avoir provoqué, car il prit la parole en fronçant le sourcil et en redressant les épaules comme un homme qui s'apprête au combat.

— Vous avez parfaitement le droit, lança-t-il en ignorant l'ennui qu'elle s'efforçait d'afficher, de me reprocher ma longue absence, milady. Mais souffrez que je vous en explique les raisons, car elles sont fort simples : il se trouve que ma vie n'a pas exactement suivi le cours que j'attendais, ces dernières années. J'ai passé en mer le plus clair de mon temps, ce qui m'a tenu à l'écart d'à peu près tout. Je naviguais avec mon père pour nos affaires, et suis rarement resté à terre bien longtemps. D'après ce que je sais, vous n'êtes à Londres vous-même que depuis peu et avez passé avant cela quelques années à York. Avouez que pour songer à remplir l'engagement de nos pères, il eût été préférable que nous vivions des existences un peu moins dispersées, vous et moi. Mais je puis vous affirmer que personne ne regrette, plus que moi, de n'avoir pu rendre visite à mes amis autant que je le voulais, pendant toutes ces années.

— Je ne vous reproche aucunement votre absence, sir Fergus, répliqua Nicola en gardant les yeux soigneusement fixés sur le pourpoint de ce dernier pour s'éviter de rougir. J'aurais même préféré qu'elle dure plus longtemps. En vérité, votre arrivée inopinée, après plusieurs années de silence total, me donne à penser que vous cherchez davantage, en venant ici, à vous trouver une épouse par nécessité que par choix. Vous ne pouvez décemment vous attendre à ce que je sois flattée de vous voir ainsi décider, subitement, de tenir les engagements de votre père. N'avez-vous donc trouvé parmi la noblesse de votre royaume d'Ecosse aucune famille à laquelle lier votre sort, ou bien votre sens du devoir s'est-il fait plus impérieux, tout à coup ? Dites-moi, je vous prie, ce qui me vaut cet intérêt subit.

— Nicola ! protesta George, sans résultat.

Maintenant que Fergus l'écoutait de toutes ses oreilles, elle ne voulait pas perdre cette occasion de lui dire son fait.

— Il serait dommage de gaspiller notre temps à discuter de tout cela alors qu'il fait si beau, asséna-t-elle en rassemblant les pans de sa robe devant elle. Nous avons d'autres choses plus intéressantes à faire que de parler de votre devoir. L'époux que je me choisirai aura le sang aussi bleu que le mien, croyez-moi. A Dieu ne plaise que j'élise un hobereau écossais à la fortune aussi douteuse que récente.

Elle venait de proférer cette dernière insulte la main sur la poignée de la porte, mais l'expression atterrée de son frère la fit hésiter un instant à quitter la pièce.

— Ne t'inquiète pas, mon cher George. Je doute que notre hôte demande réparation en te provoquant en duel. N'est-ce pas, sir Fergus ? lança-t-elle à ce dernier en même temps qu'un regard plein de mépris, persuadée qu'à présent qu'ils étaient quittes, il ne chercherait pas à lui faire payer cet affront.

Pas pour l'instant, du moins.

Le claquement sec de la clenche résonna longuement dans le lourd silence qui suivit la sortie de la jeune femme, comme l'écho lointain d'une lance s'abattant sur l'acier d'une armure. Aucun homme n'aurait pu survivre après avoir lancé une telle bordée d'insultes à la face de sir Fergus Melrose. Et aucune femme n'aurait pu quitter la pièce de la sorte sans laisser l'impression qu'au-delà de sa colère, elle nourrissait des sentiments ambigus à l'égard de ce dernier.

— Je suis désolé, Ferg, s'excusa George. J'ai dû oublier de l'informer du décès de ton père. Pour autant, elle n'a aucun droit de… Tudieu ! J'aurais vraiment dû demander à Charlotte de m'accompagner.

Fergus posa la main sur le bras de son ami pour le rassurer.

— Je crois que nous nous attendions tous les deux à ce genre de réaction, fit-il remarquer. Tu n'es nullement en cause.

— Quand même, il semble que d'avoir tant de soupirants lui soit quelque peu monté à la tête. Je m'étonne néanmoins qu'elle attache de l'importance aux titres de noblesse de son futur époux, car cela ne lui ressemble pas. Peut-être serait-il avisé de laisser passer un peu de temps, quelques mois, une année… Qu'en dis-tu ?

— Non, je ne veux pas attendre, répondit Fergus en s'approchant de la fenêtre.

— Ah… Je comprends, et ne puis te blâmer, bien sûr.

— J'ai l'intention d'insister, George, je t'en préviens. Je suis un marin et il ne me déplaît pas qu'elle ait le courage de me résister. Il m'arrive parfois d'aimer la fureur de l'océan, mais je suis persuadé que nous finirons par nous entendre, tu verras.

— Je suis content de t'entendre parler de la sorte. De toute façon, tu n'as jamais été du genre à rendre les armes facilement, n'est-ce pas ? En tout état de cause, je vais lui parler, car j'entends qu'elle te fasse des excuses avant mon départ.

— Ne prends pas cette peine, George. Ce n'est pas nécessaire.

— Si fait ! J'y tiens tout particulièrement. Reprends un peu de ce malvoisie, en attendant. Je serai de retour très bientôt.

— Nicola ! appela George en voyant sa sœur disparaître au coin du couloir.

— Oh, je t'en prie, ne recommence pas ! lança-t-elle par-dessus son épaule sans même marquer le pas. J'en ai assez entendu pour aujourd'hui.

Il la rattrapa avant qu'elle n'atteigne la porte qui donnait sur le jardin, et la suivit dans l'allée qui s'avançait sous une charmille opulente. Une fontaine se dressait au bout de cette allée ; l'eau tombant en cascade d'une vasque ronde chatoyait dans la lumière.

— Tu es allée trop loin, Nicola ! lança George d'un ton sévère.

Nicola ralentit et s'assit sur la margelle de la fontaine, laissant nonchalamment sa main glisser sur l'eau pour se rafraîchir, et levant vers son frère un regard plein de fausse innocence.

— A l'avenir, George, tu voudras bien me laisser décider des personnes que j'invite dans ma propre demeure. Que dirais-tu si je m'avisais d'accueillir chez toi mes amis sans même te prévenir. Et que dirait Lotti ?

— Je suis navré, Nicola. Je lui ai envoyé un message lui demandant de me retrouver ici, mais il est arrivé avant moi, voilà tout. S'est-il montré si discourtois qu'il ait fallu que tu l'insultes, en dépit de toutes les règles de l'hospitalité ? Tu aurais dû réfléchir avant de te comporter ainsi. Ignores-tu que son père a été tué en mer il y a à peine huit mois ?

Nicola se mordit la lèvre, puis, sans laisser à son frère le temps de rien ajouter :

— Oh, murmura-t-elle, pourquoi ne m'en as-tu pas informée ?

— Et quand donc aurais-je pu le faire ? rétorqua George, irrité. J'ai dû penser que tu l'aurais appris de tes amis. Il semble qu'ils s'intéressent particulièrement aux naissances, aux mariages, aux enterrements, et…

Il s'interrompit brusquement, à quoi sa sœur réagit vivement, comme blessée par cette remarque.

— Et… et quoi d'autre encore ? Aux amours des gens ? Est-ce cela que tu allais dire ? Allons, mon cher frère, ne te cherche pas d'excuses. Tu as oublié, voilà tout, admets-le. Tu sais très bien que je l'ai traité comme il le mérite. Il s'est comporté avec moi d'une façon dont tu n'as pas idée, et personne ne s'est avisé de lui demander de me faire des excuses. Quel monstre !

George fronça le sourcil imperceptiblement tandis qu'un sourire fugace passait sur ses lèvres, qu'il dissimula en feignant de regarder ailleurs. Doucement, il saisit les mains de Nicola, persuadé que cette hostilité cachait bien autre chose.

Et qu'elle refusait de le reconnaître.

— George, plaida-t-elle, s'inquiétant à l'idée qu'il voudrait la persuader de considérer la proposition de Fergus, il vaut mieux que nous nous en tenions là. Il n'y a rien de plus à dire sur le sujet.

Du coin de l'œil, elle apprécia la mise de son frère, le splendide brocart mauve de son habit finement plissé sous sa large ceinture de cuir, qui attestait de sa richesse et de sa position sans la moindre ostentation.

— Désolé de te contredire, ma chère sœur, riposta-t-il sans lui lâcher la main.

Elle s'attendait à cette réplique, convaincue au fond d'elle-même que cette conversation n'avait pas encore perdu tout son intérêt, bien au contraire.

— Malgré les insultes qu'il vient de subir de ta part, Fergus est toujours disposé à t'épouser. Il en a fait le serment à son père à l'agonie, après qu'ils eurent repoussé les pirates barbaresques qui les attaquaient. Fergus a été blessé dans la bataille.

— Le serment ? Laisse-moi rire ! s'exclama Nicola sur un ton de raillerie. Tout cela est absurde.

Mais le rire se figea dans sa gorge, car elle ne pouvait chasser de son souvenir l'étreinte inouïe qui la bouleversait encore.

— Tu dois te tromper, George. Quoi qu'il t'ait dit, tu l'auras mal interprété. Il n'a pas plus envie de m'épouser que moi de devenir sa femme, et s'il t'a dit le contraire, il en a menti. Jamais il n'a trouvé en lui le moindre mot aimable à mon égard ; il m'a toujours traitée comme si je ne comptais pas le moins du monde à ses yeux. Pourquoi viendrait-il subitement demander ma main, sinon pour se lier à notre famille ?

Elle se souvenait avec amertume du jour où, ayant placé sa main tremblante dans celle de Fergus pendant qu'il regardait ailleurs, il s'était éloigné en s'arrachant à elle comme si la peau lui brûlait soudain, la laissant anéantie, pleurant toutes les larmes de son corps devant cette indifférence qu'elle n'arrivait pas à comprendre. Une telle rebuffade ne pouvait s'oublier.

Jamais plus elle n'avait osé le moindre geste…

Même aujourd'hui, des années plus tard, et quoi que leur

différence d'âge ne fût plus l'obstacle infranchissable d'antan, l'humiliation ressentie ce jour-là refusait obstinément de la laisser en paix. Elle détestait l'admiration folle que l'enfant d'autrefois vouait à ce rustre qui ne la méritait pas, ainsi que ses tentatives désespérées pour attirer son attention.

Elle se revoyait encore se ridiculiser régulièrement en cherchant à bien faire, ne s'attirant au bout du compte que l'agacement gêné de ses frères, hormis Raymond. Lui l'attendait toujours, au cours de leurs folles équipées. Elle tâchait de suivre tant bien que mal, pour prouver sa vaillance et convaincre Fergus qu'il pouvait la considérer comme son égale. Lui, Raymond, s'efforçait de protéger les jambes nues de sa sœur de la piqûre des orties, l'aidait à descendre des arbres dans lesquels son intrépidité la conduisait alors que les autres l'abandonnaient à son sort pour suivre Fergus.

Cher Raymond ! A la différence de George et Daniel, nés du premier lit de leur père, et de Nicola et Patrick, issus du troisième, il était l'enfant unique de la deuxième épouse de lord Melrose, qu'on disait avoir été la femme la plus douce qui eût jamais foulé le sol du royaume.

— Il n'y a rien d'absurde dans cette affaire, rétorqua George, et je ne crois pas non plus que Fergus cherche simplement à s'allier à notre famille en t'épousant. Je te le répète, il désire vraiment faire de toi sa femme. Il a beaucoup changé, crois-moi.

Nicola se leva d'un bond, dégageant sa main avec un geste brusque.

— Tu te trompes encore, George. Il n'a pas changé du tout, et je veux bien être pendue si je cède à ce butor pour la simple raison qu'il a promis à son père de m'y contraindre ! Je n'ai pas besoin de lui pour trouver un homme dont j'aurai le désir de porter les enfants. Je peux choisir qui je veux parmi les nobles d'Angleterre. Tu lui diras qu'il est trop tard, et que je préfère ne pas me marier plutôt que d'accepter sa proposition. Sa suffisance m'est odieuse, tout autant que son arrogance, et sa…

Subitement, de grosses larmes perlèrent à ses yeux, et elle secoua la tête amèrement.

— Quelle ironie ! Tu ne trouves pas ? demanda-t-elle, une larme salée sur le bout de la langue.

George contempla sa sœur un instant, sidéré de voir la jeune femme fière et intrépide qu'il connaissait fondre en pleurs comme une petite fille triste.

— Viens ici, Nicola, murmura-t-il en lui tendant la main pour l'inviter à s'approcher. Et dis-moi ce que tu trouves ironique dans tout cela. Est-ce le fait que Fergus veuille encore de toi qui te surprend ?

Nicola se laissa faire, venant s'asseoir tout contre son frère, mais hésitant encore à lui révéler un secret qu'elle ne se souvenait pas d'avoir jamais exprimé à haute voix.

— Quand nous étions enfants, avoua-t-elle doucement, j'aurais fait n'importe quoi pour lui. N'importe quoi, tu m'entends ? Je le trouvais si… Oh George, ce… c'est ridicule, je…

— L'admirais-tu vraiment à ce point ?

— Je l'idolâtrais ! Je me serais contentée de ses sourires, d'une parole gentille de temps en temps, mais il ne m'adressait même pas un regard, jamais. Il ne venait à Coldyngham Manor que pour jouer avec vous. Je suppose que si j'avais eu une sœur, je n'aurais pas éprouvé le besoin de me comporter comme un garçon et d'essayer à toute force de prendre part à vos jeux.

Il y eut un silence, pendant lequel elle s'essuya les yeux du revers de la main, avant de reprendre la parole avec un petit rire amer, comme pour chasser sa tristesse.

— On est stupide à cet âge, mais comment aurais-je pu ne pas l'être ? A présent, je ne cherche plus à me faire aimer de lui, et ne saurais que faire de ce qu'il a à m'offrir…

— Tu souffres encore de son dédain après toutes ces années, ma chère sœur ? remarqua George, ému.

Inconsciemment, Nicola porta une main à sa poitrine, encore douloureuse de la blessure infligée par Fergus.

— Non, répondit-elle, si doucement que son frère lut le mot sur ses lèvres plus qu'il ne l'entendit. Je me moque bien de savoir qui il épousera, pourvu qu'il ne s'agisse pas de moi. Je le connais, George, et suis persuadée de pouvoir trouver meilleur parti.

— Tu es consciente cependant que tu l'as gravement insulté, n'est-ce pas ?

— Certes, mais il ne s'attend sûrement pas à ce que je lui fasse mes excuses.

— Ah non ? Et pourquoi cela, je te prie ?

— Contente-toi de me croire, George.

Celui-ci accepta de se taire contre son gré, intrigué par ce que venait de dire sa sœur. Qu'elle refuse de s'excuser et que Fergus n'exige pas qu'elle le fasse, cela laissait supposer que ce dernier devait avoir fait subir à Nicola une insulte grave. George ne pouvait imaginer qu'il pût s'agir d'autre chose que d'un baiser volé, ce qui aurait expliqué qu'ils ne veuillent ni l'un ni l'autre raconter leur rencontre du matin…

— Te joindras-tu à nous pour le souper ? demanda-t-il en changeant brusquement de sujet. Nous célébrons l'anniversaire de Charlotte avec quelques amis…

— Oui, je m'en souviens. Les enfants auront-ils droit d'assister au repas ?

— Tu sais bien qu'ils m'arracheraient les yeux si je les privais de ta présence, répondit George avec un sourire.

Elle garda pour elle la question qui lui brûlait les lèvres et ne fit nulle mention de sir Fergus, jusqu'à ce que son frère lui demande si elle désirait saluer celui-ci avant son départ.

— Tu souffriras que je n'en fasse rien, répondit-elle en plaçant doucement sa main sur celle de George. C'est toi qui l'as invité ici et c'est donc à toi qu'il incombe de lui faire tes adieux.

George porta doucement la main de sa sœur à ses lèvres pour l'embrasser, puis se leva.

— A ce soir donc, sœurette, lança-t-il.

— Un instant, dit-elle en le retenant par le bout des doigts. Tu n'as pas l'intention de t'obstiner à propos de cette… cette promesse, j'espère ? Je sais que c'est ce que voulait notre père et je suppose qu'il devait avoir une bonne raison, mais je ne crois pas, cependant, qu'il aurait insisté. Il me semble même que notre consentement à tous les deux faisait partie de l'accord qu'il avait avec sir Findlay.

— Exact. En tout cas, ne crains rien, répondit George en serrant la main de Nicola, mais sans sourire. Pourquoi m'obstinerais-je ? Qu'est-ce qui a bien pu te mettre cette idée en tête, par le ciel ? De toute façon, à quoi cela servirait-il ? Je n'ai pas le pouvoir de contrôler ton héritage, puisqu'aussi bien tu l'as déjà reçu, et je ne puis donc exercer sur toi nulle pression. Cela dit, tu sais ce que je pense du fait de permettre aux femmes de choisir leur époux. Non, personne n'insistera, rassure-toi. Cependant…

— Quoi donc ? demanda-t-elle, soudain inquiète.

— Eh bien… D'abord et avant tout, notre père voulait que tu sois bien mariée. Pour ta sécurité. Tu possèdes des revenus conséquents, des biens, ainsi qu'une maison ici, à Londres. C'est plus qu'il n'en faut pour attirer les chasseurs de dot, sans parler des voleurs. Malgré tout ce que tu penses de Fergus, tu ne peux pas dire qu'il en ait après ta fortune, car il est riche, d'après ce que je sais. C'est peut-être pour cela que notre père pensait à lui comme gendre. Certains hommes savent parfaitement se rendre aimables pour parvenir à leurs fins, et il me déplairait fort que tu tombes dans leurs filets.

— En tout cas, on ne peut pas dire que ce soit le cas de Fergus Melrose, loin de là ! Et puis, l'Ecosse c'est loin, très loin, et je ne veux pas passer ma vie là-bas, recluse, à enfanter des Melrose année après année pendant qu'il se promène à travers le monde. Il est fort possible qu'il ne voie dans son épouse qu'une poulinière dont il serait l'étalon, mais j'attends plus de la vie qu'un accouplement rituel une fois l'an !

George ne chercha pas à cacher la joie que lui procurait ce discours pittoresque. Sa sœur avait bien des défauts, mais elle savait s'exprimer comme personne.

— Nicola..., s'esclaffa-t-il en hochant la tête. Je ne te demande qu'une seule chose : ne refuse pas trop vite. Les gens changent. Regarde-toi, on te reconnaît à peine. Accorde-lui une chance de te séduire. Pourquoi ne pas en parler avec Charlotte ? Elle est assez inquiète à ton sujet.

— George ! J'ai vingt et un ans et non douze. Je ne vois vraiment pas en quoi je puis lui causer du souci.

— Les vautours rôdent, sœurette, répondit George en se levant de nouveau. Innombrables.

— De quoi parles-tu ?

— Certains hommes se comportent comme des charognards, attendant que leur proie faiblisse pour s'abattre sur elle et la déchirer, expliqua-t-il. D'autres peuvent t'en protéger, et Fergus est de ceux-là. Je le connais mieux que toi, et s'il te veut pour femme, ce n'est pas pour ta fortune ou tes ancêtres prestigieux. Pourquoi crois-tu qu'il soit venu ici, sinon pour se faire une idée de ce à quoi tu ressembles après toutes ces années ?

— Par curiosité, je présume.

— Exactement. Et à présent qu'il t'a vue, tes insultes elles-mêmes ne l'ont pas rebuté. Il veut encore de toi, je te l'ai dit. Il n'est pas fou. Il sait reconnaître un être exceptionnel quand il en voit un.

— Je… je pensais que…, balbutia Nicola, abasourdie.

— Qu'il s'enfuirait la queue basse comme un chien apeuré, vraiment ? C'est bien mal le connaître ! Fergus est peut-être arrogant et un peu rustre, parfois — quoique cela demande à être confirmé —, mais je t'assure que ce n'est pas un couard.

Nicola regardait son frère aîné, le rouge aux joues, choquée par le langage que celui-ci venait d'utiliser.

— Ne fais pas cette tête-là ! lança-t-il en s'apercevant de la gêne de sa sœur. Tu as été élevée au milieu d'une nichée de garçons, et ce langage un peu imagé devrait t'être familier, depuis le temps. Et puis, nous nous baignions nus dans la rivière, ce me semble, tu as bien dû voir…

— J'ai toujours gardé les yeux baissés ! s'insurgea-t-elle pour le faire taire avant qu'il n'en dise plus.

— Tu fais une piètre menteuse, ma chère sœur, répliqua George avec un sourire amusé. Allons, je ferais mieux de m'en aller. A ce soir.

Elle se souvenait en effet de leurs baignades, et de la fois où, ayant perdu pied, Raymond l'avait secourue sans même que les autres se rendent compte de quoi que ce soit, tant Fergus captait leur attention.

A leur décharge, il fallait dire qu'il excellait en tout, et menait sa petite troupe d'admirateurs dans les endroits les plus périlleux et les situations les plus risquées, dont il sortait inévitablement victorieux et sans une égratignure. Elle voyait encore l'étalon que personne d'autre n'osait monter et qu'il chevauchait comme en se jouant.

Et aussi les yeux doux que lui faisaient les femmes en étouffant de petits rires. Après qu'elle eut appris qu'il venait d'embrasser l'une d'elles, elle avait eu un accès de rage comme jamais dans sa vie, rêvant malgré sa colère de prendre la place de l'heureuse élue. Mais ses rêves demeuraient vains quoi qu'elle fasse, et elle passait son temps à pleurer pour lui comme une petite idiote.

Elle l'avait haï autant qu'elle l'aimait.

Nicola savait pertinemment que Fergus Melrose — ou plutôt sir Fergus, comme elle devait l'appeler désormais — assisterait au souper. Bien qu'elle eût tenté de se convaincre que ce fait n'avait pas la moindre importance pour elle, et qu'en conséquence il ne fallait pas compter qu'elle se vêtît autrement qu'à l'ordinaire pour y assister, le résultat de ses préparatifs aurait fait pâlir d'envie la plus belle des créatures de Londres. Elle portait une robe de soie bleu diaphane, fort décolletée et serrée haut sur la taille, qui mettait en valeur sa silhouette étonnante. On n'eût pu rêver atours plus seyants et mieux adaptés à un souper en plein air comme les affectionnait sa belle-sœur Charlotte.

Une guirlande de fleurs bleues couronnait ses cheveux sagement rassemblés en une longue natte aux reflets sombres, qui descendait jusqu'à sa taille tandis qu'un petit bouquet, bleu aussi, couvrait l'échancrure de sa robe, cachant judicieusement l'extrémité de la petite balafre rouge qui courait sur son sein. Elle ne portait d'autre bijou que deux pendants de perles à ses oreilles, mais les regards étonnés et insistants des invités auraient largement suffi pour la convaincre de sa beauté, si son miroir ne l'en avait déjà largement persuadée.

Deux personnes en particulier la fixaient intensément.

— Puisque nul ne propose de nous présenter l'un à l'autre, milady, lança un jeune homme avenant en s'adressant à elle, je le ferai donc moi-même. J'ai demandé à mon frère d'y pourvoir, mais il a refusé.

— Et qui donc est votre frère, messire ? s'enquit Nicola pour la forme.

— Le voici, répondit l'inconnu en tendant le menton vers son aîné, attablé devant une montagne de victuailles. Sir Fergus Melrose.

Nicola laissa glisser son regard vers ce dernier, soulagée d'obtenir ainsi un prétexte pour le dévisager.

Mais quand elle lut dans les yeux de Fergus sa résolution de ne pas abandonner la partie, elle regretta instantanément de s'être laissé divertir par le salut du jeune Melrose.

Vous ne vous débarrasserez pas de moi aussi facilement. Je n'en ai pas terminé avec vous, semblait-il lui dire.

— Mon nom est Muir, précisa le garçon. J'ose espérer qu'il vous a parlé de moi.

Elle lisait clairement dans ses yeux bruns et joyeux l'admiration qu'elle suscitait en lui, et l'intérêt qu'il portait à tous les détails de sa mise… ainsi qu'à ceux, invisibles, qu'on devinait sous ses atours. De ce point de vue, il se montrait moins discret que son aîné, quoique plus affable, portant un pourpoint de satin capitonné qui lui faisait les épaules étonnamment larges, et des braies qui révélaient sans vergogne ce que les hommes mûrs s'efforçaient de cacher par politesse envers les dames.

— Et pourquoi, demanda Nicola en détournant pudiquement les yeux, votre frère a-t-il refusé de nous présenter l'un à l'autre ? Se pourrait-il qu'il voie d'un mauvais œil que nous fassions connaissance, vous et moi ?

— Apparemment oui, répondit le jeune homme. En fait, il s'est montré assez précis à ce propos et m'a signifié qu'il ne voulait pas me voir lui couper l'herbe sous le pied. Ne trouvez-vous pas cela discourtois de sa part ? Et peut-être même un peu présomptueux ?

Muir Melrose semblait une copie un peu pâle de son frère, aussi grand que ce dernier, aussi mat de peau, mais certainement pas aussi imposant que celui qu'il traitait avec tant de désinvolture. Même sans rembourrage, Fergus avait les épaules plus larges, et à côté de lui, son frère paraissait presque un enfant.

— Fort discourtois en effet, acquiesça Nicola.

Elle adressa au jeune homme son plus charmant sourire, tout le temps qu'elle sentit peser sur eux le regard gris de l'aîné des Melrose.

— Il devait bien se douter, pourtant, que nous nous rencontrerions un jour ou l'autre, non ? demanda-t-elle.

— En tout cas pas de son fait, milady. C'est votre frère George qui m'a invité ici, alors que Fergus tâche depuis mon arrivée de me persuader de retourner en Ecosse. Je ne suis venu à Londres que pour une petite visite, mais je n'avais pas dans l'idée qu'elle dût être si courte.

— Et quel est le but de ce séjour si court, messire ? Etes-vous ici pour affaires ?

— Presque, répondit Muir avec un sourire malicieux en portant la main à sa poitrine. En vérité, il s'agit d'affaires… de cœur, milady. Il a fallu que je vienne à Londres précipitamment, si vous voyez ce que je veux dire.

— Je vois, commenta Nicola. Vous avez pris des risques…

— De très grands risques, milady, confirma le jeune homme avec une grimace significative.

Nicola sentait bien que le jeune Melrose devait prendre un certain plaisir à irriter son frère en révélant certains détails qui auraient dû rester cachés, et qu'en lui avouant son penchant pour les aventures amoureuses, il l'invitait en quelque sorte à se sentir libre de flirter avec lui, ce qui ne manquerait pas d'exaspérer davantage son ombrageux aîné. Muir Melrose offrait aux regards ses attributs avec toute l'impudente arrogance d'un homme qui, venant d'en découvrir l'usage, se proposait d'en tirer tout le bonheur possible.

Elle sut instantanément ce qu'elle allait faire, et qu'il lui faudrait se montrer fort prudente dans l'accomplissement de ce plan. A eux deux, ils pourraient contrecarrer les projets de Fergus et mettre un frein à son ambition. Cela serait un jeu d'enfant et, en tout état de cause, bien plus amusant que ce qu'elle avait envisagé jusque-là.

— Donc vous ne pouvez rentrer chez vous de sitôt ? s'enquit-elle. Pas tout de suite en tout cas, si je comprends bien…

— Ce serait grande pitié, soupira-t-il, à présent que nous avons fait connaissance. Me permettrez-vous de vous rendre visite…?

Comme elle ne répondait pas, il crut bon d'ajouter :

— Eh bien, milady ?

— C'est que…

— Oh, milady au cœur de pierre ! se récria-t-il avec une grimace tragique. Vous raillez, sans doute. Etes-vous vraiment si difficile ?

— Hélas, oui. J'ai de très hautes exigences et me lasse vite des gens et des choses. J'ai bien peur de renvoyer mes soupirants sans ménagement, comme votre frère vous l'a peut-être déjà dit.

Tous deux s'esclaffèrent de concert, et leurs rires résonnèrent à travers le jardin illuminé de la lumière du soleil couchant. Mais elle se garda bien, cette fois, de croiser le regard de Fergus.

Nicola raconta ensuite à son nouvel ami le pari de la veille ainsi que la façon dont elle avait, les armes à la main, défait son adversaire le matin même. Ils rirent encore de bon cœur à ce récit, avant d'aller chercher de quoi manger en conversant gaiement comme des complices de longue date.

La demeure spacieuse de lord et lady Coldyngham se dressait à distance respectueuse de la rive, dans une boucle de la Tamise, au milieu d'un des quartiers les plus prisés de Londres entre Savoy Palace et Whitehall. Construit autour d'une large cour, le bâtiment donnait sur le fleuve, à travers un vaste jardin et un verger somptueux, jusqu'à un embarcadère privé.

Pour célébrer les trente ans de lady Charlotte, on avait tendu de guirlandes de lierre et de rubans colorés les charmilles et les tonnelles. Sur la pelouse se trouvaient disposés d'innombrables coussins de velours et de satin, de longues tables couvertes de victuailles et de tonnelets de bière. Un orchestre jouait près de la fontaine où fraîchissaient des flacons de claret de Guyenne.

Nicola autorisa Muir Melrose à lui servir les plus délicieux morceaux de viande qu'il pût trouver, ainsi que diverses garnitures toutes plus étonnantes les unes que les autres. Rien ne semblait ordinaire ou banal, et l'on voyait, entre autres choses étonnantes, des légumes parés comme des ortolans ou des tranches d'agneau frites en forme de feuilles de chou.

Pour lady Charlotte, c'était un triomphe, mais Nicola trouvait finalement tout cela un peu insipide. Même si, pour rien au monde, elle n'eût accepté de l'avouer ou su dire pourquoi.

Au cours de la soirée, elle devisa avec des invités de sa connaissance — elle connaissait presque tout le monde —, admira les jongleurs, évita soigneusement un importun qui la poursuivait de ses assiduités et se régala des airs joués par des intrumentistes. Elle offrit à Roberta — la cadette de George, affublée d'un nom de garçon auquel on avait simplement ajouté une voyelle pour en faire celui d'une fille, selon la tradition familiale — et à son frère Louis, un charmant bambin de huit ans et demi, un pipeau et un tambourin dont ils s'empressèrent d'aller jouer devant les invités, ravis par leur talent encore un peu hésitant.

Ils jouèrent à colin-maillart et à tout ce qu'on voulait, pourvu que cela leur évite de se retrouver nez à nez avec sir Fergus, qui goûtait peu ce genre d'activités. Nicola donna même à Roberta, en fin de soirée, la guirlande de fleurs qui ornait ses cheveux. Naturellement, elle dut, pour ne pas faire de jaloux, offrir à Louis le petit bouquet qui cachait sa cicatrice, mais dont, à cette heure-là, elle pouvait se passer. Dans l'obscurité, personne ne remarquerait le mince filet rouge sur sa chair blanche.

Quand la nuit fut complète, les instrumentistes entamèrent des airs plus rythmés, et sur la Tamise où dansait la lumière de la lune, on pouvait entendre l'écho lointain des rames des bateliers plongeant dans l'eau noire.

Le vin aidant, les invités se prirent par la main pour former une longue colonne qui s'élança bientôt à travers le parc, sous les tonnelles, et jusqu'au verger, au son d'un chant joyeux ponctué de rires et de cris qui saluaient chaque nouvelle embardée.

Personne ne savait exactement quelles mains il serrait,

hormis peut-être Muir Melrose, qui attira délibérément Nicola dans un coin particulièrement sombre.

— Par ici, dit-il dans un souffle. Venez !

C'en était assez pour aujourd'hui, décida brusquement Nicola.

— Non, répondit-elle en s'efforçant de retenir son cavalier. De ce côté !

Elle se sentit tout à coup heurter quelqu'un dans le noir.

— Venez ! s'exclama Muir en riant. Nous allons les perdre si nous…

Nicola se dégagea d'un coup et rassembla les pans de sa robe qu'elle passa sur son bras, mais sentit une main saisir la sienne à nouveau. Pour éviter la colonne des danseurs qu'elle sentait dangereusement près de la piétiner dans le noir, elle se laissa entraîner, espérant rejoindre ceux-ci quand elle y verrait un peu mieux. La main se serra un peu plus sur ses doigts, et elle eut le sentiment soudain que l'obscurité se faisait plus profonde encore.

— Melrose, dit-elle, nous ne prenons pas le bon chemin. Lâchez-moi, je vous prie…

Elle essaya de se dégager, mais se retrouva bientôt enserrée par deux bras puissants qui la serraient de toutes leurs forces. Elle comprit alors que les attentions du jeune Melrose n'avaient finalement eu pour but que d'atteindre à ce moment-là, alors qu'elle croyait pouvoir se satisfaire d'un divertissement sans conséquences. Elle s'en voulait terriblement d'avoir laissé croire à ce jeune blanc-bec qu'elle avait aussi peu de principes qu'une fille de salle, et qu'il pourrait l'entraîner dans un coin sombre pour la caresser comme une soubrette. Dieu savait pourtant que pour rien au monde elle ne se serait permis une telle chose, pas même pour infliger à Fergus Melrose l'affront qu'il méritait !

Elle se débattit furieusement, lâchant sa robe pour mieux repousser l'importun des deux mains, mais il semblait remarquablement fort, presque trop pour sa taille, et ne lui laissa pas le loisir d'appeler à l'aide. Avant qu'elle ait le temps de pousser un cri, sa bouche vint se plaquer sur ses lèvres, étouffant ses protestations, avec une détermination qui semblait incongrue quand on pensait à la désinvolture qu'il affichait depuis le début de la soirée. Elle s'attendait à tout sauf à cela, de la part d'un homme aussi frivole. Et si elle savait depuis le premier instant qu'il pourrait éventuellement se montrer entreprenant si l'occasion s'en présentait, elle ne soupçonnait pas qu'il pût défier son frère avec autant d'audace. Ni aussi subitement.

Cela n'avait plus rien d'un jeu, mais ressemblait plutôt à une démonstration de force parfaitement mesurée. Et surtout, il était si plein de fougue, d'ardeur et de talent qu'une fois la surprise passée, elle se sentit submergée par une vague de sensations inouïes, explosant en elle comme si elles n'avaient attendu que ce moment pour prendre leur essor.

Graduellement, elle cessa de le frapper pour s'agripper à ses épaules, avec une frénésie semblable à celle de son esprit qui battait la campagne. Soumise à la force impérieuse de ses bras et subjuguée par l'habileté de ses lèvres, elle n'eut plus d'autre choix que de se rendre à l'évidence : l'homme qui la tenait dans ses bras ne ressemblait plus en rien à celui, spirituel mais superficiel, avec qui elle venait de passer les dernières heures. C'était une révélation complète, et fort excitante sans doute, mais aussi un prix exorbitant à payer pour un stratagème qui lui avait échappé plus vite qu'elle n'imaginait.

Malgré le succès qu'elle rencontrait auprès des hommes depuis son arrivée à Londres, jamais elle n'avait autorisé quiconque à lui donner plus qu'un chaste baiser sur la joue. Aussi la colère, l'indignation, ainsi qu'un autre sentiment qu'elle n'aurait su nommer, se liguaient-ils en elle pour lui crier que cette étreinte devait à tout prix cesser, quelque moyen qu'il lui fallût employer.

Au prix d'un effort surhumain et de contorsions dont elle ne se savait pas capable, elle parvint à s'arracher à lui et, se penchant vers la main qui emprisonnait son poignet, planta ses dents dans la chair ferme, avec toute la fureur que lui inspirait la trahison de ce ruffian.

Elle sentit le goût du sang sur ses lèvres, puis les doigts du butor relâcher leur étreinte, mais le cri de douleur qu'elle attendait ne vint jamais, à sa grande surprise. Comme si, conscient qu'il devait s'attendre à un tel châtiment, l'impudent acceptait celui-ci avec résignation.

Dans un silence troublant, il passa doucement son bras autour de ses épaules et la guida aussi sûrement que s'il connaissait le chemin. Mais, trouvant cette dérobade quelque peu facile, et peu désireuse de le laisser s'en tirer à si bon compte, elle lui lança d'un ton rageur, avant qu'ils ne se séparent :

— Ne m'approchez plus jamais ! Plus jamais, m'entendez-vous ? A présent, lâchez-moi et allez-vous-en ! Et ne venez plus jamais me parler d'amitié, messire. Vraiment, vous êtes méprisable ! Partez !

Il faisait trop sombre pour qu'elle pût le regarder s'éloigner, mais il lui sembla cependant l'avoir vu s'incliner devant elle avant de tourner les talons. En quelques pas, elle rejoignit la petite foule des invités, regroupés à présent autour d'un chanteur à la voix grave qui s'accompagnait en pinçant les cordes d'un luth, tenant l'assistance sous son charme, ce dont Nicola lui fut reconnaissante.

Elle profita de cette diversion pour tenter de reprendre ses esprits, de recoiffer un peu sa chevelure et d'effacer de ses lèvres la brûlure du baiser en y posant sa main glacée. Mais elle ne put modérer les battements de son cœur. Comme une ombre, elle se glissa furtivement jusqu'à l'orée de la foule pour voir qui chantait si bien, incapable de lutter contre la déception qui lui ravageait l'âme. Pourquoi fallait-il que son premier vrai baiser lui ait été donné par un homme de si piètre envergure, rencontré quelques heures plus tôt à peine, et qui ne faisait pas mystère de son goût pour les aventures faciles ?

Cela lui servirait de leçon, à l'avenir. Qu'il ait disparu sans un mot, sans l'ombre d'une excuse, sans même se préoccuper de l'état de sa victime, prouvait à l'évidence qu'il n'avait ni courage ni honneur.

Un ver de terre, rien de plus.

Abasourdie par sa légèreté, fulminant de colère et troublée jusqu'au tréfonds par le souvenir de leur étreinte, elle sentit son cœur cesser littéralement de battre lorsque, jetant un regard à travers la foule, elle vit un spectacle incroyable s'offrir à ses yeux.

La tête penchée sur son luth, le musicien inconnu n'était autre que Muir Melrose. Si elle en avait douté encore, les applaudissements exaltés qu'il reçut de l'assistance après son dernier accord lui auraient prouvé, sans l'ombre d'une hésitation, qu'il se trouvait à cet endroit depuis un moment déjà.

Le cœur cognant dans sa poitrine, elle scruta frénétiquement l'assistance, à la recherche de l'homme qu'elle avait essayé d'éviter pendant toute la soirée, celui-là même qui l'avait prévenue, du regard, qu'il ne considérait pas la partie définitivement perdue pour lui.

Elle le trouva enfin, seul, debout près de la fontaine, serrant fermement l'une de ses mains dans l'autre, ce qui expliquait qu'il fût le seul à ne pas applaudir le récital de son frère. Comme averti de la présence de Nicola, il tourna soudain la tête dans sa direction.

A travers les ombres et la lueur des torches qui dansaient dans la nuit, leurs regards se croisèrent, se soudant l'un à l'autre comme deux rigoles de métal en fusion. Incrédule, stupéfiée, elle crut lire une nouvelle fois dans ses yeux le message qu'il lui lançait : *Quoi que tu fasses, tu ne m'échapperas pas.*

Elle sentit un long frisson lui parcourir l'échine. Un frisson de peur animale mêlée d'excitation.

Doucement, il s'approcha en fendant la foule, pour venir se planter devant elle. Résolue à ne pas montrer trop ostensiblement qu'elle cherchait à l'éviter, Nicola ne bougea pas d'un pouce, partagée entre un désir fou de s'enfuir et une étrange torpeur qui la saisissait soudain à sa vue, lui ôtant toute volonté. Ses jambes lui semblaient tout à coup s'être changées en plomb.

— Maudit barbare ! murmura-t-elle entre ses dents.

Fergus caressa sa main blessée, sans quitter Nicola du regard, la transperçant de ses yeux brûlants.

— Vous êtes une lionne, murmura-t-il. Mais je saurai vous apprivoiser.

Comme piquée par ce trait, elle leva la tête vers lui, les lèvres tremblantes de rage, mais en lieu et place de la douleur qu'elle s'attendait à lire sur son visage, elle trouva une assurance et une volonté qui la bouleversèrent. Cet homme-là avait l'âme et le cœur bien trempés.

Il n'abandonnerait pas la partie sans livrer férocement bataille.

3.

— Qu'y a-t-il, ma chère ? demanda lady Charlotte à sa belle-sœur. Je vous ai vue parler à sir Fergus avant son départ. Etes-vous toujours en colère contre lui, ou bien vous en veut-il d'avoir passé plus de temps avec son frère qu'avec lui ?

— Non, Lotti, répondit laconiquement Nicola.

Déçue par cette réponse, lady Charlotte prit la jeune femme par le bras et l'entraîna vers la maison. Dans le jardin encore éclairé par les torches fumantes, les musiciens rangeaient leurs instruments, tandis que les domestiques s'affairaient à rassembler dans un grand panier d'osier les victuailles encore inentamées.

Sur la rive, les vaguelettes causées par le départ des barques emportant les invités faisaient danser doucement l'unique bateau encore attaché au ponton, celui de lord Coldyngham.

Les épouses des marchands, auxquelles la populace enviait leurs vêtements somptueux, importés d'Italie pour la plupart, avaient la réputation de faire étalage de leur richesse avec un parfait mauvais goût. Lady Charlotte faisait exception, cependant. Grande, élégante, ressemblant à une madone par bien des aspects, en particulier par ses grands yeux bleus, dont la teinte changeait avec la lumière, et ses dents parfaites comme une rangée de perles scintillantes entre ses lèvres fines, elle arborait ses toilettes avec un raffinement et une discrétion qu'on trouvait rarement chez ses semblables. Elle formait avec George un couple exemplaire, et Nicola trouvait en elle la seule compagne à qui elle pût se confier.

Cette fois-ci, néanmoins, Nicola n'avait aucune intention d'aborder avec sa belle-sœur l'épineux sujet de ses relations avec Fergus Melrose, craignant sans doute qu'elle ne rapporte par accident ses propos à son mari, qui cachait mal son enthousiasme pour cette union.

Elles s'assirent dans une alcôve taillée dans un buisson de buis, à l'abri des regards. Nicola leva vers la lune des yeux rêveurs en songeant à cette étreinte inouïe, qu'il fallait bien attribuer désormais à Fergus, et non à Muir Melrose. L'âme agitée de sentiments contradictoires, elle ne savait plus que penser. Une seule chose lui semblait certaine : ils allaient se livrer bataille.

— George m'a informée de vos griefs envers le fils de sir Findlay, affirma Lotti en penchant la tête doucement pour regarder sa compagne. Mais pouvez-vous raisonnablement lui en vouloir encore, après toutes ces années ? Le passé est le passé, ma chère. Il a l'intention de vous conquérir, c'est évident.

Cette remarque fit voler en éclats la résolution de Nicola.

— La conquête est dans sa nature, remarqua-t-elle. Elle l'a toujours été. Il suffit de lui dire qu'il ne peut avoir certaines choses pour qu'immédiatement il s'efforce de vous prouver le contraire. Pouvez-vous imaginer un instant être mariée à un homme comme lui ?

— Mmm..., soupira Lotti d'un air entendu.

— Je ne parle pas de... de cela, protesta Nicola faiblement, un vague sourire naissant sur ses lèvres à cette évocation.

— Y a-t-il quelqu'un d'autre ? Avez-vous un amant ? risqua lady Charlotte, décidée à ne pas user de circonlocutions.

Cette question abrupte prit Nicola par surprise.

— Pas à proprement parler, répondit-elle. Des amis, plutôt. Lord John, en premier lieu, et…

— Voulez-vous dire Jonathan Carey, le duc de Rufford ?

— Oui….

— Etes-vous amoureuse de lui ?

— Eh bien… je… en quelque sorte, oui. C'est un compagnon fort agréable.

— Veut-il vous épouser ?

Nicola regarda sa belle-sœur du coin de l'œil, cherchant en vain sur son visage l'inquiétude dont parlait George. Pour autant, la question restait brutale et la réponse rien moins qu'évidente.

— Je ne sais pas, hésita-t-elle. Je crois…

— Voulez-vous dire qu'il ne vous a pas demandé votre main ? s'étonna Charlotte. En fait, il veut vous attirer dans son lit, c'est bien cela ? Cela ne m'étonne pas de lui.

— Comment cela ? Il est fort gentil et courtois.

— Certes, mais que savez-vous de lui exactement ?

— Qu'il connaît les femmes, répondit Nicola, comme la plupart des hommes de son âge, je suppose. Fergus aussi, sans doute. Je suis persuadée qu'il m'épouserait si je me montrais bien disposée à son égard, et si je l'encourageais à faire preuve d'un peu d'audace.

Pour parler du comte de Rufford, Charlotte n'aurait certainement pas dit de lui qu'il connaissait les femmes, car il s'agissait là d'un euphémisme douteux. Il les collectionnait, plutôt.

— En ce cas, n'en faites rien, pour l'amour du ciel ! Epousez sir Fergus, vous y gagnerez au change.

— Non merci, Lotti. Je n'ai aucun désir de vivre recluse au

fin fond de l'Ecosse, avec pour seule compagnie une flopée de marmots pleurnichards. Quels que soient les défauts de lord John, il ne peut m'offrir pire enterrement.

— Fergus est beau et riche, répliqua Charlotte. Et fort intelligent, de surcroît. Que vous faut-il de plus ?

Nicola lança un regard lourd de reproches à sa belle-sœur, avant de tourner à nouveau son visage vers la lune.

— Il me faudrait des heures pour vous l'expliquer, rétorqua-t-elle.

Elle regretta immédiatement cette réponse un peu sévère, et décida sur-le-champ d'exprimer sincèrement les raisons qui la poussaient à refuser la proposition de Fergus, bien qu'elle doutât que Charlotte pût vraiment la comprendre.

— Je veux rester libre, Lotti, et profiter pleinement de ma nouvelle existence. Je viens à peine de découvrir le bonheur de diriger moi-même mes affaires et ma vie, de vivre en sécurité sous mon propre toit et d'être maîtresse dans ma demeure. J'ai perdu ma mère très tôt, vous le savez : elle est morte en couches en donnant le jour à mon frère, et j'ai vécu, depuis, sous la coupe des hommes. A présent, je me suis choisi des amis qui m'apprécient pour ce que je suis, qui se plaisent en ma compagnie et rivalisent d'attentions pour me plaire. Tout ceci est nouveau pour moi, mais je dois vous dire que j'apprécie grandement cette nouveauté, à tel point qu'il me semble que je ne saurais m'en passer. Vous comprenez ?

Elle s'interrompit un instant, comme pour reprendre son souffle ou remettre de l'ordre dans ses pensées, puis elle ajouta :

— Je sais bien, poursuivit-elle, que George soupçonne ces gens d'être en quête de bien autre chose que ma petite personne, mais j'en ai assez des mises en garde. Je suis résolue à me faire moi-même ma propre opinion sur la question. Je ne suis plus une petite fille et suis capable de choisir mes compagnons et de les chasser de chez moi s'ils se comportent de méchante façon. J'ai inversé les rôles, Lotti, et j'en suis fort aise !

Là-dessus, elle s'esclaffa si fort qu'elle ne remarqua même pas que sa belle-sœur scrutait intensément son visage

— Je suis trop rapide pour eux, désormais, poursuivit-elle, à présent incapable de s'arrêter de parler. Il ne peuvent me suivre. Pour la première fois de ma vie, c'est moi qui mène la danse et décide de la musique. Si Fergus Melrose veut se joindre à moi, il lui faudra obéir aux règles établies par mes soins et suivre ma cadence. Voilà pourquoi il est inutile de parler de mariage. Cela ne m'intéresse pas. Pas pour l'instant, du moins. Nous en reparlerons dans dix ans, peut-être.

— Vous êtes donc encore vierge ?

— Bien sûr, quelle question ! Pourquoi voudriez-vous que j'aie abandonné si tôt ce trésor ? s'offusqua Nicola en remontant d'un geste furtif le décolleté de sa robe, qu'elle trouvait soudain trop plongeant.

Ces explications convaincraient sans doute Lotti, mais elle savait bien qu'en fait, les choses étaient bien plus compliquées. Tout au fond d'elle-même, elle avait établi des défenses qu'elle croyait infranchissables pour protéger son cœur, mais Fergus Melrose les avait détruites quelques minutes plus tôt comme autant de fétus dérisoires, et elle ne pouvait le laisser recommencer, à aucun prix. Elle ne se rappelait que trop amèrement l'époque où, aveuglée par l'amour qu'elle lui vouait, elle le laissait la tourmenter et la blesser par son indifférence.

Mais il y avait désormais un élément nouveau dans leurs relations, qui l'empêchait de se débarrasser de lui sur-le-champ, comme elle l'aurait fait avec n'importe quel autre homme qui aurait abusé d'elle de cette façon. Fergus Melrose semblait décidé à ne pas lâcher un pouce de terrain, et il lui donnerait sans doute bien plus de fil à retordre que les jeunes blancs-becs à qui elle avait affaire en général. Il allait falloir se défendre bec et ongles pour lui prouver qu'il ne pouvait faire partie de sa vie.

Et le tour qu'il venait de lui jouer dans le jardin, en remplaçant son frère à la faveur de l'obscurité, prouvait à l'évidence qu'il n'entendait pas, dans cette bataille, suivre les règles de la chevalerie.

Elle passa dans la maison de son frère, au bord de la Tamise, une nuit fort agitée en dépit des soins attentifs que lui prodiguèrent les femmes de chambre prévenues de sa détresse par Charlotte. En dépit aussi de la fraîcheur des draps de lin blanc dans lesquels elle dormait, et du tintement régulier des cloches marquant l'heure au beffroi de Whitechapel. Toute la nuit, elle se posa obstinément la même insidieuse question : si elle avait découvert la supercherie de Fergus, l'aurait-elle repoussé avec autant de véhémence qu'elle l'avait fait en se croyant agressée par Muir ?

Tu me le paieras ! ne cessait-t-elle de répéter en enfouissant sa tête dans l'oreiller, tremblant de rage impuissante. *Tu me le paieras cher !*

— George ? murmura lady Charlotte à l'adresse de lord Coldyngham, cette même nuit, en passant le bras autour de celui de son époux.

— Non, ma chérie, répondit celui-ci en l'attirant contre lui avec un sourire. Je suis trop fatigué…

— Cessez de jouer ! le gronda-t-elle doucement. Ce n'est

pas du tout ce que j'ai en tête, même si je vous trouve encore fort à mon goût malgré votre âge.

— En ce cas, il doit s'agir d'argent. Combien est-ce que vous voulez, ma douce amie ?

— Voulez-vous bien cesser, George ? s'exclama-t-elle en dégageant son bras, qu'il tenta vainement de retenir. Ecoutez-moi, je vous prie. Il faut absolument que vous essayiez de faire en sorte que Nicola et Fergus deviennent mari et femme, m'entendez-vous ?

A demi dévêtue, dans la lumière dorée d'un unique candélabre, on eût dit une jeune fille délicieusement séduisante. George ne l'écoutait pas vraiment, laissant nonchalamment sa main folâtrer sur ses hanches, l'esprit visiblement occupé par des pensées moins sérieuses.

— C'est bien ce dont il est question, ma chérie, répondit-il d'un air absent, avant de se pencher à son oreille. Venez… Nous parlerons de cela demain matin…

— Je suis inquiète, George, insista Charlotte en le repoussant d'une gentille bourrade. Elle est dans les meilleurs termes avec Jonathan Carey, et j'ai bien peur qu'il ne l'épouse, si elle s'avise de lui donner quelque espoir.

La main de George se figea subitement sur le flanc de son épouse.

— Est-ce ce qu'elle vous a dit ? Diable ! D'après ce que je sais, lord John n'a guère besoin qu'on l'y encourage pour se montrer audacieux…

— En effet, acquiesça Lotti. Ils sont assez intimes, même si je crois qu'il ne s'est encore rien passé entre eux. C'est dangereux, mon ami. Il faut absolument qu'elle épouse Fergus : sa sécurité est à ce prix. Vous savez combien les hommes comme Carey peuvent se montrer persévérants et persuasifs pour arriver à leurs fins. Et il n'est sans doute pas le seul.

Bien qu'elle se fût contentée de mettre Nicola en garde, elle jugeait la situation éminemment périlleuse : s'il était acceptable que lord Coldyngham eût vécu seul à Bishopsgate, il n'en allait pas de même pour sa fille.

Veuve, elle aurait pu à la rigueur faire taire les commérages, mais n'ayant ni père ni époux pour veiller sur elle, elle vivait bel et bien hors de la tutelle des hommes, ce qui constituait en soi un véritable scandale. Quant à autoriser dans sa demeure un défilé de jeunes gens en âge de se marier, sous le prétexte de profiter de son indépendance, c'était jouer avec le feu. Une femme sans protection ni surveillance risquait de se retrouver bien vite affublée d'une telle réputation qu'elle n'aurait pas assez de toute sa vie pour la faire oublier. Le pire était que Nicola semblait se soucier de cela comme d'une guigne, ce qui dépassait l'entendement de Charlotte.

— Le fait est, commenta George d'un air sombre, que ma sœur déteste Fergus depuis si longtemps qu'il faudra à celui-ci, selon toute vraisemblance, mener une terrible bataille s'il veut la conquérir… Avec, j'en ai peur, bien peu de chances d'y parvenir. Ils se sont à peine regardés pendant toute la soirée.

— Elle ne s'en est pas privée avec le frère de Fergus, cependant, remarqua Charlotte. Croyez-vous qu'elle ait fait cela pour l'irriter ?

— J'en suis certain. Ce n'est jamais que sa dernière impolitesse en date.

— Savez-vous qu'elle porte une petite blessure au sein ?

— Que dites-vous ? s'exclama George en fronçant le sourcil et en prenant le bras de son épouse d'un air inquiet.

— Je l'ai remarquée sur sa peau blanche, juste à la lisière de sa chemise. Elle a dû recommencer à tirer l'épée à pointe nue et se sera blessée. Bien sûr, elle ne s'en est pas vantée.

Ne pouvez-vous lui faire entendre raison ? C'est follement dangereux.

— Etes-vous sûre d'avoir vu cette cicatrice ?

— Absolument certaine. Pourquoi cette question ?

George avait l'habitude de garder ses pensées pour lui, mais sa femme le connaissait trop bien pour se laisser tromper.

— Vous savez quelque chose, insista-t-elle. Parlez !

— J'ai vu deux rapières sur une table dans la grande salle, ce matin, et me suis demandé ce qu'elles faisaient là. Fergus les a ramassées et remises à leur place sur le mur. J'avoue avoir trouvé cela quelque peu étrange.

— Dieu du ciel, George, que dites-vous ? Que Fergus et Nicola…

— Ont ferraillé l'un contre l'autre, en effet, avant mon arrivée. Et bien évidemment, il l'a vaincue, car aucun d'entre nous ne pourrait le vaincre l'épée à la main.

— Seigneur ! s'écria Charlotte en s'arrachant des bras de son mari avec un cri désespéré. Comment pourrait-il encore vouloir d'elle, après cela ?

— Détrompez-vous, ma chère. Je le connais bien. C'est un argument de plus en faveur de ma sœur, aussi étrange que cela puisse paraître. Fergus n'est pas un homme ordinaire.

— Comment ? rétorqua Charlotte d'une voix vibrante de colère. Aurait-il l'habitude de blesser les femmes avant de…

— Je ne crois pas qu'il soit encore jamais allé jusque-là, mais il a des méthodes assez particulières, et je suis sûr qu'il saura la forcer à le prendre en considération, d'une façon ou d'une autre.

— Ce que vous dites est parfaitement odieux, monsieur mon mari ! s'exclama lady Charlotte d'une voix cinglante, en repoussant lord Coldyngham d'un geste sans réplique. Je n'ai jamais rien entendu d'aussi ridicule, et si j'étais à la place de Nicola, je…

George la prit dans ses bras d'un geste vif et se jeta sur elle, la clouant au lit avec assez de force pour lui ôter toute velléité de résistance.

— Mais vous n'êtes pas elle, murmura-t-il en caressant doucement sa chevelure étalée sur le drap blanc. Vous êtes cette femme que je n'ai cessé de regarder toute la soirée, et à présent que je vous ai toute à moi, il n'est pas question que je vous partage avec quiconque plus longtemps. Allons, milady, vous rendrez-vous de votre plein gré, ou faudra-t-il que je vous prenne de force ?

— Mmm… peut-être un peu des deux, murmura-t-elle avec un sourire espiègle.

Si Lotti et George voyaient en Fergus un homme capable de pourvoir à la sécurité de Nicola, celle-ci avait sur la question une opinion bien différente. Son frère et sa belle-sœur n'avaient pas, eux, subi la froideur de Melrose, ni la grossièreté insigne dont il venait de faire preuve en profitant d'elle. Le souvenir de son baiser, qu'elle attribuait tantôt à un désir de vengeance, tantôt à la curiosité — à moins qu'il ne se fût agi de ce mystère si masculin qu'on appelait le désir — l'empêchait de dormir depuis lors.

Mais aucune de ces explications ne lui semblait satisfaisante, au fond.

Convaincue qu'il lui incombait personnellement de se montrer raisonnable en la circonstance et d'essayer de contrôler la situation, elle résolut de mettre entre elle et Fergus autant de distance que possible. Dans une ville de la taille de Londres, et avec l'aide de ses amis et du beau temps, la tâche ne semblait pas insurmontable.

Elle passa le premier jour à la tour de Londres, dans laquelle le roi Edouard VI, chef de la maison d'York, possédait une ménagerie extraordinaire. On y trouvait des lions, un éléphant, un chameau, et même un étrange cheval à la robe blanche rayée de noir.

A moins que ce ne fût le contraire.

Elle s'enhardit jusqu'à franchir les remparts de la cité et, en rentrant chez elle vers le soir, découvrit que sir Fergus Melrose lui avait rendu visite et laissé en cadeau un petit lapin blanc aux yeux rouges et au nez frémissant. Ravie de sa journée, et incapable de savoir s'il s'agissait d'un mâle ou d'une femelle, elle donna à l'animal le nom de son soupirant écossais, ne fût-ce que pour l'humilier davantage.

Elle consacra le jour suivant à visiter divers couvents dans les environs de Bishopsgate. A son retour, elle se réjouit d'apprendre que sir Fergus lui avait rendu visite à nouveau. Le jardinier l'informa même que ce dernier, ulcéré qu'on refuse de lui dire où elle se trouvait, avait par dépit lacéré quatre laitues de la pointe de son épée, et que le lapin les mangeait en ce moment même.

Décidément, les salades n'avaient pas de chance avec les Melrose…

Elle passa les deux jours suivants à s'inventer des choses à faire, dans le but évident d'échapper aux assiduités de son poursuivant. Le premier fut consacré à une longue promenade sur la Tamise qui la mena jusqu'à Richmond, le second à faire des achats sur les rives du fleuve. Elle ne rentra que très tard, à l'heure du souper, et remarqua avec satisfaction que le jardin semblait avoir essuyé à nouveau la colère du butor, ce qui faisait les affaires du lapin.

Cette persévérance l'inquiéta quelque peu cependant, car elle comptait qu'il se lasserait de ne pas la trouver, et elle se reprocha d'avoir oublié qu'il n'aimait rien tant que les défis apparemment insurmontables. Se dérober sans cesse risquait de renforcer sa détermination à la poursuivre.

Et à la conquérir.

Jonathan Carey, comte de Rufford, n'avait pas la même hauteur de vue, et Nicola s'en voulait terriblement d'avoir, dans son innocence, mis tant de temps à comprendre qu'il s'intéressait beaucoup plus à son corps qu'à son cœur, et n'avait d'autre but que de l'attirer dans son lit.

Elle n'en voulait pour preuve que son refus de demander à George la permission de lui faire la cour — ce qui eût été la moindre des choses, pour un hommes aux intentions pures. Bien sûr, ses allusions grivoises à peine voilées lui semblaient depuis un moment indiquer qu'il tenait en quelque sorte à mettre la charrue avant les bœufs. Elle se serait sentie un peu moins ridicule devant Lotti s'il avait eu le bon goût de lui parler mariage, ne fût-ce que pour donner le change.

Elle s'entendait encore affirmer à sa belle-sœur que ses soupirants, et Jonathan en particulier, n'avaient à son égard que des intentions tout à fait honorables, et ce simple souvenir lui faisait monter le rouge aux joues. Il fallait une certaine dose de naïveté pour s'illusionner de la sorte, mais comment aurait-elle pu faire autrement, elle qui n'aurait su dire ce que ces hommes attendaient d'elle, en vérité ?

Fergus Melrose constituait une exception remarquable de ce point de vue, car il ne faisait pas mystère de son désir de lier son destin à celui des Coldyngham, tout en remplissant la promesse faite à son père.

Mais ne se montrait-elle pas trop sévère ? Jonathan Carey ne cherchait peut-être qu'à profiter sagement du plaisir de sa compagnie, après tout, en dépit de ses paroles licencieuses. D'ailleurs, si George ne trouvait rien à redire à sa présence assidue au côté de sa jeune sœur, c'était sans doute qu'il ne voyait là aucun danger pour la réputation de celle-ci. Nul doute qu'il l'aurait avertie, en cas de péril.

Il faisait un temps splendide lorsque Nicola et lord John traversèrent Bishopsgate côte à côte, laissant derrière eux l'hospice de Bethléem et le prieuré de Sainte-Marie, deux institutions qu'elle connaissait pour les avoir visitées récemment. Au-delà des maisons proprettes aux jardins bien entretenus qui bordaient la rue, on pouvait voir les champs s'étendant à perte de vue, et, çà et là, quelques moulins aux ailes blanches tournant lentement dans la brise légère. C'était là qu'avec ses amis elle avait l'intention de se lancer dans une course effrénée, en pariant pour savoir qui serait le plus rapide.

Elle trouvait en John un compagnon agréable, le premier en tout cas à lui avoir rendu visite après qu'elle eut déménagé à Bishopsgate. Il avait quelques défauts, sans doute, mais pas assez pour la convaincre de lui faire grise mine. George avait toujours peur qu'elle ne tombe dans les filets d'un chasseur de dot, mais comme le jeune comte semblait riche, elle se considérait, de ce point de vue, à l'abri du danger.

Plus plaisant à regarder que véritablement beau, gracieux plutôt que robuste, et fort bien élevé quoique parfois un peu agaçant à force de se vouloir fripon, il se montrait toujours gai et enjoué, et toujours disposé à s'amuser. Il arrivait qu'elle lui prête de l'argent lors de leurs sorties, mais c'était seulement parce qu'il oubliait souvent sa bourse chez lui.

Et comme il n'était pas d'un naturel très sérieux, il se

souvenait rarement de ses dettes, mais elle lui pardonnait ce petit défaut.

Ses cheveux blonds étincelants tremblèrent à peine lorsqu'il se tourna pour regarder derrière eux, par-dessus son épaule, le petit groupe d'amis qui les suivait comme un seul homme. Une large collerette enserrait son cou gracieux, sous laquelle un cordon de soie chamarrée fermait le col de sa cape.

Il avait du style et de la classe, deux qualités que Nicola appréciait fort chez un homme.

— Eh bien, milady, lança-t-il en tournant son regard pétillant vers elle. M'est avis qu'on va parier sur cette haridelle que vous venez d'acquérir, mais j'ai bien peur de rentrer chez moi avec plus d'argent dans ma bourse qu'il ne s'en trouve à présent !

Là-dessus, il tapota doucement la bougette de cuir bleu qui dépassait de sous son pourpoint mauve, et Nicola remarqua qu'il portait une bague d'améthyste, comme s'il avait pris la peine d'assortir la couleur de son bijou à celle de ses vêtements.

— Quel gage donnerez-vous à qui l'emportera ? murmura-t-il en se penchant vers elle. Une nuit d'amour avec la belle et chaste Nicola ?

Voilà qu'il recommençait !

Nicola garda les yeux fixés droit devant elle, ignorant délibérément le regard insistant qu'il lui lançait.

— Le vainqueur aura le droit de me remmener chez moi, répondit-elle d'un ton léger, mais c'est tout. De toute façon, j'ai bien l'intention de gagner cette course, car Janus est une jument exceptionnelle. Je pourrai ainsi choisir celui qui m'accompagnera jusqu'à ma demeure.

— En ce cas, il ne peut s'agir que de moi…

— N'en soyez pas si sûr, milord, répliqua Nicola en caressant doucement l'encolure de son cheval. Il se pourrait que j'en choisisse un autre.

Le sourire s'effaça brusquement sur le visage de son compagnon, mais pas un instant il ne quitta des yeux la cavalière qui chevauchait à son côté.

— J'en serais fort marri ! s'exclama-t-il. Vous savez bien ce que j'éprouve pour vous, Nicola.

En son for intérieur, elle regrettait qu'il en fût ainsi, car si elle ne trouvait pas déplaisant qu'il lui fasse une cour innocente, elle trouvait terriblement gênant ce genre de remarque insistante. Heureusement pour elle, son cheval, d'ordinaire fort calme, fit un léger écart en voyant un gros hérisson traverser la route juste devant eux, offrant à sa maîtresse une diversion bienvenue.

Elle venait d'acheter Janus quelques semaines plus tôt et n'avait aucune certitude quant aux réelles qualités de l'animal. Pour autant, elle soupçonnait ce hongre gris pommelé, âgé de trois ans, d'avoir le pied agile. Avec ses jambes presque entièrement noires aux extrémités, il ressemblait à un éclair d'argent. Joueur, plein d'énergie et pourtant étonnamment calme pour un cheval de cet âge, il lui avait coûté quarante guinées, une belle somme qu'on ne payait en général que pour des bêtes d'exception.

Et elle aurait juré que personne dans leur petite troupe, pas même lord John, ne savait qu'enfant, elle faisait déjà la course avec ses frères.

Elle portait ses cheveux en une longue natte épaisse, la tête simplement ceinte d'un bandeau de brocart, comme le lui permettait son statut de célibataire, et un pourpoint vert serré haut sur sa poitrine généreuse, s'arrêtant assez tôt sur son cou pour révéler un peu de sa peau laiteuse, que John caressait des yeux sans se soucier de se montrer discret.

Nicola ne se cachait pas non plus pour rire avec les autres jeunes gens de la troupe, acceptant gaiement le défi quand ils pariaient à qui sauterait par-dessus le ruisseau sans mouiller les pieds de son cheval ou serait le premier à rejoindre le prochain moulin.

— A votre tour, lady Nicola, lança lord John. Voyons un peu comment court cette mule. Par Dieu, je jure qu'avant d'avoir franchi deux fois la distance d'ici à la barrière des prés communaux, elle sera sur le flanc, à moins que vous n'ayez vidé les étriers en franchissant la rivière et pris un bain inattendu.

— Je vous devancerai tous tant que vous êtes, répliqua Nicola.

— Et quel gage nous donnerez-vous si vous perdez ? lança une voix d'homme.

— Je monterai en croupe derrière le vainqueur jusqu'à mon domicile, répondit-elle après un instant de réflexion.

Cette annonce fut accueillie par un grand éclat de rire. Visiblement, tous pensaient qu'il s'agissait plutôt là d'une récompense pour elle.

— C'est à prendre ou à laisser, asséna-t-elle.

— Accepté ! lança la voix. Etes-vous prêts, compagnons ?

Cette voix… Et ces mots… Cela lui rappelait plus qu'étrangement la façon dont Fergus conviait ses frères à l'accompagner dans ses folles équipées. Ses frères, mais pas elle…

— Sais-tu qui vient de parler ? demanda-t-elle au jeune palefrenier qui s'apprêtait à l'aider à monter en selle. Il me semble ne pas reconnaître cette voix.

Pieux mensonge, car elle savait parfaitement de qui il s'agissait, mais n'osait l'avouer.

— Vous verrez mieux quand vous serez sur votre cheval, milady, répondit l'autre. Allons, grimpez ! Ho hisse !

Il voulait la faire asseoir sur le côté, comme il convenait

à une dame, mais résolue à gagner la course, elle ne pouvait accepter de monter dans cette position qu'elle détestait. Aussi, rassemblant ses jupes, elle monta à califourchon sur l'animal sans souci du regard éberlué du jeune homme.

— Ne crains rien, lui lança-t-elle. Ce ne sera pas la première fois que mes amis verront mes chevilles !

Juchée sur le dos de Janus, elle se tourna sur sa selle, redoutant de voir son pire cauchemar se réaliser, et elle se retrouva immédiatement confrontée au regard goguenard de sir Fergus Melrose. Un sourire plein d'arrogance sur les lèvres, il dépassait tous les autres d'une bonne tête et son cheval, un étalon bai aux naseaux frémissants, semblait plus grand d'au moins vingt pouces que le sien.

Mais l'heure n'était plus aux comparaisons ni aux atermoiements et, après s'être lancé un regard plein de défi, les deux cavaliers firent avancer leurs montures vers la ligne de départ où les attendaient les autres.

— Nous ferons deux allers et retours, lança une voix qu'elle reconnut comme celle de Fergus.

Elle sentit une grimace se former sur son visage. Ses chances de gagner semblaient s'être évaporées d'un seul coup. Pire encore, les journées délicieuses passées loin de Melrose ne semblaient plus désormais qu'un souvenir, et son souhait de ne plus le voir s'effondrait. Elle serra les dents et, les mains crispées sur les rênes de cuir gras, fixa les yeux sur le mouchoir blanc qui se balançait dans la brise, attendant qu'il tombe.

— Taïaut !

Avant même que l'étoffe blanche n'atteigne le sol, Janus s'élança comme s'il avait deviné l'instant précis du signal, devançant les autres d'une bonne encolure. Sur le pré verdoyant résonna le fracas des sabots arrachant des mottes de glèbe noire.

Une masse chamarrée bondit en direction du premier moulin qui se découpait au loin sur le fond bleu du ciel éclatant.

Nicola était la seule femme à s'être lancée dans cette course folle.

Les moutons des fermes alentour, habitués à paître sur les communs, semblaient s'être réfugiés loin de la horde hurlante et contemplaient en ruminant l'étrange équipage lancé à la poursuite d'un éclair d'argent portant sur son dos la frêle silhouette d'une jeune femme aux cheveux noirs. Menant la course, elle franchit la rivière en son point le plus étroit, à peine secouée par le bond souple et puissant de Janus. L'animal s'élança dans les airs comme à la parade et retomba sur le sol sans broncher, mais derrière elle, Nicola entendit suffisamment de cris et de hennissements pour comprendre qu'il n'en allait pas de même pour le reste de la troupe.

De tristes souvenirs d'enfance semblaient prendre peu à peu possession de son esprit et de son cœur, à mesure qu'elle approchait du but. Elle se voyait encore, à peine sortie de l'enfance, et rêvant désespérément de faire en sorte que Fergus Melrose s'aperçoive de son existence en s'efforçant de l'égaler en tout.

Si elle y parvenait aujourd'hui, ce serait un triomphe, enfin. Cela lui apprendrait ! Et particulièrement après cette séance humiliante, dans la salle d'escrime, le jour de son arrivée. Exaltée par cette perspective réjouissante, elle oublia à quel point le combat semblait inégal, et aussi qu'il gagnait toujours, quoi qu'il arrive. Cela dissipait un peu le souvenir des humiliations ressenties à chaque défaite, ou chaque fois qu'il l'avait ignorée. Cette fois-ci, elle lui rendrait la monnaie de sa pièce et rentrerait chez elle sur le cheval d'un homme qu'elle aurait choisi elle-même, et qui ne serait pas Fergus Melrose !

Janus se comportait exactement comme elle l'avait espéré,

se montrant rapide, le pied sûr et doté d'une endurance étonnante, au point qu'il galopait encore à perdre haleine alors que la plupart des autres perdaient du terrain.

Quand elle passa devant le groupe de ses amis ayant sagement résolu de ne pas prendre part à la course, elle les entendit l'encourager de la voix et la mettre en garde, aussi, contre l'inconnu au cheval bai qui la suivait de près. Elle entendait distinctement derrière elle le bruit des sabots de l'étalon martelant le sol avec une régularité affolante, mais elle avait trop peur de perdre quelques précieuses secondes en se retournant pour mesurer la distance qui les séparait.

Elle guida Janus vers le gué de la rivière, comme au premier tour, mais avant que le hongre y parvienne, elle vit le grand cheval bai franchir celle-ci d'un bond, comme s'il venait de sortir de son écurie et que son cavalier s'échauffait paisiblement pour sa promenade du matin.

Dès lors, malgré tous ses efforts pour presser le vaillant Janus, sir Fergus se contenta de conserver une longueur d'avance sur elle, comme pour la narguer en lui faisant croire qu'une victoire restait possible, alors que tout lui criait le contraire.

Espérant follement que sa monture trouverait la ressource pour vaincre, elle piqua des deux les flancs palpitants de l'animal, en relâchant les rênes pour agripper sa crinière, mais la distance avec Fergus ne fit qu'augmenter. D'autres les suivaient non loin, mais on aurait pu croire que la course se jouait uniquement entre eux, quand bien même la victoire semblait assurée à son adversaire, qui franchit la ligne d'arrivée le premier, sans paraître accomplir le moindre effort.

Comme toujours…

Le poil luisant de sueur, Janus baissa la tête pour permettre à sa cavalière de glisser sur le sol avant de tendre les rênes à son palefrenier. Epuisée et ruminant sa déception, Nicola enrageait d'avoir vu encore une fois cet homme lui gâcher son plaisir. De nouveau, elle se retrouvait dans la même situation humiliante, comme si souvent dans sa jeunesse… Et tout cela parce qu'il ne supportait pas d'être vaincu par Nicola Coldyngham.

Une femme, pensez donc !

Il se tourna vers elle en donnant une tape affectueuse sur le cou de son étalon, moins souriant qu'elle n'aurait cru malgré les admirateurs qui se pressaient autour de lui.

— Allons, montez, milady, lança-t-il en lui tendant la main. Prenez appui sur mon pied.

Il ne lui fallut pas plus d'une seconde, manifestement, pour lire dans les yeux de Nicola toute la défiance qu'elle ressentait à son égard. Quittant sa selle, il se retrouva debout devant elle.

— Je vous ramène chez vous, laissa-t-il tomber d'une voix sombre.

— Je ne suis pas prête à rentrer pour l'instant, messire, répliqua Nicola en essayant de s'écarter un peu. J'ai envie de rester ici avec mes amis, quelque temps encore. Je sais que vous pouvez réclamer le prix de votre victoire, mais il vous faudra attendre un peu.

Fergus s'abstint de la contredire, car les autres cavaliers approchaient, lord John en tête, au milieu des cris de joie du reste de la troupe et du nuage que formait le souffle de leurs chevaux écumants.

D'un seul coup, il se pencha devant elle et la saisit entre ses bras comme un fétu, avant de l'asseoir d'un geste sans réplique sur la croupe de son bai. Puis, sans lui laisser le temps de protester ou même de se demander comment elle pourrait descendre de là sans se rompre le cou, il sauta lui-même en selle et prit les rênes, hélant au passage le jeune palefrenier pour lui ordonner de le suivre avec Janus.

Pour une fois, Nicola jugea sage de tenir sa langue. D'abord parce qu'elle voulait éviter à tout prix de causer un esclandre — quoique la conduite inqualifiable de Fergus eût amplement justifié qu'elle le tançât vertement devant les autres. Ensuite parce qu'il semblait vouloir célébrer son triomphe en le partageant avec elle, ce qui ne laissait pas d'être l'exact opposé de son attitude de jadis. Elle trouvait la chose si étrange, si inhabituelle que, du fond de sa mémoire, l'enfant d'autrefois semblait presque se réjouir d'avoir laissé échapper la victoire…

Lord John fulminait.

— Qui êtes-vous, messire ? lança-t-il sèchement à l'adresse de Fergus, le visage couvert de sueur et de poussière.

Il avait les cheveux si ébouriffés et si ternes, à cause de la boue qui s'y trouvait collée, que Nicola lui trouva soudain l'air maladif, comme s'il venait de prendre vingt ans en l'espace de quelques minutes.

— Je suis sir Fergus Melrose, messire, pour vous servir. Etant arrivé premier, j'ai le droit de réclamer le prix de ma victoire. J'accompagnerai donc lady Nicola chez elle. Elle a déjà passé bien assez de temps dehors, aujourd'hui.

L'intéressée faillit s'étrangler d'indignation en entendant cette remarque, mais jugea prudent de se taire une nouvelle fois, et pour les mêmes raisons. Protester ne servirait à rien, sinon à envenimer une situation déjà tendue.

— Qu'est-ce qui vous rend si hardi de proférer pareille affirmation au sujet de lady Coldyngham ? Seriez-vous son parent ? lança lord John d'un ton glacial, en examinant du coin de l'œil la selle et les bottes somptueuses de Fergus.

— En quelque sorte, répondit celui-ci. Lady Nicola et moi-même sommes liés depuis fort longtemps. En fait, nous allons nous fiancer bientôt. Je vous souhaite le bonjour, messire.

— Quoi ? Que dites-vous ? s'écria lord John en pâlissant soudain. Vous allez… vous… Est-ce vrai, milady ?

Abasourdie, il leva les yeux vers Nicola. Une colère froide se lisait dans son regard d'ordinaire pétillant de gaieté et d'insouciance.

Résolue à ne pas se laisser entraîner dans une dispute qui ne mènerait à rien, et devant tous ses amis en plus, Nicola se força à sourire bravement, dans l'espoir que John en resterait là.

— Nous parlerons de tout cela un autre jour, milord, s'il vous plaît. C'est un sujet qui ne doit pas être traité sur la place publique, et ce n'est ni le lieu ni l'heure, si vous permettez. Sir Fergus est un ami de ma famille. Je le connais depuis ma plus tendre enfance…

Elle n'eut pas le temps d'achever sa phrase que déjà Fergus Melrose piquait les flancs de son cheval sous les regards envieux de la petite troupe, si brusquement que Nicola dut agripper la ceinture de son cavalier pour ne pas perdre l'équilibre. Fou de rage de se voir ainsi privé du plaisir d'escorter la belle jusqu'à sa demeure, lord John les regarda s'éloigner, bouche bée. Il se disait manifestement que sans la présence importune de ce butor, il aurait pu passer avec Nicola un moment bien agréable.

Lorsqu'elle se retourna timidement pour saluer ses amis, elle frissonna en croisant le regard glacial de son soupirant. Elle ne risquait pas de l'oublier de sitôt.

Elle attendit qu'ils soient hors de vue pour donner libre cours à sa colère, et infliger à Fergus une réprimande comme elle aurait voulu lui en servir douze ans plus tôt, si elle en avait eu le courage.

— Si vous croyez que votre attitude à mon égard est digne

d'un homme qui compte m'épouser, il est grand temps pour vous d'apprendre qu'il n'en est rien ! Vous avez sérieusement besoin d'oublier vos manières de soudard. Vous étiez déjà d'une grossièreté insupportable lorsque vous aviez seize ans, et il ne me semble pas que les choses se soient améliorées, de ce point de vue…

— Serrez-vous contre moi, répondit-il par-dessus son épaule, sans quoi vous allez tomber. Passez vos bras autour de ma taille. Allons, damoiselle, faites ce que je vous dis !

— Je ne vois vraiment pas pourquoi je ne rentrerais pas chez moi sur mon propre cheval. Il n'y a pas de raison ! protesta-t-elle en jetant un regard à la jument épuisée, que le palefrenier guidait à distance respectueuse.

En la voyant se tourner vers lui, celui-ci lui lança un clin d'œil plein d'impertinence.

— Peut-être cela ne vous agrée-t-il pas, mais je préfère vous savoir en lieu sûr pour vous avoir sous la main, en cas de besoin. Car vous vous êtes faite rare, ces derniers temps, répliqua Fergus. Et tant qu'à faire, la croupe de mon cheval me semble un endroit tout à fait approprié.

— Je vous accorde que bien des choses ont changé, messire, en douze ans, rétorqua Nicola en serrant les dents, mais je ne veux être sous la main de personne, merci beaucoup ! En tout cas, pas la vôtre. Cela ne pourrait que nuire à ma réputation, à laquelle je tiens fort, figurez-vous, surtout après…

Elle hésita un instant, pas certaine qu'il l'écoutait encore, mais décida malgré tout de terminer sa phrase :

— Après ce qui s'est passé cette semaine, conclut-elle en se félicitant de ne pas rougir. Vous feriez bien de chercher ailleurs une épouse. Il ne doit pas manquer de jeunes femmes en âge de se marier, qui trouveront agréables d'être blessées par vous puis embrassées de force, et enlevées sous les yeux de leurs amis. Il est vraiment dommage que nos pères ne nous aient pas consultés, vous et moi, il y a douze ans. Cela nous aurait évité bien des conversations inutiles, vous ne croyez pas ?

Agrippée à la ceinture de Fergus, elle agita les mains comme pour exiger une réponse, espérant vaguement constater sur son visage l'effet que pouvait avoir sa tirade.

Souvent, dans sa jeunesse, elle avait rêvé qu'il la prenne sur son coursier et lui ordonne de se serrer contre lui. A présent, il était trop tard.

Beaucoup trop tard.

En plein jour, le contraste avec son jeune frère était aveuglant. Ce n'était pas tant la différence d'âge, ni le fait que Fergus dégageait une sensualité ébouriffante, mais plus encore son refus absolu de jouer selon les règles de l'amour courtois, au contraire de Muir Melrose. Elle se souvenait de s'être lassée rapidement des flatteries que lui prodiguait le jeune homme, et de l'adoration évidente qu'il semblait lui vouer. Pour autant, les façons diamétralement opposées de Fergus ne lui convenaient pas davantage.

— Avez-vous entendu ce que j'ai dit ? marmonna-t-elle, remarquant sur le pourpoint vert une couture qui menaçait de lâcher.

— Vous vous souciez de votre réputation, milady ? lança-t-il sur un ton de raillerie. A-t-elle vraiment beaucoup d'importance pour vous ? Est-ce pour la préserver que vous avez passé tant de temps en compagnie de Jonathan Carey, duc de Rufford ? Je suis surpris d'apprendre que je constitue, à vos yeux, un danger plus grand qu'un homme comme lui !

Ils bifurquèrent pour s'engager sur la route qui menait aux remparts de la ville et, comme Fergus préférait visiblement faire marcher son cheval sur l'herbe inégale qui bordait celle-ci plutôt que dans les ornières boueuses qui la rendaient presque impraticable par endroits, Nicola se sentit affreusement secouée, mais se garda de se plaindre.

— Vous parlez par énigmes, messire, remarqua-t-elle. *Un homme comme lui* ? Que voulez-vous dire ?

— Votre noble ami, répondit-il en insistant sur l'épithète, me semble avoir la langue bien pendue... J'en ai peur. Ce n'est pas un défaut en soi, à condition de ne pas mentir effrontément ni de calomnier ses propres amis. Malheureusement, il fait l'un et l'autre...

— Si c'est pour vous entendre accuser faussement les gens que j'apprécie, je préfère me boucher les oreilles.

— Nous parlions de votre réputation, milady, c'est bien cela ? insista-t-il en s'adressant à elle par-dessus son épaule. Si vous tenez tant que cela à la garder sans tache, peut-être devriez-vous savoir ce que disent à votre sujet ceux qui se prétendent vos amis. Voulez-vous que je vous rapporte leurs propos ?

Malgré sa réticence, elle voulait en effet connaître la vérité. A condition qu'il la lui dise, bien sûr.

— S'il le faut, je vous entendrai, mais pourquoi vous ferais-je confiance ?

— En ce cas, j'ai une meilleure idée.

— Laquelle ?

— Au lieu de me croire sur parole, mieux vaut que vous vous fassiez vous-même votre religion. Venez avec moi jusqu'à Bear Gardens. C'est dans Southwark. Mon homme de confiance s'y est rendu hier soir. Vous pourrez entendre votre... ami évaluer les chances qu'il a de vous séduire. Au fait, j'oubliais ! Il est marié, le saviez-vous ?

Nicola faillit perdre l'équilibre sous le coup de cette fracassante révélation. L'espace d'un instant, elle eut l'impression que tout tournait autour d'elle. Un goût de cendres envahit sa bouche. Elle se sentait affreusement insultée, salie par l'insistance coupable de John. Et par son mensonge.

— Marié ? demanda-t-elle dans un souffle, incrédule. En êtes-vous… ?

Fergus attendit un instant avant de répondre, car il la sentait fébrile, choquée. Pendant un moment il se tint coi, puis reprit doucement, en s'efforçant de gommer de sa voix les accents vainqueurs qui y résonnaient encore :

— J'ai pensé qu'il serait bon que vous sachiez la vérité. Je connais la comtesse de Rufford et sa famille. Bien sûr ils vivent loin de Londres, et assez modestement, je dois dire. Elle sait parfaitement à quoi s'en tenir sur la vie que mène son mari. Et si elle se désole qu'il dépense ainsi sa dot, elle ne peut rien y faire et préfère garder sa dignité en n'intervenant pas… Ce qui ne servirait à rien, de toute façon. Elle le voit peu, une fois par an tout au plus, et il lui fait un enfant à chaque fois. Elle en avait déjà quatre la dernière fois que je l'ai vue, et un cinquième en préparation. J'ignore combien de bâtards il a engendrés ailleurs, et je suppose qu'il n'en sait rien non plus, mais d'après ce qu'on m'a rapporté, il pense à vous pour en augmenter le nombre. Voilà une question intéressante que vous pourriez lui poser, un de ces jours.

Nicola se sentait au bord de la nausée, incrédule, abasourdie.

— Pourquoi George ne m'a-t-il rien dit ? s'insurgea-t-elle. Pourquoi ?

— Je ne puis répondre à la place de votre frère, répondit Fergus en arrêtant son cheval pour laisser passer une voiture. Mais je dois dire, à sa décharge, qu'il n'écoute jamais les ragots ni ne fréquente de tels personnages.

— Ce qui n'est pas votre cas, je suppose ?

— Tout juste. Mon homme de confiance le fait à ma place quand je le lui demande, en effet.

La colère faisait battre follement son cœur, et elle aurait donné n'importe quoi pour se trouver enfin chez elle, seule pour assimiler toutes ces révélations.

— Qu'escomptez-vous obtenir de moi en me disant ces choses, messire Fergus ? Est-ce une vengeance pour me faire payer mes insultes ? Avez-vous l'intention de me faire subir la loi du talion parce que j'ai refusé de vous épouser ? Croyez-vous qu'en m'épargnant le scandale vous ferez de moi votre obligée ? Et si vous n'arrivez pas à vos fins, continuerez-vous à détruire la réputation de mes amis ? Un peu de tout cela, n'est-ce pas ? Mais dites-moi : depuis combien de temps vous préoccupez-vous de ma personne et de mon honneur ? Avez-vous déjà oublié la blessure que vous m'avez infligée il y a quelques jours, et les privautés que vous vous êtes permises à mon endroit en me traitant comme une fille de ferme ? Je présume que vous comptiez, ce faisant, me séduire… Mais pensez-vous réellement que votre conduite soit plus honorable que celle de lord John ?

Elle parlait si fort que sa voix résonnait contre le rempart de pierre grise de Bishopsgate, à tel point qu'elle leva les yeux vers la foule qui se pressait à l'entrée de la ville. Les badauds regardaient fixement leur étrange équipage, s'attardant sur son visage empourpré de colère et sur son cheval que conduisait le palefrenier goguenard. Nul doute qu'ils devaient imaginer Dieu sait quelles horreurs…

Cela ne semblait pas émouvoir Fergus outre mesure.

— Plus honorable, peut-être pas. Mais plus discrète, peut-être, répondit-il avec un sourire railleur. On ne peut pas dire que les choses aient très bien commencé entre nous, n'est-ce pas ?

— Vous semblez penser que le fait que nous nous soyons connus enfants vous autorise à reprendre pied dans ma vie comme si de rien n'était. Mais détrompez-vous : il n'en va pas ainsi, et il vous faudra bien l'accepter. Je connais moi aussi le goût de la victoire, et j'ai appris à prendre toute seule les décisions importantes. J'y ai gagné de l'expérience et ne pleure plus lorsque j'essuie un échec et me retrouve à terre, comme quand j'étais petite fille.

Nicola surprit un sourire sur les lèvres de Fergus.

— Vous pouvez vous moquer si cela vous chante, poursuivit-elle, persuadée qu'il se remémorait ses pleurs d'autrefois avec tout le mépris dont elle le savait capable. Mais si je me suis trompée dans le choix de mes amis, je suis assez grande pour m'en remettre. Ma réputation n'en souffrira pas, croyez-le bien. Je vous suis obligée de cette mise en garde, mais j'ai d'autres alliés plus loyaux qui seront ravis de m'offrir leur protection. Et qui ne me demanderont rien en échange.

— Vous ont-ils informée des mensonges de lord John ?

Elle se tut un instant, forcée de constater qu'il marquait un point, malheureusement.

— Cela n'a pas d'importance, car je n'avais nullement l'intention de l'épouser. Je ne suis pas prête pour le mariage. Avec qui que ce soit !

— A vingt-quatre ans ?

Fort heureusement, elle ne pouvait voir le visage de Fergus.

— Oui, messire. Et pour ce qui est d'épouser un Melrose, dites-vous bien que je ne serai jamais prête. Jamais, vous m'entendez ? Quelles que soient les raisons qui vous poussent à vouloir cette union, vous ne parviendrez pas à me convaincre que nous ayons quoi que ce soit à y gagner l'un et l'autre. Je n'ai d'autre vie que celle-ci, et je ne veux pas perdre mon temps à la passer avec vous dans la tristesse et le malheur.

Elle vit la mâchoire de Fergus se contracter, effaçant toute trace de sourire. Visiblement, il faisait un effort surhumain pour se contenir et ne pas répondre à ces paroles offensantes. Quand ils passèrent devant le prieuré de Sainte-Marie, ses lèvres n'étaient plus qu'un trait blanc sur son visage.

— Eh bien, milady au cœur de pierre, il faudra trouver entre nous quelque chose d'un peu plus exaltant que le simple bonheur, car j'ai bien l'intention de tenir la promesse faite à mon père. Et que vous le vouliez ou non, vous allez m'y aider.

Cette affirmation péremptoire la surprit terriblement, car elle s'attendait plutôt à ce qu'il cherche à la convaincre.

Mais ils venaient d'entrer dans la cour de sa maison, et la remarque cinglante qu'elle préparait lui resta dans la gorge.

Une fois à terre, il la prit par la taille pour l'aider à descendre. Nicola comprit, à voir ses yeux, que la présence des palefreniers qui s'affairaient autour d'eux ne l'affecterait en rien. Elle pensa un instant glisser à bas de l'animal de l'autre côté, et s'enfuir à toutes jambes. Mais dans sa propre maison ? Cela aurait été tout bonnement ridicule. Il fallait l'affronter, coûte que coûte.

— Il n'est pas question, rétorqua-t-elle en s'exhortant au courage, que je vous aide à faire de moi votre esclave, messire. En aucune façon !

— Mais si ! répliqua-t-il sans la lâcher. Je suis même persuadé que vous allez beaucoup aimer cela.

— Sûrement pas !

— Attendez seulement d'avoir essayé.

— Je n'en ai aucune intention, croyez-le bien. Maintenant, faites-moi descendre et lâchez-moi.

Un valet vint prendre les rênes de l'étalon pour le mener

aux écuries, mais Fergus ne broncha pas. Il se tenait toujours près d'elle, visiblement peu décidé à la lâcher.

Elle se sentit soudain submergée par toutes ces émotions qui semblaient ne jamais devoir s'arrêter. Elle perdait pied devant cet homme arrogant et dominateur, comme autrefois, quoique d'une manière différente. Petite fille, elle n'avait de cesse qu'il la remarque, et désirait passionnément qu'il s'intéresse à elle, alors qu'aujourd'hui, elle craignait plus que tout l'attention qu'il lui portait. Elle le trouvait menaçant, désormais, intimidant, même, et ne savait toujours pas comment se comporter en face de lui. Elle aurait donné n'importe quoi pour qu'il ne soit jamais revenu.

Quoi qu'elle fasse, elle ne pouvait s'empêcher de sentir l'odeur affolante qui montait du corps de Fergus. Cela évoquait la sueur et le poil luisant de son cheval, mais il y avait autre chose, un parfum viril et indéfinissable qu'elle trouvait proprement envoûtant, au point qu'elle se demandait presque si l'on pouvait s'en passer, une fois qu'on y avait goûté.

Ebranlée, elle tentait désespérément de se protéger de lui, mais ses défenses tombaient une à une, l'empêchant de réagir. Quand il s'approcha, elle voulut s'écarter, mais il était trop tard.

Elle résista tout d'abord, échaudée par le souvenir de leur première étreinte. Se sentir emprisonnée dans ses bras puissants allait contre sa nature. Tout, en elle, refusait de se soumettre à l'emprise d'un homme qui ne connaissait pas le goût amer du refus. Elle détestait son arrogance, et cette façon qu'il avait de croire qu'il lui suffisait de l'embrasser pour qu'elle tombe à ses genoux.

Sa résistance fut brève, tuée dans l'œuf par Fergus qui lui saisit les poignets d'une main, avant d'étouffer ses protestations en plaquant ses lèvres brûlantes sur sa bouche. Courbée sous lui, entièrement à sa merci, elle vit ses rêves des nuits d'autrefois la submerger de nouveau, plus troublants que jamais, et l'affaiblir encore, la laissant sans défense ni volonté, pantelante entre ses bras. Du fond de sa conscience, une voix lui hurla de reprendre ses esprits, de ne pas succomber, mais s'évanouit bientôt, vaincue par l'ardeur de ses baisers. Quand cette voix se tut définitivement, Nicola s'abandonna, comme le naufragé épuisé qui se laisse emporter par les flots.

Elle n'eut même pas besoin de s'exhorter à répondre à sa caresse, allant au-devant de lui comme si elle acceptait enfin les sensations nouvelles qui affolaient ses sens.

Le hennissement d'un cheval et le bruit d'un seau de bois tombant sur le pavé de la cour les firent revenir à la réalité, mais il leur fallut un moment pour reprendre leurs esprits.

Fergus la regarda fixement pendant quelques secondes. Dans les yeux incrédules de Nicola, il lui sembla voir l'ombre d'une douleur longtemps enfouie, qui le persuada que la partie n'était pas encore gagnée, et de loin.

— Vous pensiez en avoir fini avec moi, milady ? demanda-t-il dans un souffle. Détrompez-vous. Je n'ai pas pour habitude de battre en retraite. Vous devriez le savoir, depuis le temps.

Dès qu'il lui lâcha les poignets, elle s'écarta précipitamment, bouillante d'indignation.

— Vous semblez croire que j'ai gardé de vous un souvenir très vivace, messire Fergus, mais c'est à moi de vous détromper à mon tour ! Je ne me souviens en fait que de vos manières de rustre écossais. En douze ans, elles n'ont pas changé, en effet. Vous venez encore une fois de donner libre cours à vos ardeurs luxurieuses, comme un pillard qui viole les femmes après avoir mis le feu à leurs maisons. Il semble que lord John, lui, parvienne à contrôler cette fougue virile dont vous semblez si fier. Cela fait de lui un soupirant plus agréable, et à choisir, je le préférerais sans conteste à vous.

— Il ne s'intéresse à vous que pour vous suborner, Nicola, répliqua Fergus sans cacher le dédain que lui inspirait le comte de Rufford. Quoique votre fortune l'excite encore plus que l'adultère… On dit qu'il aime jouer, mais que la chance se refuse souvent à lui. Je ne doute pas que vous l'aidiez à assouvir ce vice. De quelle somme vous a-t-il déjà délestée ?

— Est-il encore d'autres crimes dont vous vouliez l'accuser, messire ? Ne vous gênez plus, vous avez si bien commencé ! s'exclama Nicola, essayant de se mettre hors de portée, mais sans succès.

— Il en est beaucoup, en effet, mais je préfère parler de choses plus intéressantes. Comme par exemple, de fixer une date pour nos fiançailles… Il va falloir vous y résoudre, milady.

Elle aurait pu tourner les talons et s'enfuir là-dessus, ce qui aurait forcé Fergus à la suivre bon gré mal gré, ou bien à la contraindre encore une fois. Mais des années plus tard elle repenserait à cet épisode en se demandant toujours ce qui avait bien pu la retenir, en dépit de sa colère, au milieu de cette cour dans laquelle résonnait le bruit les écuries, comme si les heures avaient ralenti leur course impitoyable.

Elle s'efforçait de mettre dans son refus le plus de conviction possible, comme si sa décision était déjà prise, et voulait croire qu'il accorderait du crédit à sa résolution. Mais en fait, tous deux avaient été surpris lors de leur première rencontre, quelques jours plus tôt.

Les souvenirs de Nicola semblaient figés dans le temps, certes, mais ceux de Fergus ne correspondaient pas non plus à la réalité. Pour autant, elle ne pouvait concevoir qu'il ait oublié tous les incidents innombrables dont elle se souvenait si bien, et elle ne lui pardonnait pas d'avoir souri, quelques instants plus tôt, à l'évocation d'une de ses piteuses défaites.

Elle se revoyait encore, étalée de tout son long dans la boue devant ses frères et Fergus qui riaient aux éclats, sans s'émouvoir le moins du monde de ses pleurs. Rien que d'y penser, la puanteur de la terre et du crottin mêlés lui remontait aux narines. Il aurait dû faire preuve de compassion à son égard et s'excuser pour son indifférence, mais non… Et il prétendait l'épouser ? Un homme qui voulait une femme ne se comportait pas de la sorte, mais devait au contraire se montrer attentif, aimant, attentionné. Comme lord John.

Se pouvait-il que ce dernier fût vraiment aussi mauvais que Fergus l'affirmait ?

Alors qu'elle croyait l'avoir oublié depuis tout ce temps, Fergus Melrose avait fait irruption dans sa vie une nouvelle fois, toujours aussi hautain et arrogant mais exsudant désormais une sensualité primitive pour laquelle la plupart des hommes auraient donné tout ce qu'ils possédaient. Cela expliquait que petite fille, déjà, elle eût éprouvé pour lui une attirance quasi magnétique, même si elle ne savait pas alors, dans son innocence, la reconnaître pour telle.

A présent elle la subissait de plein fouet, sans pouvoir s'en protéger, malgré la rancœur qu'elle éprouvait. Quand elle repensait à ses baisers, elle avait l'impression que ses rêves d'adolescente avaient été exaucés, certes, mais si complètement, si totalement qu'elle en étouffait. C'était trop, et trop tard.

Ou trop tôt.

Elle lui en voulait de l'avoir crue prête à l'accueillir à bras ouverts après douze ans d'absence, et plus encore de l'avoir forcée à s'abandonner à lui avec volupté. Désormais, elle se trouvait en position de faiblesse vis-à-vis de lui, il le savait. Cela expliquait sans doute pourquoi il gardait l'offensive, comme l'autre jour, lors de leur duel. Il voulait porter l'estocade et en finir.

Il avait assez d'expérience pour savoir qu'elle ne pouvait quasiment plus se défendre, même si la bataille n'était pas encore gagnée.

— Nicola, lança-t-il, avez-vous entendu ce que je vous ai dit ? Je n'abandonne pas la partie, croyez-le bien, mais si nous pouvons nous affronter tant que nous voulons en privé, il vous faudra faire semblant d'être soumise en public.

— Vraiment ? Sachez que je n'ai aucun désir de me battre avec vous, messire, et pas plus en plein jour que dans le secret des alcôves où vous rêvez de m'entraîner. Je ne veux en aucune façon avoir affaire à vous. Quant à me montrer soumise…

Elle ne put en dire plus, car il l'attira contre lui d'un geste sans réplique.

— Si fait, ma belle ! souffla-t-il d'une voix pleine de colère. Depuis mon arrivée, vous n'avez rien fait d'autre que de me résister, et il suffit que je pose les yeux sur vous pour que vous vous hérissiez comme un chat sauvage. Vous avez usé contre moi de toutes les insultes que vous connaissez, méritées ou non, et peut-être aurais-je dû depuis longtemps vous prendre sur mes genoux pour vous châtier comme une enfant. Mais cette résistance, vous l'exercez contre vous-même, en réalité, parce que vous avez peur de ce qui vous arrive.

— Epargnez-moi vos fadaises ! siffla-t-elle avec d'autant plus de véhémence qu'elle sentait confusément qu'il avait raison.

— Si vous n'avez pas peur, pourquoi cette hostilité ? Craignez-vous que je vous fasse du mal ?

— Lâchez-moi !

— Avouez ! Vous tremblez à l'idée de céder à l'attirance que vous éprouvez pour moi. Je l'ai bien senti, tout à l'heure, quand vous cherchiez ma bouche. Vous apprenez vite, milady.

Rassemblant toute la colère accumulée depuis des années contre Fergus, Nicola lui porta un coup qui aurait dû envoyer sa tête rouler sur les pavés de la cour. Mais, prompt comme l'éclair, il détourna sa main, et cette parade inattendue arracha à Nicola un cri de douleur. Il lui saisit les poignets une nouvelle fois et elle se retrouva à nouveau à sa merci, folle de rage. Sa main la faisait terriblement souffrir.

— Voilà ce qui arrive quand vous vous rebiffez, asséna-t-il. C'est vous qui êtes blessée, et pas moi. Combien de temps vous faudra-t-il pour le comprendre ? Au lieu de vous épuiser à me résister en vain, vous feriez mieux de vous soumettre. Il y a une certaine joie à accepter la défaite, savez-vous ? En tout cas, il n'est pas nécessaire qu'elle soit douloureuse. Vous vous y ferez. D'ici là, vous pouvez faire semblant et me traiter en ami, ne serait-ce que pour vos frères. A moins que vous ne teniez à ce qu'ils vous voient vous blesser comme autrefois. Est-ce cela que vous voulez ?

Les dents serrées, Nicola ravala les larmes que lui causait sa douleur, avant de s'écrier :

— Je vous hais, Fergus Melrose, je vous hais !

— Je sais, répondit-il, le visage soudain moins dur. Vous n'avez jamais été très douée pour dissimuler vos sentiments.

Avant qu'elle prenne conscience de ce qu'il faisait, il prit son bras blessé et le porta à sa bouche pour l'embrasser, comme le fait une mère.

— Allons, venez, lui dit-il. Allons à l'intérieur. Il y fait plus frais, et vous pourrez vous y habituer à faire semblant sans que personne vous voie.

Elle se mordit la lèvre. Autrefois, jamais il ne lui serait venu à idée de lui prendre la main.

— Je ne suis pas votre amie, Fergus, affirma-t-elle en sentant ses doigts brûlants se refermer sur sa peau.

Quel dommage que vous n'ayez pu faire semblant, autrefois... Et pourquoi m'avez-vous appelée « cœur de pierre » ? C'est Muir qui le premier a utilisé cette expression... Se pourrait-il qu'il fasse partie de votre plan, lui aussi ?

4.

Au milieu du passage, ils rencontrèrent Marguerite, qui tenait dans ses bras le lapin blanc visiblement effrayé, tandis que du jardin leur parvenaient les imprécations du jardinier. Comme si la scène n'était pas assez grotesque, ils entendirent un perroquet grincer une phrase que Nicola employait souvent :

— Qu'il aille au diable !

— Maître Raymond est ici, milady, annonça Marguerite d'une voix forte, sans cesser de caresser les oreilles du lapin. Il vous attend dans la grande salle.

— Qu'il aille au diable ! répéta le volatile.

Nicola ne fut pas assez prompte pour se dégager de l'emprise de Fergus avant que son frère n'apparaisse, mais poussa, en le voyant, un cri de joie, et faillit le faire tomber tant elle le serra dans ses bras avec enthousiasme.

Raymond Coldyngham, un beau garçon de vingt-six ans, ne sembla pas surpris outre mesure par cette chaleureuse réception, même s'il tiqua en voyant sa sœur et son ami Melrose se tenir la main comme deux amoureux. Il répondit aux salutations de Nicola en la serrant affectueusement contre lui, mais se tourna aussitôt vers Fergus pour lui faire part de son étonnement.

— Que diable fais-tu ici, Ferg ? lança-t-il.

— Merci, répliqua Fergus d'un ton de raillerie en s'approchant. Je suis également ravi de te revoir.

Il attendit son tour pour donner l'accolade à Raymond, et les deux hommes se frappèrent mutuellement la poitrine à coups de poing comme s'ils voulaient rattraper le temps perdu de leurs luttes fraternelles et ne trouvaient pas les mots pour exprimer la joie de ces retrouvailles.

Ils étaient fort différents l'un de l'autre, car Fergus n'admettait pas la faiblesse tandis que Raymond ne cherchait jamais la victoire à tout prix quand bien même il aimait se mesurer aux autres. Le premier avait dû au cours de sa vie apprendre la compassion qui venait naturellement au second, mais malgré tout, en dépit des vies fort différentes qu'ils menaient, ils se respectaient et s'admiraient énormément.

Quand ils en eurent terminé de leurs salutations, Raymond prit sa sœur par la taille et l'attira vers lui, un sourire sur les lèvres.

— Eh bien, Nicola ? lança-t-il en plissant les yeux, intrigué. Vous voilà amis tous les deux à présent ?

— Non… je… oui ! bredouilla la jeune femme, ce qui eut pour effet de renforcer encore l'étonnement de son frère.

— Je vois, commenta celui-ci en clignant des yeux. Et donc, vous vous tenez la main parce que…

— Pour rien, coupa Nicola en se dégageant. Pour rien du tout. Que fais-tu ici, mon cher frère ?

Sur ce, elle alla précipitamment remplir deux coupes de vin, soulagée que Raymond, et lui seul, ait été témoin de cette scène ridicule.

Quoique la ville où il faisait ses études de droit ne fût point très éloignée de la capitale, il ne rendait à sa sœur que très peu de visites. Comme tous les Coldyngham il était grand et plein d'allure, et déjà si cultivé et sûr de lui qu'hommes et femmes indifféremment appréciaient sa compagnie, non point qu'il ne fût pas aussi séduisant que ses frères, mais parce qu'il se dégageait de lui une impression de force tranquille éminemment rassurante. Les cheveux sombres, toujours entièrement vêtu de vêtements noirs impeccables, Raymond ne laissait pas grand-chose perturber son flegme. Ce qui rendait d'autant plus étonnant le sourire gêné qu'il affichait à présent.

— Ce que je fais ici ? répéta-t-il, les yeux perdus sur le jardin inondé de soleil qu'on voyait au bout du passage. Je commence à me le demander. Peut-être ai-je mal choisi mon moment…

Il marqua une courte pause puis, se tournant vers son ami :

— Comment vas-tu, Ferg ? Tu vis à Londres, désormais, ou ce sont tes affaires qui t'amènent ici ?

— Les deux, répondit Fergus en acceptant le verre de vin que lui tendait Nicola. Je possède une demeure et des entrepôts près de l'embarcadère de Holyrood. C'est très pratique : ainsi, je n'ai pas besoin d'attendre qu'on ouvre le pont pour faire passer mes bateaux.

Il but une longue gorgée puis reposa sa coupe sur la table avant de poursuivre :

— Si tu as un problème, Raymond, j'espère que tu me permettras de t'aider. En tout cas, ne change pas tes plans parce que tu me trouves ici. Ta sœur et moi ne faisions que parler.

Raymond n'était pas dupe, mais vu qu'il étudiait pour devenir un jour diplomate il savait se taire lorsque les circonstances l'exigeaient. Avant de répondre, il souleva son verre dans la lumière pour en admirer les reflets mordorés.

— Il s'agit de Patrick. Il se cache, mais je ne puis le garder chez moi à Holborn. Aussi, j'ai pensé qu'il pourrait... Mais non c'est impossible, bien sûr. Je me demande d'où m'est venue cette idée.

Tout en parlant, il contemplait le scintillement du vin, comme si cela l'aidait dans sa réflexion.

— Viens, dit Nicola en lui prenant la main doucement. Assieds-toi et raconte-nous ce qui s'est passé. Qu'a-t-il fait, cette fois-ci ?

Elle ne broncha pas quand Fergus vint s'asseoir à son côté, tout près, ni ne comprit pourquoi, soudain, elle trouvait sa présence rassurante.

— Il étudie à Oxford, comme vous le savez, expliqua Raymond. C'est sa dernière année. Ah, Seigneur ! J'ai bien peur que George ne soit furieux de ce qui est advenu. Le mieux serait même qu'il n'en sache rien, si vous voulez connaître le fond de ma pensée...

— Commence par le début, intima Fergus d'une voix qui se voulait fraternelle.

Raymond prit d'abord une gorgée de vin, puis reposa le verre sur la table avec une lenteur presque comique. Il ne pouvait se permettre de voir ses études perturbées par quoi que ce soit, car il était ambitieux.

— C'est un coup monté, lâcha-t-il soudain. Deux frères à Oxford l'accusent d'avoir violé leur sœur.

— Oh, Raymond ! C'est forcément un mensonge ! s'exclama Nicola en se redressant sur son siège.

Nicola savait que Patrick pouvait parfois se montrer maladroit ou écervelé, mais que jamais il n'aurait fait une chose pareille.

— Il doit y avoir erreur sur la personne, ajouta-t-elle d'un ton convaincu.

— Je n'y crois pas non plus, approuva Raymond. Comme

je l'ai dit, il s'agit d'une machination, j'en suis persuadé. Ces deux coquins exigent cinq cents livres pour prix de leur silence, faute de quoi ils jurent de prévenir les autorités et de le faire jeter en prison et renvoyer de l'université. Ils prétendent avoir des témoins prêts à jurer de sa présence auprès de cette femme. C'est le genre de scandale que George déteste, et j'ai bien peur qu'il ne soit en rage s'il vient à l'apprendre. Lui qui espère être nommé à la guilde des marchands de tissu cette année, il risque de prendre cette affaire très mal.

D'après Nicola, Raymond oubliait manifestement de préciser que cette fâcheuse histoire ne manquerait pas d'affecter sa propre carrière.

— Comment l'as-tu appris ? s'enquit Fergus. T'a-t-il fait parvenir un message ?

— Il est à Holborn, je te l'ai dit, répondit Raymond. Chez moi. Ces canailles l'ont battu sévèrement. Aussi ses amis l'ont-ils mis dans une voiture qui partait pour Londres, avec assez d'argent en poche pour payer son voyage. Evidemment, il est bouleversé et fort mal en point, mais je ne peux le garder. Mon logement est trop exigu, et ma logeuse m'a fait jurer de n'héberger personne. J'ai pensé que je pourrais peut-être lui trouver un refuge en attendant qu'il décide de ce qu'il veut faire.

— Dans cette maison ?

— Oui, mais à la réflexion, ce n'est pas une bonne idée. Ces bandits vont certainement se lancer à sa poursuite, et cela mettrait Nicola en danger.

— Tu as raison, approuva Fergus. Il ne faut pas y songer. Mais ôte-moi d'un doute… Que dit Patrick de cette histoire ? Nie-t-il avoir abusé de cette fille ?

— Eh bien… C'est justement le problème. Il n'en sait rien. Vous l'ignorez sans doute, mais il passe la plupart de ses nuits à boire avec des amis pour oublier les difficultés qu'il éprouve à étudier, car il n'est pas très bon orateur et n'a pas souvent les idées très claires. En tout cas, il ne se souvient de rien. Il a fait mention d'un défi qu'on lui aurait lancé cette nuit-là, mais c'est tout. Quand les deux frères l'ont accusé, il s'est trouvé forcé d'admettre qu'il connaissait leur sœur, mais il a été assez stupide pour leur dire qu'il n'était pas nécessaire de la violer pour arriver à ses fins avec elle. Comme vous l'imaginez, les deux autres ont peu apprécié ce commentaire, et l'ont rossé de belle façon. Ils lui ont donné jusqu'à aujourd'hui pour leur remettre l'argent, et je suppose qu'ils vont se mettre en chasse dès ce soir. Il ne leur sera pas difficile d'apprendre où nous demeurons, tous tant que nous sommes.

— Raison de plus pour qu'il ne vienne pas se réfugier ici, insista Fergus d'un ton sans réplique, ignorant délibérément la grimace de Nicola. Il va nous falloir trouver un endroit plus sûr.

— « Nous » ? objecta Nicola. Cette histoire ne concerne que Raymond et moi-même, sir Fergus. Je suis persuadée que nous trouverons une solution. En attendant, Patrick peut rester ici. Cela soulagera Raymond.

Elle lui devait bien ça.

— « Sir Fergus » ? s'étonna Raymond en insistant sur le titre, un sourire sur les lèvres. Dois-je m'incliner devant toi, désormais, et t'adresser la parole en baissant les yeux ? Faut-il t'appeler « Votre Seigneurie » ?

— Contente-toi de me parler avec déférence en ôtant ton chapeau ! répondit Fergus en partant d'un grand rire.

Nicola se sentit quelque peu mise à l'écart par cet échange. Cela lui rappelait de très mauvais souvenirs. Aussi intervint-elle d'une voix cassante :

— Tu peux faire venir Patrick ici, Raymond. Et il faudra prévenir George.

— Non ! répondit son frère. Il sera fou de rage, et Pat ne veut en aucune façon qu'il apprenne ce qui est arrivé. Il est persuadé que toute cette histoire finira par se calmer.

Fergus quitta le banc sur lequel il était assis pour signifier aux deux autres la fin de la discussion, manquant de renverser Nicola au passage. Au lieu de protester contre cette muflerie, celle-ci fut surprise, une fois encore, de ressentir une vague tristesse en le voyant s'écarter d'elle. Le parfum viril de cet homme faisait battre son cœur malgré elle.

— Il n'est pas question que Patrick vienne ici, j'insiste, répéta Fergus. Allons, Raymond, conduis-moi à lui. Je connais un endroit sûr.

L'air contrit de Nicola n'échappa nullement à son frère, qui se montrait depuis toujours fort perspicace. Doucement, il posa la main sur son bras.

— Crois bien que je comprends tes sentiments, Nicola. Je t'en remercie. Je sais que tu accepterais de l'héberger, bien sûr, mais je n'aurais jamais dû suggérer une telle chose. Ces brigands ne plaisantent pas, et j'ai bien peur qu'ils ne soient pas prêts à abandonner la partie de sitôt. Fergus m'aidera, ne crains rien.

Elle éprouva soudain le besoin d'expliquer à son frère ce qu'il avait vu en arrivant :

— Ce n'est pas ce que tu crois, Raymond..., murmura-t-elle. Je...

— Tu m'en parleras plus tard, répondit-il en lui serrant doucement le bras.

— Tu reviendras ?

— Bien sûr ! Aujourd'hui même. Je te le promets.

Et il accompagna ces mots d'une nouvelle pression sur le bras de sa sœur.

Avant de partir, il vida d'un trait le reste de son verre.

— Ce vin est trop bon pour en laisser, commenta-t-il en se levant. Au fait, il est temps de changer les serrures, ici, ou d'engager un nouvel intendant, car on entre dans cette maison comme dans un moulin.

Quand les deux hommes furent partis, Nicola lâcha la bride à sa colère en houspillant ses servantes :

— Ah ça ! Il restera toujours le même ! s'écria-t-elle d'une voix vibrante d'indignation. Il entre ici en terrain conquis, et se permet de donner des ordres comme s'il était chez lui... Et après toutes ces années, Raymond lui obéit comme à Dieu en personne ! Il me dit, sous mon propre toit, ce que je dois faire ou non !

Marguerite voulut intervenir pour la calmer, mais Nicola lui imposa silence d'un geste impérieux.

— Je sais très bien qu'il y aurait du danger à cacher Patrick ici, mais à quoi bon avoir une sœur, si elle ne peut vous protéger ? Je n'ai jamais eu l'occasion de remercier Raymond du soin qu'il a pris de moi quand j'étais petite. Voilà qu'elle se présente, et on me la refuse ?

Elle arpentait le passage d'un pas nerveux, suivie à distance respectueuse par le petit lapin aux yeux rouges.

— Et c'est ce... parvenu, ce ruffian qui se permet de m'infliger cet affront, par-dessus le marché ! Pourquoi diable faut-il toujours qu'il ait le dernier mot ?

Elle marqua le pas, soudain, imitée par le lapin blanc qui semblait attendre un signal de sa maîtresse.

— Et toi, Melrose ? lança-t-elle à l'animal. Vas-tu me suivre partout où je vais, toi aussi ?

Doucement, elle se pencha vers la petite bête pour se saisir du ruban bleu qui lui entourait le cou.

— Allons, suis-moi, puisque tu y tiens tant !

Nicola obtint quelques réponses à ses questions, trois heures plus tard, lorsque Raymond revint chez elle comme promis. En entrant, il salua deux des amis de la jeune femme qui prenaient congé à cet instant même.

— C'est un peu... particulier, Nicola, tu ne trouves pas, tous ces hommes qui vont et viennent chez toi ? fit-il remarquer en jetant son chapeau de feutre sur un banc, avant de passer la main dans ses cheveux. Qui sont-ils, au juste ?

— Simplement des amis, répondit-elle en embrassant son frère sur la joue.

— N'as-tu pas de compagnes ?

— Mais si !

Elle balaya la question d'un revers de la main agacé, avant de reprendre :

— Où est Patrick ? Est-il en sécurité ?

— Tout à fait, et grâce à Fergus. As-tu quelque chose à manger ? Je meurs de faim.

Raymond épousseta son pourpoint du dos de la main, puis se tourna vers un serviteur tenant une bassine d'eau et s'y lava les mains, avant de s'essuyer sur le linge blanc que lui tendit ce dernier.

Il appréciait de porter l'uniforme des étudiants en droit, dont les mesures précises et les couleurs obligatoires gênaient quelque peu ses semblables, précisément parce qu'il aimait qu'on reconnaisse en lui un futur notable. Et comme il détestait les ornements inutiles, ce costume sans fioritures lui convenait à merveille.

Une fois les mains propres, il plaça son chapeau soigneusement à côté de lui, et s'assit à table en attendant que la nourriture arrive. On lui servit des tourtes froides, des viandes et des fraises sauvages. Quand ils se retrouvèrent seuls tous les deux, il répondit enfin à Nicola :

— Il est chez Fergus à Holyrood. Tu devrais voir ça, Nicola ! Je n'ai jamais rien vu d'aussi beau. Il y a de la place pour au moins…

— Me parleras-tu enfin de Patrick ? s'impatienta Nicola, en lançant un regard noir à son frère qui s'empiffrait sans vergogne. Je sais que les diplomates évitent toujours d'aborder les sujets épineux de front, mais il faut pourtant que je sache. Est-il vraiment mal en point ?

Impavide, Raymond se servit une tranche de gigot en prenant son temps.

— Sers-moi un verre de cet excellent vin, veux-tu ? Il a quelques blessures pas très jolies à voir, et souffre beaucoup. Je crois qu'il sera heureux de pouvoir se reposer l'esprit en paix pendant un moment. Mais il est coriace et s'en remettra, j'en suis sûr. Les gens de Fergus prennent grand soin de lui. A propos, Ferg m'a dit que tu pouvais venir voir notre frère demain, si le cœur t'en dit, évidemment.

— Et pourquoi n'est-il pas venu me le dire lui-même ?

Raymond leva le nez de son assiette, surpris par cette remarque.

— Aurais-tu voulu qu'il le fasse ?

— Non.

— Mais tu penses qu'il aurait dû, cependant.

— Cela ne l'aurait pas tué…

— Dis-moi… Qu'y a-t-il entre vous ? Cela a-t-il à voir avec la promesse de notre père ?

— On ne peut rien te cacher, répondit Nicola, qui trouvait quelque soulagement à discuter de cette affaire avec Raymond, même si, à cet instant précis, elle doutait qu'il lui accordât toute l'attention nécessaire, vu la vitesse à laquelle les victuailles disparaissaient.

— As-tu accepté ? s'enquit Raymond, la bouche pleine.

— Non, Raymond. J'ai refusé et entends m'en tenir là.

— Très bien, commenta-t-il en examinant une cuisse de poulet. C'est pour cela, sans doute, que vous vous teniez la main tout à l'heure.

— C'est sa façon d'essayer de me convaincre. Tu le connais. Il faut toujours qu'il obtienne ce qu'il désire.

— On le comprend quand on te voit, ma chère sœur, et il faudrait qu'il soit fou pour ne pas chercher à gagner ton cœur. Il n'est plus le garçon buté que tu as connu, et je doute qu'il cherche à te persuader simplement pour se prouver qu'il en est capable. S'il t'a demandé ta main, c'est qu'il te veut, assurément.

— C'est exactement ce que m'a dit George, mais vous vous trompez tous les deux. Il me propose de m'épouser seulement pour remplir la promesse faite à son père sur son lit de mort. Tu sais que celui-ci a été tué l'an passé, n'est-ce pas ?

— Oui, il me l'a dit.

— De toute façon, il s'y prend très mal avec moi.

— Et comment veux-tu qu'il se comporte ? demanda Raymond d'une voix calme, en posant son couteau avant de s'essuyer les doigts dans une serviette de lin blanc.

D'un seul coup, la conversation semblait l'intéresser furieusement.

— Tu veux qu'il change sa manière de faire, n'est-ce pas ? reprit-il.

Nicola trouva la question pertinente. Les yeux de son frère pétillaient d'intelligence, comme toujours.

— Eh bien… oui. Cela ne lui coûterait pas beaucoup de se montrer poli et humble. Et amoureux, aussi… tendre, que sais-je encore ? Il pourrait s'excuser… pour… tu sais bien…

Elle se rendait compte, en énonçant ces revendications à voix haute, qu'il représentait précisément ce pour quoi elle avait écarté les uns après les autres ses prétendants, pendant les mois passés.

— Y a-t-il vraiment si peu de douceur en lui ? soupira-t-elle en pensant au lapin blanc.

Raymond gloussa en la regardant d'un air surpris, le front plissé. Avant même qu'il ouvre la bouche elle sut ce qu'il allait lui dire.

— Nicola, observa-t-il en secouant la tête, il s'agit de Fergus. La douceur n'a jamais été son fort.

— Eh bien, il est temps qu'il apprenne !

— Ce n'est pas tant qu'il ignore ce qu'est la douceur, mais elle n'est pas dans sa nature, tout simplement. C'est un homme direct, pas très subtil en somme. Il va droit au but et ne conçoit pas qu'on atermoie sans cesse. C'est ainsi qu'il remporte ses victoires, et tu n'y peux rien changer. Inutile aussi de te lamenter parce qu'il n'est pas comme les autres. C'est un fait. D'ailleurs, cette différence est un atout, tu ne crois-pas ? Je me souviens d'une époque où tu admirais follement tout ce qu'il faisait. Malheureusement, tu n'étais encore qu'une petite fille, et il t'a fait subir quelques avanies cinglantes. Mais ces temps-là sont révolus. Tu es une femme, à présent, et capable d'affronter la situation avec courage.

— Je ne vois pas pourquoi je devrais… affronter la situation, comme tu dis. Je n'en ai nullement envie.

Raymond ne doutait pas un instant de la capacité de sa sœur à tenir tête à Fergus, car elle faisait preuve d'autant de détermination que lui. A moins que ce ne fût de l'obstination.

Il se souvenait encore de toutes les fois où, décidée à prouver à tous qu'elle n'avait nul besoin d'aide, elle avait refusé celle-ci obstinément, se retrouvant à chaque fois couverte de plaies et bosses. Parfois même, elle prenait part aux mêlées fraternelles qui opposaient ses frères et Fergus, sachant très bien qu'elle en ressortirait meurtrie, mais prête à tout pour être près de lui. Jamais au grand jamais elle n'aurait toléré qu'il la tienne par la main, si elle n'avait éprouvé pour lui quelque tendre sentiment.

— Je crois que tu devrais cependant y songer, Nicola, car tous ces gens qui vont et viennent chez toi ne me disent rien qui vaille, insista Raymond en admirant les cils magnifiques de sa sœur. Tu n'es pas en sûreté, ici, toute seule. Fergus, lui, peut te protéger.

— Ce sont des amis, rien de plus ! protesta-t-elle devant les insinuations de son frère. Cesse de t'inquiéter pour moi, je t'en prie. Ma sécurité n'est pas en péril.

— J'espère bien ! s'exclama Raymond avec un léger signe de tête en direction de la porte. Qui sont-ils ? S'habillent-ils toujours de la sorte ?

— Je t'en prie ! répliqua-t-elle, pas vraiment certaine que son frère apprécierait la vérité si elle la lui disait. Veux-tu faire quelque chose pour moi ? J'ai besoin d'une escorte pour aller à Southwark.

Raymond s'essuya la bouche d'un geste prompt, puis reposa sa serviette sur la table avant de répondre, étonné :

— Pourquoi diable veux-tu aller là-bas ?

— Parce qu'il s'y trouve une taverne que fréquente l'un de mes amis. J'ai entendu dire qu'ils jouaient et je voudrais m'en assurer. Le mieux serait que nous y allions ce soir.

Raymond ne fit pas mystère de la désapprobation que lui inspirait cette nouvelle lubie de sa sœur. Les lèvres serrées, le front plissé, on voyait bien qu'il se disposait à refuser, à tel point que Nicola se reprocha de lui avoir demandé ce service.

— Je suis désolé, répondit-il en se levant. Je dois être rentré tous les soirs à 9 heures. C'est la règle, que veux-tu ? Et puis, ce soir, je dois assister à un débat entre deux étudiants de renom. D'ailleurs, il serait temps que je me hâte.

Balayant la requête de sa sœur sans l'ombre d'une hésitation, il embrassa celle-ci sur les deux joues, puis, la tenant à bout de bras :

— Ne t'inquiète pas pour Patrick, conclut-il. Il est parfaitement en sécurité chez Fergus. Tu pourras le voir demain. Je passerai te prendre dès que je serai libre. Ton repas était excellent, je t'en remercie.

— Tu as eu raison de venir ici, Raymond, répondit Nicola. Que Dieu te garde.

Là-dessus, elle l'accompagna jusqu'à la cour, ce qui ne laissa pas de surprendre Raymond, qui la regarda avec un sourire intrigué.

— Pourquoi ne demandes-tu pas à Fergus de t'accompagner à Southwark, s'il faut vraiment que tu ailles là-bas ?

— Nous verrons, lança-t-elle au moment où le palefrenier tendait les rênes à Raymond.

Celui-ci avait déjà le pied à l'étrier, mais il sembla hésiter un instant.

— Attends un peu, dit-il en rendant la bride au garçon d'écurie et en reposant le pied à terre.

— Qu'y a-t-il ? demanda Nicola avec étonnement. As-tu oublié quelque chose ?

— Oui, répondit-il en la prenant par le coude. Le plus important ! Allons, viens t'asseoir un instant et raconte-moi précisément pourquoi tu tiens tant à aller dans cette taverne de Southwark. Je suis sûr qu'ils pourront se débrouiller sans moi, ce soir, et suis prêt à payer l'amende pour avoir découché. Ma famille avant tout !

Nicola s'interdit de sauter au cou de son frère, mais elle dut faire un effort pour ne pas céder à cette impulsion. Elle prit place sur le rondin de bois qu'on utilisait pour monter à cheval, au beau milieu de la cour, et répéta à son frère ce que Fergus disait de Jonathan Carrey, comte de Rufford.

— Je ne sais que croire, mais il est clair que je dois savoir de quoi il retourne. Ce serait pure folie de me rendre seule dans cet endroit, ou même avec un serviteur… Mais si tu venais avec moi, je pourrais en avoir le cœur net. J'apprécie lord John, mais peut-être que je ne sais pas très bien juger du caractère des gens.

— Il vaut mieux, en effet, que tu te fasses toi-même ton idée, hors de la présence de Fergus, affirma Raymond en chassant une guêpe avec sa cravache. Les témoins se doivent toujours d'être impartiaux. En tout cas, Southwark n'est pas un endroit pour une jeune femme, quoi qu'en dise notre ami.

— En ce cas, je me déguiserai en homme. J'ai l'habitude.

— Tu ne peux pas faire ça, objecta Raymond. Que dirait George ? Et Fergus ?

— Ils n'en sauront rien, voilà tout. A moins que tu ne les en informes, ajouta-t-elle avec un sourire. Nous n'aurons qu'à attendre l'heure du souper et nous joindre à la foule. Tu sais qu'à cette heure-là, le pont est très encombré. Personne ne viendra me regarder de près, et tu n'auras qu'à dire que je suis ton jeune frère Nick.

Elle baissa alors la voix, comme une conspiratrice.

— Je parie que je manie le couteau et lance les dés aussi bien que toi, mon cher frère.

Raymond sembla se détendre à ces mots.

— Tu as toujours été très forte à ce jeu, petite peste ! J'accepte, mais ne va pas croire que je resterai un instant de plus que nécessaire. Nous nous enquerrons de ce que nous voulons savoir, et partirons sitôt que nous aurons une réponse. C'est compris ? Il faut aussi que j'envoie un message à ma logeuse.

— Comptes-tu lui dire où tu vas ? demanda Nicola sur un ton de raillerie.

— Bien sûr que non, petite sotte ! Plutôt où je suis censé être, ajouta-t-il avec un clin d'œil.

Le village de Southwark s'étendait sur la rive sud de la Tamise, et ne pouvait être rejoint qu'en traversant le pont de Londres ou en prenant un bateau vers l'un des nombreux embarcadères établis au bord du fleuve. Depuis celui-ci, on voyait sur ses rives une succession de vergers opulents et de jardins bien entretenus descendant en pente douce vers l'eau, de maisons au toit de chaume et aux murs de torchis blanc, et au loin le clocher de l'église Sainte-Marie, ainsi que la route du sud.

Une fois à terre, si l'on inspectait sérieusement la rive, on remarquait un grand nombre de maisons de bains — que les londoniens appelaient « chaudrons » —, des maisons de jeux, des lupanars, des tavernes bruyantes, des arènes où l'on organisait des combats de coqs ou, mieux encore, des combats qui opposaient des chiens à des taureaux ou à des ours, et qu'on venait voir de partout. On pariait sans retenue et les voleurs s'en donnaient à cœur joie, détroussant à qui mieux mieux les badauds fascinés par le spectacle.

Dans les venelles encombrées deSouthwark, des hommes et des femmes somptueusement vêtus s'encanaillaient allègrement, attirés par le parfum du danger et le désir de regagner l'argent perdu la veille. A moins que ce ne fût, pour les messieurs, l'occasion de reluquer discrètement les Flamandes qu'on faisait venir de l'autre côté de la mer pour leur plus grand plaisir. Certains choisissaient celle avec laquelle ils monteraient passer un moment dans une chambre crasseuse, à l'étage d'un bouge.

La discrétion n'était pas la qualité principale de l'endroit, loin s'en fallait. Çà et là, des femmes hélaient impudemment les deux messieurs qui déambulaient le long des ruelles, le plus grand s'efforçant de ne pas rougir des horreurs qu'elles proféraient et des promesses qu'elles leur faisaient, de trouver entre leurs bras ce qu'aucune autre ne pouvait leur offrir.

Sur les façades des maisons on voyait de grands panneaux peints à la main arborant qui un sanglier, qui un cygne, un taureau. Même ceux qui ne savaient pas lire — et ils étaient nombreux — n'auraient pu se tromper d'adresse. Des jeunes filles criaient au passant les prix qu'on pratiquait à l'intérieur, tristes fantômes dansant dans la lueur des fanaux rouges.

Les affaires marchaient très fort, et les tenanciers se frottaient les mains dans leur arrière-boutique.

— C'est étrange, commenta Nicola avec un rire nerveux. Jamais je n'aurais pensé que lord John pouvait fréquenter un tel endroit…

Habituée à se vêtir et à se comporter comme un homme, elle n'avait nul besoin de se forcer pour adopter l'air fanfaron des messieurs alentour.

Des barges bondées vinrent soudain s'amarrer au débarcadère, et une troupe tonitruante d'apprentis en goguette se rua sur le quai, envahissant bientôt les rues en poussant de grands cris. Raymond donna un coup de coude dans les côtes de Nicola en lui lançant d'une voix forte :

— Prends garde ! Ce soir, tout est permis, et nous ferions bien de trouver rapidement ce que nous cherchons. Cela nous permettra de vider les lieux avant que l'émeute n'éclate. Je suggère que nous allions d'abord chez Tabard. J'ai entendu dire que c'était là que les choses se passaient. On pourra sans doute nous renseigner.

On était le 21 juin, et par conséquent la nuit promettait d'être aussi tapageuse que courte, tous les noceurs de Londres s'étant donné rendez-vous en ce lieu pour célébrer dignement l'arrivée de l'été par une orgie qui ne s'arrêterait qu'à l'aube.

Quand ils eurent découvert l'endroit où ils pourraient trouver lord John et sa suite d'ivrognes et de joueurs, Raymond commença à se dire qu'il n'aurait jamais dû amener sa sœur dans un tel lieu de perdition. Son sourire semblait en effet s'évanouir sur ses lèvres au fil des minutes, comme si le comportement des hommes avinés qui se pressaient autour d'eux lui devenait de plus en plus insupportable à mesure qu'avançait la soirée.

Ses vêtements soigneusement choisis masquaient ses courbes autant qu'ils pouvaient, et un chapeau de feutre retenait ses cheveux, mais elle était bien trop belle pour qu'on puisse la prendre pour autre chose qu'un garçon terriblement efféminé. Ce qui mettait Raymond dans une position affreusement délicate, car il remarquait de temps en temps les sourires envieux de certains hommes et l'intérêt certain que suscitait en eux la vue de cet éphèbe aux yeux de biche.

Il semblait inutile, cependant, qu'ils s'inquiètent d'être reconnus, car lorsqu'ils trouvèrent ceux qu'ils cherchaient dans une taverne bruyante et enfumée qui servait également de maison de jeu, ils remarquèrent que les yeux de lord John restaient fixés obstinément sur les dés qu'il lançait à travers la table. Il se trouvait déjà, manifestement, dans un état d'ébriété plus qu'avancé.

Une jeune femme accorte essaya de s'asseoir sur ses genoux, mais il la repoussa d'un geste sans aménité, l'envoyant valser dans les bras des spectateurs, et poussant un juron abominable qui surprit fort Nicola, peu habituée à entendre de telles horreurs dans la bouche de son ami, d'ordinaire si bien élevé.

— Voilà qui est intéressant, murmura-t-elle à l'oreille de son frère. Je ne le connaissais pas sous ce jour-là.

— Il y a toujours des aspects qui nous échappent chez les autres, commenta doctement Raymond avec un sourire entendu, en buvant une gorgée de bière. Si nous attendons encore un peu, nous en verrons sûrement d'autres.

— Qu'est-ce qui te fait dire ça ?

— Tu ne vois pas qu'il a perdu beaucoup d'argent ?

Raymond avait raison. Devant l'un des joueurs se trouvait déjà l'extravagant chapeau de lord John, ainsi que ses gants de chevreau, dont Nicola savait qu'ils valaient une fortune. Avec un grondement de colère, son soupirant malchanceux se leva pour ôter son justaucorps de velours matelassé, qu'il jeta sur la table d'un geste théâtral.

— C'est mon plus beau pourpoint ! lança-t-il à l'adresse de ses compagnons de jeu et de beuverie. Vous n'allez tout de même pas me le prendre lui aussi !

Les trois autres s'esclaffèrent en se tapant sur les cuisses.

— Je parie, cria l'un en s'étouffant de rire, que vous n'avez pas encore déshabillé lady Nicola aussi vite, milord ! Si ? Combien de temps faudra-t-il pour voir les trésors qu'elle cache sous ses jupons ?

— Ah ça ! renchérit un autre, elle le tient par le bout du nez, la Coldyngham ! Il ne risque pas de sauter dans son lit aussi vite que dans celui de sa femme ! Elle attend son cinquième, n'est-ce pas ?

Nicola se figea en entendant ces mots. Elle avait la chair de poule malgré la chaleur étouffante. Ainsi, l'homme de confiance de Fergus disait vrai : des ivrognes mentionnaient son nom autour d'une table de jeu dans un tripot infâme !

Quelle indignité !

— Veux-tu que nous partions d'ici ? demanda Raymond en prenant le bras de sa sœur, sans se soucier de baisser la voix tant le vacarme les enveloppait.

— Non, restons un peu. Il va sûrement protester et remettre à leur place ces butors.

Au lieu de quoi, lord John en rajouta, peut-être pour retarder un peu le moment où il lui faudrait parier son manteau. Il se laissa retomber sur son banc, en riant d'une voix de fausset.

— « Oh non, milord, je vous en prie ! s'exclama-t-il en imitant la voix d'une sainte-nitouche. Le vainqueur aura le droit de me raccompagner chez moi, mais rien de plus. C'est que je suis vierge, voyez-vous… et ne laisse à personne le soin de m'ôter ma chemise ! »

Cette sortie fut accueillie par des clameurs, au point qu'on faillit ne pas entendre la réflexion qui suivit :

— Vierge ? Mon œil ! rugit lord John. Cette petite peste n'est pas plus vierge que moi. Je parierais ma maison là-dessus !

— Votre maison, milord ? Vous n'êtes pas sérieux.

— Bien sûr que non, imbécile ! Mais crois-moi, je finirai par gruger les Coldyngham, en commençant par cette catin ! Elle…

La dague de Raymond jaillit de son fourreau avant que lord John puisse dire un mot de plus, et vint se placer gauchement sur la peau tendre du cou de ce dernier. Ce qui prouvait que l'étudiant manquait sérieusement de pratique.

— Par lequel d'entre nous voulez-vous commencer, milord ? siffla Raymond d'une voix vibrante de colère. Est-ce que n'importe lequel fera l'affaire ? Et faudra-t-il qu'il soit aussi ivre que vous ?

— Raymond ! Raymond, je t'en supplie ! s'exclama Nicola en essayant de retenir son frère. Laisse-les, par pitié ! Allons nous-en !

Les trois complices de lord John venaient de se lever, la main sur leur couteau. Au moment où Nicola tirait le sien pour se défendre, lord John se dégagea et recula hors de portée de Raymond, en le défiant du regard avec un grand rire sarcastique.

Nicola regretta de tout son cœur d'avoir entraîné son frère dans cette aventure, et encore plus de n'être pas partie quand il le lui conseillait. Ils n'étaient ni l'un ni l'autre de taille à lutter contre quatre hommes habitués aux rixes.

Elle agrippa le bras droit de Raymond, l'obligeant à faire face à la bande et priant pour que la lumière blafarde des lanternes n'éclaire pas trop son visage.

— A la porte, vite, murmura-t-elle.

— Ce chien a insulté ma sœur et ma famille, répliqua l'étudiant d'une voix vibrante. Il m'en rendra raison !

Doucement, avec une lenteur qui confinait à l'outrage, lord John tira sa dague de son fourreau, un sourire carnassier découvrant ses dents blanches. Nicola ne se souvenait pas d'avoir jamais vu une telle expression sur son visage.

— Votre sœur, Coldyngham, lança-t-il d'une voix pâteuse qui témoignait de son ivrognerie, votre sœur chérie est une catin, une aguicheuse. N'importe qui peut entrer et venir chez elle à n'importe quelle heure du jour et de la nuit. Il est grand temps que quelqu'un la prenne en mains. Allons, approchez, qu'attendez-vous ?

Joignant le geste à la parole, il tendit le bras vers Raymond pour lui faire signe d'avancer, sans jeter le moindre regard à Nicola, qui savait cependant que le moindre de ses gestes provoquerait une réaction fulgurante.

La situation devenait terriblement dangereuse.

— J'attends vos excuses, laissa tomber Raymond en faisant un pas en direction de son adversaire

Soudain, comme rien ne venait, il se saisit des vêtements de lord John posés sur la table et les jeta au visage de ce dernier, profitant de sa surprise pour se fendre habilement et éviter ainsi le couteau menaçant. Une mêlée confuse s'ensuivit ; les hommes se jetaient des pichets à la tête, se battaient furieusement au corps à corps, tordant le cou de l'un, le bras de l'autre, lançaient à qui mieux mieux des coups de pied et de poing en hurlant. Les dagues luisaient dans la lumière des torches, les tables et chaises volaient en tous sens et des corps ensanglantés jonchaient déjà le sol poisseux.

Attirés par le vacarme, des badauds se joignirent au combat pour frapper indifféremment quiconque passait à leur portée. Nicola se retrouva sous une table, à moitié assommée. Dans sa chute, elle venait de se cogner la tête contre un banc et de perdre son chapeau.

Elle sentit qu'on la tirait par le col de son pourpoint et, malgré ses protestations véhémentes, se retrouva projetée un peu plus loin comme un fétu, au milieu d'une forêt de jambes.

— Par ici, jeune homme, cria une voix familière dans laquelle elle crut déceler une certaine lassitude, ce qui ne laissa pas de lui paraître incongru. Combien de fois par jour faudra-t-il vous secourir, par tous les saints du paradis ? Hâtez-vous, que diable, et cessez de vous débattre ! C'est moi.

— Vous ! s'écria Nicola, stupéfaite.

Partagée entre le soulagement et l'humiliation, elle se

remit sur ses pieds tant bien que mal, avant de saisir le bras de Raymond juste à temps pour l'empêcher de donner un coup de couteau dans l'épaule de lord John. A cet instant précis, l'homme qui venait de l'insulter si fort ouvrit les yeux, comme si son ivresse lui accordait un répit. Il reconnut son visage, ses cheveux sombres et son regard farouche, mesurant en un éclair la supercherie.

— Prenez garde ! grinça-t-il.

— Raymond… Par ici, vite ! souffla-t-elle à son frère.

Le jeune homme aurait volontiers ignoré la supplique de sa sœur, s'il n'eût été, lui aussi, tenu par le col et traîné comme un chiot récalcitrant jusqu'à la porte, tandis que la bataille continuait de faire rage dans la taverne.

Lord John ne fit pas un geste pour les retenir, car il venait de reconnaître, au milieu de la foule en furie, sir Fergus Melrose, cet Ecossais massif et quelque peu intimidant qui se prétendait le protecteur de lady Nicola Coldyngham.

Nicola avait le visage contusionné et le pourpoint déchiré, sans doute par un coup de dague, mais Raymond souffrait d'une blessure à la tête inquiétante. A peine la porte franchie, il trébucha, et serait tombé si Fergus ne l'avait soutenu et à demi porté jusqu'aux chevaux qui attendaient un peu plus loin.

Aidé de son homme de confiance, ce dernier installa le frère de Nicola contre le mur de la venelle, et entreprit de panser la tête de celui-ci avec des bandes de tissu taillées dans son grand manteau noir, assurément le plus beau de sa garde-robe.

Affectée à la garde des chevaux, Nicola observait, fascinée, les mains de Fergus dans l'accomplissement précis de leur tâche. Il faisait preuve d'une dextérité étonnante et d'un calme sidérant.

Des souvenirs lointains revenaient à sa mémoire, dans

lesquels il se trouvait toujours où on avait le plus besoin de lui. Pas toujours affectueux ni souriant, mais disponible et terriblement efficace. Prodigieusement rassurant.

Elle ne pouvait s'empêcher de comparer sa force paisible à la couardise abominable de l'homme qu'elle avait cru son ami, et qui venait de l'insulter plus gravement que ne l'aurait fait le pire des ruffians du royaume. Ses paroles horribles résonnaient encore en elle, s'insinuant dans son âme comme un poison.

Quelques instants plus tard, encore étourdie par son aventure et passablement choquée, Nicola se retrouva juchée sur le grand étalon de Fergus, qui la tenait serrée contre lui d'un bras ferme, tandis que Raymond, installé en croupe derrière l'homme de confiance de lord Melrose, faisait des efforts désespérés pour ne pas tomber du cheval. Cela lui rappelait des épisodes du passé, à la seule différence près que cette fois, l'intrépide Fergus faisait enfin attention à elle.

— Comment avez-vous su ? murmura-t-elle en parcourant la foule du regard.

— Comment ai-je su que vous étiez là ? Pas besoin d'être grand clerc pour le deviner, répondit Fergus, la bouche collée contre la tempe de sa protégée. Vous auriez dû accepter ma proposition, car je vous aurais offert une protection autrement plus efficace !

— C'est une affaire qui concerne avant tout ma famille.

— En effet, mais surtout depuis votre malheureuse intervention. Lord John n'en restera par là, croyez-le bien.

Le regard plein de haine que ce dernier lui avait lancé une fois la surprise passée ne laissait aucun doute à ce sujet. Elle l'entendait encore lui dire : *Prenez garde !* Et ce simple souvenir lui donnait le frisson.

— Raymond est-il gravement blessé ? s'enquit-elle d'une voix inquiète.

— Assez, oui, mais rassurez-vous : avec des soins attentifs, il s'en tirera. Il faudra simplement que vous veilliez sur lui, vous et vos femmes de chambre.

Elle se reprocha cette question, finalement, car évoquer une blessure renvoyait inévitablement à celle qu'elle portait sur le sein, et à la scène troublante qui avait suivi sa découverte par Fergus.

Lui non plus, pas plus que lord John, ne pouvait cacher l'émoi que lui inspirait la chair blanche d'une femme. Elle savait parfaitement ce qu'elle lui devait et aurait voulu lui exprimer sa gratitude, mais elle avait la nausée et tremblait de tout son corps, de sorte qu'elle ne pouvait, malgré ses efforts, prononcer la moindre parole. Elle entendait continuellement résonner dans son esprit les insultes de lord John, qui venaient la tourmenter impitoyablement comme un vol de charognards affamés.

Son indépendance et sa liberté, hier encore si chères à son cœur, lui semblaient désormais sources de danger. Sa quête d'autonomie semblait s'être transformée en son contraire, et elle se sentait aussi vulnérable, à présent, que George le lui prédisait depuis longtemps.

Son mode de vie si particulier attirait forcément l'attention, mais malheureusement pas celle des gens qu'elle aurait souhaités. C'était même carrément le contraire. Après ce qui venait de se passer, et avec les ragots qui ne manqueraient pas de se propager, comment pourrait-elle jamais espérer laver le nom des Coldyngham de la souillure du scandale, surtout si l'on songeait aux accusations qui pesaient sur Patrick ?

— Comment va Pat ? demanda-t-elle soudain en s'essuyant la joue sur son doublet de cuir, persuadée subitement que les visites insistantes de Fergus avaient un rapport avec la situation de son frère. Où l'avez-vous emmené ? Puis-je lui rendre visite ?

Fergus lui fit une réponse énigmatique :

— Pas pour l'instant.

— Pourquoi donc ? Il n'est pas… ? s'écria-t-elle, affolée par la vision du pire qu'elle venait d'imaginer, et qui ne faisait que renforcer son sentiment de culpabilité.

Patrick avait-il mis fin à ses jours pour éviter un procès ?

— Ne tirez pas de conclusions hâtives, ma belle. Il va bien. En fait, il devrait déjà être en mer, à cette heure. Le vent d'ouest semble s'être levé.

— Que voulez-vous dire ? Quelle mer ? De quoi parlez-vous ? s'exclama Nicola en sursautant si fort qu'elle faillit tomber de cheval.

— Restez tranquille, ordonna-t-il en la serrant contre lui un peu plus fort. Je l'ai fait embarquer sur l'un de mes bateaux, qui devait prendre la mer avec la marée du soir. Voulez-vous bien cesser ? Il s'est montré parfaitement disposé à partir quelque temps en Flandres plutôt que de se cacher chez Raymond. De toute façon, il sera plus en sécurité sur ce navire que nulle part ailleurs. Et puis, au moins, il fait quelque chose d'utile : cela vaut mieux que de perdre son temps à Oxford.

C'était plus que Nicola n'en pouvait supporter. Il fallait toujours qu'il se mêle de ses affaires et de celles de sa famille ! Même si ses interventions étaient parfois bienvenues, comme cela venait d'être le cas dans ce bouge infâme, elle ne pouvait s'empêcher de trouver qu'il les traitait, elle et son frère, comme des enfants à qui il fallait faire la leçon, et elle trouvait cela terriblement humiliant.

— Vous avez… Vous avez quoi ? demanda-t-elle en se tournant brusquement vers lui. Vous l'avez mis sur un bateau sans même me laisser lui dire au revoir ? Comment avez-vous pu faire une chose pareille ? Oui, sainte mère de Dieu, comment ?

— Taisez-vous, intima Fergus en la serrant un peu plus encore. Gardez vos reproches pour plus tard, quand nous serons rentrés chez vous.

— Non… Lâchez-moi… Lâchez-moi ! C'est trop… trop…

Les larmes de colère l'aveuglaient, et son cœur bouleversé par toutes les émotions des derniers jours s'affolait dans sa poitrine. Elle essayait vainement de le frapper à coups de poings rageurs, sans se soucier des regards curieux et des sourires moqueurs des passants qui s'étonnaient à la vue de ce cavalier fringant qui tentait de repousser les assauts d'un jeune homme allongé en travers de sa selle.

Secouée de sanglots et incapable de se défaire de l'étreinte de son tourmenteur, elle étouffa un hurlement de colère impuissante.

Ses deux frères blessés, sa rage et son propre entêtement, la trahison révoltante de lord John, et le retour inopportun d'émotions surgies de son passé eurent finalement raison de sa résistance. Elle s'effondra en sanglots, ses larmes amères tombant sur le doublet de cuir.

Fergus la regardait pleurer, impassible.

— Que se passe-t-il ? demanda Raymond d'une voix faible.

— Rien de bien grave, rassure-toi, répondit Fergus par-dessus son épaule. Un peu de fatigue, c'est tout.

— Nous te devons une fière chandelle, Ferg. Tu as toute notre reconnaissance.

— N'y pense plus, mon ami, répondit ce dernier avec un

sourire en tapotant doucement le bras de Raymond. C'est un plaisir que de vous venir en aide.

— Je pense que Nicola devrait aller résider un moment chez George, Ferg. Qu'en penses-tu ?

— J'en pense que c'est une excellente idée, Raymond. Et même que nous devrions nous en assurer à l' instant même.

Ces dernières paroles ne firent rien pour rassurer Nicola.

En arrivant à la maison de Bishopsgate, Fergus n'eut pas besoin d'expliquer à Marguerite et Romarine ce qui se passait. Il confia simplement la jeune femme encore secouée de sanglots à leurs soins attentifs en leur jetant au passage :

— Elle a besoin de repos. Veillez à ce qu'elle dorme. Je reviendrai demain, mais pour l'heure, je raccompagne messire Raymond à Holborn. Assurez-vous que toutes les portes sont bien verrouillées.

— Oui, messire, répondirent les deux femmes d'une seule voix avant de s'écrier : Prenez garde à ne pas écraser Melrose en sortant.

— De qui parlez-vous ? demanda Fergus, étonné. Est-ce ainsi que vous nommez ce lapin ?

— Oui, messire, affirmèrent les soubrettes avec un sourire en coin. En attendant de lui trouver un nom plus convenable.

— Ah ça ! s'exclama Fergus en contemplant la petite boule de poils blancs d'un œil torve. Voilà un animal qui semble partager avec sa maîtresse une certaine ambiguïté quant à son sexe ! J'aurais juré qu'il s'agissait d'une femelle.

La fatigue cloua Nicola au lit jusqu'à vers midi. Ayant manqué le déjeuner, elle se fit envoyer de quoi manger sur un plateau, et musarda sur sa couche en compagnie du lapin blanc, à qui elle donna quelques feuilles de laitue.

— Répète-moi, lança-t-elle à Marguerite en caressant l'animal, ce qu'a dit sir Fergus. Après quoi tu demanderas aux cuisines qu'on me prépare un bain bien chaud.

La femme de chambre s'exécuta, ravie de constater que les choses semblaient reprendre leur cours normal.

Mais sa maîtresse, elle, n'en pensait pas un mot.

Alors qu'elle savourait son bain dans la baignoire de bois tendue de linges blancs, elle entendit quelqu'un répondre enfin aux coups frappés à la porte depuis un moment. Quelques instants plus tard, on vint lui porter une lettre soigneusement pliée, nouée de ce fil de lin qui servait d'ordinaire à repriser les vêtements déchirés.

Nicola examina la missive avant de l'ouvrir. Cela venait de la supérieure du prieuré de Sainte-Hélène, le couvent dans lequel l'aristocratie faisait élever ses filles et qui jouxtait sa maison.

— Cela vient d'à côté, expliqua-t-elle pour satisfaire la curiosité de Marguerite et Romarine, en se redressant si brusquement dans la baignoire qu'une grande gerbe d'eau vint s'étaler sur les dalles de pierre. La mère prieure me demande de lui rendre visite.

— Quand cela ?

— Tout de suite, répondit Nicola d'une voix où perçait une curiosité perplexe.

— Pourquoi diable ?

— Assez ! Aidez-moi à sortir d'ici et à m'habiller. Ensuite, allez vous rafraîchir un peu, car vous venez avec moi. Ainsi, vous pourrez obtenir réponse aux questions que vous vous posez.

Nicola connaissait la prieure depuis quelques mois, l'ayant

rencontrée peu de temps après son installation à Bishopsgate. L'église de Sainte-Hélène était ouverte aux familles des jeunes filles qu'on éduquait dans le couvent, et lord Coldyngham avait obtenu l'autorisation d'y suivre l'office quand il séjournait à Londres. Les nonnes se souvenaient de lui comme d'un homme affable et généreux, et Nicola ne doutait pas que l'accueil chaleureux qu'elles lui réservaient devait plus au souvenir de son père qu'à elle-même.

Pour autant, un lien fort l'unissait à sœur Sophie, la prieure, qu'elle visitait parfois et qui ne lui posait, étrangement, jamais de questions personnelles. Elle trouvait sans doute en cette dernière l'affection qui lui avait tant manqué dans sa jeunesse, la certitude de toujours disposer avec elle d'une oreille attentive et de sages conseils, ainsi qu'une gaieté communicative qui ne laissait pas de surprendre chez une religieuse, supérieure de surcroît. A tel point même que Nicola se disait parfois que son amie aurait fait une mère merveilleuse, si le ciel n'en avait décidé autrement.

Elle se vêtait toujours du mieux qu'elle pouvait pour se rendre au couvent, où elle pénétrait systématiquement par la grande porte, un cadeau à la main — en général quelques douceurs que la vieille nonne appréciait fort, car elles la changeaient un peu de l'ordinaire austère du réfectoire.

Sa dernière visite datait de trois jours.

La porte s'ouvrait directement sur un cloître séparé de son propre jardin par un haut mur, et dont le toit de tuiles rouges reposait sur les piliers de bois qui disparaissaient sous l'entrelacs parfumés de rosiers en fleur.

La sœur portière qui escortait les trois femmes affichait un sourire ravi.

— C'est sœur Agnès qui s'occupe de nos fleurs, tint-elle à préciser. Ne sont-elles pas ravissantes ? Le Seigneur a bien du talent de nous offrir de telles merveilles pour un peu d'eau et de travail.

— Les pensionnaires sont-elles admises en ces lieux ? demanda Nicola, surprise de voir une jeune fille d'une quinzaine d'années vêtue de couleurs vives, en grande conversation avec un jeune clerc à l'habit plutôt sombre.

De toute évidence, le sujet de leur échange n'avait rien de théologique, car l'adolescente riait en repoussant le garçon de la main. Se voyant découverte, elle entraîna ce dernier à l'abri des regards.

Les deux soubrettes échangèrent des sourires amusés, mais la nonne sembla ne s'être aperçue de rien.

— Seulement à certaines heures, répondit-elle. Cet après-midi, ces demoiselles font de la broderie.

— Savez-vous pourquoi la mère prieure m'a demandé de lui rendre visite ? s'enquit Nicola, que la requête de son amie ne laissait pas d'inquiéter sourdement.

— Pas précisément, milady, répondit la sœur portière en se tournant vers son interlocutrice. Je dois vous prévenir que notre prieure n'est pas au mieux. Préparez-vous à un choc. Elle s'est mise au lit hier après-midi, et j'ai bien peur qu'elle ne pense toucher au terme de sa vie.

Nicola eut soudain l'impression qu'un froid mortel venait de s'abattre sur la petite cour au milieu de laquelle gargouillait une fontaine partiellement recouverte de mousse. Le commentaire de la religieuse l'avait surprise, et même atterrée, comme s'il lui semblait impossible d'envisager le monde sans la présence maternelle et rassurante de sœur Sophie. Outre cela, elle ne parvenait pas à comprendre quel lien il pouvait y avoir entre l'alitement précipité de la prieure et son invitation à lui rendre visite.

Elle portait, comme il seyait à la fille d'un noble anglais se rendant au chevet d'une religieuse issue d'une des plus grandes familles du royaume — et qui dirigeait l'une des institutions les plus prospères de la ville —, des vêtements admirables.

On s'attendait en effet à ce qu'elle réponde en se parant de ses plus beaux atours à l'honneur que lui faisait sœur Sophie. Le satin violet qui couvrait ses épaules et sa poitrine — et sur lequel resplendissaient quelques bijoux éclatants — rehaussait de son contrepoint sombre le tulle diaphane de sa coiffe. Ses manches interminables couvraient ses doigts à moitié, comme des mitaines, mais sa poitrine blanche se laissait voir sous le nuage de soie vaporeuse censé la dérober aux regards, et qu'un rang de perles soulignait néanmoins.

En s'apprêtant ainsi, elle avait voulu faire impression, mais si sœur Sophie se trouvait en effet à l'article de la mort, elle avait presque honte de se présenter devant elle dans une telle tenue.

— J'espère fort qu'elle se trompe, murmura Nicola.

— Toutes, ici, nous l'espérons, approuva la sœur portière d'une voix douce, en fouillant les pans de sa chasuble pour en tirer une clé.

La lourde porte de chêne s'ouvrit devant les trois femmes, puis fut refermée aussitôt. Après quoi elles passèrent comme dans un autre monde, plein de silence et dans lequel flottait la douce odeur des roses et du linge propre.

Etrangement, il ne faisait pas sombre dans ce havre protégé de la rumeur de la ville. Les murs blanchis à la chaux réfléchissaient doucement la lumière du jour et, sur l'un d'eux, on voyait une tapisserie qu'encadraient deux statues de saints en bois doré et sur laquelle des personnages fantomatiques déambulaient au milieu d'un jardin tandis qu'au second plan, d'autres chassaient un cerf au milieu d'une futaie.

Nicola aurait voulu la regarder de plus près, mais déjà leur petit cortège arrivait devant une autre porte. La nonne sembla tendre l'oreille dans l'attente d'un signal, qu'elle fut seule à entendre, apparemment.

Eclairée par la douce lumière de l'après-midi, qui pénétrait par une rangée de fenêtres étroites, la chambre n'avait rien de la cellule austère à laquelle s'attendaient les deux femmes de chambre, qui y pénétraient pour la première fois. Aussi semblèrent-elles fort surprises, car elles ouvrirent de grands yeux.

Tout autour de la pièce pendaient de longs rideaux blancs qui dansaient doucement dans le courant d'air venant de la rue. Au milieu du mur du fond trônait un grand lit recouvert de grands matelas de plume d'oie, de drap de lin à parements de satin.

D'énormes oreillers formaient comme un nid douillet au milieu duquel reposait la prieure en chemise de lin blanc. N'eût été la nacre de sa peau, et les rides qui la traversaient, Nicola aurait eu du mal à distinguer son amie au milieu de toute cette impeccable blancheur.

Elle portait une guimpe immaculée et ses grands yeux bleus lui mangeaient le visage, comme toujours. Sur ses lèvres, son éternel sourire semblait ne jamais devoir s'effacer.

Une jeune novice en habit clair, qui se tenait au chevet de la vieille femme, se leva précipitamment, fit une révérence polie et s'en fut en gardant les yeux baissés. La sœur portière semblait elle aussi s'être éclipsée discrètement.

— Venez, ma chère, approchez-vous, ordonna la prieure d'une voix qui devait avoir été forte, autrefois, mais qui faiblissait désormais à chaque fin de phrase, comme si l'air lui manquait. Prenez la place de sœur Claire, je vous en prie.

— Ma mère, répondit Nicola en s'inclinant devant son amie

et en faisant signe à ses deux suivantes de se tenir à distance. Vous m'avez demandé de venir vous voir…

Sœur Sophie leva une main faible et décharnée qu'elle laissa retomber aussitôt, mais ses yeux pétillaient encore et un sourire affectueux flottait sur ses lèvres.

— J'ai lutté contre ma conscience comme Jacob contre l'ange, mon enfant, murmura-t-elle.

— Est-ce Jacob qui a gagné ? s'enquit Nicola, s'asseyant sur la chaise que venait de libérer la jeune novice.

— Quelqu'un a gagné, en tout cas, répondit sœur Sophie avec un sourire complice. A présent que vous êtes ici, je ne veux pas perdre de temps à chercher qui est le vainqueur… Ah, Seigneur ! Que vous ressemblez à votre père ! J'espère que vous comprendrez…

Nicola commençait à trouver la vieille nonne bien mystérieuse, mais elle ne doutait pas d'apprendre bientôt de quoi il retournait.

Elle se retourna vers Marguerite, qui lui tendit un petit paquet.

— Tenez, ma mère, dit-elle. Je vous ai apporté un peu de pâte d'amandes.

— De votre père, vous avez aussi la générosité, mon enfant. C'est une qualité qui se fait rare, de nos jours. Je vous remercie.

— Vous semblez avoir bien connu lord Coldyngham, fit remarquer Nicola en jetant un coup d'œil au toit de sa maison, qu'on apercevait à travers une fenêtre ouverte, par-delà le mur du cloître.

Quelque part, oubliée au milieu de la végétation touffue et des ronces des rosiers, se trouvait une porte qui faisait communiquer les deux jardins. Le temps semblait venu, manifestement, d'évoquer quelque secret enfoui.

— Oui, en effet, je l'ai fort bien connu, répondit la prieure d'une voix rêveuse, en suivant des yeux le regard de sa visiteuse. Il venait à l'office dans notre belle église, lorsqu'il séjournait à Londres. Le public n'est pas admis dans les couvents, d'ordinaire. Et si l'on considère qu'il n'y a quasiment que des femmes, ici, cela semble encore plus inhabituel. Vous n'étiez encore qu'une enfant, quand il est venu pour la première fois dans la demeure qui est aujourd'hui la vôtre ; et il nous a semblé que c'était une bonne action de permettre à notre prestigieux voisin de venir parfois prier avec nous.

Nicola trouvait étrange que pendant toutes ces années, son père n'ait pas fait une seule fois mention de l'église du prieuré.

— Il venait régulièrement entendre la messe chez nous, comme le faisaient les parents de certaines de nos pensionnaires. Nous avons une section réservée aux gens de l'extérieur, voyez-vous. Nous étions toujours enchantées de le voir, et à chacune de ses visites, il se montrait fort généreux.

— Je vois, répondit sobrement Nicola, qui commençait à penser que la religieuse voulait l'entretenir d'une affaire d'héritage.

Son père avait-il laissé croire aux nonnes qu'il désirait leur léguer la maison dans laquelle elle habitait à présent ?

Dans ce cas, elles risquaient d'être fort déçues…

— Nous avons été terriblement peinées d'apprendre la nouvelle de sa mort, en avril. Il avait du cœur, ma fille. Etait-il un bon père ?

— Je le crois, oui, répondit Nicola, un peu surprise par cette question abrupte. Il s'occupait fort bien de nous, et mes frères vénèrent son souvenir. Je le voyais moins souvent, moi-même, mais je garde de lui le souvenir d'un homme affectueux. Je doute qu'un autre ait pu faire plus pour moi, quoique…

— Quoique vous auriez aimé qu'il soit plus souvent auprès de vous ?

— En effet, répondit Nicola, soulagée que la prieure lui évite d'avoir à prononcer elle-même ces paroles, qui sonnaient comme un sourd reproche. Visiblement, il lui en coûtait de rester bien longtemps dans notre demeure du Wiltshire. C'est mon frère Daniel qui la dirige, à présent, pour le compte de George, tout comme il le faisait déjà du temps de mon père.

— Et les deux autres fils, que font-ils ?

— Raymond et Patrick ? Ce sont de bons garçons, ma mère. Nous sommes une famille très unie, voyez-vous, mais mon père m'a donné la maison d'à côté parce qu'il me savait d'un naturel plutôt indépendant. Je m'y trouve très bien.

La vieille religieuse s'agita légèrement sur son lit, comme si elle avait besoin de rassembler ses forces pour aborder le sujet dont elle voulait entretenir sa visiteuse.

Quand elle prit la parole, ce fut comme si elle lisait à livre ouvert dans les pensées de celle-ci :

— Je suis certaine que vous continuerez de vous y plaire aussi longtemps que vous voudrez, mon enfant. Je trouve plaisant de penser que nous avons vécu si proches l'une de l'autre, quoique j'eusse préféré que cela dure plus longtemps. Etes-vous aussi d'un naturel sensible ?

— Oh, je sais que nous devons tous nous préparer à rencontrer notre Créateur un jour ou l'autre, ma mère. Ma propre mère est partie bien trop tôt pour apprendre à me connaître, et j'ai vite compris que cette vie n'était qu'un passage vers l'autre. Quand à être sensible, comme vous dites, je n'ai que vingt-quatre ans, et l'existence, pour l'instant, ne m'a pas beaucoup instruite des choses de ce monde, je le crains. Cela dit, j'apprends… Je tâche d'apprendre, en tout cas. N'y a-t-il rien à faire contre cette maladie qui vous accable ? Mon père connaissait de bons médecins…

— Ce n'est pas le sujet qui me préoccupe, mon enfant, coupa la religieuse. La mort n'a rien d'effrayant quand on s'y prépare depuis des années et des années. Non, si je vous ai demandé de me rendre visite, si tôt après vous avoir vue, c'est parce que je souhaitais que vous fassiez quelque chose pour moi avant que je ne rende le dernier soupir. Mais je comprends à présent que je ne pourrai vous demander cela sans vous causer de la peine, ce que je regrette infiniment. Mon cœur se serre à cette idée. Le chagrin m'a été un compagnon fidèle depuis fort longtemps, aussi n'est-ce pas sans tristesse que je me vois contrainte de l'infliger à d'autres.

Là-dessus, elle passa sur sa poitrine sa main frêle, comme si elle voulait, par ce geste dérisoire, effacer en elle une souffrance à côté de laquelle l'idée même de la mort semblait douce.

Elle garda les yeux grands ouverts, fixant quelque fantôme qui rôdait autour de son corps meurtri. Et même si Nicola se demandait encore de quoi elle voulait l'entretenir, elle ne put s'empêcher de poser spontanément sur le front de son amie un baiser qu'elle espérait apaisant.

A cet instant précis, elle eut le sentiment très net qu'elle partageait avec la prieure, par le simple fait d'être une femme, une expérience qu'aucun homme ne pourrait jamais comprendre.

Nicola s'agenouilla sur le plancher, tout près du lit, et prit entre ses doigts la main parcheminée et glacée de la vieille religieuse.

— Dites-moi ce que vous voulez que je sache, murmura-t-elle. Est-ce un message que vous désirez me confier ? A propos de mon père ? Je ferai tout ce qui est en mon pouvoir pour vous aider.

— Vous êtes libre, mon enfant, murmura la mère prieure. Libre, indépendante et fortunée. Je crois, en effet, que vous pouvez faire ce que je veux vous demander. J'ai souvent réfléchi à la question : devais-je en parler à un membre de la famille de votre père ? Peut-être me faut-il remonter à l'époque où il est arrivé ici, à Bishopsgate. Vous ne pouvez vous souvenir de ce temps-là, bien sûr, car vous n'étiez encore qu'une enfant…

— Détrompez-vous, ma mère, je m'en souviens. J'avais une nourrice qui me suppliait de ne pas pleurer comme je faisais…

— Il est venu ici nous demander une place pour vous, arguant du fait que vous auriez besoin d'être avec des fillettes de votre âge, puisque vous n'aviez que des frères.

— Etiez-vous déjà prieure, ma mère, en ce temps-là ? s'enquit Nicola, qui commençait à éprouver une sensation étrange.

— Non, pas encore. Je n'avais que trente ans alors, et… j'avais une supérieure. Pouvez-vous simplement imaginer ce qui est arrivé, lady Nicola ? Avez-vous jamais ressenti cette chose si bouleversante qui vous rend incapable de résister, ce torrent qui vous emporte et qu'on nomme l'amour ? Non, bien sûr… Vous êtes jeune, innocente. Je l'étais également, et pas du tout préparée à ce qui allait advenir.

— Vous êtes tombée amoureuse de… mon père ? risqua Nicola, abasourdie, refusant presque de croire l'impensable. Vous n'avez pu trouver dans votre foi de quoi résister aux élans de votre cœur ?

— Ma chère enfant, répondit la prieure en reprenant sa main pour caresser doucement la joue de Nicola, je n'avais pas le désir de résister, justement ! Pouvez-vous comprendre cela ? Nous n'étions pas une communauté très stricte, voyez-vous, et nous entretenions des relations assez naturelles avec les parents de nos élèves. Peut-être trop naturelles, sans doute. En tout cas, nous sommes devenues un peu mondaines, si l'on peut dire, et nous sommes habituées au luxe. Je crains de devoir avouer ne m'être jamais totalement résignée à la frugalité de notre existence, que nous sommes supposées considérer comme une vertu essentielle. Notre prieure était une femme fort maternelle. Nous l'admirions toutes et prenions modèle sur elle. Nos vies étaient remplies d'amour, et peut-être votre père a-t-il ressenti cela en entrant ici. Après trois veuvages, il recherchait désespérément la consolation et j'ai eu envie de la lui offrir dans la mesure de mes moyens, et d'accepter de lui ce qu'il choisirait de me donner à son tour. Nous nous accordions si bien…

La voix de la vieille femme se brisa sur ces mots, mais elle poursuivit bravement.

— Je l'adorais. Je n'aurais pas dû, je le sais, et j'ai fait pénitence, durement, mais aujourd'hui, je crois que j'ai assez payé. A présent, j'ai le droit de savoir où se trouve mon enfant avant de mourir.

Un torrent de larmes submergea le visage de la prieure, mais elle semblait trop faible, ou trop fatiguée, pour essayer même de l'endiguer. Ce fut Nicola qui les sécha pour elle, médusée.

— Vous avez eu un enfant, ma mère ? De mon père ? L'a-t-il su ?

— Oui…, balbutia la religieuse au milieu des sanglots qui secouaient son corps. Une petite… fille… si belle… Nous n'avons pu la garder, bien sûr…

Cette femme avait eu un enfant de son père ? Et une fille, de surcroît ? Cette sœur dont elle avait toujours rêvé et qu'elle aurait tant aimée ! Quel terrible secret pour tous les deux ! Ils devaient avoir souffert atrocement…

Assommée par cette nouvelle inimaginable, Nicola trouva néanmoins la force d'essuyer patiemment les larmes de la vieille religieuse jusqu'à ce qu'elle cesse de pleurer, lui donnant, avec des gestes maternels qui l'étonnaient elle-même, le verre d'eau que lui tendait Marguerite.

Elle regardait fascinée, incrédule, les lèvres émaciées qui avaient autrefois savouré les baisers de son père, incapable de mesurer vraiment la réalité de cet aveu, comme si elle allait se réveiller brusquement et s'apercevoir qu'il ne s'agissait finalement que d'un rêve.

— Ne pleurez pas, ma mère, s'entendit-elle dire. Ne pleurez plus. Je la retrouverai, si vous me le demandez. Elle est ma demi-sœur, après tout…

Elle promettait et promettait encore, certaine que l'âme torturée de la prieure avait besoin de ses serments pour s'apaiser un peu avant de prendre son envol. Si ses paroles pouvaient lui apporter la paix au bord du tombeau, au nom de quoi la lui aurait-elle refusée ?

La vieille femme la fixait de ses grands yeux hantés de souvenirs et de chagrin, impatiente de poursuivre.

— Je n'ai pas pu la garder ici, expliqua-t-elle. Cela aurait été impensable, car je devais être élue prieure après le décès de sœur Sabine… Et votre père, de son côté, n'avait nul parent compréhensif avec qui partager le secret de l'existence de notre fille.

Nicola n'avait aucun mal à la croire. Derrière la gentillesse affable de lord Coldyngham se cachait en effet un homme aux principes affirmés, qui n'aurait pas toléré d'avoir une maîtresse affublée de bâtards, ni de devoir mentir pour préserver son secret. Jamais il n'aurait révélé à sa famille la preuve insigne de ce qu'il considérait comme une faiblesse, sans parler d'élever l'enfant lui-même.

— Quand votre fille est-elle partie d'ici, ma mère ? s'enquit Nicola à brûle-pourpoint. Et qui l'a emmenée ? Avez-vous des noms à me donner, des précisions ?

— Un seul nom, murmura la prieure d'une voix sifflante. Lord Coldyngham avait un ami très cher qui s'appelait… Melrose.

Melrose ? répéta silencieusement Nicola. Certaines choses semblaient s'éclairer soudain…

— Melrose… en Ecosse ? demanda-t-elle sans rien laisser voir de sa surprise.

— Oui, c'est une famille écossaise, en effet. Des amis très proches de votre père. Lady Melrose avait déjà deux garçons et voulait désespérément une fille, mais elle ne pouvait plus avoir d'enfants. Ils ont accepté d'adopter notre petite, mais je n'ai jamais eu l'autorisation d'avoir le moindre contact avec elle.

Nicola essuya de nouvelles larmes, le cœur serré devant la souffrance de son amie.

— Là, là, calmez-vous… Mon père ne vous a-t-il jamais donné de nouvelles ?

— Non, sanglota sœur Sophie. Nous étions convenus que je devais oublier définitivement ce petit être que je ne pouvais garder. Ah, mon Dieu !

Nicola contempla la vieille femme avec une compassion dont elle ne se serait pas sentie capable. Comment pouvait-on humainement demander à une mère d'oublier la chair de sa chair ? Instinctivement, elle savait que c'était pire que tout ce qui pouvait arriver, que c'était impossible…

Et pourtant…

— Et mon père ? insista-t-elle. Le voyiez-vous encore ?

Comme au sortir d'un rêve, elle sursauta, atterrée par sa propre audace.

— Pardonnez-moi, ma mère. Je n'ai aucun droit de vous poser cette question.

La prieure posa doucement sa main sur la sienne, et la caressa comme fait une mère pour calmer un enfant.

— Les choses ne pouvaient continuer ainsi, murmura-t-elle d'une voix qui allait faiblissant. Le prieuré, les nonnes se sont montrés charitables et compatissants, mais il fallait que cela cesse. Il venait à l'office quand il se trouvait à Londres, c'est-à-dire la plupart du temps… Nous vivions à deux pas l'un de l'autre presque en permanence, mais séparés par ce mur. Depuis cet endroit, je pouvais voir le toit de sa maison. Mais rien de plus. C'était horrible. Une pénitence atroce.

Cela expliquait peut-être pourquoi il passait si peu de temps dans le Wiltshire avec ses enfants…

— Donc, vous ne savez rien de ces… de ces Melrose, pas même s'ils sont encore en vie ? demanda Nicola.

— Absolument rien. J'ai juré de ne pas mener de recherches et j'ai tenu ma promesse jusqu'à aujourd'hui, mais je crois à présent que Dieu me pardonnera, dans Sa miséricorde.

— Je prierai pour cela, ma mère, et je chercherai votre fille. Je vous enverrai un message quand je l'aurai trouvée, je vous le promets. Elle doit avoir… douze ou treize ans, je suppose, si je compte bien, d'après ce que vous me dites ?

— Elle est née le quatorzième jour de février 1460, pour la Saint-Valentin. Elle a treize ans, en effet. Treize ans, quatre mois une semaine et trois jours…

La vieille religieuse, sur ces mots, sombra dans un sommeil profond, comme si le poids de son aveu enfin levé l'apaisait soudain. Nicola contempla longuement ses paupières fermées, soulagée à l'idée qu'elle allait profiter de quelques heures de paix.

Pendant un moment, elle demeura agenouillée au pied du

lit. Il lui fallait encore du temps pour mesurer la portée de ce qu'elle venait d'apprendre.

Comme souvent, elle avait le sentiment d'avoir été trahie pendant des années, et qu'on l'avait privée ce faisant d'une partie de sa vie, même si c'était pour les meilleures raisons du monde. Mais l'idée que les Melrose aient pu prendre part à cette histoire l'étonnait plus que tout. Cela expliquait sans doute en grande partie la promesse échangée par son père et celui de Fergus.

Lord Coldyngham voulait sans doute payer ainsi à ses amis la dette contractée envers eux en leur demandant d'adopter sa fille naturelle. Nicola ne voyait pas d'autre explication.

Comment pouvait-elle, à présent qu'elle savait la vérité, refuser d'honorer la promesse de son père, et ne pas s'acquitter auprès des Melrose du prix de leur silence ? Tant qu'elle n'aurait pas épousé un Melrose, le vœu de son père ne s'accomplirait pas, et les Melrose ne recevraient pas la rétribution de leur sacrifice.

Mais pourquoi, pourquoi n'avait-elle jamais entendu parler d'une fille Melrose ? Et qu'il semblait étrange qu'elles soient nées toutes deux le jour de la Saint-Valentin, à onze ans de distance !

Elle entendit derrière elle la porte de la chambre s'ouvrir. La novice et la sœur portière firent leur apparition, la plus jeune portant sur un plateau des onguents et des potions aux couleurs écœurantes.

Marguerite et Romarine aidèrent leur maîtresse à se relever et à remettre de l'ordre dans ses vêtements, après quoi elles sortirent toutes les trois en silence, abandonnant sur le lit le paquet de pâte d'amandes encore scellé.

C'était une drôle d'idée, pensa Nicola, que d'avoir apporté des douceurs dans un moment pareil…

En sortant, elles entendirent un chant monter gaiement des alentours. La brise d'été qui caressait leurs joues leur sembla comme un souffle de vie, après les minutes difficiles qu'elles venaient de vivre, au chevet de cette vieille dame au cœur brisé qui agonisait derrière les murs de son couvent.

Les roses du cloître luisaient comme des perles sur un lit d'émeraudes, et dans le ciel passait un grand vol de mouettes criardes, leurs becs jaunes pointant vers la Tamise.

Nicola eut distinctement l'impression qu'avant peu, une nouvelle vie allait commencer pour elle.

5.

— Personne, absolument personne ne doit savoir, déclara Nicola en s'adressant à ses deux femmes de chambre, quand elles atteignirent la porte de sa demeure. Promettez-moi de ne répéter à quiconque ce que vous venez d'entendre. Allons, jurez !

— C'est promis, affirmèrent les deux femmes en chœur. Que Dieu nous foudroie à l'instant si nous brisons notre serment.

Marguerite crut même bon d'ajouter, pour le cas où le Seigneur n'aurait pas compris tout le sérieux de leur promesse :

— De toute façon, nous n'avons presque rien entendu. Pas vrai, Romy ?

— Quelques mots à peine, confirma l'intéressée. Elle parlait trop doucement, la pauvre femme !

— Et nous ne cherchions pas à l'écouter, ajouta Marguerite en donnant à sa compagne un coup de coude dans les côtes.

— Parfait, approuva Nicola avec un sourire indulgent. Ce sera notre secret. Une affaire de femmes.

Soulagée à l'idée d'avoir un peu de temps pour songer au tragique dilemme de la prieure, et à la part qu'elle prendrait bientôt dans la résolution de cette navrante histoire, elle se défit de sa coiffe en espérant que cela lui permettrait de réfléchir plus à son aise.

— Tresse mes cheveux, veux-tu, Marguerite ? ordonna-t-elle à celle-ci.

— Et votre robe, milady, répondit cette dernière, voulez-vous en changer ?

Nicola avait déjà la tête ailleurs, aussi se tint-elle droite comme un i tandis que les deux femmes lui passaient une robe de lin, plus fraîche que celle qu'elle portait. Une courte houppelande ceignait ses épaules, et l'ourlet brodé de vert tendre donnait à l'ensemble un air gai et printanier. Sans presque s'en apercevoir, elle prit Melrose entre ses bras, posa un chapeau sur sa tête et sortit dans le jardin inondé de soleil.

La porte oubliée dans le mur se trouvait presque cachée par la végétation, mais quand elle pesa sur le loquet et donna une légère poussée un peu hésitante pour l'ouvrir, elle céda sans résistance, à sa grande surprise. Subitement, elle se trouva devant le cloître rempli de roses qu'elle venait de quitter quelques minutes plus tôt. Tout au fond, de l'autre côté, s'ouvrait la porte donnant sur la chambre de la prieure de Sainte-Hélène.

D'après celle-ci, il n'y avait eu aucun contact entre elle et son amant pendant toutes ces années, mais la présence de ce passage suggérait exactement le contraire. Encore abasourdie par sa découverte, Nicola referma la porte et se dirigea vers un banc de pierre où, à l'abri d'un chèvrefeuille épais, elle posa Melrose avant de s'asseoir.

Là, les yeux fermés, elle évoqua la scène affreuse qui devait avoir eu lieu de l'autre côté du mur. Elle s'imaginait les pleurs, la culpabilité atroce, le malheur inouï de devoir abandonner son enfant. Après treize ans, la douleur semblait encore aussi vive qu'au premier jour. Mais comment aurait-il pu en être autrement ?

Ce n'était pas la première fois, bien sûr, qu'une telle aventure advenait à une nonne, ni la dernière sans doute. Après tout, cela ne la surprenait pas autant que la prieure devait le croire. Que son propre père ait été l'amant d'une religieuse la choquait en revanche au-delà de toute expression, et elle se félicitait encore de n'en avoir rien montré.

Les absences sempiternelles de lord Coldyngham constituaient dans son souvenir une blessure douloureuse et lancinante, qui lui inspirait toujours une rancœur sourde. A présent qu'elle en connaissait la cause, elle ne savait plus si elle devait en blâmer davantage l'auteur de ses jours, ou au contraire l'excuser.

Il avait toujours su que Nicola rêvait d'avoir une petite sœur, et pourtant il la lui avait cachée, afin de maintenir devant sa famille la fiction d'une conduite irréprochable. Par orgueil, finalement. Avec un peu de volonté, il aurait facilement pu résoudre le problème de la garde de l'enfant, et donner une explication acceptable à sa présence chez lui.

Il fallait qu'elle trouve cette demi-sœur, à tout prix. La mère de l'enfant voulait savoir où elle se trouvait ? C'était naturel, mais tout bien considéré, son propre désir n'était pas moins légitime.

Elle avait besoin de savoir, elle aussi.

Pour cela, il fallait contacter les Melrose.

Mais leurs fils avaient-ils une sœur ? Cela semblait une question stupide et incongrue… Elle n'avait pas le souvenir d'avoir jamais entendu la moindre allusion à l'existence d'un troisième enfant chez les Melrose. Et à sa connaissance, on ne trouvait nulle part mention d'une autre héritière dans le testament de lord Coldyngham.

Se pouvait-il qu'il eût oublié l'existence de son propre enfant ?

Impossible. A moins qu'il ne se fût finalement lavé les mains du sort de cette dernière ? Cela semblait peu vraisemblable. On rédigeait d'ordinaire son testament lorsqu'on sentait venir la mort, mais, précisément à l'heure où les conventions du monde perdaient leur valeur, on ne pouvait effacer délibérément dans son souvenir le fruit innocent d'une passion tardive.

Il ne semblait pas absurde de penser que les Melrose avaient pu décider de ne pas garder la petite, tout bien pesé. En ce cas, comment faire pour la retrouver ? Elle ne pourrait enquêter sur cette fillette sans éveiller les soupçons ni, inévitablement, se voir contrainte de révéler le fin mot de l'affaire. La prieure comptait sur sa discrétion, à l'évidence, ce que prouvait le fait qu'elle eût attendu le dernier moment pour révéler son secret.

Après toutes les promesses qu'elle venait de faire à son amie mourante, elle ne pouvait plus reculer, même s'il lui faudrait nécessairement se rendre jusqu'en Ecosse pour les tenir.

En fait de promesse, elle revenait toujours à celle qui la concernait directement. Fergus paraissait déterminé à honorer celle de son père, et il semblait évident désormais qu'elle allait devoir s'y résoudre elle-même, ne fût-ce que pour payer aux Melrose la dette contractée par son propre père.

A propos, il y avait peu de chances pour que lady Melrose connaisse l'identité de la mère de l'enfant. Lord Coldyngham n'avait aucune raison de la lui révéler. Et vu ses idées sur la question, on pouvait douter qu'il eût insisté pour donner des détails à ses amis. Avoir une maîtresse était déjà passablement scandaleux… Une religieuse, de surcroît !

Non, décidément, il n'y avait quasiment aucune chance pour qu'il eût révélé aux Melrose plus que le strict nécessaire. Nicola en aurait juré.

Elle n'avait aucun mal à imaginer l'enfant voyageant, dans

les bras d'une nourrice, sur les mauvaises routes d'Ecosse au printemps 1460, ou la joie de lady Melrose en recevant ce cadeau envoyé par la Providence. Une petite fille, enfin ! et qui amenait avec elle la promesse d'une bru. Et quelle bru ! La fille unique des Coldyngham !

Qui, de son père ou des Melrose, avait eu la meilleure fortune ? Pouvait-elle à présent refuser aux parents de Fergus la compensation promise ? Il en allait de l'honneur d'un homme de tenir sa parole, et celle de son père devait être tenue. Que ne lui avait-il expliqué de quoi il retournait ! Peut-être aurait-elle pu, alors, se convaincre du bien-fondé de son serment et se résoudre avec joie à cet arrangement qui semblait désormais inévitable ?

Mais elle ne se réjouissait nullement, loin de là. Car même si elle désirait Fergus — elle ne pouvait le nier —, elle n'était nullement enthousiasmée à l'idée de devenir sa femme. Il s'agissait là de deux choses bien différentes.

L'épouser ne changerait en rien sa façon d'être, il en convenait lui-même. Et elle savait très bien, au fond d'elle-même, qu'elle ne s'habituerait jamais à ses manières de butor. Un mariage semblait la façon la plus certaine d'assurer leur malheur à tous les deux. Pourtant, à présent qu'elle savait, elle ne voyait pas d'autre solution.

Melrose commençait à se lasser de rester dans les bras de sa maîtresse à ne rien faire quand il y avait tant de bonne herbe à savourer. Il bondit soudainement vers le carré de laitues appétissantes qui s'offrait à lui non loin de là.

Avant que Nicola ait esquissé un mouvement pour le suivre, Fergus fit son apparition.

Otant son chapeau sur lequel dansait une plume extravagante, il saisit délicatement le petit rongeur, qu'il plaça aussitôt dans son couvre-chef.

— Tiens-toi tranquille, Melrose, ordonna-t-il en tendant au lapin une poignée d'herbe. Et souviens-toi que tu dois faire la preuve que tu es digne de confiance !

Le soleil jouait dans sa chevelure sombre, filtrant à travers les noisetiers en fleur, et Nicola ne put s'empêcher de remarquer avec émotion, outre sa mâle beauté, la douceur de ses gestes, qui contrastait si fort avec la violence dont il savait faire preuve à l'occasion.

Il vint s'asseoir près d'elle et posa avec précaution entre eux deux le nid improvisé dans lequel se trouvait Melrose. Puis il se tourna vers elle d'une manière dépourvue d'équivoque.

Visiblement, il ne se trouvait pas là par hasard, et certainement pas pour s'occuper du petit lapin blanc.

Nicola trouvait son regard insistant et dérangeant. Aussi se tint-elle droite comme un i sur le banc, incapable de dire un mot ni de soutenir son regard. Elle s'attendait à tout, venant de lui. Allait-il se montrer moqueur, sarcastique, ou simplement poli ? Et ferait-il mention de leur dernière dispute ?

— Vous sentez-vous mieux ? s'enquit-il doucement.

Nicola regarda ses mains, puis celles de Fergus.

Celui-ci ouvrit les siennes sans cérémonie pour lui présenter son doigt blessé.

Elle avait examiné ses propres blessures le matin même, passant en revue les coupures et les ecchymoses avec un mélange de colère et d'étonnement. D'orgueil aussi, à sa grande surprise.

Elle n'aurait su que répondre à sa question. Se sentait-elle mieux, vraiment ? Et que voulait-il dire en s'adressant à Melrose de la sorte ? L'allusion semblait claire. Il parlait pour lui-même, sans doute, lui reprochant de vouloir l'obliger à faire ses preuves.

Si tel était le cas, il se faisait des illusions. Elle se moquait bien qu'il les fasse ou non !

— Il fallait que j'éloigne Patrick pendant un moment, expliqua-t-il, comme s'il cherchait à toute force un sujet pour engager la conversation. Ce n'est pas ce que vous croyez.

— Ainsi, messire, vous savez ce que je crois ?

— A son sujet, oui. Avouez que vous ne me l'avez pas envoyé dire, milady, et qu'il faudrait que je sois sourd pour l'ignorer encore. Pour ce qui concerne votre frère Patrick, vous pensez que j'ai foulé aux pieds vos désirs et les prérogatives de votre famille, mais vous vous trompez. George approuve parfaitement ma décision, et Raymond également.

— Vous êtes allé voir George ?

— Absolument. Je lui ai tout raconté.

— Même ce qui s'est passé la nuit dernière, à Southwark ? s'exclama Nicola, atterrée.

— Evidemment. Comment aurais-je pu faire autrement ?

— Ainsi donc mes affaires privées sont désormais publiques, et vous vous liguez contre moi, tous les deux, pour m'envoyer résider chez lui ! répliqua-t-elle en tournant le dos au chèvrefeuille, gardant les yeux baissés pour ne pas affronter le regard de Fergus.

Elle inspecta autour d'elle les parterres de pavots rouge sang, les millepertuis dorés et les fenouils aux ombelles légères comme des plumes d'oiseau, songeant à l'inégalité flagrante avec laquelle on traitait les sexes en ce bas monde.

Les droits des filles passaient après ceux des garçons, toujours, et quelque réussite qu'une femme connaisse, il se trouvait toujours un père, un frère ou un mari pour la considérer comme une enfant et lui ordonner de faire ceci ou cela, sans aucune considération pour ses désirs et ses aspirations.

George ne manquerait sûrement pas cette occasion de

reprendre sa vieille antienne concernant le mariage et la sécurité qu'il apportait aux femmes, et à la société par-dessus le marché. Car accorder trop de liberté à celles-ci, disait-il, revenait au bout du compte à ouvrir la boîte de Pandore, avec les conséquences funestes qu'on imaginait.

Fergus choisit d'ignorer la remarque acerbe de Nicola et caressa d'un air dégagé le pelage immaculé du lapin.

— George a laissé deux hommes auprès de Raymond, annonça-t-il. Avec ordre de veiller sur lui nuit et jour.

— Soyez remercié pour votre aide, messire Fergus, répliqua Nicola, émue qu'il se préoccupe ainsi de son frère préféré. Vous n'étiez pas obligé d'en faire autant…

— Si ! répliqua-t-il d'un ton ferme. Malheureusement, j'ai bien peur de devoir me rendre odieux à nouveau, sans même m'octroyer le plaisir de savourer vos remerciements. Je vous emmène de ce pas chez George. Vous y resterez un moment. Il veut que vous fassiez vos malles sans attendre et fermiez cette maison.

Quoiqu'elle eût réfléchi à la question et fût presque arrivée aux mêmes conclusions que son frère aîné, elle ne voyait aucune raison de rendre la tâche facile à Fergus.

— J'imagine que c'est en effet son désir, mais je vous assure que ce n'est nullement le mien. J'ai bien l'intention de rester ici.

— C'est ce que George pensait que vous diriez, évidemment, remarqua Fergus avec un soupir las. Ecoutez-moi… Hormis ce qui est advenu avec lord John, et le fait qu'il cherchera certainement à se venger de vous, il existe une menace autrement plus sérieuse. Les gens d'Oxford qui cherchent Patrick se contenteront de n'importe lequel d'entre vous s'ils ne parviennent pas à mettre la main sur lui. Soyez-en sûre. Et il y a des émeutes, en ce moment, qui s'étendent tout le long des berges du fleuve et se rapprochent dangereusement de Bishopsgate. La Saint-Jean approche, et avec elle la fureur coutumière des fous et des brigands de tout poil. Certaines maisons ont été incendiées par cette populace : on peut voir la fumée qui s'en dégage depuis chez moi.

Il secoua la tête avant de reprendre, visiblement atterré par ce qui se passait tous les ans à la même époque et qu'aucune mesure ne semblait pouvoir empêcher :

— Vous êtes en danger, Nicola, et s'il me faut pour cela vous porter sur mon épaule, je vous emmènerai chez votre frère. Que vous le vouliez ou non. Ce sont ses ordres. Il fera envoyer une voiture pour vos effets. A moins que vous ne préfériez demeurer chez moi à Holyrood ?

— Il n'en est pas question, répondit-elle d'une voix parfaitement assurée.

Fergus salua cette rebuffade d'un sourire désarmant qui bouleversa Nicola au point de la laisser pantoise, incapable de penser à quoi que ce soit d'autre que ses lèvres.

— Ainsi, il vous importe d'être avec moi ou pas, remarqua Fergus avec un sourire narquois. Je ne vous suis donc pas indifférent ?

Par le ciel, non ! Vous ne pouvez savoir à quel point !

— Je fais semblant, messire, comme nous en sommes convenus. Vous n'avez pas déjà oublié, tout de même ? rétorqua-t-elle sans répondre à son sourire.

Malgré ses efforts, il ne méritait pas encore qu'elle l'en gratifie en se montrant aimable. Et de toute façon, elle comptait bien lui rendre à chaque occasion la monnaie de sa pièce.

— Je doute que les émeutes viennent jusqu'ici. Croyez-vous vraiment que cela puisse devenir dangereux ? demanda-t-elle avec un peu d'inquiétude dans la voix.

— C'est probable, en effet. La Halle aux Cuirs et le Pré aux

Clercs sont des cibles traditionnelles pour les apprentis, en cette saison. Ils se défoulent sur ces symboles de l'argent et du pouvoir, en général, mais qui peut jurer qu'ils ne s'en prendront pas aux maisons alentour ? La foule a ceci d'effrayant qu'elle est plus fantasque qu'une rivière en crue, et qu'elle déborde souvent sans qu'on sache ni quand ni comment…

Sur ces doctes paroles, il tendit la main à Nicola.

— Allons, milady, venez, lança-t-il en se levant. Nous devons être partis d'ici avant l'heure du souper.

— Mais… le prieuré ? Les sœurs sont-elles en danger, elles aussi ?

— Je ne pense pas, répondit Fergus en jetant un regard au toit du couvent qu'on apercevait depuis le jardin. Elles sont protégées par de hauts murs et ne courent pas grand risque, même si l'on ne peut jamais jurer de rien, avec cette racaille. Cela dit, le peuple craint assez l'Eglise pour ne pas oser s'en prendre à elle. Personne n'a envie de rôtir sur un bûcher.

Ignorant la main qu'il lui tendait, Nicola ramassa le chapeau dans lequel Melrose semblait finalement s'être endormi, et le serra contre sa poitrine avant de se diriger vers la maison, passant devant Fergus sans un regard.

— Tout ceci est fort ennuyeux, maugréa-t-elle, incapable de se débarrasser de l'impression de s'être engagée sur un chemin qui menait droit au désastre.

Elle détestait les manières autoritaires de Fergus, et sa façon insupportable de donner en permanence des ordres à tout le monde, mais il fallait reconnaître qu'elles présentaient parfois certains avantages.

Sans ses vociférations, par exemple, ils n'auraient sans doute pu quitter la maison avant l'heure du souper. Les domestiques de la maison et ceux envoyés par George ne pouvant se mettre d'accord sur la façon dont il fallait procéder pour évacuer les lieux, quelques ordres bien sentis et quelques injonctions proférées d'un ton sans réplique avaient eu raison de leur résistance.

Sa voix martiale imposait le silence d'une façon étonnante, et il n'usait pas pour ce faire d'un langage choisi. Habitué à diriger des portefaix et des marins, il ne s'embarrassait pas de circonlocutions pour dire leur fait aux récalcitrants.

D'ailleurs, même si son langage écorchait parfois les oreilles de Nicola, elle ne pouvait s'empêcher d'admirer la mâle assurance avec laquelle il menait son monde et savait imposer sa volonté.

En tout cas, sans lui, les choses auraient à coup sûr pris un tour bien différent.

Les voitures s'ébranlèrent en direction de Candlewick Street. De là, elles poursuivraient jusqu'au Strand en passant loin au-delà des quartiers où menaçait l'émeute.

— Vous monterez en croupe derrière moi, annonça Fergus à Nicola. Vos femmes de chambre feront de même avec les gens de notre escorte.

— Vous savez parfaitement que je monte aussi bien qu'un homme ! protesta Nicola, ulcérée par cette condescendance insupportable. Et puis, nous allons avoir besoin de nos chevaux, une fois que nous serons chez George.

— Nous les emmenons tous avec nous, précisa Fergus, mais je me préoccupe davantage, pour l'heure, de votre sécurité que de vos talents de cavalière. A présent, mettez ce lapin dans ce panier d'osier et fermez soigneusement le couvercle.

— Jamais de la vie ! s'écria Nicola, outrée par cette suggestion qu'elle jugeait stupide. Melrose voyage avec moi, et de toute façon, il ne pourrait pas supporter les cris de cette perruche !

Imaginez un peu, si on vous enfermait avec elle ! Vous lui tordriez le cou avant d'avoir fait un quart de lieue…

Fergus jeta un regard au volatile, réfléchissant intensément.

— Je crois que je peux résoudre ce problème, déclara-t-il en prenant résolument Nicola par le bras. En fait…

Il la conduisit vers la porte qui donnait sur une pièce vide et ferma derrière eux, d'un geste décidé, avant même qu'elle ait le temps de comprendre ce qui se passait.

Mais sa perplexité fut de courte durée.

Son baiser correspondait parfaitement aux qualités dont il faisait preuve depuis des heures : impérieux, efficace, irrésistible. Il prit sa bouche avec une telle volonté, un tel ascendant qu'elle en resta subjuguée, incapable de s'opposer à son étreinte. Et, pour dire la vérité… franchement peu désireuse de le faire.

Il ne l'embrassait pas pour l'amadouer, à l'évidence, mais pour répondre à l'urgence de son désir. Elle sentait bien qu'elle ne devait en aucun cas répondre avec une fougue égale à la sienne. Il prendrait inévitablement cela pour un encouragement, d'autant qu'il devait commencer à percevoir l'intérêt qu'il suscitait en elle.

Ce qui ne ferait que rendre la situation encore plus compliquée.

— Fergus ! Non ! dit-elle en s'étranglant presque. Cessez, je vous en conjure, cessez immédiatement ! Je ne sais ce qui vous passe par la tête, mais au nom du ciel, n'y pensez plus ! Où vous croyez-vous ? Dans une taverne de marins ? Vous êtes chez moi, ne l'oubliez pas… Cette demeure est la mienne, et non l'un de vos bateaux ! Croyez-vous qu'il me soit indifférent de quitter ces lieux ?

Elle se dégagea d'un geste brusque, mais elle avait le dos

au mur, et aucun moyen de lui échapper. Sa blessure la faisait cruellement souffrir, de nouveau, et elle y porta la main pour apaiser la douleur, sans réprimer la grimace qui déformait ses lèvres.

Avait-on idée de violenter ainsi une femme blessée ?

— Laissez-moi tranquille, messire, siffla-t-elle. Voilà que je saigne à présent, par votre faute… Il faut que je panse cette blessure.

Fergus répondit d'une voix rauque :

— Je peux m'en occuper. Laissez-moi faire. C'est moi qui vous l'ai causée, il me revient de la soigner, affirma-t-il en écartant la main de Nicola.

Elle se sentait au bord des larmes, mais ses protestations se faisaient de moins en moins véhémentes.

— Allons, tout ira bien, calmez-vous. Ne faites pas tant de manières. J'ai un mouchoir propre dans ma poche… Si je le place ici…

Une fois encore, elle ne le repoussa pas avec beaucoup de force, si bien qu'il parvint à dégager la guimpe de Nicola assez bas pour exposer son sein rond et blanc, et la méchante traînée rouge qui en soulignait le galbe. Plaçant le tampon de soie contre sa chair palpitante, il rajusta le vêtement pour retenir le pansement en place.

Elle restait là, tremblante, les yeux rivés sur les mains de Fergus, faisant des efforts désespérés pour ne pas penser aux implications de cette intimité affolante.

— Alors ? lança-t-il en replaçant la houppelande sur ses épaules. Croyez-vous que cela tiendra ?

Nicola hocha doucement la tête avant de répondre :

— Je n'aurais pas dû vous laisser me voir ainsi dévêtue… N'en parlez à personne, surtout !

— Taisez-vous, intima-t-il en plaçant un doigt sur ses lèvres.

Personne ne m'arrachera ce secret, j'en fais le serment. Je serai muet comme la tombe.

Sa main droite vint caresser la nuque de Nicola, s'attardant sur la peau avant de s'enhardir jusqu'à effleurer à nouveau l'endroit où se trouvait lové le mouchoir de soie. Légère comme la plume d'un oison, elle épousa le galbe du sein blessé, comme pour s'excuser d'avoir tenu l'épée coupable du sacrilège. Pendant tout le temps que dura cette caresse, Nicola ne lâcha pas une seule seconde le poignet gauche de Fergus, attentive au moindre de ses gestes, prête à lui ordonner de cesser à l'instant, ou à s'échapper comme une biche aux abois.

Mais elle ne fit ni l'un ni l'autre. Au lieu de cela, elle mêla ses doigts aux siens et serra leurs mains jointes sur sa poitrine.

— Vous n'êtes pas le Fergus Melrose que je connais, dit-elle dans un souffle. Je serai plus en sûreté chez mon frère George…

— N'y comptez pas, milady, répliqua-t-il avec un sourire enjôleur.

Il y eut un silence, pendant lequel elle eut le sentiment que le monde autour d'eux retenait son souffle, puis Melrose reprit d'une voix ferme :

— Allons, en route ! Il est temps de partir.

Ils évitèrent soigneusement d'aborder le sujet, d'un accord tacite. Mais ils savaient très bien que le sentiment étrange qui grandissait entre eux venait de franchir un nouveau cap, et de se transformer en quelque chose de terriblement sérieux.

Aucune femme, en effet, n'aurait accepté qu'un homme s'autorise un tel degré d'intimité avec elle, à moins de souhaiter qu'il prenne dans sa vie une place prépondérante.

Voire la première place.

D'être restée immobile alors qu'il la caressait sans équivoque, et de n'avoir nullement repoussé sa main constituait une étape décisive dans leur relation, à n'en pas douter. Fergus ne pouvait s'ôter de l'esprit ces instants délicieux, et ce qu'ils impliquaient de désir chez Nicola.

Il ne cessa d'y penser tout le long du trajet, d'autant plus qu'il sentait les bras de la jeune femme serrés autour de sa taille. Il tirait de cette étreinte innocente une fierté qui faisait vibrer triomphalement son cœur.

Signe de la transformation qui s'était opérée, elle ne s'adressait plus à lui désormais comme on houspille un gêneur. Cela le changeait agréablement…

De son côté, Nicola sentait un trouble étrange l'envahir, mais avait aussi le sentiment qu'elle devait à tout prix défaire le nœud de contradictions qui l'étouffait. Elle n'arrivait pas à déchiffrer le comportement de Fergus, ni à s'expliquer pourquoi, comme tout à l'heure encore, elle croyait une chose et faisait exactement le contraire.

Après ce qui venait de se passer entre eux, elle savait le point de non-retour franchi. Elle pourrait peut-être retarder le dénouement en prétendant qu'elle ne lui octroyait ces privautés que pour donner le change, mais si l'argument semblait susceptible de tromper son frère et son épouse, Fergus, lui, ne serait pas dupe.

De cela, elle pouvait être certaine.

George et Charlotte se montrèrent si ravis, si enchantés de son arrivée, l'accueillant avec des cris de joie, des embrassades émouvantes et des ordres donnés aux domestiques pour qu'on reçoive la visiteuse avec tous les honneurs dus à son rang, qu'elle se convainquit d'avoir fait ce qu'il fallait. Elle leur laissa croire que leur insistance était la cause de sa présence en leur logis.

— Je ne suis ici que pour quelque temps, ma chère Charlotte, affirma-t-elle à sa belle-sœur. Ne laissez pas George s'illusionner sur mon séjour chez vous. Je ne m'installe pas, et j'espère regagner ma demeure dès que les choses se seront un peu calmées.

Lady Charlotte salua Fergus d'un baiser sonore sur chaque joue.

— Avez-vous été témoins des émeutes ? s'inquiéta-t-elle. George me dit qu'ils ont mis le feu à quelques maisons dans la rue des Lombards. Vous savez à quel point certains, ici, détestent les Italiens.

— Nous avons aperçu la fumée en partant, répondit Fergus. Le vent d'ouest est assez fort, mais la pluie tarde à venir. En tout cas, rassurez-vous. Cela finira par se calmer, j'en suis sûr.

Les deux femmes échangèrent un regard qui en disait long sur le crédit qu'elles accordaient aux paroles rassurantes de Fergus, et lady Charlotte prit Nicola par le bras.

— Vous avez voyagé en croupe derrière sir Fergus ? s'enquit-elle, rougissant un peu en prononçant ces mots, comme si elle venait de proférer une incongruité.

— Il a refusé de me laisser monter ma propre jument ! répondit Nicola. Je ne connais personne de plus tyrannique !

— Avez-vous apporté avec vous tous vos effets ? demanda l'épouse de George en glissant discrètement sur ce sujet épineux.

— Oui, hormis les plus lourdes pièces, bien sûr. Nous avons laissé deux hommes sur place, pour veiller sur le mobilier, sans quoi nous aurions aussi bien fait de laisser la porte ouverte aux voleurs.

— Vous avez raison, ma chère Nicola, commenta la maîtresse de maison.

Avisant le lapin que sa belle-sœur tenait au bout d'un long ruban bleu, elle s'écria :

— Ah ça ! Mais que vois-je ?

Puis elle ajouta, se penchant vers l'animal :

— Qui êtes-vous donc, charmante créature ?

Le lapin semblait s'inquiéter furieusement de la présence, derrière Charlotte, de deux lévriers gigantesques qui ne feraient qu'une bouchée de lui, si d'aventure l'idée leur venait d'essayer leurs dents sur son poil.

— Il s'appelle Melrose, répondit Nicola en ramassant la petite bête affolée. Ne me demandez pas pourquoi.

— Eh bien ! s'exclama Charlotte en caressant le lapin de sa main où scintillait une bague somptueuse. Vous en êtes déjà à vous faire des cadeaux, tous les deux ? Dites-moi tout, Nicola. Les chose ont-elles… Avez-vous…?

— Non, non, rien encore, nia Nicola avec véhémence. Nous n'avons pas…

Mais elle ne pouvait en dire plus, elle non plus, gênée qu'elle était de cette conversation.

— Ah…

Lady Charlotte soupira longuement, l'air terriblement déçue, mais en gardant tout de même le sourire. Pour l'heure, il fallait installer sa belle-sœur.

— J'ai fait loger vos femmes de chambre juste à côté de vos quartiers, annonça-t-elle. Venez, je vais vous montrer.

Les vents d'ouest n'apportèrent pas la pluie escomptée. L'incendie s'étendait désormais jusqu'aux abords de Bishopsgate, attisé par la brise et dévorant allègrement les bardeaux de chêne qui servaient de tuiles aux demeures les plus humbles. Des gerbes d'étincelles montaient dans le ciel par moments, et lorsqu'on parvenait enfin à éteindre le feu dans une maison, une autre s'embrasait à côté.

Les pires nouvelles leur parvinrent le lendemain matin, à l'heure où la maisonnée de lord Coldyngham s'éveillait doucement, lorsque les deux hommes en faction chez Nicola arrivèrent de Bishopsgate. Epuisés par leur course à travers la ville, ils annoncèrent à leur maîtresse atterrée que sa demeure était en feu, et qu'ils avaient fait tout leur possible pour empêcher la catastrophe.

— Tout, vraiment ? s'inquiéta George en fourrant d'une main tremblante sa chemise dans ses braies, les yeux encore ensommeillés. Que voulez-vous dire ? N'aviez-vous donc pas de seaux pour arroser les murs ? Vous êtes-vous enfuis sans vous en assurer ? Croyez-vous qu'on vous a laissés dans cette maison pour la regarder brûler ?

Cette diatribe n'avait pas pour but d'attirer une réponse. De toute façon, la stupeur horrifiée qui se lisait sur le visage de Nicola suffisait à exprimer toute l'étendue du désastre.

Sa maison venait de partir en fumée, et avec elle ses rêves d'indépendance. Blottie dans les bras de sa belle-sœur, tremblant de tout son corps, elle entendit les deux hommes faire le récit de la tragédie et raconter comment ils s'étaient réveillés, en peine nuit, pour se trouver soudain au milieu des flammes et de la fumée acre qui les étouffait.

Ils décrivirent le toit en feu, les poutres qui s'effondraient les unes après les autres, propageant l'incendie jusque dans les coins les plus inaccessibles, comme si la demeure avait été faite de paille sèche. Ils évitèrent cependant de s'appesantir sur le toit de chaume qui couvrait les communs, car la loi les prohibait en ville, et seule la négligence coupable des échevins expliquait qu'ils aient été encore en place. Le père de Nicola savait distribuer ses largesses, et faire taire les scrupules avec quelques shillings.

— Ainsi, toute la rue doit être en feu, elle aussi ? lança George, qui imaginait visiblement la scène.

— Eh bien… non, milord.

— Mais en ce cas, d'où venaient les étincelles ? Comment l'incendie s'est-il propagé à la demeure de ma sœur ? Allons, mon gaillard, parle !

— Je… je ne sais, milord, honnêtement…, balbutia l'homme. Nous avons juste eu le temps de fuir avant que le toit nous tombe sur la tête.

— Laisse, George, intervint Nicola, le visage ravagé par le désespoir. Ces braves garçons sont épuisés. Permets-leur de se reposer un peu. La maison est sûrement en cendres, à cette heure. Je vais m'habiller… et aller constater les dégâts.

Joignant le geste à la parole, elle s'éloigna, les épaules voûtées, en murmurant obstinément :

— Ma maison, ma si jolie maison…

— Tu aurais pu t'y trouver, Nicola, fit remarquer George, à qui cette idée donnait des sueurs froides. Je vais t'accompagner.

Juchée sur sa jument, Nicola partit en direction de Bishopsgate en compagnie de son frère, avec la ferme intention de passer par des chemins détournés pour éviter à la fois les incendies et les émeutes.

Cela leur prit du temps, même s'ils chevauchaient à vive allure, car des débris de toutes sortes bloquaient de nombreuses rues. Les gens vaquaient à leurs occupations quotidiennes en silence, le visage fermé par la colère. Habitués à ces débordements, ils n'en trouvaient pas moins insupportable de devoir, une fois encore, réparer les dégâts à leurs frais.

D'aucuns nettoyaient leurs maisons dévastées, tandis que les femmes serraient autour d'elles des grappes d'enfants pleurnichant, au milieu des hurlements des chiens. Des rats couraient en tous sens, poursuivis par des chats faméliques. Nicola contemplait cette désolation en se remémorant tristement sa chère demeure, et les derniers instants qu'elle y avait passés avec Fergus Melrose.

On aurait dit que le destin s'ingéniait à précipiter les choses avant qu'elle ne change d'avis au sujet du fringant Ecossais.

Quand ils atteignirent Bishopsgate, ils eurent le sentiment d'avoir laissé derrière eux le plus gros de l'émeute. Seule une épaisse colonne de fumée se dressait encore devant eux, accompagnée de l'odeur acre du bois brûlé. Sous leurs pas, des rigoles d'eau sale clapotaient. A travers la brume bleue qui montait des ruines, le soleil tentait une percée, sa lumière blafarde donnant à la scène un air de fin du monde. Et pour tout fond sonore, la cloche du prieuré de Sainte-Hélène tintait obstinément dans son petit clocher.

Il ne fallut à Nicola que quelques instants pour reconnaître le son caractéristique du glas.

Partout autour d'eux, les arbres et les rosiers offraient le spectacle désolant de leurs troncs calcinés. Là où se dressait autrefois sa maison, avec ses quatre étages de brique charpentée de chêne, ne subsistaient désormais que quelques piliers noircis par le feu, comme une main monstrueuse émergeant de la terre brûlée. Un amas de débris inextricable se dressait au milieu, sous une épaisse couche de cendres blanches et, plus loin, une porte brûlait doucement, encore debout quand tout autour d'elle gisait à terre.

Comme un squelette obscène, ce qui restait de la demeure

offrait encore à la vue, à travers quelques pans de murs obstinément dressés, la perspective jadis charmante du jardin ravagé par les flammes. Au-delà du haut mur qui séparait les deux bâtiments, une fumée épaisse montait en volutes sombres.

Le cloître était en feu, lui aussi, son toit de chaume rougeoyant à chaque saute du vent impitoyable. Des craquements sinistres se faisaient entendre continûment, et de nouvelles étincelles surgissaient du brasier par instants, s'élevant dans le ciel pour retomber en pluie ardente un peu plus loin.

Soudain, un grand fracas de poutres glaça le sang des spectateurs impuissants. Le toit du couvent venait de s'effondrer. Quelqu'un cria de l'autre côté du mur.

La porte du jardin, si longtemps condamnée, s'ouvrit à la volée. George et Nicola virent, médusés, surgir à travers l'ouverture un groupe d'hommes et de nonnes qui se ruèrent vers la fontaine qui trônait encore au milieu des débris, armés de seaux et formant une chaîne humaine pathétique. Leurs bras se balançaient en rythme à mesure de la progression des auges de bois, comme en un ballet fantomatique et désespéré.

— Holà, mes gens ! cria George à ceux qui l'accompagnaient. Prêtez main-forte, vite !

Quelques instants plus tard, deux silhouettes surgirent comme de nulle part sur leurs chevaux, et se précipitèrent au milieu des cendres ardentes en direction du cloître en feu.

Les frères Melrose !

— Non, George, ne les laisse pas se jeter ainsi au milieu des flammes ! Fergus ! Non ! hurla Nicola.

Mais elle se tut soudain, consciente qu'ils faisaient exactement ce qu'on attendait de deux hommes courageux, et que les exhorter à ne pas intervenir ne pouvait se concevoir.

Faites seulement qu'ils sortent de là vivants, Seigneur !

George regarda sa sœur d'un air perplexe

— Non, Nicola ! Tu ne peux pas entrer là-dedans, toi aussi ! s'écria-t-il en essayant de la retenir par le bras.

— Quelqu'un a été tué dans l'incendie, George, j'en suis sûre. Il y a une chambre au coin du cloître. Il faut que j'aille voir… Laisse-moi y aller, je t'en prie !

— Inutile, Nicola. Il est trop tard. D'ailleurs, voilà quelqu'un qui revient.

Deux nonnes émergèrent à travers la porte du jardin, suivies de deux autres, qui portaient chacune un fardeau. Elles pleuraient abondamment et ne reconnurent pas tout de suite leur voisine dans l'accoutrement qu'elle portait. N'ayant eu que quelques minutes pour se vêtir avant de sauter en selle, Nicola arborait un chapeau de feutre brun sur ses cheveux défaits, qui lui cachaient une partie du visage. Quant à ses vêtements, ils auraient presque fait honte à un gueux.

— Eloignez-vous ! crièrent les religieuses en un chœur lugubre.

Mais l'une d'elles plissa les yeux devant la silhouette familière de Nicola.

— Pardonnez-moi, milady… Je ne vous avais pas reconnue. Ainsi, vous n'étiez pas chez vous ? Dieu soit loué ! Nous vous avons crue…

— Je suis sauve, rassurez-vous. Mais pour qui le glas sonne-t-il ? Est-ce sœur Sophie qui…

Personne ne répondit, mais la plus âgée fit un signe de croix sur ses lèvres, suffisamment explicite pour confirmer les craintes de Nicola.

— Elle n'a pas été… brûlée vive… ?

— Non, grâce au ciel ! Mais étouffée par la fumée avant que nous puissions la sauver. Elle avait les poumons fragiles, comme vous le savez, expliqua la religieuse en se frappant doucement la poitrine. Elle était si vulnérable ! Quel malheur qu'elle soit partie de cette façon… Elle aurait mérité de s'en aller en paix ! Ce n'est pas juste.

La religieuse n'avait sans doute pas l'intention de reprocher au ciel la mort atroce de la prieure, mais Nicola ne put s'empêcher d'entendre dans ses paroles l'écho d'une colère secrète.

— Où se trouve-t-elle, ma sœur ?

— Dans l'église, de l'autre côté. Heureusement que nous avions celle-ci, toute en pierre. L'incendie n'a fait que noircir un peu les murs, rien de plus. Dieu merci ! Le feu ne nous atteindra pas, là-bas.

En effet, elles ne risquaient plus grand-chose, mais d'abord parce que les efforts des hommes et des autres sœurs commençaient à porter leurs fruits. Une fumée blanche s'élevait désormais au-dessus des ruines — signe que l'incendie perdait la bataille —, enveloppant les sauveteurs comme un linceul.

La nouvelle soudaine de la mort de son amie, l'incendie du prieuré ainsi que la perte de sa propre maison causèrent à Nicola un tel choc qu'elle s'effondra comme une enfant dans les bras secourables de son frère. Elle tremblait de tous ses membres, aussi anéantie que si elle avait perdu son âme.

— Calme-toi, ma chérie, murmura George pour la réconforter. Ces choses-là adviennent, et nous n'y pouvons rien. Nous rebâtirons cette demeure, voilà tout.

Mais George pensait à autre chose, malgré le désir qu'il avait de consoler sa sœur.

Comment cette maison pouvait-elle avoir brûlé, alors que l'émeute semblait confinée plus loin, et que la Halle aux Tailleurs, régulièrement prise pour cible par les apprentis, et qui se trouvait à deux pas de là, dressait encore fièrement ses murs intacts ?

Il y avait là un mystère qu'il entendait tirer au clair.

*
* *

Pendant deux jours, Nicola resta confinée dans sa chambre, anéantie et peu désireuse de partager avec quiconque les sombres pensées qui agitaient son esprit. La certitude que son amie la prieure n'avait plus eu que peu de temps à vivre était une chose, mais penser qu'on pouvait l'avoir privée des quelques jours qui lui restaient par un acte de pure barbarie lui semblait insoutenable.

Devait-elle ce trépas prématuré aux émeutiers ou bien à un complot, comme le suggérait George ? Elle en avait la nausée rien que d'y penser.

Fergus et Muir avaient quitté le prieuré sains et saufs, mais le souvenir de sa peur, en les voyant s'engouffrer dans l'ouverture fumante de la porte du jardin, et le fait de ne pas avoir caché ses sentiments à son frère la tourmentaient sans cesse, au point qu'elle en perdait le sommeil et l'appétit.

Sa vieille amie lui manquait désormais affreusement. Mais Fergus Melrose, qu'elle n'avait jamais pu se résoudre à considérer comme un ami, prenait chaque jour un peu plus dans son cœur la place de celle-ci. Il lui semblait inévitable qu'un jour ou l'autre, elle devrait se résoudre à ravaler son orgueil et à l'épouser.

Mais elle ne se sentait pas prête. Elle n'avait pas le sentiment de pouvoir jamais l'être un jour, d'ailleurs.

Incidemment, sans insister, elle avait demandé à George s'il connaissait l'existence d'une fille Melrose, mais sans résultat. Cela ne prouvait pas grand-chose, cependant, car Fergus professait des idées bien arrêtées sur l'importance des filles dans une famille. Et elle n'avait appris l'existence de son frère Muir que très récemment, somme toute…

Elle s'inquiétait également de la surprise qu'elle ne

manquerait pas de causer à tous en annonçant qu'elle acceptait finalement de devenir la femme de Fergus Melrose. On la traiterait certainement de girouette, et George ferait, à n'en pas douter, des gorges chaudes de ce nouvel exemple de la versatilité des femmes.

Et pourtant, sa décision n'avait strictement rien à voir avec une quelconque inconstance féminine.

Elle ne pouvait pas se confier à George, car il prendrait inévitablement le parti de son ami d'enfance. Mais à qui se confier ? Pourrait-elle jamais expliquer à quiconque la vraie raison de ce brusque changement, alors qu'il ne lui appartenait pas de révéler le secret qui pouvait tout expliquer ?

La vraie raison ? N'y en avait-il pas deux, en fait ?

La mystérieuse enfant naturelle de son père et de sœur Sophie avait bon dos ! Il ne fallait pas oublier les souvenirs brûlants qui lui brûlaient le cœur : les lèvres de Fergus pressées sur les siennes et son odeur virile qui lui faisait tourner la tête, la chaleur de ses mains sur sa peau frémissante…

Ne devait-elle pas ses nuits sans sommeil à l'évocation de ses cuisses puissantes, de ses bras musclés, de son torse large et ferme ? Les émois de la jeune fille d'autrefois ne ressemblaient-ils pas, à s'y méprendre, à ceux qu'éprouvait la femme d'aujourd'hui ?

Son corps était prêt, sans aucun doute, mais son esprit se refusait à franchir le pas. Il ne restait qu'une solution : négocier. Raisonner. Tâcher de le convaincre de différer encore, de lui faire comprendre qu'il lui fallait du temps, toujours plus de temps…

Elle se rappela ses mots.

Allons, calmez-vous. Ne faites pas tant de manières…

Décidément, son arrogance n'avait pas de limites ! Pouvait-on imaginer être plus effronté ? Lui parler risquait de n'être pas facile.

Autant essayer de convaincre le vent d'arrêter de souffler !

Elle ne se trompait pas, en effet. Fergus se montra encore plus contrariant qu'elle ne le pensait.

Simplement vêtue d'un bliaud de lin bleu et d'un surcot de laine sans manches un peu râpé, elle accepta l'aide du jeune palefrenier pour monter sur sa jument grise, même si elle aurait été capable de sauter en selle toute seule. Une chevauchée solitaire dans la campagne lui permettrait peut-être de s'éclaircir l'esprit et de chasser les doutes qui l'assaillaient. Il fallait qu'elle s'esquive rapidement, d'ailleurs, avant qu'on ne s'avise de lui interdire de faire ce qu'elle faisait depuis son enfance, sous le prétexte que cela devenait plus dangereux à mesure qu'elle avançait en âge. Elle montait seule depuis toujours, et il ferait beau voir qu'elle doive cesser soudain !

Nicola entendit les murmures au moment de franchir les portes de la maison, mais elle lança sa monture au galop aussi vite qu'elle put, savourant cette impression de liberté ineffable qu'elle ressentait chaque fois. Il lui sembla incroyable qu'elle ait pu se passer si longtemps du bonheur de sentir son cheval battre le sol sous elle, et le vent siffler dans ses cheveux. Enfin seule !

Seule et libre.

Sa conversation récente avec Lotti, où celle-ci lui avait conseillé de se constituer un cercle d'amis avec qui elle partagerait les mêmes goûts et les mêmes idées, lui revint à l'esprit. Après ce qui venait de se passer, ç'aurait été prendre ses désirs pour des réalités que d'y croire encore.

C'étaient en fait les membres de sa famille qui avaient sa santé et sa sécurité le plus à cœur, incontestablement. Et avec eux, elle pouvait être elle-même, comme aujourd'hui.

Elle ralentit un peu l'allure en approchant des maisons qui bordaient la vaste pâture où elle venait de s'offrir quelques instants de vitesse, puis prit en direction d'un bois épais, dans lequel des porcs à la peau jaune tachée de noir fouaillaient le sol de leur groin, à la recherche des glands dont ils raffolaient. Les cochons ne semblèrent même pas remarquer le cheval qui passait près d'eux, au contraire du jeune porcher, qui lança à la cavalière un salut sonore.

Quelques secondes plus tard, elle l'entendit crier bonjour à nouveau.

Mais pas à elle.

Surprise, elle se retourna et vit le grand étalon bai surgir de derrière un bosquet de chênes. Elle en conçut une grande irritation, mêlée toutefois d'une excitation qu'elle ne parvint pas à maîtriser.

— Allez-vous-en ! cria-t-elle à l'adresse de son poursuivant qui, confortablement calé sur sa selle, semblait la suivre sans effort.

Mais en prononçant ces mots, elle en mesura instantanément la vacuité. Fergus Melrose n'obéissait à personne.

Plantant ses éperons dans le flanc de sa monture, elle força l'allure, sautant par-dessus les fossés et les arbres morts comme à la parade, évitant les branches basses d'une torsion rapide du buste sans même ralentir sa course, profitant de la petite taille de sa jument pour changer sans cesse de direction, avec l'espoir de semer le grand cheval qui devait forcément souffrir de ces brusques virages. Mais Fergus était un cavalier sans pareil, et elle sut très vite qu'il la rattraperait quand il jugerait le moment venu.

Si jamais il en avait l'intention.

Nicola vira sèchement vers un endroit qui paraissait plus touffu et plus sombre, espérant s'y dérober à la vue de son poursuivant, sans s'apercevoir que le terrain grimpait soudain en pente forte au milieu des arbres. Surprise par ce raidillon inattendu, sa monture se figea brusquement, plantant ses sabots dans la glèbe souple, projetant sa cavalière sur son encolure. Fergus arriva juste à temps pour retenir celle-ci d'une main ferme, tandis qu'il manœuvrait son cheval pour empêcher la jument affolée de faire demi-tour et de s'enfuir.

Hors d'haleine, et encore abasourdie par le refus de l'animal, Nicola réalisa soudain qu'elle se trouvait quasiment dans les bras de cet homme qui, de toute sa jeunesse, n'avait jamais prêté la moindre attention à elle.

Décidément, les choses changeaient à toute allure !

Que lui voulait-il ? Elle lui tenait rigueur d'avoir ainsi dérangé sa solitude. Echevelée, la bouche sèche, elle lui lança tout son mépris au visage :

— Laissez-moi tranquille ! hurla-t-elle. Partez et laissez-moi en paix!

Ils se rencontraient pour la première fois depuis le funeste incendie.

Fergus la voyait encore, au milieu des ruines fumantes, blanche comme un linge, contemplant ce qui restait de sa maison, les yeux vides, les épaules secouées de sanglots.

A présent, l'air vif semblait lui avoir mis un peu de rose aux joues, et ses yeux pétillaient comme jamais. Il aurait donné cher pour la prendre entre ses bras et la poser doucement sur le tapis d'anémones et de boutons d'or qui jonchait la forêt. Mais il gardait de ses années en mer un sens de la discipline remarquable. Aussi se laissa-t-il souplement glisser de sa selle, sans lâcher la bride de la jument, usant ensuite d'un ton persuasif et caressant pour se faire entendre de Nicola :

— Venez, nous avons à parler et cela fait trop longtemps que vous m'évitez. Dites-moi en quoi consiste votre problème. Je vous promets de vous prêter une oreille attentive.

— Une oreille attentive ? répliqua sèchement Nicola en tirant sur ses rênes pour les lui arracher. Vous raillez, messire ! Les hommes comme vous ne savent pas écouter, précisément.

— Si fait, milady. Quand cela s'avère nécessaire.

— Et dans quel but ? Pour apaiser votre conscience ?

— Pour comprendre, plutôt, rétorqua-t-il, dirigeant, avant qu'elle puisse l'en empêcher, la jument vers un endroit plat où gisait un arbre mort.

Il attacha la bride des deux chevaux à une branche cassée avant de s'approcher de Nicola, les bras tendus pour l'aider à descendre.

— Je crois que nous ne trouverons pas plus intime, fit-il remarquer avec un sourire, les mains ouvertes.

Il sentait bien que se livrait en elle une sourde bataille, et savait parfaitement qu'elle pouvait tout aussi bien choisir de mettre pied à terre par ses propres moyens, de l'autre côté de sa monture. Aussi attendit-il patiemment qu'elle se décide.

Il sentit son corps charmant peser sur lui, tout à coup, lorsqu'elle finit par placer les mains sur ses épaules, comme elle le faisait si souvent dans ses rêves depuis leur étreinte passionnée dans sa demeure de Bishopsgate.

Savourant le souffle qu'exhalait sa bouche ravissante sur son visage, il la tint suspendue en l'air un instant, se délectant de sa légèreté. Il l'aurait volontiers embrassée et, l'espace d'un instant fugace, il lui sembla, lorsque leurs regards se croisèrent, qu'elle l'aurait laissé faire.

Vivement, elle s'écarta de lui, comme pour briser dans l'œuf ce qui aurait pu si facilement devenir une étreinte. L'hostilité qui les opposait enfants semblait resurgir entre eux, tout à coup, toujours aussi violente, impétueuse et complexe. A l'époque, ni l'un ni l'autre n'aurait su l'expliquer ou en découvrir la cause, mais à présent, ils savaient parfaitement à quoi s'en tenir, et comment nommer ce sentiment qui les attirait et les repoussait à la fois.

Nicola, en tout cas, se rappelait la douleur qu'elle éprouvait chaque fois qu'elle le voyait, au retour de ses escapades en compagnie de ses frères, et son impuissance à comprendre pourquoi elle se sentait si vide, si insignifiante, lorsqu'il passait devant elle sans la voir.

Elle recula d'un pas mais marcha sur sa robe, et tomba plus qu'elle ne s'assit sur le tronc couché dans l'herbe haute. Par un sursaut d'orgueil, elle tenta de se remettre sur ses pieds, mais Fergus la repoussa doucement sur le tronc moussu avant de prendre place à côté d'elle.

— Taisez-vous, dit-il pour couper court à ses protestations. Tenez-vous tranquille. Les choses ont changé, milady. Nous ne sommes plus des enfants et pouvons parler de ces choses comme de grandes personnes.

Nicola n'en aurait pas juré.

— Tout a changé, en effet, confirma-t-elle. Mes besoins également.

— Bien évidemment, approuva-t-il en la prenant par la taille. C'est le privilège des femmes. Et c'est le mien de les faire changer à nouveau…

Elle se tourna pour lui faire face et, le voyant de si près, elle eut l'impression que son cœur cessait de battre.

Ses grands yeux avaient toujours la même étincelle de défi qui la rendait folle, petite, mais leur beauté la subjuguait aujourd'hui ; sa bouche souriait, à présent, sans la moindre trace du mépris d'autrefois ; ses cheveux jadis maculés de boue et enchevêtrés de paille semblaient aussi lisses et soyeux que ceux d'une femme, sauf qu'il les portait extrêmement courts.

Elle sentait son cœur s'affoler à sa vue, mais son désir de liberté restait plus fort que tout, et elle maudissait le monde qui satisfaisait toujours l'un au détriment de l'autre.

Pourquoi exigeait-on toujours que pour prix de l'amour, la femme renonce à son indépendance ?

Déjà, elle sentait sa résolution faiblir, et son exigence de liberté céder peu à peu du terrain devant l'urgence du désir. Pas étonnant qu'elle eût envie de fuir !

— Détrompez-vous, messire. Les aspirations d'une femme ne sont pas comme les boutons d'un manteau, que l'on change à son gré, rétorqua-t-elle d'un ton offensé. Vous prétendez vouloir discuter avec moi de cette affaire, mais vous avez en tête de me faire changer d'avis sur la question avant même de savoir ce que j'en pense.

Elle détourna les yeux en se mordant la lèvre, encore meurtrie qu'il ait mis fin aussi vite à sa chevauchée solitaire. La liberté avait un goût puissant dont on ne se passait pas facilement.

— Ah ? Et moi qui croyais le connaître, justement ! Vous avez, ce me semble, été assez claire à ce sujet, et plusieurs fois, je crois.

— Je viens de vous dire que ce dont j'ai besoin avait changé, précisément.

— Je vois. Vos désirs, eux, sont les mêmes, en ce cas, ce qui n'arrange rien. Mais peut-être m'informerez-vous de ce dont vous parlez. Ces besoins, quels sont-ils ?

— Vous devriez pouvoir le deviner, répondit-elle en posant la main sur le bras de Fergus, dont elle tritura nerveusement la manche brodée.

— Je devrais, en effet, répliqua-t-il, en se retenant d'éclater de rire devant la gêne manifeste de Nicola. Mais je suis parfaitement stupide, c'est bien connu. Il vaut mieux que vous me l'expliquiez vous-même.

Nicola hésita si longtemps qu'elle faillit décider de se taire pour de bon. Mais Fergus l'aida à prendre la parole en se montrant particulièrement abrupt, comme à son habitude, ce qui prouvait qu'il comprenait parfaitement la situation, mais ne résolvait en rien le dilemme où elle se trouvait.

— Vous avez décidé d'accepter, et maintenant, vous vous demandez comment je vais accueillir cette nouvelle, c'est bien cela ? asséna-t-il.

— Fergus Melrose, j'ai perdu à la fois ma maison et ma réputation, mais j'ai des obligations envers mon père... Aussi dois-je agréer votre proposition, quoi qu'il m'en coûte. Mieux vaut un diable familier qu'un ange inconnu, comme dit le proverbe. Je sais qu'il faudra nous unir officiellement pour que tout cela soit légal, mais je vous ai déjà dit que le mariage impliquait certaines... choses pour lesquelles je ne me sens pas prête. Dans le cas contraire, je me serais sûrement donnée à lord John. Mais je n'en ai rien fait, rassurez-vous... Ni avec lui ni avec quiconque, d'ailleurs. Je n'ai pas encore trouvé l'homme à qui...

Elle s'interrompit, et lança involontairement à Fergus un regard si explicite que celui-ci comprit qu'elle ne disait pas la vérité sur ce point, mais qu'elle ne parvenait pas à se résoudre à mentir.

— L'homme à qui vous aurez envie de vous donner ? murmura-t-il.

Devant le silence de Nicola, il poussa son avantage :

— Peut-être finalement l'avez-vous trouvé, suggéra-t-il. Mais vous pensez qu'il doit attendre encore. Est-ce là votre sentiment ? A cause de ce qui s'est passé autrefois ? Vous avez déjà nié avoir peur que je vous fasse du mal. Mais je ne peux m'empêcher de penser qu'il y a tout de même un peu de cela dans votre réticence, vous ne croyez pas ? Vous pensez que je devrais attendre indéfiniment avant de vous prendre dans mon lit, même quand nous serons mari et femme ?

— Oui, murmura Nicola, rougissant violemment devant la crudité de ces propos.

Décidément, Fergus Melrose n'y allait pas par quatre chemins, quand il avait quelque chose à dire.

— Mais cela ne risque-t-il pas de faire de notre union une mascarade ? S'ils ne sont pas consommés, les vœux qui unissent les époux ne peuvent être validés par notre mère l'Eglise. Qu'en dites-vous ?

— Qu'il faudra que nous nous fassions mutuellement confiance, répondit Nicola, espérant que l'appel à ce sentiment saurait le convaincre. Je ne dis pas que je ne vous épouserai pas, mais je vous suggère… non, je vous demande, je vous supplie d'accepter de différer cet… aspect des choses.

— Jusqu'à quand, je vous prie ?

— Jusqu'à ce que je me sente prête.

Fergus resserra son étreinte et l'attira contre lui d'une main ferme. La tête de Nicola reposait sur son épaule, et ses longs cheveux sur son bras, comme un voile de soie noire. Il trouva sa bouche hésitante, au début, malgré sa douceur émouvante, puis plus hardie, répondant à son baiser avec toute la fougue dont il la savait capable une fois apprivoisée.

Sa main glissa sur la joue de Nicola puis lui caressa le menton un instant, avant d'aller se perdre dans sa chevelure de jais.

— Je ne crois pas que nous attendrons jusque-là, ma beauté, affirma-t-il d'une voix rauque.

Elle réagit exactement comme il le prévoyait. D'abord incrédule, elle s'indigna de ces quelques mots, puis se lança dans la bataille avec une ardeur redoublée :

— Pourquoi… pourquoi pas ? s'étrangla-t-elle en le repoussant de toutes ses forces.

Mais il lui saisit le poignet.

— Pourquoi ? Parce que ce n'est pas ainsi que les choses vont se passer, voilà tout. Je suis écossais, milady, et nous avons pour habitude de prendre les choses au sérieux. Quand nous organisons une cérémonie de cette importance, nous aimons lui apporter la conclusion qu'elle appelle. Si vous avez à cœur de vous montrer une fille obéissante et d'honorer la mémoire de votre père — ce qui serait nouveau, vu la façon dont vous vous comportez depuis mon arrivée ici —, il vous faudra accepter toutes les conséquences de votre décision. Vous ne pouvez choisir ce qui vous plaît et ne vous plaît pas dans le mariage, milady. Vous pourriez ne pas vous sentir prête, comme vous dites, pendant des années entières. Et pourquoi pas jusqu'à la fin des temps ?

Nicola résista de plus belle, à mesure que ces paroles ravivaient ses souvenirs du butor d'antan. Si bien que lorsqu'elle se retrouva à moitié sur ses genoux, elle lui lança un regard si empreint de défi que Fergus ne put résister :

— Fort bien, milady au cœur de pierre, résistez-moi si vous y tenez, mais écoutez-moi bien : vous pouvez choisir d'accepter ou non mon offre, mariage inclus, mais j'exige une réponse avant le coucher du soleil. Prenez toute la journée s'il le faut, mais si vous êtes toujours indécise ce soir, vous pourrez vous chercher un autre mari. M'avez-vous bien compris ?

Il savait parfaitement qu'elle ne répondrait pas à cette question, mais la colère qui brûlait dans les yeux de Nicola suffit à le convaincre.

— Parfait, reprit-il. A présent, retournons chez votre frère. Vous me donnerez votre réponse devant lui et lady Charlotte, ainsi que devant Muir, s'il est encore là ce soir. Une fois que vous nous aurez fait part de votre décision, elle sera irrévocable. Je ne ferai rien pour vous persuader d'en changer d'une façon ou d'une autre. Si vous pensiez jouer au plus fin avec moi, vous vous êtes gravement méprise.

— Avez-vous autre chose à me dire ? lança Nicola d'un ton de raillerie, pour cacher sa fureur.

— Oui. Une seule, répondit-il en faisant mine de dénuder son épaule.

— Non ! Je vous en prie ! cria-t-elle en lui saisissant le poignet à son tour.

— Lâchez-moi. Je n'aurai peut-être plus jamais l'occasion d'y porter mon regard, et il faut que j'imprime dans ma mémoire la marque que j'ai tracée sur votre peau.

Il ne s'attendait pas à ce qu'elle l'y autorise, mais il la sentit pourtant relâcher son étreinte autour de son poignet. Cela pouvait être bon signe, mais pas nécessairement. Aussi hésita-t-il un instant, perplexe.

Le tissu glissa sans résistance sur la peau blanche et, cette fois, il ne se priva pas d'effleurer du bout des doigts sa chair souple, avant de prendre au creux de sa main le sein palpitant sur lequel la cicatrice semblait en voie de guérison.

Il éprouvait un furieux désir de la caresser, mais ce n'était pas le moment. Ce moment viendrait-il un jour, d'ailleurs ? Dans la soirée, il saurait définitivement à quoi s'en tenir.

Il se contenta de contempler le téton fièrement dressé au centre de son aréole sombre et, pensant que ce serait la seule caresse permise, il se pencha sur la blessure, qu'il embrassa doucement du bout des lèvres avant d'y passer la pointe de sa langue. La peau de Nicola était souple et douce, comme la plus fine des soies.

Elle ne fit rien pour l'arrêter.

Il planta son regard au fond du sien, fou de désir et décidé à insister, à la convaincre de le laisser la prendre ici et maintenant. Se pouvait-il qu'elle refuse, après tout cela ?

Finalement, il l'aida à se redresser, avec le sentiment que les paroles n'avaient désormais plus cours entre eux. Ce qui aurait dû être une longue dispute s'était transformé en un ultimatum impitoyable, et la conclusion de leur escapade semblait plus étrange encore que tout ce qu'il aurait pu imaginer.

Elle devait bouillir de colère, peut-être, mais aussi d'émotions moins hostiles. En tout cas, s'il espérait que la colère s'apaise avant ce soir, il souhaitait que les autres émotions n'en fassent rien.

6.

Tout au long du trajet de retour à River House, la demeure de son frère George, les pensées de Nicola restèrent partagées sur deux choses : d'abord, son désir d'être près de Fergus, qu'elle ressentait dans sa chair comme une torture atroce et délicieuse, et l'obligation de tenir les promesses faites par elle à sœur Sophie, et aux Melrose par son père.

Elle ne pouvait se dérober à la seconde, pour quelque raison que ce fût, et il lui restait peu de temps avant de devoir se résoudre à l'inévitable. En épousant Fergus, elle remplirait ses devoirs filiaux une fois pour toutes.

L'attirance qu'elle éprouvait pour ce dernier semblait s'épanouir en elle comme un champ de fleurs après une pluie de printemps, et elle avait du mal à distinguer entre la douleur et le plaisir qu'elle ressentait en pensant à lui.

Elle le voyait encore la regarder, les yeux pleins d'une passion brûlante, avec toute la franchise de son désir, et elle se remémorait avec délices la sensation exquise de son baiser sur son sein, fugace mais bouleversante. Elle n'en connaîtrait plus de semblable tant qu'elle ne déciderait pas de lier son sort au sien.

C'était justement le nœud du problème.

Il connaissait la vie, il avait l'expérience des femmes, sans nul doute, et elle ne saurait probablement jamais ce qu'elle représentait pour lui, surtout après s'être montrée si longtemps réticente. En ne se fiant qu'au désir qu'il semblait éprouver en ce moment, elle risquait gros, car il ne durerait peut-être pas toujours. Mais comment se prémunir contre une telle catastrophe ?

Devoir prendre une décision si rapidement, et publiquement par-dessus le marché, ne lui souriait guère, et même pas du tout. Elle préférait lui donner sa réponse tout de suite, mais seule à seul. Autant en finir au plus vite, car il ne servait à rien de prolonger le calvaire qu'il lui imposait.

Elle avait déjà les mots à la bouche lorsqu'elle se décida à ralentir l'allure, et guida son cheval vers le bas-côté pour attendre son futur époux :

Fergus, j'ai besoin de vous, j'ai toujours eu… Non ! Messire Fergus, j'ai décidé, après mûre réflexion, de… Non… Milord, vous ne me laissez d'autre choix que de…

Mais quand elle se retourna, surprise de ne pas entendre le pas régulier de l'étalon bai, elle trouva la route déserte.

Fergus avait disparu.

Elle venait de passer un virage, persuadée qu'il la suivait de près. Sa monture pouvait avoir perdu un fer, bien sûr, mais il aurait trouvé le moyen de la prévenir. Sa voix puissante pouvait couvrir le bruit d'une cavalcade.

— Fergus ! cria-t-elle en piquant les flancs de sa jument grise.

Ce ne fut pas Fergus qui répondit, mais trois cavaliers surgissant des bois ténébreux, qui vinrent l'encercler comme autant de diables vociférants, saisissant les rênes de son cheval avec une telle brusquerie que celui-ci fit un écart en arrière et vida sa maîtresse de la selle. Nicola tomba durement sur la terre, au milieu des sabots et de la poussière.

— Fergus ! hurla-t-elle à nouveau, presque assommée par sa chute. Qu'avez-vous fait de lui ? Que signifie… je… Non !

Elle se sentit tout à coup aveuglée par la cagoule qu'on venait de poser sans ménagement sur sa tête, et une terreur poisseuse figea les mots dans sa gorge. En moins de temps qu'il ne fallait pour le dire, elle se retrouva clouée au sol, les poignets et les chevilles meurtris par une corde solidement nouée, assez grosse pour entraver un bœuf.

Hurlant et crachant comme un félin pris au piège, elle se sentit soulevée malgré les coups qu'elle donnait au hasard, et jetée sur l'épaule d'un homme, puis déposée dans ce qui devait être une malle d'osier. Elle pensa fugacement au petit Melrose, à qui elle avait infligé le même traitement quelques heures plus tôt, en se jurant de ne plus jamais renouveler cette infamie si elle sortait de là vivante. Quand le couvercle se referma sur elle, l'obligeant à rentrer la tête dans les épaules, elle entendit des cris au-dehors, mais ne put comprendre un traître mot de ce qui se disait.

La panière d'osier trembla comme si un tremblement de terre la frappait, et Nicola fut projetée contre la paroi de cette prison où ne régnaient que les ténèbres et la peur. Ne pouvoir compter sur le secours de Fergus, en ces instants où elle en avait le plus besoin, lui sembla soudain une torture abominable.

Elle trouvait encore plus insoutenable de ne pas savoir quel sort réservaient à ce dernier les marauds qui la tenaient prisonnière. Et dire que sans son désir stupide de se montrer plus rapide que lui, rien de tout cela ne serait arrivé ! Elle se reprochait amèrement cet orgueil dont elle ne parvenait pas à se défaire, et qui lui jouait de si vilains tours.

Peut-être, à cette heure, le battaient-ils à mort pour lui faire payer d'être intervenu à Southwark ? Il ne pouvait s'agir que de la bande de lord John, pour avoir préparé une telle embuscade… Ils seraient sans pitié, elle le savait. Comment savoir si à l'heure où on l'emmenait Dieu savait où, Fergus n'expirait pas sur le bord de la route ?

La voiture cahotait sur les ornières creusées par les pluies, meurtrissant impitoyablement Nicola à chaque soubresaut. Elle souffrait le martyre, au point qu'elle se prit à penser que l'enfer ne pouvait être pire.

Les cordes cisaillaient sa chair délicate, et elle étouffait dans l'air confiné où s'exhalaient des miasmes dont elle préférait ne pas imaginer l'origine. Ses muscles enduraient le supplice de crampes interminables à force d'être contraints dans une position plus qu'inconfortable ; son dos et son cou, comprimés et tordus, la faisaient souffrir atrocement.

Minute après minute, chacune d'elles lui semblant une éternité de souffrance, son calvaire se poursuivit, jusqu'à ce qu'enfin un dernier tressaillement ébranle sa cage, qui s'immobilisa.

Il y eut des cris, et elle distingua le criaillement des mouettes par-dessus la rumeur des quais du fleuve où s'agitaient les portefaix. La pluie se mit même à frapper sa prison d'osier, et bientôt elle la sentit couler sur elle, goutte à goutte d'abord, puis plus fort. Le tonnerre grondait au loin, remplaçant le fracas des roues sur les pavés.

La malle tangua, sembla glisser, accompagnée dans sa chute par des voix d'hommes, puis, après de nouvelles secousses, il lui sembla sentir le balancement d'un bateau, et entendre le bruit des rames et le chuintement léger de l'eau contre la coque. Où l'emmenait-on, pour l'amour du ciel ?

Un tremblement irrépressible la saisit lorsqu'un rayon de lumière pâle filtra sous la cagoule qui l'aveuglait.

*
* *

Le premier visage qu'elle vit ne la surprit pas outre mesure. Malgré la douleur qui la rendait folle, elle avait, durant son affreux voyage, passé en revue tous ceux qui de près ou de loin étaient susceptibles de lui vouloir du mal.

Il y avait d'abord les frères d'Oxford, qui chercheraient peut-être à se venger en s'en prenant à l'unique fille de la famille Coldyngham. Ensuite, lord John, qui ne proférait pas ses menaces à la légère, d'après ce qu'elle savait. Hormis ceux-là, elle ne voyait pas qui pouvait lui en vouloir assez pour lui faire subir un tel traitement.

— Ah, ma pauvre amie ! s'exclama hypocritement le comte de Rufford, en se penchant sur elle pour lui ôter du visage les cheveux trempés qui collaient à sa peau. Dans quel état vous voilà ! Je déplore que ces brutes aient cru bon de vous traiter aussi durement, mais le monde n'est pas un jardin de roses, n'est-ce pas ?

Sur un hochement de tête qu'il fit, la malle fut vidée sans ménagement de son précieux contenu, puis jetée sur le côté comme une coquille désormais inutile. Nicola se retrouva sur le sol poisseux comme un tas de linge sale, aux pieds de lord John, désorientée après toutes ces heures passées dans le noir à brinqueballer d'un bord à l'autre. Au point qu'elle n'aurait pu se mettre debout si elle avait essayé.

Pour autant qu'elle pouvait y voir à travers la forêt de jambes qui l'entourait, elle se trouvait dans une pièce minuscule.

— Sortez! entendit-elle lord John crier à l'adresse de ses hommes.

L'un d'eux voulut discuter du prix de ses services, mais Rufford coupa court d'une voix hargneuse.

— Sortez, vous dis-je ! Nous parlerons de cela plus tard !

Il y eut encore quelques protestations, puis le flot se dirigea vers la sortie. Quelques instants plus tard, lord John revint auprès d'elle.

— A présent que ces gueux ont vidé le plancher, nous voici enfin seuls, chère amie, lança-t-il d'une voix suave, en coupant ses liens d'un coup de couteau sec, avant de la forcer à se mettre sur ses pieds avec une brutalité qui démentait le ton de ses paroles. Debout ! Levez-vous !

L'effort était trop violent pour Nicola. Elle parvint tant bien que mal à se dresser sur ses jambes flageolantes et à lui faire face, abasourdie de voir un homme qui se déclarait son ami à peine deux jours plus tôt la traiter si ignominieusement. Avant qu'elle puisse assurer sa position, un éclair aveuglant lui fit perdre l'équilibre, et elle s'effondra contre la paroi de bois. Une douleur lui vrillait le cerveau — preuve, s'il en fallait, que son éblouissement ne devait rien à l'orage qui grondait au-dehors.

Elle resta un moment immobile, abasourdie, les joues en feu, les oreilles sifflantes, un goût de sang sur les lèvres.

Le visage de lord John s'approcha du sien tout à coup et, pour la première fois depuis qu'elle le connaissait, elle discerna dans son regard bleu une lueur de cruauté indicible, que n'arrivaient plus à masquer ses longs cils, ni les petites rides rieuses qui plissaient le coin de ses yeux.

Elle le voyait enfin sous son vrai jour, remarquant le sourire carnassier, les dents pointues — l'une d'elles semblait s'être brisée récemment —, le grain grossier de sa peau qu'il attribuait à une maladie de jeunesse, mais dont elle pensait, à présent, qu'il devait provenir de quelque affection inavouable. Dire qu'elle le trouvait beau, il y a peu… D'une beauté un peu féminine, avec sa haute taille et sa minceur dégingandée, ses vêtements toujours impeccables et furieusement raffinés, sa coiffure recherchée, les effluves du parfum dont il s'inondait, et ses mains aux ongles nacrés dont il prenait un soin fou, et dont jamais elle n'aurait cru qu'elles puissent donner des coups aussi violents…

Et surtout pas à une femme !

Pour se forcer à oublier la douleur qui taraudait sa chair, elle s'astreignit à étudier la mise de lord John, le velours bordeaux de son habit aux épaulettes trempées de pluie, les plis de son jabot, ses fausses manches doublées de soie, son chapeau qui lui servait surtout à cacher les ecchymoses sur son visage, souvenir de la rixe de l'autre soir…

— Levez-vous ! lança-t-il de nouveau.

Elle obtempéra en se protégeant le visage de sa main fermée, malgré ses jambes qui la soutenaient à peine. Le souvenir des humiliations subies dans son enfance remontait à sa mémoire, mais il lui semblait bien doux, en comparaison de ce qu'elle subissait à présent. Tout cela était parfaitement délibéré, et pas le résultat d'un hasard malencontreux.

— Si vous avez l'intention de me frapper encore, bredouilla-t-elle, puis-je vous demander de me prévenir ?

— Le coup que je vous ai donné s'adressait en fait à votre nigaud de frère, ma chère. Quoiqu'à la réflexion, vous le méritiez vous aussi, pour vous être comportée comme une catin ! En tout cas, il n'y a que vous ici, et il faut bien que je passe ma colère sur quelqu'un, n'est-ce pas ?

— Comment osez-vous ? explosa Nicola, outrée par l'insulte. Vous m'avez injuriée en public, et voilà qu'à présent, vous…

Elle vit la main de Rufford jaillir comme un éclair, mais trop tard. L'instant d'après, il lui pinçait cruellement le menton en la repoussant violemment contre le mur, qu'elle heurta avec une violence inouïe. Au-dessus de leur tête, un bruit de pas agités se fit entendre au milieu du fracas du tonnerre, étouffant son cri de douleur.

— Je… quoi ? demanda-t-il avec un sourire grotesque, en approchant son visage si près qu'elle sentit son haleine chargée de mauvais vin. Allons, dites-moi précisément ce que vous faisiez dans les bois en compagnie de ce rustaud écossais de Melrose, cet après-midi ? Vous étiez dans ses bras, si je ne me trompe ? Et avec la chemise sur les hanches, de surcroît !

D'une main serrée sur sa gorge comme une griffe, il la clouait au mur, impitoyable, laissant courir l'autre sur son bliaud en pinçant sa chair au passage. Soudain, elle sentit ses doigts se crisper sur l'encolure et, d'un coup sec, lui arracher son vêtement avec un rire sardonique. L'étoffe de lin se déchira de haut en bas comme s'il se fût agi d'une feuille de papier, la laissant nue jusqu'à la taille.

Malgré la douleur qui faisait de chaque mouvement un calvaire, Nicola se débattit pour le repousser autant qu'elle put, mais le mal était fait, et le sein que Fergus aimait à contempler se trouvait exposé au regard luxurieux de lord John.

Un mince filet de sang s'échappait de la blessure…

— Ah ! Catin que vous êtes ! s'exclama-t-il en découvrant la plaie. Voilà ce qu'on récolte à faire des coquineries ! Aimez-vous que l'on vous batte un peu pour vous échauffer ? Et moi qui vous tournais autour en prenant mille précautions ! Quel imbécile ! Je ne m'étonne plus de n'être arrivé à rien avec vous ! Pourquoi ne m'avez-vous pas informé de vos petits penchants secrets ? Je pourrais m'y essayer… Qu'en dites-vous ?

Joignant le geste à la parole, il lança le bras dans son dos pour se saisir de sa dague. Tremblant de terreur, Nicola essaya de se dégager en repoussant frénétiquement la main qui l'étouffait.

— Non ! Non ! hurla-t-elle en empoignant l'habit de velours rouge. Nous sommes fiancés. Nous allons… nous marier, je le jure… Quant à… cela, c'était un accident !

Lord John lâcha prise subitement, et fit un pas en arrière pour contempler sa captive en rajustant son vêtement froissé. Du dos de la main, il prit le temps d'en lisser le velours avant de répliquer :

— Vraiment ? En ce cas, montrez-moi la bague.

— Je n'en ai pas encore, milord, car je viens à peine d'accepter. Où est-il ? Dites-le-moi, je vous en supplie…

La douleur qui lui vrillait le cerveau la fit taire un instant, mais elle reprit d'une voix épuisée :

— Dites-le-moi, par pitié… Qu'avez-vous fait de lui ?

Le visage déformé par la haine, il la regarda essayer en vain de couvrir sa chair nue.

— Vous voudriez me faire croire que vous êtes vierge ? lança-t-il d'une voix pleine de colère. Et voilà que je découvre que non seulement vous avez déjà servi, mais que celui qui vous a prise a laissé sur vous sa marque, comme on fait au bétail ! Je me demande bien ce que je vais pouvoir faire de vous…

— Que… que voulez-vous dire, milord ? s'écria Nicola, folle de terreur.

Sans personne pour s'opposer à lui, le comte semblait donner libre cours à sa haine, et ne rien épargner de la cruauté qu'il avait si soigneusement dissimulée jusque-là. Comme elle essayait de se couvrir, il lui saisit les poignets d'une main de fer et déchira de l'autre ce qui restait du bliaud, la laissant à demi nue encore une fois, et morte de honte devant son regard.

— On avait raison de me prévenir, remarqua-t-il. Vous

êtes plus retorse que je ne pensais, milady sainte-nitouche. Peut-être devrais-je laisser mes hommes s'amuser avec vous l'un après l'autre… Cela les paierait de leurs efforts. Qu'en dites-vous ?

— Je vous en supplie, lord John, dites-moi ce que vous avez fait de sir Fergus. Ni lui ni moi ne vous avons causé le moindre tort. Tout ceci est indigne de vous, milord. Vous valez mieux que cela…

— Je ne sais ce que je vaux, répliqua-t-il sans la lâcher des yeux. Mais vous, en revanche, vous devez valoir une jolie somme. De quoi payer mes dettes, assurément.

— Que… que voulez-vous dire ? Que comptez-vous faire de moi ? Et d'abord, où sommes-nous ? s'exclama Nicola, aveuglée de douleur.

Jamais, de sa vie, elle ne s'était sentie aussi mal.

— Où nous sommes ? répondit le comte en riant à gorge déployée, et en rendant à sa prisonnière l'usage de ses mains pour la laisser se couvrir. Sur une galère marchande de Venise, ma chère. Le capitaine est un de mes amis. C'est un homme qui sait reconnaître une affaire quand il s'en présente une. Avec mon agent, il sélectionne des beautés comme vous. Des vierges, en particulier.

En disant ces mots, il vint coller son visage contre celui de Nicola.

— Ce sont des articles qui se vendent bien, sur les marchés aux esclaves de Constantinople. Allons, ne me dites pas que cette idée ne vous émoustille pas un peu, vous qui tenez chambre ouverte et avez tant d'amis ! Cela ne manquera pas de rendre Coldyngham fier de vous, vous ne croyez pas ? Tournez-vous !

Il la força à obéir, faisant montre une nouvelle fois d'une violence aussi cruelle qu'inutile, entravant ses poignets avec une corde rugueuse, avant de passer le lien derrière les genoux de Nicola, de telle sorte que celui-ci mordait sa chair chaque fois qu'elle faisait un mouvement. Quand il la jeta sur le sol, contemplant son œuvre avec une évidente satisfaction, elle se demanda comment l'âme humaine pouvait être aussi noire.

Sans un mot de plus, il sortit et ferma les loquets à double tour, abandonnant la malheureuse à sa douleur et à ses incertitudes. Puis, à la faveur de la brume qui montait de l'océan malgré le mauvais temps, il s'esquiva discrètement.

Les émotions des dernières heures tout autant que le froid, l'humidité, et l'angoisse mortelle qui l'étreignait chaque fois qu'elle pensait à Fergus, eurent finalement raison d'elle et, sur une vision de ce dernier gisant dans une mare de sang, elle s'abandonna au sommeil, qui l'envahit comme une eau noire et glacée.

— *Signora... signora !* Réveillez-vous, *per la Madonna* !

Une voix d'homme, grave et chaude, la tira de sa torpeur cotonneuse, et elle se sentit soulevée du sol où elle gisait.

— *Chi é ?* Qui êtes-vous ? insista la voix. *Santo cielo !* Qu'est-il arrivé ?

Les notes suaves et chantantes de la langue italienne rassérénèrent Nicola, et quand elle ouvrit enfin les yeux, elle vit le visage hâlé et barbu d'un homme d'un certain âge, à en juger par l'intelligence madrée qui pétillait dans ses yeux. Le genre d'homme qui en avait vu d'autres.

Nicola avait des haut-le-cœur, mais l'inconnu semblait déterminé à obtenir une réponse à ses questions.

— Je suis lady Coldyngham, murmura-t-elle en jetant un regard sur ses vêtements dévastés, grimaçant plus de douleur que de honte en se voyant à moitié nue, car l'homme coupait ses liens, et malgré toute la douceur dont il usait, la corde meurtrissait sa chair à chaque coup de couteau.

Dès qu'elle retrouva l'usage de ses mains, elle rassembla tant bien que mal les lambeaux de son bliaud pour s'en couvrir, quoique son sauveteur ne parût pas s'émouvoir outre mesure du spectacle qu'elle offrait.

S'agissait-il du fameux capitaine qui vendait des esclaves aux Turcs ? Elle en doutait, car l'homme semblait plutôt inquiet pour elle, et non cruel et fourbe comme on pouvait imaginer que l'aurait été un marchand de chair humaine.

— *Vino !* lança-t-il par-dessus son épaule en plaçant sous la nuque de Nicola un vague coussin. *Un fiascho di vino, pronto !*

Doucement, il lui soutint la tête pour l'aider à boire, puis ôta son manteau pour l'en couvrir. Nicola remarqua que le tissu sentait le bois humide, mais savoura néanmoins la chaleur bienvenue.

— Je suis Giovanni Foscari, capitaine de ce vaisseau, déclara l'homme en la prenant dans ses bras comme un enfant avant de la porter, par l'escalier qui s'ouvrait à sa droite, jusque sur le pont.

Nicola battit faiblement des paupières, aveuglée par la lumière pourtant blafarde et finissante autant que par la pluie qui s'abattait en rafales, mais ils se trouvèrent bientôt sous le couvert d'une large toile blanche qui protégeait le pont de la tempête. Là, bien à l'abri sous sa tente, le *signor* Foscari l'installa sur son propre fauteuil avec la douceur d'une nourrice, malgré la taille impressionnante de ses mains.

— C'est mieux ainsi, commenta-t-il sobrement, avant de se tourner vers le garçon qui tenait encore la flasque de vin.

Piero ! Que s'est-il passé sur ce navire pendant que je me trouvais à terre ? Qui a fait monter la *signora* à bord ?

— Pardonnez-moi, capitaine, répondit le dénommé Piero, mais je n'ai pas vu la *signora*. Trois hommes ont pris la passerelle en portant une grande malle d'osier. Il y avait un gentilhomme avec eux. Ils sont descendus dans le cellier, et après ça, comme il pleuvait, je n'ai plus fait attention à eux.

Nicola vit la colère empourprer le visage du capitaine, mais la conversation se poursuivait en italien, et elle ne pouvait que deviner que les nouvelles ne plaisaient pas beaucoup au *signor* Foscari.

Elle comprit un peu mieux ce qui se passait lorsque ce dernier lança un flot d'imprécations, aussi pittoresques, apparemment, que celles dont usait Fergus de temps en temps, quoiqu'elle ne pût qu'en deviner le sens. Mais quand elle l'entendit prononcer le nom de son frère George, et celui du quartier de Londres où se trouvait sa demeure, elle sut qu'elle se trouvait en de bonnes mains.

— J'ai envoyé Piero chercher lord Coldyngham, expliqua Foscari. Maintenant, m'expliquerez-vous enfin, *signora*, comment vous vous êtes retrouvée à moitié nue et attachée sur le plancher d'une galère génoise ?

— Génoise ? murmura Nicola en acceptant le verre de vin que lui tendait son sauveur. Mais… lord John m'a affirmé qu'il s'agissait d'un navire vénitien. Cherchait-il à me duper ou bien…?

Elle fit une légère grimace, car le nectar un peu suri lui râpait la gorge.

— Un navire vénitien ? répéta le capitaine, incrédule, en se passant d'un air dégoûté la main sur le crâne, qu'il avait chauve et aussi brillant qu'une bille d'ivoire.

Visiblement, il ne tenait pas les gens de la Sérénissime en grande estime.

— Soit votre lord essayait de vous tromper, soit il ne sait pas faire la différence entre nos galères génoises et les épaves flottantes de Venise, qui prétendent nous faire concurrence, expliqua Foscari dans un bel élan de chauvinisme. En ce cas, c'est un idiot doublé d'un monstre, si c'est bien lui qui vous a fait ça…

Du bout du doigt, il effleura doucement la joue et l'œil enflés de Nicola.

Elle trouvait difficile de parler, mais jugeant l'affaire suffisamment grave, surmonta sa douleur.

— Oui, répondit-elle dans un souffle. Lui et ses sbires nous ont tendu une embuscade alors que je chevauchais en compagnie de sir Fergus Melrose dans les environs de Charing Cross. Je ne sais pas ce qu'il est advenu de lui, et suis morte d'inquiétude à son sujet. Pouvez-vous m'aider à le retrouver ? Ils l'ont peut-être tué…

Elle éclata en sanglots en prononçant ces mots, atterrée par ce qu'elle venait de dire.

Le visage de Foscari sembla s'illuminer tout à coup.

— Vous étiez avec sir Fergus ? s'enquit-il avec son fort accent italien.

— Oui. Le connaissez-vous ?

— En effet, milady. Il est propriétaire de ce bateau, figurez-vous. Je suis son capitaine. Je le retrouverai, faites-moi confiance.

D'un bond, il quitta le couvert du dais pour aller se pencher au-dessus du bastingage, et crier à la chaloupe qui s'éloignait en direction de la berge, au milieu des rafales de vent :

— Piero ! Va d'abord à Holyrood et dis-leur de partir à la

recherche de sir Fergus. *Pronto ! Pronto!* La dernière fois qu'on l'a vu, il se trouvait vers Charing Cross.

Une réponse confuse monta de l'eau noire avant que le *signor* Foscari ne rejoigne Nicola, essuyant de la main la pluie qui dégoulinait sur sa nuque. Il se pencha vers elle en s'appuyant sur la table qui se dressait à côté du fauteuil où elle reposait.

— Ce lord John va sûrement revenir vous chercher, déclara-t-il avec un sourire complice. Mais rassurez-vous, nous serons prêts à l'accueillir.

Là-dessus, il aida sa nouvelle protégée à retourner son bliaud pour essayer de couvrir autant que possible sa nudité. Après quoi il borda soigneusement la couverture autour de ses jambes afin qu'elle ne prenne pas froid.

— Je ne vous abandonne pas, *signora*, dit-il en prenant congé. Je serai en bas, à portée de voix. Ne vous inquiétez pas, vous ne courez aucun danger…

Elle n'aurait pas fait les choses comme l'envisageait Foscari, mais il lui fallait accepter le fait qu'un capitaine chercherait inévitablement à capturer le ruffian qui se servait de son bateau comme d'une prison, par méprise ou sciemment. Le comte ne l'intéressait en aucune façon, et il pouvait aller au diable. En revanche, elle tenait plus que tout à retrouver Fergus Melrose et à le ramener auprès d'elle. Elle avait des choses importantes à lui dire avant que le soleil ne se couche.

Mais il faisait déjà nuit…

Elle se souviendrait longtemps de cette interminable attente comme d'un des plus pénibles moments de sa vie, car elle se sentait si épuisée qu'elle n'avait même plus la force de résister au désespoir qui l'envahissait quand elle pensait à Fergus.

Il devait être mort, forcément. Difficile de penser le contraire… Et cette quasi-certitude ne faisait que renforcer sa détresse. Après tous les dangers innombrables auxquels il devait avoir fait face dans sa vie, cette attaque traîtresse devait avoir eu raison de lui. Rufford et ses sbires n'avaient visiblement pas pitié d'une femme… Cela laissait imaginer avec quelle férocité ils devaient avoir traité un ennemi de la qualité de Fergus. Pour empêcher un homme tel que lui de parler et de se défendre, il n'y avait pas deux solutions.

Elle passait d'une torpeur lourde à une veille pâteuse, poursuivie par des visions effrayantes dans lesquelles Melrose gisait dans son sang, au point qu'elle en oubliait ses propres souffrances, la honte d'avoir offert à lord John le spectacle de sa nudité, ses allusions dégoûtantes et ses menaces ignobles. Mais elle se rappelait à chaque seconde que Fergus, l'unique homme qu'elle eût jamais aimé, était sûrement mort par sa faute, à cause de sa vanité ridicule et coupable. Oui, elle l'aimait… A quoi bon ne pas l'admettre ? En fait, elle n'avait pas le souvenir d'une quelconque époque de sa vie, après ses onze ans, pendant laquelle son amour pour lui se fût apaisé. Malgré les avanies, les humiliations, l'indifférence, elle l'aimait.

A présent, il ne saurait jamais à quel point.

Terrassée par la douleur, elle sombra à nouveau dans un sommeil profond, sans même verser une larme.

La pluie torrentielle frappant le dais avec une violence inouïe la réveilla en sursaut. Elle tremblait encore du rêve épouvantable dont elle venait d'émerger. Sa tête lui semblait prête à exploser, ses tempes battant à un rythme infernal.

Des voix d'hommes s'élevèrent au-dessus du vacarme de la tempête, accompagnées d'un cliquetis de métal, de coups sourds, de cris et du claquement d'une porte.

Etait-ce George ? Fergus ? Ou le capitaine ramenant lord John enchaîné, comme promis ? Viendrait-il jusqu'à elle pour l'informer de ce qui se passait ?

Nicola se redressa sur sa couche, folle d'impatience, en entendant des pas sourds monter l'escalier de bois. Quand elle vit le chapeau plissé et, immédiatement après, le visage dégoulinant de pluie de lord John, comme un monstre surgi du plus noir de ses rêves, elle crut s'évanouir.

Elle s'étrangla de terreur, agrippant le bord du fauteuil pour se lever sur ses jambes tremblantes en essayant désespérément de maintenir sur elle le manteau et la couverture. Quatre hommes suivaient Rufford, remisant leurs dagues dans leur fourreau, ivres de sang, les lèvres crispées en un sourire carnassier, ravis de la bataille qu'ils venaient de livrer, et visiblement d'emporter. Nicola sentit le sang se figer dans ses veines en pensant à la récompense que lord John promettait à ses sbires. La bouche sèche, elle les regarda approcher, paralysée par une panique atroce.

— Eh bien, lança le comte, c'est ce brave capitaine Foscari qui vous a amenée jusqu'ici, ma chère ? Nous venons justement de faire sa connaissance. Il semble que mes hommes soient incapables de faire la différence entre une galère génoise et un navire vénitien, mais tout est arrangé, rassurez-vous. De toute façon, *il capitano* n'est pas mon ami, n'est-ce pas, messieurs ? Je pense qu'il nous préparait d'autres réjouissances que celles que va nous offrir la ravissante Nicola Coldyngham. Dommage pour lui. Il ne nous a pas donné beaucoup de fil à retordre, le pauvre !

Là-dessus, il s'esclaffa en se frappant les cuisses, avant de serrer contre lui un homme courtaud au visage de dogue qui ahanait encore d'avoir monté l'escalier.

— Je vous présente mon associé vénitien, Agostino, ma chère

Nicola, celui qui vend de la chair humaine. De préférence en bonne santé, plutôt jolie et, surtout, jeune et virginale. Mais pour ce dernier point, il faudra qu'il s'en assure lui-même. On n'est jamais assez prudent avec la qualité de la marchandise. Et puis, avec vous, il y a quand même des doutes, pas vrai ? Il parle peu l'anglais, mais sait se comporter avec les femmes. De toute façon, il vous prend, et en l'état, si j'ose dire !

— Et nous ? intervint l'un des trois autres en lançant à Nicola un regard gourmand. Vous aviez promis…

— Plus tard, imbécile ! aboya lord John. J'ai dit qu'elle était vierge, c'est bien comme cela que j'ai l'intention de la vendre. Je veux d'abord mon argent. Ensuite, tu t'arrangeras avec Agostino. Je m'en lave les mains.

Nicola n'aurait su dire exactement pourquoi, mais elle sentit tout son être se cabrer d'un seul coup — peut-être à cause des regards vicieux que les hommes de lord John lui adressaient sans vergogne. A moins qu'elle ne se soit sentie insultée une fois de trop, ou plus simplement que tout espoir d'être secourue lui ait semblé désormais perdu.

Sans même penser aux conséquences possibles d'un geste aussi audacieux et fou, elle dégagea l'un de ses bras et s'avança sur lord John, avant de le frapper en plein visage avec toute la force de son désespoir. Sa tête fut violemment projetée sur le côté, tandis que son chapeau volait à travers le pont.

Il la regarda, incrédule, d'un air si abasourdi qu'elle jugea impossible de regretter son geste, quelque châtiment que Rufford décide de lui infliger. La surprise et l'humiliation de ce monstre la payaient de toutes ses souffrances. Et elle n'en avait pas encore terminé avec lui.

— Immonde pourceau ! rugit-elle. Vous êtes un porc de la pire espèce et faites honte à votre classe, à votre famille et à ce royaume !

Sans lui laisser le temps de réagir, elle lui porta un nouveau coup du dos de la main, qui l'envoya cogner contre la rambarde. C'était la première fois de sa vie qu'elle frappait quelqu'un, mais aussi qu'elle ressentait une telle fureur. Décidément, les émotions nouvelles ne manquaient pas, depuis quelques heures…

— Voilà pour Fergus Melrose, et voici pour moi ! gronda-t-elle en le frappant à nouveau.

Elle se demanda sérieusement, l'espace d'une seconde, si elle devait affronter les cinq hommes dans un dernier baroud d'honneur, ou plutôt profiter de l'avantage de la surprise et prier le ciel pour qu'ils se tiennent à distance, subjugués par son audace.

Fort heureusement, ce choix difficile lui fut évité de justesse.

Au moment précis où elle allait abandonner tout espoir de revoir jamais Fergus en acceptant bravement la mort, elle remarqua, sans y croire, un mouvement dans le dos de ses assaillants, furtif d'abord, comme celui d'un corps dégouttant d'eau enjambant le bastingage sans bruit. Puis deux, puis dix… et l'éclair d'une dague luisant dans la nuit, et des visages tendus qui approchaient.

Et parmi eux, aussi miraculeux que cela pût paraître, celui de Fergus Melrose.

Elle crut sincèrement que son esprit vaincu par la souffrance et la peur — et peut-être aussi enivré par la vengeance — se prenait à délirer en un dernier sursaut. Ses jambes se dérobèrent sous elle et, appuyée à la table qui tanguait affreusement, elle contempla comme dans un rêve la lente progression des sbires de lord John et, derrière eux, de la troupe de Fergus, silencieuse et prête à bondir.

— Attrapez-la ! cria Rufford à ses hommes, le visage

déformé par la fureur et la haine. Faites d'elle ce que vous voudrez !

Il y eut une mêlée confuse, traversée de cris et du cliquetis des armes, mais la bataille fut de courte durée, car Fergus et ceux qui l'accompagnaient dépassaient grandement en nombre leurs adversaires, et prirent très vite possession du navire. Le courage des uns eut facilement raison de la couardise de ces gueux capables de s'en prendre à une femme, mais tremblant devant une opposition autrement sérieuse.

Nicola adressa une prière au ciel pour ce sauvetage inespéré, juste avant de se sentir soulevée par deux bras puissants.

— Bien joué, ma belle. Quelle tigresse ! lança Fergus en la pressant contre sa poitrine. Je vous ai entendue le frapper alors que nous grimpions sur le bateau sans faire de bruit pour ne pas les alarmer. Vous n'y êtes pas allée de main morte. Quel courage !

— Oh, Fergus, mon amour ! murmura-t-elle en fondant en larmes.

Mais il y avait trop de bruit sur le pont, entre les vociférations des prisonniers et le fracas de la tempête, pour que Fergus entende ce qu'elle disait. De toute façon, il n'en aurait pas cru ses oreilles, si d'aventure il avait pu déchiffrer ces paroles surprenantes. Mais Nicola s'en moquait. Elle se contenta de se blottir dans ses bras tout le long du trajet de retour.

A partir de ce moment magique, les choses auraient dû, normalement, s'améliorer beaucoup entre eux.

Mais Fergus aurait sans doute gagné à se remémorer les paroles prononcées par George lors du repas à Bishopsgate, quelques jours plus tôt :

Cela ne veut pas dire que Nicola a le cœur dur et sec. Ce

n'est pas le cas, crois-le bien. C'est une femme, à présent, avec tous les désirs et les besoins de son sexe… Mais elle ne sera pas facile à séduire, car elle sait ce qu'elle veut et surtout ce qu'elle ne veut pas, et elle n'aime rien tant que son indépendance.

Il gardait ces paroles à l'esprit, mais d'une certaine façon, il ne parvenait pas vraiment à s'en convaincre. Que Nicola ait frappé lord John avec une rare violence ne faisait que renforcer l'impression qu'il conservait d'elle : il gardait le souvenir d'une fille à la résolution inflexible, déterminée jusqu'à l'obstination, follement courageuse, assez brave pour souffrir sans un mot et ne pas prêter le flanc aux accusations de faiblesse dont on abreuvait les femmes.

Il se souvenait de l'avoir plusieurs fois vue blessée et couverte de sang, mais les yeux secs et le visage impassible, au lieu de pleurer et de gémir comme on s'y serait attendu de la part d'une jeune femme.

Elle avait changé, bien entendu, son corps s'étoffant avec les années. Mais qu'elle eût résisté seule à lord John et à sa bande d'assassins confirmait son intrépidité farouche et sa capacité à supporter la douleur, aussi bien qu'un homme, sinon mieux.

Après son défi à la course, quelques jours plus tôt, la bataille furieuse de Southwark et l'assaut contre lord John, quelle preuve supplémentaire de sa bravoure lui fallait-il encore ?

Elle portait sur le visage des meurtrissures qu'elle devait, disait-elle, à son voyage dans une malle d'osier aux parois inégales. Mais à part cela, rien n'indiquait qu'elle fût blessée. En tout cas, elle ne se plaignait pas. Le contraire aurait été étonnant.

Fergus ne trouvait pas surprenant non plus qu'elle fût restée muette durant presque tout le trajet du retour, surtout après son ultimatum, maintenant dépassé. La situation était quelque peu délicate et elle devait se demander, légitimement, ce qu'il pensait de son côté.

En tout cas, il y avait eu plus de peur que de mal, ce dont ils pouvaient se réjouir tous les deux. Cela lui apprendrait à galoper devant les autres sans regarder derrière elle…

Quand les trois hommes s'étaient jetés sur lui, Fergus avait eu du mal à s'en défaire, car ils semblaient plus coriaces que le genre de brigands qui hantaient d'ordinaire les routes du royaume. Il n'était parvenu à en assommer deux et à faire fuir le troisième que pour voir la voiture emportant Nicola disparaître au loin. Par chance, il était tombé assez vite sur les hommes envoyés par Foscari à sa recherche. La suite n'avait été qu'un jeu d'enfant, somme toute. Foscari, laissé pour mort par Rufford mais plus résistant qu'il n'en avait l'air, pouvait à présent se vanter d'avoir parmi ses galériens un authentique lord anglais.

Et pour longtemps, vraisemblablement.

Ce fut Charlotte Coldyngham, l'épouse de George, qui remarqua la première que leur aventure semblait avoir affecté Nicola bien plus gravement que Fergus, et que celui-ci ne prêtait pas suffisamment attention aux blessures de la jeune femme.

Pour ce qui la concernait, Lotti ne croyait pas que le voyage dans la malle d'osier pût suffire à expliquer les ecchymoses nombreuses sur le visage de sa belle-sœur, encore moins sa lèvre coupée et son œil tuméfié. Pas plus d'ailleurs que son bliaud déchiré, que Nicola s'obstinait à attribuer à sa résistance lors de son enlèvement.

Charlotte la connaissait suffisamment pour ne pas prendre

pour argent comptant ses dénégations. La sœur de George semblait bien trop mélancolique, depuis sa funeste aventure, ce qui ne s'accordait pas du tout avec sa capacité naturelle à traverser les épreuves sans dommage apparent. Il y avait là un mystère que Lotti voulait mettre au jour, pour le bien de sa belle-sœur.

L'abattement de Nicola n'avait rien d'une illusion, ni d'une manœuvre pour attirer l'attention. La jeune femme ne put en effet plaquer qu'un pâle sourire sur son visage lorsque Fergus vint lui parler, le lendemain matin. Elle se réveillait à peine d'une nuit agitée, malgré le sédatif administré par Charlotte : son sommeil avait été plus que troublé par des douleurs continuelles causées par les plaies de ses poignets et de ses chevilles, le coup violent subi à la tête et sa blessure au sein, qui saignait à nouveau, quoique assez légèrement.

Plus perturbant encore, Fergus ne semblait pas comprendre qu'elle ait pu s'inquiéter pour lui au point d'en devenir presque folle. Apparemment, il ne devait pas avoir ressenti la même angoisse à son propos, car il avait fait à George le récit du sauvetage de sa sœur avec à peu près autant d'émotion qu'autrefois, lorsqu'il annonçait qu'il venait de faire mordre la poussière à un adversaire lors d'un tournoi improvisé.

Il la trouva dans le jardin, étendue sur un banc de pierre, des coussins épais sous les reins et enveloppée dans une couverture, comme Lotti le recommandait. Les cheveux sobrement tressés en une seule longue natte, elle reposait calmement, le visage luisant des onguents dont on enduisait ses plaies, la lèvre toujours enflée et les bleus sur son cou et sa gorge toujours aussi visibles. D'un geste furtif, elle remonta la couverture pour les cacher.

Fergus vint s'asseoir à côté d'elle.

— Eh bien, ma belle, vous sentez-vous mieux ?

Il portait lui aussi des ecchymoses sur les joues, et la peau de ses mains manquait par endroits, mais hormis cela, et sa démarche un peu raide peut-être, il ne semblait pas trop se ressentir de la bataille de la veille.

— Oui, je vous remercie, répondit Nicola d'une voix faible.

— Cela vous fait mal ? s'enquit-il en lui caressant doucement la joue.

— Oui, répondit-elle en détournant la tête.

— J'ai raconté à Muir ce qui s'est passé avec lord John. Il est atterré et vous adresse ses meilleurs vœux. Il est parti ce matin.

— Pour Melrose ?

— Oui, sa femme attend leur premier-né pour dans quelques mois.

— Sa… sa femme ? s'étonna Nicola en regardant les mains de Fergus, l'esprit vide.

Quand elle leva les yeux sur son visage, elle eut encore une fois le souffle coupé par sa beauté. Sous la cicatrice qui zébrait l'un de ses sourcils, ses yeux pétillaient.

— Muir est marié ? insista-t-elle, visiblement outrée par la duplicité du frère de Fergus. Il m'a dit être venu se réfugier ici à cause d'une histoire d'amour qui tournait mal. Il a prétendu devoir rester ici et m'a même fait la cour !

— Je crois qu'il a plutôt parlé d'une affaire de cœur, ma chère, et il ne mentait pas. Son épouse a eu des palpitations et il est venu à Londres pour chercher un médecin capable de la soigner. C'est ce qu'il a fait.

— Quelle honte ! Il m'a trompée, et je vous assure qu'il m'a fait la cour !

Ainsi, elle s'était laissé abuser par le stratagème des frères Melrose, ce fameux soir, tombant dans leur piège comme une oie blanche. Comme autrefois ! Il ne changerait jamais !

— Je vois, laissa-t-elle tomber d'une voix sombre, écœurée par cette nouvelle humiliation. Vous devez être particulièrement contents de vous, tous les deux. Eh bien, riez tout votre soûl, messire Fergus, mais ayez au moins la décence d'attendre d'être hors de ma vue pour le faire ! A présent, laissez-moi, je vous prie !

Sur ce, elle détourna la tête, horriblement blessée.

— Et mon ultimatum, l'avez-vous oublié ? lança Fergus comme s'il ne l'entendait pas. Nous étions convenus, souvenez-vous, de…

— Nous avons tous les deux manqué l'heure, ce me semble.

— A cause de vous, objecta-t-il avec un sourire narquois.

— Comment cela ? Je ne suis pour rien dans…

— Si vous n'aviez pas chevauché si loin devant, nous aurions été deux pour parer à cette attaque. Mais brisons là, je veux bien repousser la limite…

Nicola ne répondit rien, atterrée de constater que Fergus semblait n'avoir en rien changé.

A quoi bon s'illusionner encore ?

— Eh bien ? intervint-il en scrutant le visage de Nicola, choqué que sa proposition ne rencontre pas le succès espéré. Qu'en dites-vous ? Etes-vous encore intéressée ?

— Non, répondit-elle sèchement, en secouant la tête et en ravalant ses larmes.

— Pour l'amour du ciel, Nicola ! s'exclama-t-il en se redressant brusquement, blessé par cette nouvelle rebuffade. Que vous arrive-t-il ? Est-ce à cause de ce tour stupide que nous vous avons joué avec Muir ? N'y pensez plus, ce n'est rien, vraiment. Hier, pourtant, dans le bois, vous sembliez…

— Je sais ce que j'ai fait dans cette forêt, et comment je me sentais ! coupa-t-elle. Je n'ai nul besoin que vous me le rappeliez. Mais c'était hier. Les choses ne sont plus les mêmes aujourd'hui.

— Comment cela ? Encore ? Tonnerre ! Prévenez-moi quand vous cesserez de changer d'avis à tout bout de champ, cela m'évitera de perdre la tête à essayer de vous suivre. Que se passe-t-il encore, cette fois-ci ?

Bien trop de choses pour savoir par où commencer.

Elle pensa à la terrible question de sœur Sophie, à laquelle, vraisemblablement, seule la mère de Fergus connaissait la réponse. Sa promesse de retrouver la fille de la religieuse — et de son père — lui semblait désormais si lointaine qu'elle doutait de pouvoir la tenir un jour. La rétribution de lady Melrose devrait attendre, elle aussi, peut-être indéfiniment.

Pourtant, la protection dont elle avait besoin, tout comme la résolution de tous ces problèmes, semblait à portée de main. Fergus pouvait la lui fournir. Il avait d'ailleurs déjà commencé à le faire, mais quelque chose d'essentiel lui manquait, cependant.

Une femme avait-elle le droit d'exiger de son mari qu'il se montre attentif, aimant ? Etait-ce vraiment trop demander que de vouloir qu'il fasse preuve de tendresse et s'intéresse à son épouse autant le jour que la nuit ?

Cela ne semblait pas être le cas avec Fergus, malheureusement. Car il ne parlait en définitive que de la promesse de son père et de son sens du devoir, qui lui imposait de s'y conformer. Décidément, il restait le même malgré le temps qui passait. Obstinément.

Mais pas elle.

— Au diable le devoir ! murmura-t-elle d'une voix pleine de dépit. Allez-vous-en, Fergus !

Il la regarda trembler, surpris de cette sortie. Ses chances de la convaincre semblaient s'amenuiser de seconde en seconde, et si elle refusait de l'entendre à présent, comment y parvenir ? Il la revoyait, assise sur ses genoux dans la clairière, les yeux brûlant de désir, prête à lui céder, à se donner à lui passionnément. Mais rien de tout cela ne subsistait. Cette femme-là n'existait plus. Devait-il accepter sa défaite ?

Pas question ! Fergus Melrose n'avait pas pour habitude de s'avouer vaincu.

Il s'agenouilla près d'elle, de sorte que leurs visages se trouvèrent à la même hauteur, et lui prit doucement le menton pour essayer de la forcer à lui faire face. Mais, voyant qu'elle refusait de tourner les yeux vers lui, il laissa glisser la main sur la couverture, jusqu'à son sein blessé.

— Regardez-moi, Nicola, lui enjoignit-il d'une voix ferme.

Elle se recroquevilla sur elle-même instantanément, une expression horrifiée lui déformant le visage, et repoussa sa main d'un geste brusque.

D'un bond, elle roula hors de sa portée, de l'autre côté du banc, les doigts crispés sur la couverture qu'elle serrait désespérément contre elle. Et elle s'enfuit, aussi vite que le lui permettaient ses jambes tremblantes. Sur le gravier de l'allée, deux bambins couraient en poussant des cris de joie derrière un lapin blanc qui traînait un long ruban bleu. Deux nourrices les suivaient, leurs voiles blancs dansant au-dessus de leur tête. Fermant le cortège venait Lotti, lady Coldyngham.

— Nicola, ma chérie, que se passe-t-il ? s'exclama-t-elle, voyant sa belle-sœur venir vers elle, en proie à une panique indicible.

Mais Nicola passa devant elle sans s'arrêter, incapable de dire un mot.

Un peu plus loin, Lotti vit Fergus se relever lentement de son banc et attendre patiemment qu'elle s'approche. Il semblait abasourdi, ce qui ne manqua pas de l'inquiéter, car Fergus Melrose ne s'émouvait pas facilement.

— Quelque chose m'échappe, lâcha-t-il d'une voix sombre.

— En effet, confirma Lotti. Il se passe des choses très graves, ici. Asseyons-nous, voulez-vous ? Il faut que nous parlions, vous et moi.

Après leur conversation, qui dura au moins une heure, Fergus envoya chercher le *signor* Foscari pour qu'il lui fasse le récit précis des événements survenus à bord de sa galère pendant la tempête. Il espérait que le brave Génois aurait pleinement recouvré ses esprits après son long évanouissement, consécutif à un coup porté par lord John, qui croyait d'ailleurs l'avoir occis proprement.

Quand le capitaine eut répondu à toutes les questions concernant Nicola, il remarqua sur le visage de l'armateur écossais une pâleur étonnante chez un homme de sa trempe, ainsi qu'un rictus sur ses lèvres, dont tous ses employés savaient ce qu'il signifiait et qu'ils redoutaient précisément pour cette raison.

— Merci, Foscari, déclara Fergus avec un sérieux qui fit courir un frisson sur l'échine du Génois. Je vous suis fort reconnaissant d'avoir pris soin de cette jeune personne. Vous avez bien agi. J'aimerais pouvoir en dire autant de moi-même…

7.

Alors qu'elle suivait — à une allure convenable pour une lady — ses enfants qui dévalaient le grand escalier en poussant des hurlements joyeux, Charlotte aperçut la guimpe mauve de sa belle-sœur. Elle crut tout d'abord que celle-ci pleurait, mais fut rassurée lorsqu'elle vit Nicola ôter ses mains de son visage et saisir les pans de sa robe pour s'éloigner de l'endroit où elle se tenait.

— Ne partez pas, Nicola ! lança-t-elle depuis l'escalier.

— Les enfants sont partis par là, lui répondit la jeune femme d'une voix absente.

— Oui, ma chère, je sais. Attendez…

Lotti se demandait bien pourquoi Nicola choisissait systématiquement ses vêtements les plus usés, ces derniers temps. Personne ne portait plus de surcot depuis des lustres. Quant aux bliauds comme celui qu'elle portait la veille, ils étaient déjà passés de mode quand elle avait vingt ans ! D'ordinaire, Nicola se tenait mieux informée des nouvelles tendances, en dépit de son goût pour les vêtements d'homme.

Fallait-il voir dans son accoutrement suranné une manière de protester contre le tour que prenait sa vie en ce moment, ou bien le reflet de son état d'esprit ?

Lotti passa le pan de sa robe sur son bras et descendit les

quelques marches qui la séparaient de sa belle-sœur. Elle percevait la réticence de celle-ci à sa façon de l'attendre avec un sourire contrit. Comme elle ne pouvait s'empêcher de se reprocher que ses deux hôtes aient été agressés alors qu'ils profitaient de son hospitalité, c'est avec une certaine gêne qu'elle l'abordait.

George avait beau lui dire qu'elle n'avait strictement aucune responsabilité dans les mésaventures de Nicola et de Fergus, elle se sentait néanmoins coupable, et ne ménageait pas ses efforts pour essayer de réparer autant qu'elle pouvait les dégâts occasionnés chez l'un et l'autre.

Elle fit signe aux nourrices qui s'occupaient des enfants de continuer sans elle, avant de s'arrêter auprès de Nicola. Elle fut attristée de voir le visage, d'ordinaire ravissant, de cette dernière empourpré d'une colère persistante, et encore tuméfié malgré les soins attentifs qu'elle lui prodiguait.

Sa lèvre gonflée et sa pommette violacée semblaient ne pas devoir désenfler. Ses yeux, si rieurs avant le dramatique épisode, semblaient froids et presque hostiles, à tel point que Charlotte craignit qu'elle ne refuse d'avoir avec elle une conversation privée. Une rage pleine d'amertume la consumait intérieurement, de toute évidence.

Décidée malgré tout à lui parler, Lotti prit la main de sa belle-sœur.

— Voulez-vous venir avec moi dans la salle où je tiens mon alambic ? Je vous ai préparé quelque chose de nouveau qui pourrait vous aider, suggéra-t-elle d'une voix douce.

Elle sentit la main de Nicola serrer la sienne, et résolut de se contenter de ce geste pour toute réponse. Inutile de blesser sa pudeur, surtout dans ces circonstances si particulières.

La jeune femme regardait le jardin d'un air absent, les yeux fixés sur le jardinier qui empilait de gros radis rouges dans une brouette, sans même se rendre compte qu'un petit lapin blanc venait de pénétrer dans son carré de laitues.

Une fois dans son laboratoire, Lotti lui tendit sans un mot un verre rempli d'un mélange de mélasse, d'eau de rose et de vin concocté par ses soins. Nicola accepta sans prononcer une parole, s'abîmant un instant dans la contemplation du liquide noir qui tournait encore contre les parois translucides.

— Merci, Lotti, murmura Nicola. Je n'ai pas voulu que les choses se passent ainsi, vous savez… Ce n'est pas exactement ce que j'imaginais pour mes vingt-quatre ans ! S'il était resté tranquillement sur l'un de ses bateaux, rien de tout cela ne serait arrivé, vous ne croyez pas ?

Elle savait parfaitement que Lotti et Fergus venaient d'avoir une longue conversation. Apparemment, son tour était venu.

Lotti vint s'asseoir à côté de la jeune femme à pas mesurés, comme pour ne pas la perturber alors qu'elle semblait disposée à se laisser aller aux confidences. Elle prit quelques brins de lavande dans un panier et commença à les trier en silence. Tout comme son mari, elle savait se montrer patiente, quoiqu'elle n'aurait jamais pu imaginer qu'il lui faudrait attendre si longtemps le soupir déchirant que poussa Nicola, et qui marqua la fin de son interminable silence.

— Je ne peux pas en parler, Lotti, finit par dire sa belle-sœur.

— Je comprends. Voulez-vous encore un peu de ce breuvage ?

Obéissante, Nicola tendit son verre et but une gorgée avant de faire un commentaire poli :

— C'est bon.

— Nicola, ma chérie, si vous craignez que ce que vous pourriez me dire ne parvienne aux oreilles de George, et donc de Fergus, je tiens à vous rassurer. Il n'est pas question que je trahisse vos secrets, pas même avec mon époux. Je sais que vous vous reprochez certains des événements dramatiques qui ont eu lieu, mais vous êtes trop dure avec vous-même. Et je me doute de ce que vous avez dû ressentir à propos de Fergus quand vous…

— Vous ne savez rien du tout, Lotti ! Personne ne peut savoir ce que j'éprouve ! s'insurgea Nicola.

Son cri du cœur résonna longuement sur la voûte de la salle de distillation, et un peu du liquide noir tomba sur le sol à ses pieds.

Lotti se pencha pour lui enlever le verre, puis posa celui-ci sur la table. Après quoi, elle reprit les mains de sa belle-sœur entre les siennes. Elle les trouva glacées malgré le temps splendide et le soleil qui régnait au-dehors.

— En effet, ma chérie, vous avez raison, je ne sais rien du tout. Peut-être devriez-vous me parler de ce que vous avez sur le cœur, justement. Cela aide, parfois, de se confier. Sir Fergus a-t-il fait preuve de sollicitude à votre égard ? Vous a-t-il demandé de lui raconter ce que vous avez vécu sur ce bateau ?

— Oui.

— Et le lui avez-vous dit ?

— Une partie seulement…

— Une partie seulement ! répéta Charlotte en lâchant subitement les mains de Nicola. Pourquoi ? Parce que vous pensez que cela n'a pas d'importance, ou parce que vous préférez qu'il n'en sache rien ?

— Ni l'un ni l'autre, répondit Nicola d'une voix lasse. Il n'a pas semblé souhaiter en savoir plus. Peut-être s'est-il contenté de deviner la suite, ou bien a-t-il pensé qu'il n'y avait pas de quoi s'inquiéter… Cela ne m'étonne pas de lui, car il a toujours traité les blessures physiques par le mépris, particulièrement les miennes !

A la vérité, les choses semblaient bien avoir quelque peu évolué de ce point de vue, récemment, mais cela restait incongru, et elle préférait ne pas en parler pour l'instant.

— En tout cas, je n'ai même pas eu le temps de lui dire ce que je ressens à propos de tout cela… Je ne le connais pas encore suffisamment pour lui confier mes pensées les plus intimes. Il ne peut pas comprendre ce qu'éprouve une femme quand on la traite avec tant de désinvolture.

Sa voix se brisa sur ces mots, comme si le souvenir de ces instants douloureux lui serrait la gorge, l'empêchant de poursuivre.

Lotti lui tendit à nouveau le verre et la regarda boire une petite gorgée, puis une autre, impressionnée par sa capacité à se ressaisir. Elle faisait preuve d'un courage admirable.

— Sans doute pas, approuva Charlotte, mais moi, je le puis, ma chérie. Peut-être pourriez-vous partager ces sentiments ? Je peux vous aider, si vous m'y autorisez.

Les yeux rivés sur ses genoux, Nicola revécut son calvaire dans ses moindres détails.

— Un homme ne verrait rien là de particulièrement horrible, murmura-t-elle en tremblant de tout son corps. Mais jamais on ne m'avait frappée avant ce soir-là. Jamais. J'ai été blessée plus souvent qu'à mon tour, mais pas de cette façon, Lotti… Il y avait plusieurs hommes, des ruffians de la pire espèce. Ils m'ont arrachée de ma selle et attachée comme une volaille, puis jetée dans une malle d'osier après m'avoir aveuglée d'une cagoule puante…

Nicola renifla doucement en se passant un doigt sur l'aile du nez, puis elle reprit :

— Cela m'a fait terriblement mal, vous n'avez pas idée…

Sans parler de la terreur que je ressentais, car je n'avais aucune idée de ce qu'ils me voulaient. Mais pire que tout, il y avait cet homme, ce monstre, lord John Rufford ! Il m'a insultée comme personne, m'a menacée, m'a rudoyée sans pitié… Il m'a traitée de catin, Charlotte !

Elle baissait la voix désormais, comme si on pouvait les entendre.

— Ils nous ont vus, Fergus et moi, dans le bois, alors que je croyais benoîtement que nous étions à l'abri des regards, pendant que… Oh ! De penser que ces instants merveilleux on été épiés par ces pourceaux, cela me donne la nausée ! Il a déchiré ma chemise en me menaçant de son couteau. Quand il me regardait, je me suis sentie salie ! Oh, mon Dieu…

Les mains sur le visage, elle tremblait comme une feuille de peuplier dans la brise. Charlotte aurait voulu la prendre entre ses bras pour la réconforter, atterrée d'apprendre que ce moment partagé avec Fergus devenait, à présent, un souvenir atroce, par la faute de lord John et de sa bande d'assassins.

Une blessure comme celle-ci n'avait rien de commun avec les plaies physiques qu'elle portait sur le corps, et pour la soigner, il faudrait du temps.

Beaucoup de temps.

Résolue à faire quelque chose pour calmer cette détresse qui lui déchirait le cœur, Charlotte prit Nicola dans ses bras et attira sa tête contre son épaule en lui caressant doucement les cheveux, comme aurait fait une mère en découvrant son enfant blessé.

— Il m'a frappée si fort que je suis tombée, Lotti ! avoua Nicola d'une voix tremblant de haine et de désespoir.

— Et vous nous avez fait croire que c'était l'osier qui…

— Je ne voulais pas… je ne pouvais pas en parler !

L'empire qu'elle conservait malgré tout sur elle-même

sembla se dissiper d'un coup. Brisée par l'émotion, elle se mit à crier comme un animal blessé, et son râle se poursuivit longtemps sous les yeux sidérés de Charlotte, que cette douleur inconsolable anéantissait littéralement.

Elle se balançait comme une poupée de chiffon en balbutiant ce qui semblait être des excuses, secouée de sanglots inextinguibles, ses larmes brûlantes roulant sur l'épaule de sa belle-sœur effarée.

— Là, là..., murmura cette dernière. Pleurez, pleurez tout votre soûl, ma pauvre chérie. Si seulement nous avions su ! Je ne savais pas que la déchirure de votre bliaud était délibérée.

— Le capitaine m'a aidée à le passer devant derrière et à me couvrir comme je pouvais, expliqua Nicola quand elle se fut un peu calmée, la tête encore pressée contre l'épaule de Charlotte. Il m'a vue nue lui aussi, mais il a su se montrer discret. J'ai tellement honte, Lotti ! Je commençais à peine à apprécier le regard des hommes, à me sentir admirée... Et voilà que je découvre que celui que j'appelais mon ami n'a de cesse de m'agonir d'insultes dégradantes, de me salir, de me trahir, et même de... de me vendre à un marchand d'esclaves qui fait commerce avec les Turcs ! C'est à devenir folle ! Il aurait pu me demander de l'argent, s'il en avait vraiment besoin, et je le lui aurais donné... Mais rien ne l'obligeait à me traiter comme il l'a fait. Et maintenant, le seul homme qui semble se soucier comme d'une guigne de la souillure qui m'affecte si fort, c'est précisément celui que j'ai toujours essayé d'impressionner par ma force de caractère et mon courage. Je n'ai jamais dit à personne ne fût-ce que la moitié des choses que je lui ai lancées au visage quand il a demandé ma main la première fois. Je n'avais nul désir de convaincre quiconque de ma valeur. J'ai cherché à le blesser, il le sait, mais après ce qui s'est passé, je ne pense pas que je pourrai jamais me donner à lui sans que vienne s'interposer entre nous le souvenir des insultes dont lord John m'a abreuvée, de ses mains sur ma peau, des paroles dégradantes qu'il a prononcées à propos de ma virginité et de mon honneur... Fergus ne voudra plus de moi quand il saura ce que j'ai ressenti cette nuit-là. De toute façon, il est trop tard, bien trop tard, Lotti... Tout est gâché, à présent.

Charlotte la prit par les épaules en la repoussant légèrement pour la regarder dans les yeux. Elle sentait, malheureusement, qu'il y avait dans son regard plus de pitié qu'elle n'aurait souhaité, alors qu'elle voulait au contraire se montrer forte et résolue.

— Je pense au contraire, assena-t-elle avec toute la conviction qu'elle pouvait trouver en elle-même, que lorsque sir Fergus saura ce que vous avez enduré, il comprendra vos angoisses. Ce n'est pas un homme ordinaire, vous le savez bien.

— Certes, je ne l'ignore pas. Il a toujours été différent des autres, même tout jeune, mais la sensibilité n'a jamais été sa qualité principale, Charlotte... Et croyez-vous que s'il pouvait vraiment me comprendre, il m'aurait dit, comme il vient de le faire, que son frère et lui m'ont joué un tour pendable pour me faire tomber dans ses bras, lors de cette fête dans votre jardin ? Non ! Il aurait sans doute attendu un moment plus propice, au lieu de rire devant moi de cette supercherie de mauvais goût, surtout dans les circonstances présentes ! Il agit en tout point comme s'il ne comprenait pas qu'il s'est passé quelque chose de grave...

Charlotte se souvint de la colère de Nicola et de l'hostilité palpable qui semblait planer entre les deux jeunes gens lors de leur dernière rencontre.

— Pure fanfaronnade de sa part, murmura-t-elle d'une voix conciliante. Les hommes sont incapables de ne pas se vanter de la façon dont ils attirent les femmes dans leurs bras, mais tout est affaire de tact, en cette matière. Il faut savoir choisir le bon moment. Et de ce point de vue, ils sont moins habiles que lorsqu'il s'agit de nous séduire. Pardonnez-lui, vous ne le regretterez pas. Je suis sûre que vous y trouverez des compensations. Allons, ne pleurez plus. Vous êtes une femme d'un courage extraordinaire et nous vous aimons tous infiniment. Vous êtes meurtrie, blessée, et aussi désorientée. Mais la douleur finira par s'effacer, tout comme le reste, vous verrez. A condition que vous vous donniez du temps et que vous cessiez de vous ravaler plus bas que terre. Laissez votre amour grandir sans brusquer les choses. Les hommes qui souffrent ne savent pas souvent dire les mots qu'il faut dans ces moments-là. C'est ainsi.

— Laisser mon amour grandir ? De quoi parlez-vous ?

— Allons, ma chérie, répondit Charlotte avec un sourire entendu. Vous ne pourrez pas le cacher éternellement, malgré tous vos efforts. Peut-être voulez-vous vous convaincre que sir Fergus ne cherche qu'à tenir la promesse faite à son père… Mais croyez-moi, il pense bien plus à lui-même qu'à feu lord Melrose, dans cette affaire. Il est à peu près aussi habile que vous à cacher ses sentiments !

— Comme vous êtes clairvoyante, Lotti, remarqua Nicola, un léger sourire sur les lèvres, en s'essuyant les yeux du bout des doigts. Et que vouliez-vous dire, quand vous parliez des hommes qui souffrent ? Est-ce à Fergus que vous faisiez allusion ?

— Il est grand temps que vous ayez une conversation sérieuse, tous les deux, affirma l'épouse de George d'un ton égal. Vous avez beaucoup de choses à mettre au clair entre vous. Oui, Fergus a été blessé, lui aussi. Il a une côte brisée, ou plusieurs, je ne sais… Mais bien sûr, il a oublié de vous en informer.

— En effet. C'est étrange… Il me traite comme… comme une femme, parfois, mais ne peut s'empêcher de me considérer encore comme une petite fille de onze ans.

— En tout cas, vous n'entendrez plus parler de lord John, annonça Lotti. Lord Melrose sait traiter comme il se doit les gens qui dépassent les bornes, n'est-ce pas ? Bon débarras pour tout le monde !

Nicola eut un frisson à l'évocation de ce nom qui lui rappelait les plus mauvais souvenirs de sa vie. Elle en avait la chair de poule.

Sa conversation avec Charlotte ne dissipait pas pour autant toutes ses angoisses. Elle s'inquiétait toujours du manque de douceur et de compréhension de Fergus. Au lieu de répondre, elle préféra boire une dernière gorgée, pour faire diversion.

Lotti lissa sa robe du bout de ses doigts admirablement soignés.

— A présent, laissez-moi mettre un peu ce nouvel onguent sur vos pauvres lèvres. Ensuite, nous irons dans la chambre haute. J'y ferai préparer un bain bien chaud. Aussi, nous devrions prendre ici les huiles dont nous aurons besoin. Après cela, nous vous trouverons quelque chose de seyant. Laquelle de vos femmes de chambre vous coiffe, d'ordinaire ? Marguerite ou Romarine ?

Mais Nicola n'écoutait plus. Le petit lapin blanc venait d'atteindre le haut de l'escalier, mais ne pouvait entrer dans la pièce où les deux femmes se trouvaient, car son ruban semblait coincé quelque part.

— Melrose…, murmura-t-elle en prenant doucement l'animal dans ses bras, savourant la douceur de son poil blanc. Que vais-je faire de toi ?

*
* *

Le visage ravissant de sa belle-sœur portait toujours les marques de son épreuve, et les larmes versées tout à l'heure n'arrangeaient rien. Lotti ne pouvait faire davantage pour masquer les coupures et, par endroits, la chair tuméfiée. Néanmoins, elle pouvait être fière du travail accompli, même si Nicola lui répétait à l'envi qu'elle perdait son temps. Le résultat avait de quoi impressionner. Elle savait l'effet qu'elle voulait obtenir, et insista pour choisir une robe de soie abricot, brodée d'un motif en volutes vert pâle du plus bel effet. Les manches interminables touchaient presque le sol, et la taille haute soulignait avantageusement les courbes délicieuses de sa belle-sœur. Pour mettre la touche finale, elle ajusta quelques carrés de tulle diaphane autour des épaules et de l'encolure, comme des collerettes souples qui attiraient le regard sur la peau presque intacte, tout en cachant les plaies les plus enflées. Ses cheveux tressés ornés de fils d'or et de perles lui faisaient une couronne sombre, et les pendants qui ornaient ses oreilles arrachèrent des cris extasiés aux femmes de chambre, qui juraient n'en avoir jamais vu de plus beaux. Toutes la trouvaient irrésistible.

— A quoi bon ? remarqua Nicola en se regardant dans le miroir avec une moue perplexe. N'est-il pas un peu tard ? Sir Fergus doit être rentré chez lui, à l'heure qu'il est.

— Je crois plutôt qu'il attend de vous parler depuis plus d'une heure, rectifia Lotti avec un sourire complice.

Nicola regarda le reflet de sa belle-sœur d'un œil suspicieux, mais celle-ci ne semblait pas plaisanter.

— Lotti… Non ! Je ne veux pas lui parler. Je ne veux pas qu'il me pose des questions à propos de… vous savez quoi. Je vous en supplie, dites-lui de partir. Ce n'est pas possible. J'ai voulu croire que les choses entre nous pourraient s'arranger, mais je me trompais…

Charlotte la rattrapa avant qu'elle puisse s'enfuir, certaine que la situation ne pouvait pas être aussi désespérée que Nicola l'imaginait.

— Donnez-lui encore une chance, ma chérie, je vous en conjure, lui dit-elle dans un souffle. Cela vaut la peine d'essayer, vous ne croyez pas ?

Elle avait raison. Ne fût-ce que pour lady Melrose, et en mémoire de sœur Sophie, il fallait tâcher de faire en sorte que la promesse de son père puisse s'accomplir.

Désemparée, le cœur toujours rongé de colère et l'esprit encore plein de défiance vis-à-vis de cet amour qu'elle commençait à peine à reconnaître et à accepter, Nicola franchit la porte que Marguerite tenait ouverte, espérant qu'elle aurait un peu de temps pour réfléchir seule. Mais ce ne fut pas le cas : Fergus l'attendait au-dehors, appuyé à la rambarde de la galerie, lui coupant toute retraite.

Malgré la pénombre qui régnait en ces lieux, elle remarqua un changement en lui. Elle aurait été bien en peine de le définir très précisément, mais elle voyait dans ses yeux une douceur inhabituelle, qui rendait en tout cas son regard moins intimidant qu'à l'ordinaire.

Au lieu d'arborer son arrogance coutumière, il souriait doucement, visiblement impressionné par la beauté de Nicola. L'admiration qu'elle lisait dans ses yeux promettait bien autre chose que d'inutiles disputes et d'humiliants ultimatums. Elle le trouva désarmant, irrésistible, et décida de tenir la bride au refus qu'elle s'apprêtait à lui opposer.

Elle ne pouvait tout simplement pas lui interdire de plaider sa cause.

Sentir qu'il l'observait la fit bégayer comme une petite

fille, car elle n'avait pas l'habitude qu'il pose son regard sur elle, et encore moins de cette façon ! Ses yeux glissaient de sa chevelure au bas de sa robe, s'attardant sur les traces de son calvaire avec une insistance presque gênante.

— Milady ? Nicola ? murmura-t-il d'une voix qu'elle ne lui connaissait pas.

Elle entendit soudain la porte se refermer doucement dans son dos. Charlotte venait de sortir, emmenant avec elle les deux femmes de chambre.

Ils étaient seuls, désormais.

— Pouvons-nous reprendre au début, vous et moi ? Je vous en prie… Je ne peux pas vous perdre ! Ce n'est pas possible.

Le souffle lui manqua, ce qui ne faisait qu'aggraver sa gêne. Elle secoua la tête, impuissante.

— J'ai parlé avec le *signor* Foscari, Nicola, insista Fergus. Il m'a raconté…

— Non ! cria-t-elle instantanément, comme si sa voix retrouvait toute sa vigueur.

Ce cri résonna longuement, lourd de colère, étouffant les questions qui ne manqueraient pas de suivre cette entrée en matière. Elle fit mine de s'enfuir, mais Fergus tendit la main pour saisir la sienne. Elle interpréta mal ce geste pourtant bien intentionné, au point qu'elle résista en se jetant sur lui et en lui frappant la poitrine instinctivement, sans réfléchir, avec toute la force de ses certitudes.

Il n'avait aucune chance de l'emporter, quand bien même il l'aurait voulu, car elle frappait sans se soucier de la différence flagrante qui les séparait, uniquement préoccupée, comme un animal traqué, de repousser l'assaillant une seconde de plus, et une autre, et une autre encore.

Elle se retrouva dans ses bras sans savoir comment, ses poings serrés frappant désespérément le doublet de cuir gris de Fergus, criant son refus avec une obstination rageuse, en un torrent de paroles trop longtemps contenues. On aurait dit que tout ce qu'elle gardait de griefs en son cœur, depuis son enfance, se vidait d'un seul coup en un flot inextinguible.

Il la tenait serrée contre lui, attendant que l'orage s'apaise, impassible malgré les coups qui pleuvaient et les imprécations qui lui vrillaient les oreilles, avec la patience tranquille des hommes sûrs de leur force et de la justesse de leur cause.

Graduellement, comme un ressort qui faiblit après s'être violemment détendu, elle frappa moins fort, cria moins haut, jusqu'à ce qu'enfin ses bras retombent le long de son corps et qu'elle prononce ces paroles, si typiquement féminines que Fergus ne put s'empêcher d'en rire :

— Je n'ai rien à vous dire, Fergus Melrose. Absolument rien !

Il n'eut pas le temps de cacher son hilarité, et répliqua avec l'ombre d'un sourire sur les lèvres :

— Je n'en doute pas, ma chérie, mais peut-être pouvez-vous au moins m'écouter ?

— Je l'ai déjà fait, messire, et je suis lasse de vous entendre. Si vous parliez moins et…

— Et… quoi donc, ma mie ? s'enquit-il après un instant de silence.

— Rien. Rien du tout. Et je ne suis pas votre « mie », comme vous dites ! Gardez pour vous vos ultimatums et vos conditions, et laissez-moi en paix ! Et cessez de m'appeler ainsi !

— Allons, Nicola, il n'est plus question de cela…

— Que dites-vous ? s'exclama-t-elle, pas vraiment certaine d'avoir bien entendu, levant vers lui son visage mouillé de larmes en s'essuyant le bout du nez d'un geste vif.

Sa voix, rauque à force de cris, semblait tout à coup

furieusement sensuelle, comme la caresse passionnée d'une maîtresse retrouvant son amant après un long exil.

— Il n'est plus question d'ultimatums ou de conditions, Nicola, confirma-t-il. Nous avons tous les deux beaucoup à apprendre l'un de l'autre. Comme je vous l'ai dit, j'ai parlé au *signor* Foscari. C'est un homme d'une grande sagesse, et nous partageons la même opinion, tous les deux.

— A quel sujet ? De quoi parlez-vous ?

— Il pense tout comme moi que je serais fou d'accepter de vous perdre après tout ce qui s'est passé entre nous, surtout qu'il vous a trouvée délicieuse. Il a parfaitement raison. Je ne peux laisser une telle chose advenir. A présent, accepterez-vous de me parler ? Où se trouve votre chambre ? Nous y serions à l'abri des oreilles indiscrètes.

— Cela ne serait pas convenable, objecta Nicola, résolue à se montrer contrariante.

— Pas pour des jeunes mariés, ou presque… Laquelle est la vôtre ? Celle-ci ? Celle-là ? insista-t-il en gardant son bras bien serré autour de la taille de Nicola.

Quand il poussa la porte de la chambre dont elle venait à peine de sortir, Marguerite et Romarine s'éclipsèrent discrètement, passant devant Fergus sans un mot, les yeux rivés au sol.

La pièce sentait le propre et paraissait nettement rangée, grâce au zèle des deux soubrettes. Par la fenêtre ouverte montaient de la cour des rires d'enfants.

Ils restèrent un instant silencieux, écoutant tous deux cette rumeur charmante d'un air songeur, puis Fergus fit s'asseoir Nicola sur le fauteuil placé devant la fenêtre, avant de prendre place en face d'elle.

— La lumière vous gêne-t-elle ? s'enquit-il en lâchant le bras de la jeune femme. Tenez, laissez-moi arranger ce coussin derrière vous…

Nicola le regarda d'un air surpris. Ces petites attentions lui semblaient trop nouvelles pour qu'elle puisse s'y habituer aussi rapidement.

— Pourquoi faites-vous tout cela ? demanda-t-elle, sans même essayer de cacher la suspicion que lui inspirait le comportement de Fergus. Vous espérez encore me faire changer d'avis, n'est-ce pas ? Eh bien, en ce cas, je dois vous avertir que…

— Non, je vous en prie, pas de mise en garde. Il est trop tard pour cela, ma chère amie. Je veux que vous m'ouvriez votre cœur, et non que vous vous montriez suspicieuse. Vous avez souffert, je le sais…

Ces paroles ne firent que renforcer la défiance de Nicola.

— Vous ne savez rien, Fergus Melrose. Pourquoi tout le monde croit-il savoir ce que je ressens ? Et comment le pourriez-vous ? Vous êtes un homme, ce genre de choses ne pourrait vous arriver… Seules les femmes subissent ce genre d'indignité.

Elle tremblait à nouveau, consciente que ces paroles pouvaient sembler puériles.

— Vous ne risquez pas de vivre ce que j'ai vécu, voilà votre privilège, insista-t-elle pour se convaincre elle-même.

— En effet, et je me reproche plus que vous ne semblez le penser de vous avoir exposée au danger et de n'avoir pas, ensuite, pris la mesure de l'épreuve que vous avez traversée. Je me suis laissé abuser par l'énergie que vous avez déployée pour faire payer à ce ruffian son audace, et j'ai cru, comme vous l'aviez frappé, que vous n'étiez pas si mal en point. Je n'avais aucun droit de supposer une telle chose. Je vous ai crue aussi insensible à la douleur que lorsque vous étiez petite fille, mais là encore, je me trompais. Vous ne l'êtes pas plus aujourd'hui qu'autrefois. Comment pourriez-vous l'être ?

— Je n'ai jamais été insensible, Fergus. Vous avez voulu le croire parce que cela vous arrangeait. Vous avez toujours eu tendance à attribuer aux autres des qualités ou des défauts à votre convenance, selon votre intérêt. Même après la rixe, l'autre soir, à Southwark, vous n'avez pas pris la peine de me demander si j'étais blessée, alors que vous m'aviez vue prendre part à la mêlée.

— J'ai pensé…

— Que parce que je ne faisais pas étalage de mes blessures, je n'en avais aucune ? Eh bien, sachez que j'ai pris des coups là où les femmes ne sont pas censées en recevoir. Et même si vous pensez que c'est le prix à payer quand on insiste pour porter des vêtements masculins, je n'aurais pas détesté que vous fassiez montre d'un peu de sympathie à mon égard. Je ne veux pas lier mon sort, pour le reste de ma vie, à quelqu'un qui me tient pour un peu moins qu'un homme et un peu plus qu'un animal de compagnie. Je ne suis pas un être inférieur, ni une enfant. Je vous l'ai dit, Fergus, j'ai beaucoup changé, pendant tout ce temps. Je savais à quoi m'en tenir à votre sujet, et je ne puis blâmer que moi pour avoir laissé les choses aller aussi loin.

— Est-il vraiment trop tard pour m'amender, Nicola ? J'ai entendu ce que le capitaine avait à dire. Il m'a raconté… Oh, mon Dieu ! Ma pauvre chérie, montrez-moi vos poignets… Allons, montrez-les-moi !

Doucement, avec des gestes infiniment lents, il lui prit la main et dégagea la manche interminable qui cachait sa chair meurtrie par la corde. Puis, penchant la tête comme devant un autel, il posa tendrement ses lèvres sur la peau encore violacée. Chaque baiser faisait passer un frisson délicieux sur l'échine de Nicola, si bien que lorsqu'il remit l'étoffe en place et la prit dans ses bras, elle s'abandonna sans résistance.

Fergus en fut quelque peu surpris, et soulagé.

— Vos yeux… vos lèvres… Comment ce… ce monstre a-t-il pu vous faire cela ? s'exclama-t-il en la regardant si intensément qu'elle pouvait voir son propre reflet dans ses yeux.

— Le capitaine vous a tout raconté ?

— Oui. Tout ce qu'il a vu, en tout cas. Le reste… c'est à vous de m'en faire le récit.

— Non ! Je ne peux pas. C'est trop douloureux. Bien pire que ce qui s'est passé à Southwark…

— J'ai besoin de savoir, Nicola, protesta Fergus, le regard brûlant d'une rage effrayante.

— Ses sbires, expliqua-t-elle d'une voix tremblante, ont dû lui raconter ce qu'ils venaient de voir… dans les bois. Vous vous souvenez… Et il en a éprouvé une grande jalousie. Il s'est montré affreusement grossier, Fergus… Le mot est faible… Je m'apprêtais à m'arrêter sur le bord de la route pour vous attendre, et vous dire que j'acceptais de devenir votre femme sans même attendre le coucher du soleil. Mais ce monstre a jeté sur tout cela un voile abject, ineffaçable. Je ne peux faire comme si rien ne s'était passé, et reprendre là où je me suis arrêtée. Je me sens salie, souillée…

— A-t-il porté la main sur vous ?

— Il m'a frappée, en effet, et m'a presque étranglée, mais rien de plus.

— Montrez-moi…

Sans la moindre honte, elle le laissa repousser doucement le tulle qui masquait l'empreinte des doigts de lord John sur sa peau délicate, et y poser ses lèvres.

— J'ai fait mettre ce chien à la rame, sur la galère de Foscari, et je compte bien l'y laisser jusqu'à ce qu'il crève ! rugit Fergus. Je le jure ! Y a-t-il autre chose que je devrais savoir ? Non, ne me regardez pas ainsi, cela ne changera rien entre nous. Croyiez-vous vraiment que ce serait le cas ? Vous êtes mienne, Nicola Coldyngham. Vous l'étiez avant ce drame et vous l'êtes encore, quoi qu'il se soit passé sur ce bateau. Vous vous apprêtiez à accepter ma demande, et j'ai été assez insensible pour vous lancer un ultimatum. Je me rends compte, à présent, que ce n'est pas ainsi qu'on gagne le cœur d'une femme.

— Etes-vous sûr de toujours vouloir de moi ?

— Si j'en suis sûr ? Mais pour l'amour du ciel, petite sotte, j'en suis plus certain que de mon propre nom ! Vous ne saurez jamais par quelles affres je suis passé en pensant vous avoir perdue à jamais. Savez-vous que j'ai brisé le crâne de trois hommes, ce jour-là, et retourné sens dessus dessous la moitié de la ville ?

— Non, je l'ignorais... Vous ne m'avez pas dit ce qu'il était advenu de vous. Je sais seulement que vous avez eu une côte brisée, parce que Lotti me l'a dit. J'en suis désolée. Souffrez-vous beaucoup ?

— Une côte ? répéta Fergus, étonné. A la vérité, c'est quatre, et presque cinq... Mais ce n'est rien. Avez-vous eu peur pour moi ?

J'ai souffert mille morts en pensant à vous.

— Oui, répondit-elle simplement.

— Ne pensez-vous pas que le temps est venu de nous faire un peu plus confiance ? Nous serons bientôt fiancés, milady, et mariés d'ici peu. Vous feriez bien de vous habituer à cette idée.

— A cause de la promesse faite à votre père, Fergus ?

En fait de réponse, elle fut assez surprise, car sans se préoccuper aucunement de ses côtes cassées, il la souleva dans ses bras pour la porter jusqu'au lit comme si elle ne pouvait marcher. Il la déposa sur sa couche aussi doucement qu'il aurait fait d'une porcelaine fragile et se tint au-dessus d'elle, immobile, comme il l'avait fait quelques jours plus tôt, à la fois protecteur et vibrant de désir.

— Oublions notre devoir pour l'instant, Nicola, voulez-vous ? Dites-moi simplement ce que vous vous apprêtiez à m'annoncer l'autre jour, avant que ces monstres ne vous enlèvent. Parlez, j'ai besoin d'entendre ces mots de votre bouche.

Le temps des atermoiements semblait passé. Aussi répondit-elle d'une voix plus assurée qu'elle n'aurait cru :

— J'allais vous dire que…

Elle hésita un instant, détournant les yeux pour éviter son regard, mais il la força à lui faire face d'une légère caresse sur le menton.

— Que j'acceptais de devenir votre femme… même si je pense que vous ne le méritez pas ! asséna-t-elle, atténuant ces paroles abruptes d'un sourire caressant.

Après tout, pensa Fergus, cette réprimande pouvait fort bien être une déclaration d'amour.

— Exact, confirma-t-il. Mais vous avez dit que vous acceptiez, c'est bien cela ?

— Oui.

— En ce cas, je ferai tout ce que je pourrai pour vous mériter, milady au cœur de pierre.

— Vous vous trompez, messire, je ne suis pas celle que vous dites.

— Je suis soulagé de vous l'entendre dire, ma chère. Donc, aussitôt après la cérémonie, et si vous vous sentez capable d'entreprendre ce voyage, nous rendrons visite à ma mère. Maintenant, venez !

Là-dessus, il s'assit à côté d'elle et la serra tendrement dans ses bras.

— Dites-moi que nous sommes amis, désormais. C'est la

première fois depuis des jours que je vous vois sourire. Est-ce un signe que votre état s'améliore ?

Il se tenait si près qu'elle sentait son souffle sur son visage, de sorte qu'elle n'eut qu'à lever les bras pour lui prendre la tête entre ses mains. Quelle ne fut pas sa surprise en découvrant qu'il tremblait de désir…

Elle avait dit oui. A présent, elle ne pouvait plus reculer.

La promesse de Fergus de tout faire pour mériter l'amour de Nicola fut prise au pied de la lettre — un peu trop, au goût de celui-ci, d'ailleurs — et trop tôt également, si l'on se souvient qu'il avait plusieurs côtes cassées. Personne n'opposa cependant la moindre objection aux réjouissances prévues par Nicola en attendant leurs fiançailles. Elle nourrissait encore certains doutes, et désirait soumettre son promis à une épreuve en règle d'une façon ou d'une autre.

L'arrivée de Raymond à River House lui offrit opportunément l'occasion qu'elle attendait, car avec deux frères pour lui faire concurrence, elle pensait voir Fergus retrouver ses vieux démons et oublier, comme autrefois, de l'inclure dans leurs joutes ou leurs escapades.

Elle trouva réjouissant de les voir à nouveau réunis tous les trois, à se raconter les dernières nouvelles en s'esclaffant et en se donnant de grandes tapes dans le dos, malgré les exhortations de Fergus à prendre garde à ses côtes et à ne pas trop le faire rire. Pour autant, elle ne pouvait s'empêcher de ressentir une impression de déjà-vu en assistant à cette scène, ainsi qu'une sourde angoisse.

Moins surpris par l'annonce des fiançailles prochaines que George ne l'imaginait, Raymond se montra diplomate, comme on pouvait s'y attendre de la part d'un étudiant en droit, approuvant pleinement toutes les suggestions de Nicola.

Tous furent unanimes à trouver que la promenade en bateau qu'elle projetait était une excellente idée.

Pour autant, les deux frères Coldyngham refusèrent de laisser Fergus prendre les rames, le reléguant à la proue de l'étroite embarcation où il se tenait, serrant Nicola dans ses bras avec une audace qui aurait fait froncer les sourcils à beaucoup. Fort heureusement, Lotti et les autres semblaient trop occupés à calmer les deux enfants pour remarquer le glissement des mains de Fergus, ou le fait que les corps des deux jeunes gens étaient quasiment imbriqués l'un dans l'autre.

Nicola sentit le souffle brûlant de son amant lui caresser l'oreille.

— Je vous tiens, ma belle, déclara-t-il d'une voix rauque, au moment où elle s'apercevait de ce qu'il était en train de faire.

Une vague d'excitation parcourut la chair palpitante de Nicola, la faisant vibrer comme la corde d'un arc, dans le même temps qu'elle lui coupait le souffle.

— As-tu un bateau disponible, en attendant le retour de Flandres de la galère de Foscari ? s'enquit George auprès de son ami en tirant sur les rames, les yeux fixés sur le fleuve.

— Il me reste ma caraque génoise. Elle est à quai à Holyrood pendant qu'on charge la cargaison. Tu ne l'as pas vue ? Elle n'est pas très impressionnante, à cause de son gréement léger, mais sa capacité est étonnante, et j'économise sur les voiles autant que sur les hommes. Je te la ferai visiter, si le cœur t'en dit, et si nous avons le temps. Elle pourrait t'intéresser pour envoyer ta laine à Anvers.

— Où va-t-elle, cette fois-ci ?

— En Ecosse. J'ai encore dans les cales une demi- cargaison pour la reine Marguerite qui arrive de Gênes.

— Nous pourrions aller jusqu'à Holyrood pour la voir, suggéra Nicola, saisissant opportunément l'occasion de mettre son promis à l'épreuve.

— Oh oui ! Je vous en supplie, père ! s'écrièrent en chœur les deux enfants de George. Dites oui !

Fergus serra Nicola plus fort entre ses bras, tout en riant aux éclats. Atterrée, celle-ci sentit un long frisson monter au creux de ses jambes.

— Nous tournons le dos à Holyrood, annonça-t-il, coupant court aux cris des enfants. Nous irons demain, si vous voulez.

Comme avant, comme d'habitude, comme toujours, il dirigeait la manœuvre. Mais si cela agaçait encore Nicola, elle lui trouvait un ton différent, désormais. Sa froideur et sa brutalité d'antan semblaient avoir cédé la place à une douceur attentive, la même qu'il déployait à ce moment précis avec elle, sa main brûlante la caressant sous les plis de sa robe, suivant chaque ondulation de son bassin avec une précision ahurissante.

Pour rien au monde elle n'aurait voulu le contredire dans un moment pareil.

— Les funérailles de la prieure de Sainte-Hélène auront lieu dans un jour ou deux, murmura-t-elle en lui prenant doucement la nuque pour se lover amoureusement contre lui.

— Ne vous faites aucun souci, ma chérie, nous aurons cent fois le temps. Holyrood n'est pas bien loin.

— Allez-vous prendre un tour à la rame, Fergus ? s'inquiéta-t-elle soudain.

— Voulez-vous que je le fasse ?

— Non.

— Préférez-vous que je reste près de vous ?

— Oui, soupira-t-elle.

— C'est bien ce qu'il me semblait, remarqua-t-il avec un sourire complice.

L'épreuve suivante, qui mettrait Fergus devant un défi plus difficile à relever qu'une promenade sur le fleuve, fut un jeu de cricket sur la pelouse de River House, que Nicola suggéra habilement quand ils eurent regagné la rive.

En bon Ecossais, il avait une vraie passion pour ce jeu, comme pour tout ce qui excitait son goût inné de la compétition. Nicola entendait encore résonner à ses oreilles les exhortations impatientes qu'il lui lançait jadis, la houspillant sans ménagement lorsqu'elle ne jouait pas comme il le voulait.

C'est-à-dire très exactement chaque fois qu'elle prenait part à leurs jeux.

Raymond et George se montrèrent néanmoins soucieux des côtes de leur ami et lui interdirent absolument de lancer la balle ou de tenir la batte, le persuadant après une longue discussion de s'asseoir au bord du champ pour servir d'arbitre.

Ce fut sans doute le jeu de cricket le plus hilarant de toute leur existence, car les enfants, Lotti, Nicola et même Melrose le lapin se virent opposés aux deux frères Coldingham, que Fergus s'arrangea pour déclarer perdants en modifiant un peu les règles au cours du jeu, malgré les protestations amusées de l'étudiant et de son frère.

Quand la balle tomba dans le fleuve en soulevant une grande gerbe d'eau, il déclara la partie terminée en se tapant les mains sur les cuisses et Nicola vint se jeter à ses pieds, épuisée et incapable de prononcer le moindre mot tant elle riait. Mais surtout ravie d'avoir vu sa manœuvre échouer encore une fois.

En fin observateur, Raymond se rendait compte du changement qui s'opérait chez sa sœur. Aussi ne put-il s'empêcher de prendre celle-ci à l'écart pour lui poser une question :

— Qu'est-il arrivé, Nicola ? Pourquoi as-tu accepté de devenir sa femme après toutes ces protestations ?

— Je ne puis te le dire, répondit Nicola prise de court. Cela a à voir avec notre père, mais je t'en prie, ne m'interroge plus à ce sujet…

— Quand as-tu changé d'avis ? s'enquit Raymond, sans prêter attention à la requête de sa sœur.

— Il y a peu de temps.

— Crois-tu que toute l'affection que Fergus te porte n'est qu'un mensonge ?

— Non, mais ce qui est arrivé en est sûrement la cause. Tu sais… mon enlèvement…

— Je t'ai vue dans ses bras avant cela, Nicola ! objecta Raymond, qui avait sa propre idée sur la situation, mais savait parfaitement qu'on ne pouvait pas dire les choses sans réfléchir, et que le choix du bon moment pouvait se révéler essentiel.

Prenant la main de sa sœur, il resta silencieux un long moment, puis ajouta :

— Mes logeurs aimeraient que je m'éloigne un peu pendant quelque temps. Je crois que les menaces que font peser sur moi les trois frères d'Oxford les inquiètent un peu. Ils ont une fille, tu t'en souviens, je pense, et comme je vis en permanence sous la protection de deux hommes armés, cela perturbe leur sérénité. Ils préfèrent me savoir ici le temps que les choses se calment. Cela prendra un mois environ, j'imagine.

— Oh, Raymond, je suis vraiment désolée ! s'exclama Nicola en déposant sur la joue de son frère un baiser affectueux. Cela dit, il me semble que cela fait plus d'un an que tu n'as pas cessé de travailler. Que comptes-tu faire ? Vas-tu poursuivre tes études ou trouver en emploi pour quelque temps ? Tu dois être terriblement déçu de devoir t'interrompre ainsi.

— Pas autant que j'aurais cru, figure-toi, avoua l'étudiant. Pour être tout à fait honnête, j'ai le sentiment d'avoir peu de chances d'être nommé à la chancellerie, par les temps qui courent. Il est plus dangereux que jamais d'être au service d'Edouard V, aujourd'hui, à cause de l'interminable querelle qui oppose les York et les Lancastre. Beaucoup changent de camp toutes les semaines, et personne n'est assuré de ne pas tomber en disgrâce d'un jour à l'autre. Gloucester et Clarence ne s'accorderont jamais sur rien, sinon sur la haine qu'ils se portent, et je ne suis pas certain que je pourrais dormir tranquille si un poste venait à m'échoir. Ce qui, en un sens, m'aide à comprendre ce que ressentent mes logeurs. A cause de tout cela, je n'ai aucune idée de ce que je vais faire, ni même si j'ai encore envie de poursuivre mon droit. C'est justement ce dont je voulais entretenir George en venant ici.

— Penses-tu sérieusement à lui demander de t'offrir un emploi ?

— Cela m'a traversé l'esprit, en effet. Il n'est pas impossible non plus que Fergus ait besoin de quelqu'un qui posséderait mes compétences. A-t-il un secrétaire ?

— Je l'ignore totalement, répondit Nicola d'un air perplexe. J'avoue que je ne sais quasiment rien de ses affaires, sinon qu'il possède des bateaux qui naviguent entre Londres et Gênes. Et l'Ecosse aussi, je crois.

Raymond la regarda, surpris.

— Tu vas l'épouser, par le ciel ! s'exclama-t-il d'une voix préoccupée. Tu ne crois pas que tu devrais faire preuve d'un peu plus d'intérêt pour ce genre de choses ?

— Si, sans doute, répondit Nicola en souriant devant cette remontrance inattendue.

Sur ces entrefaites, George et Fergus rejoignirent Nicola et Raymond, traînant derrière eux Lotti, Marguerite et Romarine. Une conversation joyeuse débuta alors et, bientôt, tous s'esclaffaient sans retenue, à tel point que la future mariée pensa qu'elle ne s'était pas amusée ni sentie aussi bien en société depuis longtemps.

D'habitude, les hommes se défiaient ou se jaugeaient du regard, ou bien flirtaient outrageusement avec les dames, et il fallait savoir répondre à demi-mot — et sans élever la voix, bien sûr — à des propositions indécentes, quand on ne devait pas trouver le moyen de se débarrasser poliment d'importuns incapables de comprendre les trois lettres du mot *non*. Ici, au contraire, tout n'était que respect, admiration mutuelle et mots d'esprit délicieux.

Quel contraste ! Elle avait l'impression de respirer de grandes bouffées d'air frais.

Pour vérifier une fois encore la sincérité de Fergus, elle suggéra qu'on fasse une partie de cartes après le souper. Durant celui-ci, elle se surprit à remarquer qu'il se montrait très attentionné et assidu.

Cela changeait incroyablement d'autrefois, car dans son souvenir, il l'ignorait toujours superbement, qu'il fût assis ou non à côté d'elle. Alors que ce soir, il lui tenait la main sous la table, lui donnait à choisir les meilleurs morceaux qui passaient à sa portée, et ne cessait de la regarder avec des yeux brillants et un large sourire sur les lèvres.

Le jeu de cartes s'avéra tout aussi probant que le reste, car ils jouèrent ensemble toute la soirée. Et si elle ne lui offrait qu'une assistance bien peu efficace, pas une seule fois il ne lui reprocha une carte mal jouée ou une annonce trop audacieuse. Ils perdirent copieusement, sans qu'il se départît de son sourire un seul instant, alors que autrefois, il lui aurait fait mortellement honte en lui infligeant ses remarques désobligeantes. Mais cela semblait appartenir au passé, désormais.

Décidément, il changeait si vite qu'elle avait du mal à suivre l'allure !

— Et si nous partions nous promener en ville ? proposa-t-elle, tard dans l'après midi.

Raymond voulut la raisonner, mais ce fut Fergus qui parla le premier :

— Pas question. Les apprentis rôdent encore dans les rues, et l'émeute n'est pas totalement endiguée. J'ai entendu dire qu'ils venaient d'attaquer la maison d'un banquier lombard. Il vaut mieux ne pas s'exposer.

— Allons à Southwark, en ce cas, c'est de l'autre côté de la ville, insista-t-elle.

Fergus se leva et, prenant la main de Nicola, la força doucement à en faire autant et à le suivre dans la grande salle d'entrée que le soleil couchant semblait incendier de ses rayons rougeoyants.

— Eh bien, lança-t-il en s'appuyant contre le mur, sa main puissante au-dessus de la tête de la jeune femme. M'expliquerez-vous enfin ce que tout cela signifie ?

— De quoi parlez-vous ? demanda-t-elle d'un air ingénu, en résistant de toutes ses forces à l'envie qu'elle avait de caresser la fossette qui ornait son menton et le duvet soyeux de ses oreilles.

— Vous le savez très bien, Nicola. Vous évitez soigneusement de vous trouver seule avec moi, c'est bien cela ? Est-ce parce que vous avez le sentiment que tout va trop vite pour vous ?

— J'ai accepté de devenir votre femme, Fergus, n'est-ce pas assez à votre goût ? répliqua-t-elle en se réjouissant secrètement qu'il se trompe sur ses intentions.

Elle préférait ne pas avoir à changer de stratégie trop souvent.

— Vous savez très bien que non, ma chère. J'ai envie d'être seul avec vous aussi souvent que possible. Je sais bien que vous pensez encore aux événements de ces derniers jours, et je comprends que vous ayez besoin de temps. Nous le prendrons, je vous le promets, mais ne me fuyez pas, je vous en supplie. Je fais tant d'efforts pour vous montrer que j'ai changé ! Ne l'avez-vous pas remarqué ?

Nicola sourit tendrement.

— Si fait, messire. Et je ne crois pas être la seule, d'ailleurs.

— Parfait. Finalement, cela me vient d'une manière assez naturelle. Je ne sais pas pourquoi je ne l'ai pas fait plus tôt. En tout cas, c'est à mettre à votre crédit. Vous avez une excellente influence sur moi. De quoi parliez-vous avec Raymond ?

— Il s'est enquis de savoir si vous aviez un secrétaire. Il a besoin de trouver un emploi pour quelques mois. C'est pour cela qu'il est venu voir mon frère George, mais je me demandais si… si vous…

— Si je pouvais lui offrir un poste dans mon commerce, pour que vous puissiez l'avoir en permanence près de vous ? lança-t-il en riant.

Nicola rougit. Elle trouvait presque dérangeant qu'il lise ainsi dans ses pensées, comme à livre ouvert.

— J'en parlerai avec lui, affirma Fergus. Je vais voir ce que je peux faire.

— Vraiment ? Oh merci ! s'exclama Nicola. Ce serait merveilleux s'il pouvait vivre avec nous !

— Cela mérite-t-il un baiser ?

Elle pencha la tête sur le côté, pour lui permettre de se payer aussi largement qu'il voulait pour cette bonne nouvelle. Quand elle retira sa bouche, il passa un doigt sur sa lèvre enflée.

— La journée a été longue, ma chérie, et assez intense. Vous êtes une femme remarquable, ajouta-t-il dans un murmure. J'aurais dû vous rencontrer plus tôt !

Elle savait ce que signifiaient ces remarques. Il avait pleinement conscience que de nombreux obstacles devaient encore être levés avant qu'ils ne se comprennent vraiment.

— Donnez-moi du temps, Fergus. Depuis toujours, vous allez trop vite pour moi…

Vous n'avez même pas idée…

— Autrefois, oui, mais plus aujourd'hui, rectifia-t-il en la prenant doucement dans ses bras, comme s'il craignait de la briser.

Son dernier baiser ne fut qu'une longue caresse, et en s'abandonnant contre lui, Nicola eut clairement le sentiment qu'une ère nouvelle commençait dans sa vie.

8.

Si quelqu'un avait prédit à Nicola, enfant, que Fergus Melrose lui dirait un jour qu'il avait envie d'être seul avec elle aussi souvent que possible, elle en aurait ri de bon cœur. Ou plutôt, elle aurait pleuré à chaudes larmes. Aujourd'hui encore, le scepticisme qu'elle professait à ce sujet venait bien la taquiner de temps en temps, mais elle commençait à s'en débarrasser peu à peu.

Elle pensait sincèrement qu'en prononçant ces paroles, il disait la vérité, mais aussi que l'épreuve du temps serait décisive et qu'elle verrait bien si ces dispositions persistaient. Il lui faudrait, de toute façon, accepter ce que l'avenir lui réservait. Elle ne pouvait donc que prier le ciel pour que la tendresse dont il faisait montre depuis vingt-quatre heures ne soit pas qu'un feu de paille, car en ce cas, elle aurait le cœur irrémédiablement brisé.

La petite troupe qui prit la direction des quais de Holyrood, le lendemain matin, pour visiter la galère génoise de sir Fergus, se composait du cercle de famille augmenté des deux servantes de Nicola.

Fergus ne semblait pas parfaitement à son aise, ce qui n'échappa ni à Nicola ni à sa belle-sœur, mais il avait manifestement envie de faire plaisir à ses amis.

A travers les rues parallèles au fleuve, déjà bruissantes d'activité malgré l'heure matinale, et encombrées de piles de filets de pêche et de marchandises de toutes sortes, de tonneaux ventrus et de bêtes de somme croulant sous des fardeaux vertigineux, il les guida en tenant Nicola tout près de lui, comme une enfant qu'il aurait craint de perdre, sans paraître prêter la moindre attention à l'agacement que cela causait à celle-ci, ni aux sourires amusés du plus jeune frère de sa promise.

Mais les rues, graduellement, se firent plus encombrées à mesure qu'ils approchaient du fleuve, tant et si bien que Nicola finit par se dire que cette sollicitude encombrante était pleine de sagesse. D'ailleurs, George se comportait exactement de la même manière avec Lotti.

La traversée de la chaussée qui menait au pont fut une véritable épreuve. Le quai de Holyrood se trouvait en effet à trois ou quatre stations de là, au-delà des entrepôts de Billingsgate où se tenait le marché aux grains et au sel, deux fois par semaine, le mardi et le samedi.

Nicola ignorait encore qu'entre Thames Street et le fleuve, son futur époux possédait six échoppes dans lesquelles il vendait ses cargaisons aux marchands du Hampshire, aux tanneurs et aux cardeurs du Suffolk et du Wiltshire, mais aussi, dans une moindre mesure, aux particuliers de la capitale.

— Que vendez-vous aux gens de Londres ? demanda Raymond en faisant contourner à son cheval un tas de crottin encore fumant.

— Du vin, répondit Fergus, des peaux de castor, du safran, de la réglisse, de l'alun et de l'isatis aux teinturiers, de la cire et du lin aux drapiers, du gingembre vert au shérif du Middlesex, qui en consomme beaucoup, je dois dire, de la soie aux tisserands, des épices… Que sais-je encore ? Ce que les gens veulent, je le leur fournis. C'est aussi simple que cela.

— Je sens que je vais adorer ce métier, commenta Raymond, enthousiaste. Quand pourrai-je commencer ?

— Contentez-vous d'observer, pour l'instant, répondit Fergus en faisant un clin d'œil à Nicola. Vous prendrez votre office après le repas de midi. Avez-vous apporté vos plumes et votre couteau avec vous ?

Raymond n'allait jamais bien loin sans ses outils de tabellion, portant toujours avec lui du papier, de l'encre et de la cire, ainsi qu'un bel étui de cuir repoussé dans lequel il serrait soigneusement les plus belles plumes qu'il pouvait trouver.

— Bien sûr, répondit-il en lançant un regard à George, qui gardait un silence circonspect, surpris de constater qu'il ne savait à peu près rien des activités de négoce de leur ami.

A voir le sourire béat qui éclairait le visage de Raymond, il ne doutait pas que son frère fût content que Fergus lui ait offert une position dans ses affaires. Le moment ne pouvait être mieux choisi, en effet.

— Comment devrons-nous t'appeler, à présent ? s'enquit George avec un gloussement amusé. Maître Coldyngham, ou bien messire le secrétaire ?

— Appelle-moi comme tu voudras, répondit l'intéressé.

Il aurait pu faire à son frère une réponse plus étoffée, mais il suivait des yeux Fergus qui venait d'aider sa sœur à descendre de sa monture, et la guidait maintenant sur le ponton visqueux de boue, jusqu'au bateau qui les attendait un peu plus loin.

Nul doute que sans ses côtes cassées, il l'aurait portée dans ses bras.

Nicola, de son côté, découvrait à chaque minute une nouvelle facette de son futur époux, et une personnalité complexe qu'il semblait avoir cachée pendant toutes ces années. Il n'y avait presque rien de commun entre l'homme d'aujourd'hui et le garçon arrogant, furieusement intimidant, qui l'avait affrontée l'épée à la main deux semaines plus tôt.

Une fois dans le bateau, il se tint tout contre elle, comme s'il mesurait ce qu'elle pouvait avoir enduré lors de son dernier et funeste séjour sur le fleuve. En grimpant l'escalier qui menait au pont supérieur, il monta derrière elle, les mains levées, prêt à la rattraper si d'aventure elle perdait l'équilibre.

Il ne craignait pas que le bateau ne lui rappelle de mauvais souvenirs, car Foscari avait pris la marée du matin la veille, emportant lord John dans la cale des rameurs. Ce navire-ci ne ressemblait en rien à l'autre : d'abord parce qu'il s'agissait d'un voilier, ensuite parce que l'architecture en était entièrement différente. Au lieu du dais de toile qui protégeait le pont entre l'artimon et le gouvernail de la galère du capitaine génois, il y avait une double rangée de cabines pour le capitaine et les passagers sur le gaillard d'arrière, et d'autres à la proue, toutes offrant des étagères à rideaux sur leurs parois et des meubles de chêne solidement ancrés au plancher. Les lits ressemblaient à des placards fermés, ce qui intéressa beaucoup les deux femmes.

— Avec cela, je pourrais le garder enfermé à l'intérieur ! remarqua Lotti avec un sourire mutin.

— Ou lui interdire d'entrer ! renchérit Nicola en ouvrant une porte pour tâter le matelas de plume d'oie. Il me semble que je pourrais voyager sur un tel navire, Charlotte. Quelle aventure cela pourrait être ! Imaginez un peu : le vent, l'océan, la liberté !

— Et c'est aussi rapide que de se déplacer à cheval, et autrement confortable, approuva la femme de George. Et songez également qu'on n'a pas à trouver une auberge le soir, ni à dormir dans des lits douteux.

Nicola passa la main sur le chêne ciré d'un meuble, appréciant le bois veiné et lisse qui conférait à la petite pièce une chaleur inattendue.

— J'y pense…, remarqua-t-elle soudain. Pourquoi n'irions-nous pas à Melrose par la mer plutôt que la route ? Savez-vous ce qui motive son choix ?

— Non, pas vraiment, quoiqu'il me semble que Melrose ne se trouve pas sur la côte, répondit Lotti.

— Je n'en ai aucune idée. Je demanderai à Fergus.

Là-dessus, George passa la tête par l'embrasure de la porte.

— Que comptes-tu demander à ton promis, Nicola ? s'enquit-il en rajustant son chapeau sur sa tête.

— Pourquoi nous devrions aller en Ecosse par les routes, quand nous pourrions tout aussi bien nous y rendre sur ce navire. N'y a-t-il pas moyen de rejoindre Melrose, une fois qu'on a abordé la côte ? Lady Melrose sera précisément sur la côte, avec la reine, à Whithorn. Je pensais justement que Fergus avait l'intention de…

— L'intention de quoi ? intervint Fergus depuis la porte. Y a-t-il de la place pour moi, dans cette cabine ?

Comme George, il dut se baisser pour entrer, tout en enjambant la planche debout qui servait de seuil.

— Alors, de quoi parle-t-on ici ? Quel est le problème ?

— Il n'y en a aucun, Ferg, répondit l'aîné des Coldingham. Ces dames pensent qu'il vaudrait mieux, pour aller en Ecosse, voyager en bateau qu'à cheval. Je pensais, pour ma part, que tu avais dans l'idée d'emporter avec toi certaines choses que tu ne veux pas risquer de perdre en mer.

— Eh bien…, répondit Fergus en regardant sa future épouse. C'est partiellement exact. Mais à la vérité, je ne pensais pas que Nicola aurait envie de voguer à bord d'un navire marchand en ce moment. Me serais-je trompé ?

Comme toujours quand il la regardait de cette façon, elle avait l'impression que ses jambes allaient se dérober sous elle.

— J'adorerais voguer sur un bateau comme celui-ci, parvint-elle néanmoins à répondre d'une voix calme. Et si cela nous permet d'atteindre Melrose plus tôt que par la route, alors, je ne vois vraiment pas quelle raison nous aurions de ne pas choisir cette solution.

— Il n'y a qu'un seul problème, objecta Fergus en s'appuyant contre le chambranle. Le capitaine prend la mer dans trois jours.

Ayant dit, il fit mine de croiser les bras sur sa poitrine, mais se ravisa et plaça les poings sur ses hanches, comme s'il attendait qu'on réponde à son objection. Devant le silence qui s'installait dans la petite pièce, lady Charlotte prit le bras de son mari et l'entraîna au-dehors, en lui lançant un regard noir quand il voulut protester.

Fergus ferma la porte et se tourna vers Nicola.

— Alors, milady ?

— Trois jours, dites-vous ? Ce n'est pas très long en effet, répondit-elle, se sentant tout à coup vulnérable dans cette pièce exiguë. Mais avouez, cependant, que ce serait mieux pour vos côtes de ne pas avoir à faire la route à cheval. Y a-t-il assez de cabines pour vous et le capitaine, pour moi et mes femmes de chambre et pour Raymond ?

— La vraie question est de savoir si nous pourrons nous fiancer assez vite, répliqua Fergus de sa voix caressante. Vraiment, vous agissez comme si vous vouliez ne pas y songer. Vous avez bel et bien un cœur de pierre !

Nicola resta silencieuse, surprise, en effet, de n'avoir pas pensé à cet aspect des choses.

— Non, c'est faux ! J'aimerais que vous cessiez de me croire insensible et froide.

Il la prit dans ses bras, la serrant contre lui tandis que son autre main cherchait les battements de son cœur sur sa poitrine.

— Je crois que vous avez raison, finalement, rectifia-t-il, les lèvres contre la chevelure sombre de Nicola. Je sens que vous vous réchauffez un peu. Donc, à propos de ces fiançailles ?

— Nous pourrions les avancer, suggéra-t-elle en plaçant ses mains sur celles de Fergus, ses doigts caressant ingénument leur duvet clair et souple.

A-t-il aussi sur le torse cette toison soyeuse ? Et garde-t-il cette blondeur partout sur son corps ?

— Nous pourrions, en effet... Que dites-vous de demain ? Ou peut-être d'après-demain ? proposa-t-il.

— C'est le jour où l'on enterre la prieure du couvent.

— En ce cas, c'est non, car je doute que les deux cérémonies fassent bon ménage. Qu'en pensez-vous ?

— Il faudra donc que ce soit demain, conclut-elle. Bien sûr, si cela ne convient pas à Charlotte et à George, nous pourrions nous contenter de fiançailles discrètes, avec seulement deux témoins. Elles n'en seront pas moins valables. Je suppose que vous avez déjà parlé argent avec mon frère ?

— Vous n'êtes pas bon marché, milady, répliqua Fergus avec un sourire narquois.

— La faute en revient à George. C'est lui, le marchand, et pas moi.

— Préféreriez-vous vraiment une cérémonie informelle, Nicola ?

Comme elle ne répondait pas, il lui releva le menton.

— Etes-vous prête, à présent ? murmura-t-il. Je n'ai pas l'intention de brusquer les choses, mais si vous tenez à faire le voyage par mer, il va falloir nous presser. Cela dit, rassurez-vous, avec mes côtes cassées, je n'exigerai pas tout de suite que nous consommions notre union.

— Si vous souhaitez attendre…

— Je ne le souhaite pas, je vous assure. Mais… dois-je comprendre que vous avez changé d'avis à ce sujet ?

Je change d'avis à chaque instant quand je suis dans vos bras. Ne me demandez pas ce que je pense… Je l'ignore moi-même.

— Non, répondit-elle, je suis toujours encline à vouloir patienter encore un peu. Je me réjouis simplement de constater que vous m'avez rejointe là-dessus.

Sous l'assurance qu'elle manifestait, elle ressentait comme un désappointement insidieux à l'idée de ce délai supplémentaire. A présent que Fergus faisait montre d'une réelle sollicitude à son égard, elle s'accoutumait lentement à l'idée qu'elle avait, finalement, moins à craindre qu'elle ne pensait. Mais était-il encore trop tôt pour céder, pour lui faire comprendre qu'elle fondait littéralement à son contact ?

— Nous verrons cela, laissa tomber Fergus, déçu de ne pas voir dans les yeux de la jeune femme l'ombre d'un début de renoncement. Je n'ai pas d'objections contre une cérémonie simple et brève. Voulez-vous que j'en parle à votre frère ?

— Oui, répondit distraitement Nicola, troublée par les lèvres de Fergus, si proches, et par la chaleur de son corps, qu'elle sentait se diffuser en elle à travers l'étoffe de leurs vêtements.

Qu'éprouverai-je ? Sera-t-il aussi fougueux que dans mes rêves ?

Doucement, mais avec une soudaineté renversante, elle sentit, lorsque leurs lèvres se touchèrent, comme une flamme s'embraser en elle, qui lui fit plaquer ses mains contre le dos de Fergus, et les presser pour s'imprégner de la dureté de ses muscles, lui faisant oublier en l'espace d'une seconde toutes ses résolutions et toutes ses peurs.

Tu es folle ! Ce n'est pas ainsi que tu peux le châtier... Reprends-toi avant qu'il ne soit trop tard !

Mais il savait lire le moindre signe, et la pression dans son dos lui indiquait clairement qu'elle luttait contre elle-même pour ne pas céder au désir qui fouaillait sa chair, comme elle le faisait depuis toujours. Même si l'adolescente d'autrefois n'aurait pu nommer ainsi l'adoration qu'elle vouait à Fergus.

Ses lèvres caressantes la poussaient au bord de l'abandon, chaque seconde qui passait la rapprochant de l'abîme où elle rêvait de s'engloutir. Son baiser se faisait plus pressant, maintenant, plus profond, propageant l'incendie dans son corps comme le vent sur la lande embrasée.

Sans se soucier qu'on puisse l'entendre, elle poussa un cri bref et sonore, puis, vaincue, se livra tout entière au feu qui la ravageait, oubliant ses années de frustration. L'urgence du désir grandissait au creux de son ventre, le besoin de connaître enfin dans sa chair la fougue de cet homme qu'elle aimait passionnément.

Elle imaginait depuis longtemps qu'elle s'inquiéterait de la douleur qu'elle ne manquerait pas de ressentir en l'accueillant en elle pour la première fois, mais cela lui semblait désormais bien peu de chose, en regard du désir violent, forcené d'être enfin sienne, possédée et conquise. L'esprit rendu hagard par la caresse affolante de sa bouche, elle suivait comme dans un rêve les mains de son amant sur sa chair frémissante, sur son sein palpitant, sous sa robe...

Brusquement, comme s'ils avaient obéi à un signal, leurs sens extasiés les conduisirent tous deux au-delà de la prudence dont ils faisaient preuve d'ordinaire. Ni l'un ni l'autre ne se souciait plus que ce soit trop tôt, ni de l'inexpérience totale de Nicola, ni du corps meurtri de Fergus.

Quand ce dernier se défit, non sans peine, de son doublet de cuir, elle l'aida un peu. La voyant si peu désarçonnée par son ardeur et sa fougue, ce fut lui qui rappela à l'héritière des Coldyngham qu'elle était encore vierge, et qui lui offrit le choix d'attendre un moment plus convenable.

Elle se sentait partagée entre son désir de se montrer plus forte que lui et celui d'être vaincue, forcée à devenir sienne. Elle lui prit la tête entre les mains, comme folle, libérée de tout ce en quoi elle croyait et qui la retenait encore, prête pour l'instant ultime.

Pantelante, hors d'haleine, elle murmura contre ses lèvres :

— Ma virginité… elle est à vous, Fergus. Prenez-la maintenant, je vous la donne librement. Ensuite, vous pourrez toujours croire que c'est parce que nous sommes presque mari et femme. Prenez-la, vous dis-je, avant qu'on ne s'inquiète de notre absence. Pouvez-vous le faire malgré vos côtes cassées ? Pouvez-vous accepter ce présent que je vous fais et me prendre encore, demain, comme si c'était la première fois, après nos fiançailles ? Répondez-moi, Fergus…

— Est-ce vraiment ce que vous voulez ? murmura-t-il, incrédule.

— Oui, affirma-t-elle. Je vous veux, maintenant, ici même. A moins que vous ne souffriez trop…

— Ne vous préoccupez pas de ma douleur, répliqua-t-il en la couvrant de baisers passionnés. Je voulais faire les choses aussi doucement que possible, Nicola, lentement et tendrement, vous séduire pas à pas jusqu'à vous rendre folle de désir. Si je… Cela risque…

— Je sais, je sais…, répondit-elle dans un souffle. Mais

j'aurai encore envie de vous, après, soyez-en certain. Prenez-moi !

Fergus n'insista pas et plongea sur elle avec une vigueur renouvelée, acceptant son défi, car c'était bien de cela qu'il s'agissait. Il ne pouvait le refuser, elle le savait parfaitement.

Ce qu'elle ignorait, en revanche, à ce stade encore très orageux de leur relation, c'est qu'il y avait bien davantage dans le geste de Fergus qu'elle ne croyait.

En l'embrassant, il sentait clairement qu'elle éprouvait à la fois une excitation sensuelle et une curiosité dévorante, mais aussi une peur sourde, et l'envie irrépressible de lui tenir tête et d'être conquise.

Tout, entre eux, depuis deux semaines, venait de lui, de son insistance acharnée, et elle ressentait durement de voir son indépendance lui échapper presque entièrement. Cela expliquait qu'elle se fût montrée réticente à l'idée de consommer leur union, comme si elle voulait retenir aussi longtemps que possible le peu qui lui appartenait encore.

Elle lui offrait ce défi en forme de présent — à moins que ce ne fût le contraire —, et il savait très bien qu'elle n'accepterait pas un refus sous prétexte que le moment semblait mal choisi. Mais elle ne cherchait pas à l'emporter, préférant lui laisser l'entière responsabilité de faire de ces instants un souvenir mémorable qu'ils chériraient pour le restant de leurs jours. Et ce malgré les circonstances particulières, avec les membres de leur famille attendant au-dehors.

Il convenait de lui rappeler que sa virginité ne constituait pas l'unique bien précieux qu'elle avait à donner, et peut-être, aussi, que ses espérances étaient quelque peu démesurées.

Malgré ses côtes brisées qui le faisaient souffrir plus qu'il ne voulait l'admette, il plaça ses mains sous les genoux de Nicola, et la souleva doucement pour la porter sur la couche couverte de fourrures moelleuses. En la posant sur celles-ci, il insinua une jambe entre ses cuisses en murmurant d'une voix que le désir rendait rauque :

— Attendez, ma belle… Je vais essayer d'être prudent. Relevez votre robe… Oh, Nicola, j'ai tant envie de vous… Pardonnez-moi si je vous fais mal. Serrez-moi fort et tâchez de ne pas crier. J'accepte votre présent, mais le mien prendra plus de temps, je vous le promets.

Tout en parlant, il venait de dénouer le lien qui retenait ses braies, se libérant d'un seul coup.

Il chercha la bouche de la jeune femme, l'embrassant d'abord doucement du bout des lèvres, presque surpris de la sentir encore toute tremblante de désir, les mains agrippées à lui comme pour l'inciter à forcer l'allure et à pousser sa caresse. Le souvenir des nuits où il pensait à elle, et des jours passés à rêver tout éveillé à leurs futures étreintes, lui donna la vigueur nécessaire pour franchir le premier obstacle.

Une fois en elle, il se retira légèrement avant de donner un nouveau coup de reins, plus impérieux cette fois, au point qu'elle ouvrit la bouche sur un cri muet. Il entendit son souffle s'interrompre un instant et un soupir douloureux s'échapper de sa gorge charmante. Elle se débattit l'espace d'un instant, comme pour le repousser, mais se ressaisit bien vite.

— Continuez…, murmura-t-elle d'une voix chancelante. Continuez… Cela va aller. Faites ce que vous avez à faire, Fergus. Ne vous retenez pas.

Dans ses rêves, il lui parlait en lui faisant l'amour lentement, longuement, ne délaissant aucune partie de son corps envoûtant, l'entraînant avec lui jusqu'aux contrées les plus reculées du plaisir. Jamais il n'aurait pu penser qu'il en irait ainsi la première fois, même lorsque le besoin de la posséder se faisait brutal, presque primitif. Mais elle voulait qu'il la prenne ainsi.

A moitié aveuglé par la fureur de sa passion et prêt à abandonner tout contrôle, Fergus agrippa solidement les montants du lit pour s'aider à la pénétrer en rythme, accélérant l'allure avec une prudence infinie. Il revit en esprit la femme en vêtements d'homme, l'épée à la main, l'aristocrate anglaise sûre d'elle-même l'abreuvant d'insultes, et enfin celle, blessée, brisée, dont il avait exigé une promesse de mariage.

Tout cela lui revenait d'un seul coup, le submergeant d'émotions mêlées, à tel point qu'il relâcha un instant son attention et fut emporté, sans pouvoir rien faire, par le torrent furieux du plaisir. Une longue vague monta dans ses reins, le foudroyant. Il se cabra soudain, lançant les reins en avant vers Nicola qui tremblait sous ses coups de boutoir furieux. Un sourd grondement enfla dans sa gorge quand il perdit son visage dans la masse soyeuse des cheveux de sa bien-aimée, qui s'agrippait à lui comme un cavalier cherchant à résister au cheval qui menace de le jeter à terre.

Il la prit dans ses bras, cherchant des yeux sur son visage rougissant une marque de détresse, la trace d'une larme, et la seule qu'il trouva, perlant au bout d'un cil interminable, il la lapa d'un petit coup de langue furtif et caressant.

— Nicola..., murmura-t-il quand elle ouvrit les yeux. Ma belle et courageuse Nicola ! J'ai pris ce présent que vous m'avez offert... Je n'ai pas pu y résister. Pourrez-vous me le pardonner ?

Le souffle court, comme après leur combat de l'autre jour, elle le regarda longuement, comme s'il venait de répondre à quelque mystérieuse question qu'elle se posait depuis des lustres.

— Il n'y a rien à pardonner, répondit-elle dans un souffle,

en lui mordillant doucement le menton. Je voulais une nouvelle blessure de vous, mais une blessure que j'aurais choisie. Voulez-vous toujours de moi, Fergus Melrose, ou bien me rendez-vous ma liberté ?

Il répondit d'un baiser furieux, s'abreuvant à sa bouche pour étancher sa soif.

— Comment pouvez-vous me demander une telle chose, ma chérie ? gronda-t-il. Vous ne serez jamais libérée de moi ! Jamais, m'entendez-vous ? Je vous ai possédée, j'ai imprimé sur vous ma marque. A présent, vous êtes mienne. Vous m'appartenez, à moi seul, et prononcerez demain les vœux qui nous engageront pour la vie. Ce qui vient d'advenir n'avait pas pour effet de vous délivrer de vos obligations, mais de vous lier à moi pour toujours, au contraire… Comprenez-vous ?

— Oui, milord, répondit-elle en cachant son sourire dans les plis de la chemise de Fergus.

— Allons, lança-t-il en lui relevant à nouveau le menton. Il faut que nous sortions d'ici avec l'air de nous être ennuyés fermement. Tous vont chercher sur nos visages l'explication de notre absence prolongée.

En effet, Fergus connaissait son monde, et quoique Nicola fût experte dans l'art de cacher les traces de ses épreuves, elle dut s'appuyer sur la main de Fergus pour surmonter l'atonie de ses jambes, lorsqu'ils sortirent de la cabine en affichant une certaine nonchalance.

En s'aidant mutuellement à l'aide d'un miroir, ils venaient de remettre de l'ordre dans leurs vêtements et de se recoiffer du mieux qu'ils pouvaient, mais il restait à espérer que leurs mines innocentes convaincraient les parents et amis qui les attendaient sur le pont.

— Toutes mes excuses, lança Fergus d'un air joyeux. Nous sommes finalement convenus d'aller en Ecosse en bateau, et la discussion nous a un peu fait perdre le sens du temps. En tout cas, ce sera plus rapide que par la route, et moins éprouvant. A moins, bien sûr, que nous n'essuyions une tempête.

— Je suis ravi d'apprendre que vous avez enfin pris une décision, déclara George, qui semblait n'être pas dupe, comme à son habitude. Le capitaine Munro nous a fait visiter le bateau pendant que vous conversiez dans la cabine. C'est une splendeur, Ferg.

Raymond montait l'escalier qui menait au gaillard d'arrière pour venir à la rencontre se sa sœur, mais Lotti prit prestement le bras de celle-ci pour l'entraîner.

— On dirait qu'un ouragan est passé sur vous, ma chère Nicola..., murmura-t-elle avec un rien d'excitation. Vous ne me ferez pas croire qu'il vous a fallu tout ce temps pour prendre votre décision !

Elle n'attendit pas de réponse, se contentant de replacer une mèche folle derrière l'oreille de Nicola, remarquant sur le visage de celle-ci une rougeur qui tardait à se dissiper.

— Comment vous sentez-vous ? ajouta-t-elle sur le même ton, presque admirative. Par Dieu, quel homme, ce Fergus ! Vous ne trouvez pas ?

Le sourire entendu de Nicola lui sembla plus éloquent que tout ce qu'elle aurait pu dire. D'un petit hochement de la tête, sa belle-sœur lui fit comprendre à quel point elle trouvait gratifiant de se sentir désirée par Fergus Melrose, quelque frustrante et brève qu'ait pu être leur étreinte.

Il avait accepté le présent de sa virginité avec toute la douceur possible, mais elle se réjouissait d'avoir mené leurs ébats du bout en bout.

Cette fois-ci, j'ai guidé nos pas et il m'a suivie, et s'il m'a bel et bien faite sienne, c'est parce que je l'ai voulu.

Fort heureusement, personne ne s'avisa de lui demander

d'expliquer son geste, car elle aurait été bien en peine de le faire.

Elle n'aurait tout simplement pas su par où commencer.

D'une certaine façon, les doutes de Fergus concernant ses espérances pouvaient se justifier, car la satisfaction éprouvée dans ses bras ne pouvait sans doute pas se comparer avec la sienne, comme cela arrivait souvent. Les hommes avaient moins besoin de préparation que les femmes, elle le savait. On ne cessait de le lui seriner depuis ses douze ans.

Cela dit, elle n'avait aucune expérience du plaisir masculin et voulait se garder de faire des suppositions hâtives. Elle savait simplement qu'elle s'était donnée à lui de son propre chef, pour lui offrir ce qui lui appartenait encore. Qu'elle l'ait fait un peu précipitamment, dans l'euphorie d'un moment d'égarement, importait peu en définitive.

En tout cas, elle n'avait aucun regret.

La promesse de Fergus de faire durer les choses plus longtemps la prochaine fois lui semblait bien augurer de l'avenir. Elle n'avait aucune idée de ce que cela pouvait impliquer, sinon qu'ils resteraient au lit plus que ces quelques minutes. La présence de ses frères, dont elle craignait qu'elle ne les empêche d'être seuls aussi souvent qu'à son goût, semblait n'affecter en rien Fergus, et il paraissait prendre autant de plaisir qu'elle à leurs moments d'intimité.

Tout le chemin du retour jusqu'à sa demeure de Holyrood, il la tint près de lui, de même que durant le déjeuner qu'il offrit à ses convives.

Elle dut demander à ses deux femmes de chambre de trouver une chemise propre à déchirer pour absorber les traces sanglantes de sa défloration, après quoi elle se sentit plus à son aise. Les deux soubrettes ne semblèrent pas s'émouvoir de la chose, jugeant la reddition de leur maîtresse somme toute naturelle. Quelle femme, en effet, n'aurait pas adoré capituler devant un tel homme ?

Elles furent très impressionnées, en revanche, par la demeure de sir Fergus.

Le repas fut somptueux, magnifiquement servi sur des plateaux d'argent par des serviteurs en livrée, dans une immense pièce entièrement lambrissée de chêne qui fit pousser des cris d'admiration aux frères Coldyngham, pourtant habitués au luxe. La conversation roula tranquillement sur des sujets divers, mais Nicola n'y participa qu'à peine, l'esprit trop préoccupé pour s'y mêler vraiment.

Elle ne pouvait, au contraire de son amant et futur époux, faire preuve de sérénité alors qu'un événement proprement bouleversant venait d'avoir lieu quelques heures plus tôt. Entre autres choses, elle se sentait encore ébahie de l'ardeur de Fergus, car si elle comprenait à peu près ce qui se passait entre un homme et une femme faisant l'amour, elle n'en avait qu'une image assez imparfaite, pour tout dire plutôt vague.

Elle ne s'attendait pas du tout, par exemple, à ce que l'acte implique une telle dépense physique, non seulement pour lui mais également pour elle. Ses rêves, pourtant violemment émouvants, faisaient pâle figure en face de la réalité. Elle trouvait cela à la fois excitant et effrayant, car elle se souvenait de certains moments, au cours de leur étreinte, où Fergus semblait absent, pire encore, presque étranger, soumis à une force qui n'avait que très peu de rapport avec elle. Comme si, en fait, elle aurait pu aussi bien être une autre.

Il avait beau lui avoir expliqué que les choses étaient généralement bien différentes, la question de savoir comment elles se passaient restait entière. Il ne semblait pas tenir cette étreinte pour un aboutissement très satisfaisant. Se pouvait-il qu'il eût autre chose à lui donner ? Et quand aurait-elle l'occasion de le découvrir ? Sa curiosité ne cessait plus de la tourmenter.

Un autre aspect des choses ne laissait pas de la perturber. Elle craignait, en effet, qu'on ne la juge inconstante, car elle se retrouvait promise à Fergus pour le lendemain après avoir lancé contre lui une attaque pleine d'allusions perfides à son lignage, à peine une quinzaine de jours plus tôt…

Elle aurait pu au moins s'en tenir à ses premières résolutions, et repousser autant que possible l'inévitable conclusion, mais non ! Une partie d'elle-même refusait-elle cette indépendance qu'elle croyait tant chérir ?

— Inconstante ? répéta lady Charlotte en examinant la vigne qui grimpait sur le mur de la demeure le mieux exposé au soleil. Bien sûr, vous l'êtes sans conteste, ma chérie… Mais nous le sommes tous, rassurez-vous, à des degrés divers. Ils sont rares, ceux qui ne changent jamais d'avis. Les gens accomplissent parfois les choses les plus extravagantes et les moins prévisibles : c'est ce qui fait leur humanité. Tenez, Raymond, par exemple…

Nicola tâta une grume du bout des doigts mais la trouva encore un peu dure.

— Raymond ? s'étonna-t-elle. Ah, vous parlez sans doute de son subit revirement, du droit au commerce maritime. C'est en effet assez radical, mais les circonstances y sont pour beaucoup…

— Peut-être, mais je parierais que son expérience auprès de sir Fergus va le faire changer complètement d'orientation. Il ne semble pas se lamenter outre mesure d'avoir dû interrompre ses études de droit, vous ne trouvez pas ? Surtout après toutes ces années passées à dire qu'il voulait embrasser la carrière diplomatique. De tous les Coldyngham, je pense, le plus prévisible est certainement Patrick. Quoique je n'exclue pas qu'il nous surprenne un jour…

— Et vous-même, et votre époux ?

— A notre façon, nous ne sommes peut-être pas aussi installés que nous le paraissons. Nous donnons l'impression d'être discrets, bien éduqués et parfaitement civilisés, ce que nous sommes, d'ailleurs. Mais croyez-moi, ce n'est pas précisément comme cela que nous nous comportons dans l'intimité. L'amour est ainsi, chère Nicola. Il autorise à faire avec l'être qu'on aime ce qu'on n'imaginerait même pas faire avec un autre en un million d'années, et pour le plus grand plaisir de l'un et de l'autre ! Pensiez-vous qu'il s'agissait d'un commerce poli entre gens bien élevés ?

Il y eut un long silence, pendant lequel Nicola s'étonna de la clairvoyance de sa belle-sœur, qui semblait elle aussi lire dans ses pensées comme dans un livre. Décidément, cela devenait agaçant.

— Ainsi vous savez ce… ce qui s'est passé ? demanda-t-elle en baissant les yeux.

— Oui, ma chérie. Bien sûr. Les femmes savent généralement ces choses-là. J'ai remarqué cependant quelque chose d'inhabituel dans votre manière d'être. Vous a-t-il… persuadée de lui céder ? Est-ce ainsi que les choses se sont passées ?

— Non, pas du tout. En fait, c'est… moi qui l'ai convaincu. J'ai eu soudain envie qu'il me prenne, tout de suite, sans plus attendre, dans cette cabine. Pouvez-vous croire une telle folie ?

Lotti posa la main sur le bras de Nicola avant de répondre, un beau sourire sur ses lèvres fines.

— Bien sûr ! s'exclama-t-elle. Evidemment ! Vous croyez sans doute que c'est là une preuve supplémentaire de votre inconstance, n'est-ce pas ? Eh bien, si cela peut vous rassurer, il n'en est rien. A votre place, je ne chercherais même pas à trouver une explication à ce phénomène. Cela arrive plus souvent que vous ne croyez. La seule personne, en fait, qui ait besoin de savoir ce dont vous êtes capable est sir Fergus lui-même, et je pense qu'il s'en doute assez bien. Vous serez fiancés demain, c'est tout ce qui compte. N'y pensez plus. Vous avez fait ce qu'il fallait, et pour les bonnes raisons, ce qui n'est pas plus mal. Tout le monde ne peut pas en dire autant.

— Merci, Lotti, murmura Nicola en embrassant sa belle-sœur sur la joue. J'ai de la chance de vous avoir auprès de moi.

Quand il fut l'heure de partir, Fergus prit Nicola à part quelques instants, délaissant la joyeuse tablée.

— Vous sentez-vous bien ? s'enquit-il en posant les mains sur ses épaules. Préféreriez-vous passer la nuit ici et ne retourner à River House que demain matin ? Avec moi, s'entend... J'ai de quoi loger vos femmes de chambre, bien sûr. Nous pourrons passer une soirée tranquille.

— Avec vous ? Seul ?

— Oui. Je veillerai à ce que vous ne manquiez de rien.

— De rien, vraiment ? minauda-t-elle en penchant la tête de côté, avec un sourire espiègle.

— Absolument ! confirma-t-il en riant. J'ai même une paire d'épées, quelque part, s'il vous prenait l'envie soudaine de porter quelques assauts.

— Mais que dira George ? objecta-t-elle sans conviction. Et votre chapelain ?

— Je ne l'écoute généralement que d'une oreille distraite. En fait, son rôle ici est surtout décoratif, répliqua Fergus avec un sourire ironique. Quant à George, je suis sûr qu'il comprendra.

Ce fut effectivement le cas, même si le frère aîné de Nicola prit soin de ne pas paraître approuver la chose avec trop d'enthousiasme.

— Eh bien, commenta-t-il en se tournant vers sa charmante épouse, voilà qui est singulier ! Il n'y a pas deux jours, elle regimbait à la seule évocation de son nom… Qu'est-ce qui justifie donc un tel changement ?

Lotti lui passa son chapeau avant de répondre.

— Ces deux-là ne forment pas un couple ordinaire, mon cher époux, affirma-t-elle tandis que le frère de Nicola cherchait à enfiler son couvre-chef. En tout cas, Nicola sera en sécurité ici. Raymond dormira chez nous ce soir, voilà tout.

— Aidez-moi donc à le mettre ! s'exclama George, irrité par la résistance que lui opposait l'espèce de faluche compliquée que sa femme tenait à lui faire porter. Que je sois pendu si je commande un autre de ces… Comment appelle-t-on cela ? Par Dieu, je m'en ferai faire un nouveau comme celui de Ferg, avec une plume d'autruche ! Ainsi, je pourrai savoir où est le devant et où est le derrière !

— Fort bien, milord mon mari, acquiesça lady Charlotte, que les récriminations de son époux laissaient de marbre en toutes circonstances. Vous pourrez aussi vous faire couper les cheveux par votre barbier, tant que vous y êtes. Comme sir Fergus !

— Il vous plaît, n'est-ce pas ?

— J'avoue que j'apprécie surtout ses vaisseaux et ses entrepôts, ses échoppes…, déclara-t-elle en se régalant de cet inventaire. Mais je suis mariée à un lord, aussi ferais-je bien de m'en contenter. Ce n'est pas si mal, après tout. J'aurais pu trouver pire parti !

— Ah, milady, il est temps que je vous ramène chez nous ! lança George avec un petit rire égrillard.

— Oui, milord. Mais gardez votre calme jusqu'à River House !

Nicola avait beau trouver les paroles de Lotti réconfortantes, elle sentait néanmoins que son inconstance le disputait à celle de Fergus. Elle ne pouvait cependant aborder ce sujet avec sa belle-sœur, après s'être plainte amèrement de l'incapacité à changer dont faisait preuve son futur fiancé. L'attitude de ce dernier démentait cette assertion audacieuse, depuis deux jours.

Elle n'arrivait pas, en dépit de tous ses efforts, à croire que cette situation allait durer éternellement. Elle pouvait, bien sûr, envisager de le soumettre à une nouvelle épreuve pour s'en assurer encore, mais avec la cérémonie prévue pour le lendemain, le temps lui manquait sérieusement, et le résultat risquait de ne pas être à la hauteur de ses espérances. Pour autant, elle ferait une ultime tentative, pendant qu'elle le pouvait encore.

Un silence étrange régnait autour de la demeure de Holyrood depuis le départ de la famille de Nicola — un silence différent de celui qu'elle redoutait tant, petite fille, lorsque Fergus et ses frères l'abandonnaient pour se livrer à leurs équipées dans la campagne. A présent, Fergus était à son côté et lui tenait la main, les yeux rivés sur elle avec une insistance délicieuse, tandis qu'elle regardait s'éloigner au loin la barque qui remmenait ses deux frères, Lotti, et leur petite suite vers River House.

— C'est une bonne chose qu'ils aient décidé de prendre cette barge, déclara le maître de maison. A cette heure-ci, c'est moins périlleux et bien plus confortable. Et comme la marée vient de tourner, ils pourront profiter du courant.

— Et les chevaux ?

— Mes hommes les ramèneront chez George demain matin. C'est arrangé.

— Fergus..., murmura Nicola d'une voix un peu hésitante. Quelque chose me préoccupe.

— A propos de cette nuit, c'est cela ? demanda-t-il doucement en posant sa main sur le bras de Nicola.

— Non, pas exactement. A propos de nous, plutôt. Et de vous en particulier.

Il remarqua le léger pli qui barrait le front pur de sa jolie promise. Elle regardait toujours le fleuve fixement, le sourcil froncé, hiératique et droite.

— Qu'est-ce que vous voulez donc savoir, ma chère ? Est-ce de mes conquêtes que vous voulez parler ?

— Non, le passé est le passé, Fergus. C'est votre affaire. Ce que je veux apprendre de vous, c'est si vous aurez encore envie de vivre avec moi une fois que nous serons mariés. J'avoue que je n'ai pas du tout envie de me retrouver seule ici, ou ailleurs, pendant que vous courrez le monde, après que nous aurons... vous savez ce dont je parle. J'ai tellement peu profité de mon père, étant enfant... Je suppose qu'il venait à Londres pour... pour se soulager un peu, quand ma mère se trouvait enceinte.

Fergus passa son bras autour d'elle en souriant de la voir s'inquiéter de ce genre de choses. Où allait-elle chercher de telles idées ?

— Je... je pense, se hâta-t-elle d'expliquer en voyant un sourire se dessiner sur les lèvres de son amant, qu'il est fort triste qu'un homme ne puisse se réfréner pendant neuf mois alors que sa femme porte son enfant. Je suppose qu'on peut accepter qu'il ait besoin de trouver un peu de réconfort après son veuvage, mais... Cette question me tourmente.

Fergus la serra contre lui, le bras autour de sa taille, et il l'entraîna vers la maison, s'éloignant avec elle du quai encore bruissant d'activité.

— Vous êtes délicieusement innocente ! déclara-t-il. Croyez-vous vraiment que dès qu'une femme est enceinte, son époux doive déserter son lit ? Allons, répondez-moi !

Nicola rougit violemment, suspectant qu'il allait lui révéler ce que sa mère aurait dû lui expliquer bien des années plus tôt, si le ciel avait voulu qu'elle soit là pour le lui dire.

— Je ne sais ce que je crois exactement, mais d'après ce que j'ai entendu, je ne suis pas très loin de la vérité…

Fergus marqua le pas en atteignant la terrasse de bois qui menait à sa maison. Des lavandes et des soucis poussaient autour des piliers qui la soutenaient. Il la plaqua contre l'un d'eux, l'empêchant de se dérober, et se pencha vers elle pour murmurer à son oreille :

— C'est peut-être le cas pour les gens qui n'éprouvent mutuellement que peu de désir, affirma-t-il. Dans ce cas, ils considèrent leur devoir accompli jusqu'à la prochaine fois et ne s'en soucient plus. Mais pour les couples comme le nôtre, ma chérie, les choses peuvent continuer pendant tout le temps d'une grossesse. Peut-être pas avec la même fougue, mais, comme je me propose de vous le montrer cette nuit, et demain soir également, avec douceur et tendresse.

— Vous parlez de couples qui s'unissent par devoir, messire ? N'est-ce pas exactement ce que nous allons faire ?

— Pas exactement au sens où je l'entendais. Nous avons la chance de pouvoir satisfaire aux vœux de nos pères en suivant également notre inclination. Avez-vous ressenti quelque sensation agréable, tout à l'heure ? Cela vous a-t-il plu un peu, ou bien ai-je eu tort de vous écouter ?

— Non, pas du tout. Vous avez fait ce que je vous demandais.

J'avais mes raisons. Vous devez comprendre à présent que rien dans notre histoire n'est ordinaire, pas plus dans la façon dont nous nous sommes courtisés mutuellement, si j'ose dire, que dans la conclusion à laquelle nous arrivons aujourd'hui. Je n'éprouve pas des sentiments communs, Fergus… Cela n'est jamais le cas lorsque je me trouve en votre présence, et ce depuis toujours. Je ne suis toujours pas certaine d'avoir accepté votre offre pour de bonnes ou de mauvaises raisons, et ne puis que souhaiter de ne pas avoir à le regretter un jour.

— Est-ce d'amour que vous parlez, Nicola ?

Elle secoua la tête doucement, ses cheveux brillant soudain dans les derniers rayons du soleil couchant.

— Non, ce n'est pas cela. Il y a une part de devoir dans ce que j'éprouve, quoi que vous en disiez. Inutile de le nier. Nous avons des obligations envers certaines personnes. C'est ainsi et nous n'y pouvons rien. Mais ce n'est pas tout.

— Ah non ? Et qu'y a-t-il d'autre ?

— C'est trop difficile à expliquer. Cela a à voir avec… comment dire… avec la façon dont les choses se passaient entre nous, autrefois. Je sais que j'aurais dû depuis longtemps oublier cette époque révolue. D'ailleurs, je pensais l'avoir fait, dans ma petite maison de Bishopsgate. Mais vous avez fait remonter à ma mémoire toutes ces choses que je croyais enfouies, et je me rends compte à présent quc je ne peux pas gentiment m'avancer vers l'autel sans éprouver des doutes, des angoisses, des réticences, comme vous aimeriez que je fasse. C'est plus fort que moi !

— Inutile d'en dire plus, ma douce amie. Je sais ce que vous voulez dire. Je vous ai blessée, je vous ai traitée honteusement, et vous éprouvez désormais le besoin de vous rassurer à mon sujet en me faisant payer les avanies que je vous ai fait subir. C'est naturel. C'est bien de cela qu'il s'agit, n'est-ce pas ?

— Vous saviez ? s'étonna Nicola, en le regardant contempler au loin les trois mâts de sa caraque, qui se reflétaient sur le fleuve rougeoyant.

— Je n'ai pas compris tout de suite, mais je sais, maintenant, oui. J'avais pensé vous prendre à ma façon et à mon heure, mais vous avez décidé de m'empêcher de le faire, au risque d'être blessée, ou de trouver la chose dégoûtante... ou les deux à la fois. Vous avez essayé de prendre les choses en mains plus d'une fois pour ne pas risquer d'être oubliée en route, n'est-ce pas ? Et je n'ai pas accepté de vous laisser me battre l'épée à la main. Quel idiot ! Quelle vanité ! Nous pouvons recommencer, si vous en avez envie... Ce soir même, pourquoi pas ? Le vainqueur l'emporte une fois pour toutes et on n'y reviendra pas. Qu'en dites-vous ?

— Je ne veux pas que vous me laissiez gagner parce que vous avez pitié de moi ! protesta-t-elle.

— Ce ne sera pas le cas, ne craignez rien. Me croyez-vous stupide ? J'ai bien l'intention de vous vaincre encore une fois, et de belle façon, si je le puis !

— En ce cas, j'accepte. Le vainqueur rafle toute la mise, c'est bien cela ? Alors... après le dîner, cela vous convient ?

— Oui. Je me charge dans l'intervalle de vous faire boire plus qu'il ne faut ! lança-t-il en souriant. Si je dois me battre avec des côtes cassées, j'estime équitable de m'assurer que vous aurez au moins un peu la tête qui tourne.

Après cette mise en garde, Nicola s'assura de ne boire que l'eau de source que Fergus faisait venir de Malvern. Après quoi elle finit par se convaincre que la douleur dans sa poitrine constituerait pour son adversaire un handicap suffisant pour qu'elle puisse raisonnablement envisager de l'emporter. Et quand elle aurait gagné, elle entendait bien lui interdire son lit. Non point qu'elle n'eût pas envie de lui, mais parce qu'il était temps de remettre les plateaux de la balance à égalité, voire même un peu en sa faveur.

En tout cas, elle essayerait. Mais d'abord, il fallait vaincre.

La réalité s'avéra fort différente, comme on pouvait s'y attendre, car il s'arrangea pour organiser le combat d'une manière si exactement semblable au premier qu'elle fut prise au dépourvu de se voir ainsi ramenée quinze jours en arrière. Elle portait les braies et la chemise d'homme fournies par Fergus, et avait ordonné à Marguerite et Romarine de rester confinées dans leur chambre jusqu'à ce qu'elle envoie quelqu'un les chercher. Elle avait balayé leurs protestations en leur expliquant qu'elles pouvaient profiter de cette oisiveté bienvenue, au lieu de se plaindre.

La salle semblait plus large que celle de sa maison de Bishopsgate, surtout à présent que la longue table qui en tenait d'ordinaire le centre se trouvait rangée contre un mur. Nicola frissonna en voyant Fergus entrer sans un bruit, ce qui indiquait à coup sûr que sa détermination serait sans faille.

Comme lors de leur premier combat, elle prévoyait d'avancer sur lui en faisant tournoyer la pointe de son épée juste devant ses pieds, une manœuvre qui portait généralement ses fruits parce qu'elle déroutait l'adversaire. Qu'il n'ait pas mordu à l'hameçon quinze jours plus tôt ne signifiait nullement qu'il ne le ferait pas cette fois-ci. L'espace d'un instant, elle se prit à penser sincèrement qu'elle pouvait le battre, ce qui constituerait un exploit que ses frères n'avaient jamais réussi à accomplir.

Il ne portait que des braies courtes, des bottes et une chemise, ce qui mettait en valeur son physique athlétique et la force tranquille qui émanait de lui en dépit de sa blessure. Mais ses yeux gris semblaient presque opaques, indéchiffrables, et aucun sourire ne flottait sur ses lèvres.

— En garde, lança-t-il en levant sa rapière.

Visiblement, il n'avait pas l'intention de plaisanter.

Cette fois-ci, Nicola se sentait plus forte, et plus maîtresse d'elle-même que lors de leur première rencontre. Elle savait à quoi s'attendre de la part de Fergus, anticipait ses attaques avec plus d'aplomb malgré la subtilité avec laquelle il les portait.

Il endossait sans vergogne le rôle du maître d'armes, lui donnant des conseils pendant l'assaut, la reprenant ici, l'encourageant là, l'exhortant à tenir sa garde plus haute et lui indiquant la botte qu'elle aurait pu lui décocher un instant plus tôt, ce qui avait pour effet d'agacer grandement Nicola, qui jugeait suffisants ses talents de bretteuse.

Une fois ou deux, il alla même jusqu'à baisser son arme pour lui expliquer ce qu'elle pouvait faire quand il recevait l'assaut dans une position particulière, mais elle lui prouva sans ménagement sa capacité à apprendre vite, et il n'y revint pas. Il se lança de nouveau dans la bataille avec une détermination farouche, sans plus lui prodiguer le moindre conseil, faisant montre d'une habileté et d'une technique sans failles, à tel point qu'elle se dit fugacement que sa blessure ne pouvait qu'être légère, et non douloureuse comme il le laissait entendre.

Au bout d'un long moment, il sembla prendre l'ascendant sur elle. Elle sentait ses jambes près de se dérober, et son bras s'engourdir graduellement, de sorte que chaque parade — car elle n'avait plus la force d'attaquer — lui arrachait un gémissement de douleur. La fin approchait, incontestablement, et elle ne pouvait plus que prier pour qu'advienne le miracle qui viendrait la sauver d'une défaite assurée.

Le ciel resta sourd.

Epuisée, elle se relâcha l'espace d'un instant, et il n'en fallut pas plus pour que l'épée de Fergus vienne s'enrouler autour de la sienne et la lui arracher des mains, la projetant à l'autre bout de la pièce dans un grand fracas. Elle connaissait cette botte pour l'avoir employée elle-même quinze jours plus tôt avec le jeune godelureau, à Bishopsgate.

Quelques minutes avant que Fergus ne surgisse à nouveau dans sa vie.

Elle haletait, pantelante, avec la nette impression d'être comme le lapin acculé par le renard, d'autant que son vainqueur ne souriait pas, ce qui aurait peut-être atténué la brûlure de la défaite. Il ne lui offrit ni excuses ni congratulations pour sa vaillance, la tenant en respect au bout de sa rapière, la pointe sur son sein. Plaquée contre le mur, à sa merci, elle ne leva même pas le bras pour le repousser quand il baissa son arme et s'approcha.

Fergus agit exactement comme il en avait eu l'intention la première fois, et sans plus de ménagement qu'il l'eût fait ce jour-là, si Nicola n'avait été blessée. La saisissant d'un bras solide, il l'attira contre lui, et prit sa bouche sans se soucier une seule seconde de la fatigue qu'elle pouvait éprouver après une joute aussi longue et furieuse. Il s'abreuvait à ses lèvres comme pour étancher une soif inextinguible.

Il ne pensait qu'à cela depuis le début du combat.

Sans un mot, il lui fit ramasser son épée et l'entraîna au pas de charge, à travers les couloirs et les escaliers, jusqu'à la chambre qu'il lui destinait, non loin de celle où dormaient Marguerite et Romarine.

L'air de la pièce, préparée par le majordome sur son ordre, semblait lourd de vapeur. Deux grandes bassines de cuivre remplies d'eau chaude fumaient devant la cheminée immense qui occupait tout le mur de droite, de grandes volutes grises montant vers le plafond aux poutres noires.

Nicola resta muette de surprise.

Le mobilier de la chambre au sol de terre cuite rouge se composait d'un fauteuil de bois, de plusieurs coffres et d'un grand lit tendu de soie verte dont le baldaquin, au lieu de s'appuyer sur des piliers montant du lit, pendait des chevrons, dégageant la couche à chaque coin. La lueur chaleureuse de deux lanternes de cuivre se reflétait dans les vitres de verre bleuté taillées en diamant à travers lesquelles les dernières lueurs du jour finissant filtraient encore. On aurait dit que le ciel s'embrasait, du côté de l'ouest.

Fergus l'attira à l'intérieur de la pièce, encore hors d'haleine et trempée de sueur, les jambes flageolantes à force de fatigue, persuadée désormais qu'il aurait pu mettre bien plus tôt un terme à leur assaut. Il semblait bien, en effet, un peu éprouvé par l'âpreté de leur combat, mais pas épuisé comme elle.

Il débarrassa Nicola de l'épée qu'elle tenait encore à la main pour la poser avec la sienne sur l'un des coffres puis, prenant un drap blanc qui gisait sur un autre, le déploya d'un geste sec avant de l'étendre sur le sol devant les bassines de cuivre.

— Qu'allez-vous faire ? demanda Nicola, surprise par ce manège.

— Otez vos chaussures, se contenta-t-il de répondre en lui tendant doucement la main. Et approchez-vous, c'est l'heure du bain.

Elle n'était pas en position de répliquer. De toute façon, il n'en faisait toujours qu'à sa tête. Mais elle restait confiante. Un gentilhomme comme lui la laisserait se baigner seule.

Il la considérait d'un œil caressant, son regard s'attardant sur la sueur qui perlait encore à son front et sur le bord de sa lèvre supérieure.

— Défaites vous de ces braies, ordonna-t-il.

— Je..., bégaya Nicola. Je peux très bien prendre mon bain sans votre aide...

— Cette fois-ci, nous ferons les choses à ma façon, voulez-vous ? Enlevez-les, vous dis-je !

Elle gardait les yeux fixés sur les mains de Fergus, comme si elle pouvait les tenir à distance par sa simple volonté.

— Je puis demander à Marguerite et à Romarine de venir m'aider... Je vous en prie, plaida-t-elle en lui prenant le bras en un geste suppliant.

— Ecoutez, Nicola, répliqua-t-il en lui saisissant le poignet à son tour, nous étions convenus que le vainqueur remportait toute la mise, n'est-ce pas ?

— Oui.

— Et j'ai gagné.

— Oui, en effet...

Fergus sourit de nouveau, ravi de la voir se laisser aller contre lui, apparemment à court d'arguments.

— Allons, ma chérie... La dernière fois, je vous ai plantée là en me moquant de vous, mais ce temps-là est révolu. A présent, non seulement je ne me moque pas, mais je reste à vos côtés et vous récompense pour votre bravoure. Et je me propose de vous donner un bain pour effacer sur votre peau les traces de notre affrontement. Si je puis faire cela pour mes chevaux, pourquoi ne pourrais-je offrir à ma future épouse le même traitement ? Allons, ma tendre amie, si le vainqueur emporte la mise, il a sûrement le droit de voir le lot qu'il a conquis de haute lutte, non ? J'ai assez attendu ce moment. Tenez-vous tranquille, laissez-moi faire.

Trop fatiguée pour protester, et tremblante à l'idée de sentir les mains de Fergus sur sa peau, Nicola se tint droite, tête baissée, tandis qu'il lui ôtait doucement ses braies, ne lui laissant, pour couvrir sa pudeur, que sa mince chemise encore trempée de sueur, qui collait à sa peau avec indécence.

— Levez les bras, lança-t-il d'un ton sans réplique.

— Non… Fergus… je… je vous en prie.

Sans un mot, il lui souleva les poignets au-dessus de la tête en lui intimant du regard de les y laisser. Ce qu'elle fit consciencieusement, tandis qu'il faisait glisser la chemise sur sa tête avant de la faire pivoter face aux bassines fumantes, pour éviter, sans doute, qu'elle ne voie où il posait les yeux.

L'idée que cette scène étrange aurait pu avoir lieu bien plus tôt, et que leur obstination leur avait fait perdre beaucoup de temps, traversa l'esprit de Nicola l'espace d'une seconde, mais elle la balaya rapidement. Elle savait qu'elle se serait défendue bec et ongles, s'il avait eu l'audace de poser la main sur elle.

— Montez dans cette bassine, lui enjoignit-il d'un ton qui se faisait plus caressant. Ne craignez rien, ce n'est pas trop chaud…

Les coudes appuyés sur les mains de Fergus, elle entra dans l'eau avec réticence, mais sentit bientôt la chaleur apaisante monter en elle à mesure qu'elle s'y plongeait. Elle ne pouvait, néanmoins, s'empêcher de se demander combien de fois il avait fait cela avant d'emmener une femme dans son lit.

Elle n'eut pas l'occasion de s'étendre trop longtemps sur le sujet, car déjà il saisissait ses cheveux pour les rassembler en un lourd chignon qu'il lui demanda de retenir sur sa tête.

— Gardez cela en place, ordonna-t-il, manifestement certain de ne rencontrer aucune résistance de la part de Nicola.

Nicola ferma les yeux et fit ce qu'il lui demandait, savourant la sensation exquise des doigts humides de son amant sur son cou et sa gorge, ainsi que la caresse de l'eau coulant sur sa peau. Nulle parole ne venait troubler la concentration de

Fergus tandis qu'il la lavait soigneusement, avec une douceur et une sûreté qui étonnaient Nicola. Sans fausse pudeur, il se déléctait visiblement de suivre du bout des doigts le contour de ses courbes.

Quand elle sentit sa main se poser au bas de ses reins, elle serra instinctivement les jambes.

— Fergus ! s'étrangla-t-elle, le souffle court, prête à sortir de la baignoire à l'instant.

— Je sais. Tenez-vous tranquille, intima-t-il en retenant Nicola fermement.

Elle le laissa poursuivre sa toilette sans opposer de résistance, paralysée par la surprise, tremblant sous cette caresse délicieusement intime et terriblement osée, qui lui faisait monter le rouge aux joues comme jamais.

Quand il en eut terminé, il vint se placer en face d'elle pour s'occuper du visage de sa bien-aimée, essuyant délicatement son front, ses joues, embrassant du bout des lèvres les paupières fermées de Nicola pour l'inciter à les ouvrir, et lui permettre ainsi de s'imprégner du désir qui brûlait dans ses yeux.

Elle posa une main sur l'épaule de Fergus pour calmer le tremblement de ses jambes, tandis qu'il puisait dans la seconde bassine de quoi rincer sa gorge, sa main glissant ensuite sur sa poitrine, son ventre, et traçant sur sa peau des cercles concentriques. Graduellement, ses gestes se transformaient en caresses.

— Fergus, je… je vous en prie, dit-elle dans un souffle. Cessez…

— Je n'ai pas encore fini, protesta-t-il en posant doucement ses lèvres sur la fine cicatrice qui ourlait le sein de Nicola, lapant du bout de sa langue dardée une goutte d'eau qui scintillait à la pointe.

— Je vous en supplie, arrêtez ! reprit-elle en voyant, stupéfaite, son mamelon durcir instantanément.

— Sortez lentement. Un pied d'abord, répondit-il sans rien changer au ton de sa voix.

Elle comprit soudain que cet ordre l'exposait à lui plus intimement que jamais. Aussi ferma-t-elle les yeux, comme si elle jugeait toute résistance inutile. Et elle se livra à ses caresses délicieuses sans retenue, la tête renversée en arrière, la bouche ouverte sur un cri muet, suivant intérieurement la progression de sa main jusqu'au plus secret d'elle-même. Cela dura longtemps, jusqu'à ce qu'il s'empare de sa bouche, au moment précis où un long gémissement de plaisir s'échappait de ses lèvres tremblantes. Elle manqua de défaillir, mais se reprit.

— Pas encore, murmura-t-elle, mêlant leurs souffles haletants. Permettez… je vous en prie…

Elle dut se concentrer intensément pour se rappeler ce qu'elle devait faire, mais une fois sortie de l'eau, elle défit prestement les lacets qui retenaient les braies de Fergus, puis passa la chemise de celui-ci par-dessus sa tête avant de la jeter à terre, sans se soucier un instant de l'endroit où elle pourrait atterrir.

— Et maintenant, enlevez vos bottes ! ordonna-t-elle à son tour, sous le regard médusé mais souriant de son amant.

Il se débarrassa du reste de ses vêtements en trois mouvements souples, et Nicola put mesurer, pour la première fois, l'étendue des blessures qui affectaient son corps merveilleusement musclé et mince. Sa chair semblait avoir été striée de griffures et de coups de poing, une dague semblait même avoir tailladé la peau à la hauteur de l'omoplate. D'ailleurs, un peu de sang séché soulignait encore la plaie violacée. Elle comprit brusquement tout ce qu'il devait avoir enduré ce fameux jour, et la douleur qu'il devait éprouver encore à cette heure, bien pire que la sienne. Sans elle, il aurait tranquillement récupéré, sans elle, il n'aurait pas eu à fendre la foule le matin même, ni à faire l'amour sauvagement dans cette cabine exiguë, encore moins à se battre interminablement l'épée à la main…

Et dire qu'il venait de passer une heure à s'occuper d'elle, comme si elle était la plus blessée des deux !

— Oh, mon Dieu ! Fergus ! s'exclama-t-elle, atterrée. Pourquoi ne m'avez-vous rien dit ? J'aurais dû me douter…

Pour une fois, il n'avait pas de réponse. Cela aurait pris trop de temps.

Nicola secoua la tête en soupirant, puis frotta doucement le torse de son amant en savourant la caresse de sa toison soyeuse sur la paume de sa main, mais elle le sentit tressaillir et le vit serrer les dents en retenant son souffle. L'invincible Fergus Melrose semblait fort mal en point, et ses blessures prendraient sûrement des semaines à guérir. Comment pouvait-elle ne pas s'en être rendu compte ?

Assommée par cette révélation et par la honte qu'elle ressentait d'être restée aveugle à sa douleur, elle entreprit de lui rendre les attentions délicieuses qu'elle venait de savourer, pleinement consciente qu'elle s'exposait ainsi, nue, à ses regards en une position éminemment vulnérable.

Elle lui fit une toilette consciencieuse en ponctuant ses gestes de baisers furtifs qu'elle posait sur sa chair meurtrie, se reprochant à chaque fois son aveuglement et son égoïsme. Elle le séchait en faisant glisser sa chevelure épaisse et sombre sur sa peau, se rappelant le geste de Marie-Madeleine, dans lequel, depuis des années, elle voyait la preuve d'une adoration sans limites.

Ce fut sans doute la plus émouvante leçon qu'elle reçut jamais de sa vie car, jusque-là, elle ignorait tout du corps des hommes, sinon ce que la décence permettait d'en voir. Elle en découvrait des aspects inattendus, comme, par exemple, le prolongement de la toison qui couvrait sa poitrine et descendait jusqu'au-delà du nombril, et encore plus bas. En le suivant pour la première fois, elle eut envie d'y mettre les doigts, se demandant si les poils, ici, seraient durs ou souples. Le bas de ses reins, tout comme le reste de son anatomie, ne ressemblait qu'en surface au sien, car les attaches semblaient moins délicates, la peau moins soyeuse, quoiqu'ils eussent d'autres qualités tout aussi séduisantes. De toute façon, il semblait réagir aux caresses d'une façon éminemment semblable à la sienne.

Enfin, il y avait cet attribut dont, dans son innocence, elle ne savait pas très bien comment le traiter.

— Ma douce…, s'esclaffa-t-il en lui prenant le menton. Je ne peux pas faire autrement. C'est un gaillard qui n'a pas de manières, savez-vous ! Dès qu'il veut quelque chose, il refuse obstinément de se calmer. Ne pourrions-nous pas l'apaiser maintenant ?

Sa main venait de glisser sur la poitrine de Nicola, saisissant un sein dans sa paume, si tendrement qu'elle eut l'impression que sa chair prenait feu.

— J'ai désespérément envie de vous, Fergus, dit-elle dans un souffle, haletante. Encore plus que ce matin. Et vous aussi, comme vous venez de me le montrer abondamment…

Lentement, elle l'entraîna vers le lit, tout en parlant.

— Mais je suis disposée à attendre encore, poursuivit-elle. Il n'est pas question que je vous autorise à vous fatiguer à nouveau aujourd'hui. Si j'avais su, nous serions restés chez mon frère… Quoique je sois fort heureuse d'être ici, là n'est point la question… En tout cas, c'en est assez.

Il voulut protester, mais elle lui plaqua un doigt sur les lèvres.

— Non ! Ne dites rien. Pas un mot. Je ne vais pas vous abandonner, seul, dans ce lit, ne craignez rien. Pas après tout ça…

Quand elle l'eut installé sur la couche et qu'elle eut tiré les couvertures sur lui, elle alla éteindre les bougies qui brûlaient dans les lanternes, puis revint se glisser auprès de lui sous les draps blancs, s'étendant à moitié sur lui, un bras mollement posé en travers de sa poitrine blessée.

— Voilà, messire. Fergus Melrose est nu dans son grand lit au côté de Nicola Coldyngham, qui ne l'est pas moins, mais il ne va rien tenter ce soir. Cela le punira de ne s'être pas préoccupée d'elle, tant de fois par le passé. De toute façon, il est déjà à moitié endormi. Il ne sait même pas pourquoi elle l'a laissé gagner, tout à l'heure.

— Ah, perfide femme ! murmura-t-il avec un sourire, en la clouant au lit de tout le poids de son corps. Croyez-vous que quelques contusions puissent m'arrêter ?

Et, joignant le geste à la parole, il lança la main à l'aventure sous les draps.

— Des contusions, peut-être pas, admit Nicola, mais mon bon sens le peut certainement. Gardons le meilleur pour demain, Fergus. Ou peut-être après-demain ? Maintenant, endormez-vous entre mes bras, je vais examiner vos blessures de plus près. Il se pourrait que l'une d'entre elles m'ait échappé.

— J'ai envie de vous, Nicola.

— Mais non… Et moi non plus, d'ailleurs. En fait, je ne vous ai jamais désiré, messire mon futur époux. Maintenant, dormez !

Elle se blottit contre lui en le repoussant un peu vers l'autre côté du lit, puis enroula sa jambe autour de celle de Fergus, tandis que de la main, elle lui caressait doucement les cheveux.

Il fallut un moment au corps meurtri de Fergus pour s'apaiser, d'autant que la sensation des doigts de Nicola sur lui ne faisait rien pour calmer son désir, bien au contraire. Il sombra dans le sommeil en songeant qu'en la prenant tout de suite après l'avoir baignée, comme il en avait l'intention, il lui aurait interdit de prendre la mesure de l'ampleur de ses blessures. En fait, il pouvait se réjouir de ce qu'elle l'eût interrompu, car ainsi, elle avait pu reprendre l'initiative.

Il n'y avait pas de plus sûr moyen pour panser les plaies à l'âme de Nicola.

9.

Quand la lueur vacillante d'une chandelle vint la tirer brutalement de son sommeil, Nicola se demanda ce que ses femmes de chambre pouvaient bien lui vouloir en pleine nuit. Elle tourna la tête pour éviter d'être aveuglée par la lumière et lança la main pour saisir le drap dont elle voulait se couvrir, mais toucha le bras de celui qui occupait ses rêves jusqu'à l'irruption intempestive des deux femmes.

— Fergus ? marmonna-t-elle en clignant des yeux.

Il se tenait sur un coude et la regardait fixement, comme si le sommeil ne lui reviendrait plus de sitôt, suivant du bout des doigts le galbe de son épaule, avec l'air hésitant d'un jeune garçon. Nicola ne pouvait pas vraiment déchiffrer son humeur à cause de la lumière trop faible, mais ses yeux semblaient pourtant le trahir un peu.

— Est-ce vous qui avez allumé la chandelle ? demanda-t-elle en réprimant difficilement un bâillement, comprenant soudain qu'ils étaient seuls dans la pièce.

— Oui.

— Mais… pourquoi ?

— Pour vous voir, répondit-il en s'approchant d'elle, assez pour lui prendre le drap et le faire glisser lentement jusqu'à sa taille, et poser sa main sur sa peau nue.

Non, ce n'est pas un rêve…

— C'est tout ? demanda-t-elle, le souffle court, soudain.

Fergus attendit un peu pour lever son visage vers elle.

— Non, ma chérie, ce n'est pas tout. Vous avez dit que nous devrions attendre jusqu'à demain. C'est ce que j'ai fait. Maintenant, il est minuit passé et j'ai envie de vous, Nicola.

Elle voulut protester quand il laissa glisser sa main sur sa hanche, mais lorsqu'elle sentit son pouce se lover sur la chair tendre, au creux de l'aine, sa résistance s'évanouit brusquement, comme une bougie qu'on souffle.

Elle leva la main pour caresser son visage volontaire dont elle connaissait désormais la moindre ligne, effleurant du bout des doigts ses cheveux courts, la fine cicatrice qui barrait son front, ses lèvres ouvertes dont elle connaissait désormais la moindre ligne.

— Eh bien, montrez-moi, alors…, murmura-t-elle. Montrez-moi comment les choses devraient se passer. A votre façon.

Le souvenir de leur étreinte, sur le bateau, lui sembla presque dérisoire en comparaison de ce qui se passa ensuite. Il ne s'agissait pas, lors de cette première fois, de faire l'amour, mais d'être prise à l'instant même pour affirmer sa liberté de choix. A présent, en un contraste saisissant avec cette initiation précipitée, Fergus prenait tout son temps, et d'infinies précautions, la guidant lentement d'une caresse à l'autre, allumant en elle l'incendie pour le calmer aussitôt, la menant au bord du plaisir, jusqu'à ce qu'elle le supplie d'en finir sans délai. Mais il savait la calmer d'un baiser pour aller plus loin et recommencer, encore et encore.

Elle s'offrait à sa bouche experte avec ingénuité, s'arc-boutant sous lui quand il effleurait des lèvres son cou, ses seins frémissants, le creux de son ventre, s'abandonnant aux longues vagues de plaisir qui montaient du fond d'elle-même pour déferler sur son corps. Elle gémissait sous les caresses insensées qu'il lui prodiguait, fouaillant tendrement sa chair au plus intime, et vibrait comme une harpe sous les doigts habiles du musicien. Parfois même, le plaisir lui semblait si intense qu'elle ne pensait pas pouvoir le supporter plus longtemps.

N'y tenant plus, elle se redressa sur le lit, échevelée, les lèvres encore brûlantes de ses baisers.

— Fergus, je vous en supplie ! Je vous veux maintenant, tout de suite… Je ne peux pas attendre une seconde de plus…

L'espace d'un instant, elle crut qu'il allait s'exécuter, car il glissa sa jambe entre ses cuisses et s'allongea sur elle. Mais le bonheur qu'elle éprouva à le sentir enfin peser sur elle fut de courte durée, car il se releva, la couvrant de baisers sur la poitrine, les hanches, s'approchant si lentement du creux de son ventre qu'elle eut le temps de s'en étonner, et de songer que décidément elle savait peu de chose — et pour tout dire presque rien — des jeux de l'amour.

Elle apprenait, cependant, et pouvait déjà mesurer toute la distance qui séparait cette folle nuit de leur étreinte sur le bateau. Et aussi qu'il fallait se laisser guider, s'en remettre à lui… Entièrement.

Penché sur elle, il lui offrait son dos, qu'elle caressa tendrement, subjuguée par le mouvement souple des muscles saillant sous la peau hâlée. Elle le massait avec frénésie, prenant garde de ne pas planter ses ongles dans sa chair malgré l'envie furieuse qu'elle en avait par instants.

— Fergus…, murmura-t-elle en se renversant en arrière pour s'ouvrir à lui. Est-ce que cela va vous faire très mal ?

Il se figea en entendant cette question incongrue, et quand il releva la tête, elle put voir, à la lueur chancelante de la chandelle, un sourire amusé qui flottait sur ses lèvres.

— Pas autant que si je m'arrêtais maintenant, répondit-il. Mais nous prendrons notre temps, qu'en dites-vous ? Il n'y en aura pas que pour moi, cette nuit ! Faisons en sorte que cela dure le plus longtemps possible, et que nous y prenions autant de plaisir l'un que l'autre…

Comme promis, il entra en elle sans forcer le passage, les yeux rivés sur ceux de Nicola, savourant sa surprise et les longs frissons qu'il sentait monter dans les reins de sa bien-aimée, au rythme de son va-et-vient.

Elle cligna des yeux, chavirée de plaisir, incrédule.

— Je ne… n'imaginais pas que cela pouvait être ainsi ! s'étonna-t-elle en soupirant.

— Me laisserez-vous vous montrer le chemin, désormais ? Commencez-vous à avoir confiance ? Qu'en dites-vous ? Est-ce bon, ma chérie ?

— Je vous ai méprisé, Fergus… J'ai voulu vous blesser.

— Je sais, Nicola. Cela n'a fait que renforcer l'envie que j'avais de vous. J'ai voulu vous prendre, vous soumettre et vous faire rentrer dans la gorge vos paroles offensantes, orgueilleuse femme que vous êtes… Comme ceci !

Tout en parlant, il augmentait la cadence, imprimant à chaque coup de boutoir une énergie nouvelle, qui la faisait se mordre les lèvres et prier le ciel pour qu'il n'arrête jamais.

Elle se laissait entièrement faire, se contentant de gémir de plaisir, sans la moindre retenue. Chaque soupir qui s'exhalait de sa bouche sonnait comme un encouragement pour Fergus, qui redoublait d'ardeur. Elle le caressait, explorant sa chair du bout des doigts, pour le serrer l'instant d'après comme si elle avait voulu l'engloutir en elle.

— Faites que cela dure, Fergus… Oh, je vous en supplie ! lança-t-elle, secouant la tête sur l'oreiller sans même s'en rendre compte.

Elle sentait d'une manière confuse que cela ne pouvait durer, justement.

Une nouvelle vague d'excitation sembla monter du plus profond d'elle-même, lui arrachant des larmes et des cris extasiés. Elle planta ses ongles dans le bras de Fergus sans pouvoir se contrôler, comme pour se préparer à essuyer une lame de fond irrésistible.

Fergus répondit d'une nouvelle poussée frénétique, plongeant en elle de plus en plus profondément à mesure qu'il la sentait s'approcher de l'extase. Et quand elle explosa, il poursuivit son assaut sans un instant de répit, la retenant de ses bras puissants quand elle s'arc-boutait sous lui, menaçant de lui échapper.

— Vous êtes mienne, Nicola… Mienne, enfin ! s'écria-t-il dans un souffle.

Son haleine brûlante caressa la nuque de Nicola. Et il poussa un grognement dont elle se demanda, dans un furtif éclair de lucidité, s'il était de contentement ou de douleur.

Eblouie mais brisée, elle revint lentement à elle, le souffle court et l'esprit embrumé, caressant la tête de Fergus, son oreille, sa nuque où perlait une sueur musquée. Jamais elle n'aurait cru éprouver tant de plaisir à respirer l'odeur d'un homme. Mais en avait-elle seulement connu ? Des faibles, des flagorneurs, des menteurs sans esprit, certes, mais pas d'homme de l'envergure de Fergus.

Devait-elle lui avouer son amour maintenant ? Et lui faire confiance de toute son âme, après lui avoir donné son corps ?

La prudence, les souvenirs et quelques lambeaux de peur inapaisée se liguaient pour la retenir ; elle éprouvait encore trop de doutes pour se livrer entièrement.

— Fergus ? murmura-t-elle. Vous sentez-vous bien ? Avez-vous eu très mal ?

Il s'écarta doucement avant de répondre, repoussant les cheveux de Nicola de ses joues encore rouges de bonheur.

— Je me sens mieux que cela ! Vous êtes vraiment la femme de mes rêves, Nicola. Mais c'est moi qui devrais vous poser cette question. Je me suis montré un peu trop fougueux, vers la fin, mais vous n'avez pas fléchi. Quelle vigueur ! On ne vous désarçonne pas facilement, il me semble...

Ces paroles légères la firent rougir davantage.

— Je suis novice en la matière, messire, et j'ai besoin de nouvelles leçons, répliqua-t-elle en caressant la fossette qui creusait le menton de Fergus.

— Vous apprenez vite, déclara-t-il, se reprenant presque aussitôt. La dernière fois que je vous ai dit cela, vous vous êtes mise en colère et avez voulu me chauffer les oreilles. Voulez-vous vraiment que je vous enseigne d'autres choses, et que nous passions notre vie à nous battre à l'épée et à faire l'amour ? M'obéirez-vous toujours ?

— C'est fort peu vraisemblable, je le crains, messire. A moins que je n'y trouve un certain plaisir...

— Je peux trouver le moyen de vous faire apprécier cela, murmura-t-il, une lueur étrange s'allumant dans ses yeux tandis qu'il prononçait ces mots. Il m'est avis que j'en ai déjà découvert un, n'est-ce pas ?

Il y avait du vrai dans ce qu'il disait, même si elle appréciait, plus encore que l'acte physique, le fait d'être le centre de ses pensées et de ses attentions, après avoir été négligée si longtemps.

Mais elle ne parvenait pas à se défaire d'un sentiment de précarité. Tout cela ne pouvait durer, elle le savait. Et puis, leur sens du devoir comptait pour beaucoup dans la situation présente, et ils cherchaient peut-être à se convaincre qu'ils s'aimaient pour accepter d'honorer une promesse faite par d'autres en leur nom. Malgré tout, il fallait s'y résoudre. Elle espérait simplement que ce qu'elle découvrirait en Ecosse répondrait à quelques-unes des questions qu'elle se posait encore et qui lui rongeaient l'âme.

En attendant, elle ne pouvait qu'approuver Fergus quand il affirmait qu'elle trouvait effectivement du plaisir à apprendre l'amour avec lui, de même qu'il tirait le sien de son innocence ingénue et de son avidité à apprendre.

L'aube arriva plus tôt qu'ils n'auraient souhaité.

Maître Coldyngham — c'est-à-dire Raymond, que son frère George appelait ainsi désormais, jugeant qu'après toutes ses années de droit il méritait bien le titre — avait des choses à faire avant d'embarquer pour l'Ecosse avec Nicola et Fergus. Une partie pour lui-même, mais l'essentiel pour son nouvel employeur. La tâche de secrétaire d'un armateur prospère requérait une assiduité de tous les instants, ainsi qu'un solide sens de l'organisation.

Après avoir porté dans la cabine qu'on lui avait assignée son matériel de travail et ses effets personnels, il se rendit dans celle de Fergus pour mettre de l'ordre dans les caisses de documents provenant des entrepôts de Holyrood. Il y avait là des liasses de reçus, de bons d'achat et de traites, des sacs entiers de pièces, des livres de comptes et des lettres à foison. Son travail, durant la traversée, consisterait à mettre de l'ordre dans tout cela. La tâche semblait herculéenne.

Un jeune marin arriva, portant une nouvelle caisse de papiers divers, mais en franchissant la planche qui servait de seuil, il trébucha, lâchant dans sa chute le précieux coffret, dont le contenu vola dans la pièce en tous sens.

— Tonnerre ! jura-t-il entre ses dents, avec un sourire gêné à l'adresse du nouveau secrétaire.

Il essaya de ramasser gauchement les feuillets qui jonchaient le sol autour de lui.

— Pardonnez-moi, sir, reprit-il. Voulez-vous que je rassemble tout cela ?

— Non, laisse, mon garçon, je te remercie, je me débrouillerai, répondit Raymond, conciliant, en contemplant ce spectacle chaotique.

Pour ses débuts, les choses auraient pu mieux se dérouler.

Il ne lui restait plus que quelques documents à ranger lorsqu'un feuillet étrangement plié attira son attention. Une inscription s'y trouvait, dont l'écriture lui sembla vaguement familière.

— Père ? murmura-t-il comme s'il s'adressait à ce dernier. Que faites-vous ici ?

Le document était plié en quatre, dûment scellé à la cire rouge, celle-ci portant le sceau de son père, qu'il aurait reconnu entre mille, et adressé au baron Findlay Melrose, Holyrood Wharf, Londres.

Personne ne le vit relire deux fois cette lettre qui ne lui était pas destinée et ne le concernait en rien. Il la fixa pendant un long moment avant d'en faire rapidement une copie sur une feuille de son propre papier ; après quoi il la replaça, soigneusement repliée, dans la pile de lettres qu'il venait de classer, et poursuivit sa tâche en s'efforçant autant qu'il pouvait de se concentrer. Quand il eut terminé son travail, fatigué mais satisfait, il loua les services d'un batelier pour retourner à

River House, où sa sœur et son employeur s'apprêtaient à célébrer leurs fiançailles.

Il eut tout le voyage de retour pour se demander ce que Nicola savait du contenu de cette fameuse lettre, et s'il s'agissait de la mystérieuse affaire à laquelle il l'avait entendue faire allusion. Dans le cas contraire, il restait à déterminer s'il convenait d'aborder le sujet avec elle.

Pourquoi lord Coldyngham exprimait-il sa gratitude à lord Melrose, dans cette missive ?

Il semblait clair qu'il n'obtiendrait aucune réponse à toutes ces questions sans s'ouvrir de sa découverte à Nicola, et donc sans lui en révéler le contenu. Mais cela impliquait le risque que Fergus trouve singulier qu'il ait profité de sa position de secrétaire pour se montrer indiscret, et qu'il le congédie avant même qu'il ait réellement commencé à travailler pour lui.

Cruel dilemme…

Il ne pouvait s'empêcher de tâter dans sa poche le feuillet soigneusement recopié, qu'il considérait comme la preuve accablante de sa trahison… Il se rassurait en pensant qu'à la réflexion, son futur beau-frère ne devait pas avoir eu connaissance de l'original, sans quoi il l'aurait presque certainement serré dans un coffre fermé à clé.

La cérémonie informelle voulue par les jeunes mariés eut lieu, vu le temps limité qu'il leur restait avant d'entreprendre leur voyage, dans le jardin de River House, tout près du lieu de leur premier baiser, même si personne hormis eux-mêmes ne connaissait ce détail piquant. Mais Fergus ne manqua pas de faire quelques commentaires à l'oreille de celle qu'il pouvait désormais appeler sa fiancée.

Comme loyal sujet du roi d'Ecosse, il devait pour se marier

— surtout avec une Anglaise — attendre que son souverain lui en donne l'autorisation. Il comptait bien l'obtenir à Whitborn, où ils rencontreraient le cortège royal en chemin pour Melrose.

Nicola portait pour l'occasion une robe de soie d'un rose très pâle aux manches de tulle de soie blanche, ornée sur l'encolure d'un motif en brocart d'argent, ainsi que sur l'ourlet d'une bande de fourrure de renard argenté qui se poursuivait sur sa traîne. Par-dessus ses cheveux tressés en arrière, elle arborait fièrement une coiffe à la mode flamande, faite de plusieurs voiles vaporeux assemblés et assujettis à sa chevelure par des peignes de nacre.

Les hommes présents firent des commentaires bien sentis sur la futilité des femmes, reconnaissant cependant que l'ensemble avait du charme. Fergus fit mine de croire qu'une mouette enragée l'attaquait, mais Nicola lui pardonna volontiers cette incartade quand il l'assura qu'il la trouvait plus belle que jamais, et qu'il ne regrettait en rien d'avoir à toute force cherché à la conquérir.

Aucun des amis de Nicola n'assistait à la cérémonie, et pour cause. Outre qu'elle tenait à une cérémonie discrète, elle jugeait honteux qu'aucun d'eux n'ait songé à lui adresser ses regrets pour la perte de sa demeure. Elle pouvait vivre le reste de ses jours sans ce genre de compagnie. Après tout, l'amitié impliquait qu'on fût présent aussi les jours de pluie et de tristesse.

N'étaient présents, finalement, que sa famille proche et, du côté de Fergus, le chapelain de celui-ci, le capitaine de la caraque et des serviteurs depuis longtemps attachés à son service. Mais de tous, ce furent les deux enfants de George et Lotti qu'on remarqua le plus.

Ainsi qu'un petit lapin blanc aux yeux rouges portant un ruban bleu autour du cou.

La cérémonie fut simple et brève. Les fiancés échangèrent leurs vœux et les anneaux, après avoir promis de se marier en bonne et due forme dans un futur proche. Après quoi ils s'embrassèrent sous les applaudissements ravis de l'assistance. Les frères de Nicola se livrèrent à quelques espiègleries, ce à quoi on pouvait légitimement s'attendre en de telles circonstances.

Ensuite, on passa aux choses sérieuses, si l'on peut dire, en signant les documents relatifs à la dot de la future mariée et aux divers agréments convenus entre les deux parties. Comme ils possédaient tous deux une fortune personnelle, les choses furent finalement assez simples, ce que Fergus confirma en déclarant que Nicola lui avait coûté plus d'efforts que d'argent.

Toute l'assistance savoura ce trait, mais l'essentiel des commentaires porta sur le revirement étonnant de la jeune mariée, qui ne cachait pas, à peine dix jours plus tôt, sa détestation de l'homme auquel elle venait de promettre sa main. Tous voulaient savoir comment il pouvait l'avoir si rapidement convaincue.

George lui-même y alla de sa question reflétant l'avis général :

— Qu'a-t-il pu lui arriver pour qu'elle soit à nouveau amoureuse de lui, comme autrefois ?

— Nous ne le saurons peut-être jamais, mon ami, même si nous pouvons le deviner, répondit lady Charlotte. Mais nous pouvons être sûrs qu'elle l'aime. C'est la seule chose qui doive nous importer.

— Il faudra que je lui parle en particulier avant son départ, insista George.

— Je pense, répliqua Lotti en lui prenant le bras, qu'il vaudrait mieux ne rien dire pour le moment. Vous avez fait tout ce qu'un frère aîné est supposé faire, et il convient à présent de les laisser résoudre seuls les problèmes qui subsistent entre eux. Raymond sera sur le bateau, ne l'oubliez pas. Il pourra vous prévenir, s'il advient quelque chose dont vous devez être informé. Ne faites pas cette tête-là, mon ami. Il est bien trop tôt pour que Nicola puisse vous expliquer ce qu'elle ressent.

— Que dois-je faire, alors ?

— Dites-lui simplement que vous l'aimez et qu'elle peut compter sur votre soutien.

— Voulez-vous dire… au cas où les choses tourneraient mal ?

— Il n'est pas question de cela. Pourquoi voulez-vous qu'ils se disputent ?

George se passa le pouce sur les lèvres, perplexe. Le souvenir de la première rencontre des tourtereaux, après douze ans d'absence, lui revenait en mémoire.

— Fergus a juré qu'il n'abandonnerait pas la partie, malgré l'attitude insolente de Nicola. Il faut avouer qu'il a fait preuve d'une détermination étonnante. Beaucoup auraient renoncé dès le premier jour. A présent, il faut songer aux funérailles de demain. Allons… Peut-être, la semaine prochaine, pourrons-nous enfin nous remettre au travail !

Après les félicitations, le festin, l'offrande des cadeaux aux fiancés et les inévitables libations, Fergus emporta sa promise jusqu'à Holyrood, dans une barque surmontée d'un dais magnifique de toile blanche festonnée de rubans de brocart bleu.

Plutôt que de risquer d'affronter le mascaret dangereux qui se formait sous le pont de Londres, ils décidèrent de marcher jusqu'après celui-ci, pendant que quelques serviteurs se chargeaient de haler le bateau, car le roi de la fête ne voulait à aucun prix mettre en danger sa précieuse cargaison. Une fois encore, Nicola ne put s'empêcher de comparer le nouveau Fergus à celui d'autrefois, qui aurait sans doute pris tous les risques, en de telles circonstances, pour prouver l'excellence des marins qu'il employait et son mépris du danger.

Elle fit tourner l'anneau d'or qui brillait à son doigt, admirant d'un œil furtif le superbe travail de l'artisan : on y voyait gravées deux mains enlacées aux poignets sertis de minuscules diamants, ce qui constituait le symbole parfait d'une alliance de raison.

Autrement dit, un contrat.

Certaine qu'il aurait deviné à présent la nature des sentiments qu'elle éprouvait pour lui, elle évitait néanmoins, depuis le matin, de faire la moindre mention de leur amour, malgré toutes les occasions qu'il s'ingéniait à lui fournir. Il restait en effet un dernier obstacle à franchir avant qu'elle puisse lui donner pleinement son cœur après lui avoir offert son corps.

Nicola souriait béatement pour une raison qui n'avait rien à voir avec son futur mariage, ayant remarqué l'intérêt naissant entre ses deux femmes de chambre d'une part, Marguerite et Romarine — qu'elle connaissait depuis si longtemps qu'elle les considérait presque comme des sœurs —, Raymond et le capitaine de la caraque d'autre part. Elle les avait vus en grande conversation à plusieurs reprises, quand ils ne s'éloignaient pas ostensiblement pour aller admirer le jardin ou la perspective magnifique qu'on avait du fleuve.

Elle se réjouissait de voir Romarine couver de ses yeux Ben Munro, le capitaine, un marin avisé qui, même s'il n'était plus tout jeune, possédait la vitalité et la vivacité d'esprit d'un homme ayant parcouru le monde et vécu plusieurs vies.

L'attirance qu'ils éprouvaient l'un pour l'autre ne pouvait échapper à personne.

Tout comme, en fait, celle qui liait Raymond et Marguerite. Nicola se doutait un peu, à Bishopsgate, déjà, que les yeux bleus et la fragilité apparente de la soubrette ne laissaient pas indifférent le timide Raymond, de même que sa silhouette mince et sa mise modeste. Quoiqu'elle ne fût point noble de naissance, elle possédait un charme qui compensait largement ce défaut, d'autant que les Coldyngham pouvaient allègrement oublier ce détail, l'un de leurs ancêtres ayant combattu à Hastings. Raymond était noble pour deux. Outre cela, Marguerite n'aimait rien tant que s'occuper dans la maison, en quoi elle comblerait les vœux du cadet des Coldyngham, qui détestait les corvées du quotidien.

La soirée qu'ils passèrent à Holyrood fut proprement inoubliable, non seulement parce qu'ils avaient le cœur rempli du souvenir des heures passées à rire et à danser en compagnie de leurs famille et amis — ce qui les changeait un peu du chaos des jours précédents —, mais aussi parce que l'attitude de Fergus confirmait Nicola dans son espoir de le voir continuer à l'aimer et à la désirer.

Tout le long du jour, il s'était montré merveilleusement attentif à ses moindres désirs, lui tenant la main aussi souvent qu'il pouvait et la protégeant même, à l'occasion, de la grossièreté de certains, particulièrement de Daniel, le plus jeune frère de Nicola, à qui le vin du Rhin ne réussissait pas, surtout quand il en buvait des quantités aussi impressionnantes.

— Je sens que je vais beaucoup aimer ces aspects de votre personnalité que je ne connaissais pas encore, et que je découvre jour après jour, fit-elle remarquer. En est-il encore que vous me cachez, messire mon époux ?

— Oui, ma chérie, beaucoup ! répondit-il en lui donnant

un baiser. Fermez les yeux et je vous en montrerai de nouveaux.

Nicola obtempéra sans se faire prier, et Fergus tint sa promesse.

Du fait de l'assistance qu'on attendait nombreuse, les funérailles de sœur Sophie devaient avoir lieu à midi. Ils se rendirent à Bishopsgate sans hâte particulière, d'autant que la perspective de revoir les ruines de la maison de Nicola rendait la chose plus triste encore. Il ne restait rien de la fière charpente qu'un amas de poutres noircies qu'on s'apprêtait à charger sur des charrettes, et des gravats en attente d'être aplanis. Comme par miracle, quelques rosiers grimpaient encore, fantomatiques, sur le mur du couvent, leurs fleurs blanches se détachant en un contraste saisissant sur la pierre couverte de suie.

La porte mitoyenne autrefois perdue sous le feuillage pendait misérablement sur le seul gond qui subsistait dans l'embrasure éventrée, offrant aux regards le passage jadis dissimulé. Pour rien au monde Nicola n'aurait accepté de révéler le drame secret qu'il avait abrité.

Comme prévu, l'office fut suivi par une assistance nombreuse. Tous ceux qui connaissaient la prieure semblaient s'être donné rendez-vous dans la petite église de Sainte-Hélène, que personne ne se rappelait avoir vue aussi pleine. Les retardataires durent même, pour certains, se contenter de suivre la messe depuis le cimetière attenant, le vicaire ayant opportunément ouvert les portes pour que tous puissent rendre un dernier hommage à la défunte.

On guida les Coldyngham jusqu'à une rangée de prie-Dieu, tout en haut de la nef, devant le catafalque installé au centre du chœur. Nicola regarda le modeste cercueil dans lequel reposait son amie, en songeant, les larmes aux yeux, à la douleur de cette femme admirable dont elle détenait à présent le terrible secret.

Cette partie de sa vie, que la semaine passée semblait avoir reléguée au second plan pour un temps, reprenait peu à peu toute sa place dans son cœur, et avec elle, sa résolution de tenir la promesse faite à sœur Sophie.

Nicola ne pouvait s'empêcher de penser à la tragique ironie de leur dernière conversation. Sachant sa fin prochaine, la religieuse lui avait confié le fardeau qui oppressait son cœur depuis tant d'années, sans savoir que l'incendie viendrait l'arracher à la vie plus tôt qu'elle ne le prévoyait.

Après la messe, sœur Agnès, la religieuse qui s'occupait des rosiers, vint murmurer à l'oreille de Nicola un message furtif, tandis que la communauté des nonnes s'assemblait au milieu de la nef pour suivre le cercueil jusqu'au carré de terre où devait avoir lieu l'enterrement, à l'abri du monde extérieur, comme le voulait la tradition.

— Sœur Claire demande, murmura la religieuse en gardant les yeux baissés, que vous veniez converser avec elle un moment, lorsque nous aurons porté notre sœur en terre.

— Bien sûr, répondit Nicola. Où cela ?

— Dans la cellule de sœur Sophie, répondit la nonne en se tassant sur elle-même devant le sourcil froncé d'un prêtre qui semblait lui reprocher de parler en un pareil moment.

— Seule ?

— Oh oui, milady ! insista sœur Agnès, avant de saluer Nicola et de reprendre sa place dans la procession.

Nicola demanda à Fergus de l'excuser un moment et s'en fut à travers le cloître noirci par la fumée, jusqu'à l'annexe du couvent où se trouvait la cellule de la prieure. Le lit qui en tenait le centre était couvert d'un drap si blanc qu'on l'aurait pris pour une dalle de marbre.

Sœur Claire l'attendait, les yeux rougis d'avoir pleuré, serrant dans ses mains un livre de prières à la reliure de cuir fauve.

— Ceci appartenait à notre chère sœur, annonça la religieuse en tapotant le missel. J'ai dû ranger ses effets personnels, mais comme nous ne sommes pas supposées en posséder, cela ne m'a pas pris très longtemps. Merci d'être venue, milady. Je ne veux pas vous retenir longtemps.

Elle semblait infiniment triste, et parlait d'une voix si évidemment avide de consolation que lorsque Nicola lui tendit les bras, elle vint s'y blottir comme une enfant, s'agrippant à elle en tremblant, cherchant désespérément à se réchauffer à son contact.

— La fumée est entrée jusqu'ici, murmura-t-elle, les larmes embuant son regard. Quand je suis arrivée, cette nuit-là, la jeune novice toussait à fendre l'âme et sœur Sophie étouffait. Je m'étais endormie, voyez-vous, et le vent soufflait de ce côté. Je n'ai pas pu la porter seule. Il a fallu que j'aille chercher du secours… et…

— Il devait être déjà trop tard, ma sœur. Il n'y avait sans doute plus rien à faire.

— Elle n'a même pas eu le temps de recevoir l'absolution, milady ! Vous rendez-vous compte ?

— Elle l'aura sûrement reçue plus tôt, rassurez-vous, répondit Nicola. Elle savait sa fin proche…

La religieuse s'écarta doucement puis fouilla dans le livre de prières, dont elle tira un petit paquet plat rangé entre deux pages.

— J'ai trouvé ceci, expliqua-t-elle en le tendant à Nicola. Cela semble vous être adressé. Voyez… « Coldyngham » milady. C'est bien votre nom, n'est-ce pas ? Elle devait vouloir que cela vous revienne.

La chose n'était pas plus grande qu'un demi-feuillet et semblait éminemment fragile à force d'avoir été ouverte puis refermée. Nicola la prit entre ses doigts avant de s'asseoir sur un tabouret puis l'ouvrit sur son genou, impatiente et inquiète à la fois de savoir ce que pouvait contenir ce mystérieux billet.

Elle eut le souffle coupé à la vue de la boucle de cheveux qu'elle découvrit au milieu de la feuille de parchemin, à peine assez longue, en fait, pour qu'elle puisse l'enrouler autour de son doigt comme un anneau de cuivre rouge. Elle n'avait pas le souvenir d'avoir jamais vu rien de plus fin, pas même la plus belle des soies. Cela ne pouvait provenir que de la chevelure d'un enfant.

A l'intérieur du feuillet se trouvait une date :

14 Février 1460.

Nicola retrouva sa respiration comme si elle émergeait brutalement d'un rêve.

Cela ne pouvait appartenir qu'à sa demi-sœur, née un jour de Saint-Valentin, tout comme elle. Des amours de son père et d'une religieuse ! Il faudrait montrer cela à la mère de Fergus et lui demander où elle se trouvait. Exiger qu'elle réponde, peut-être… Il fallait à tout prix la retrouver.

Elle glissa le précieux souvenir dans le feuillet et le rangea dans une poche qui pendait à sa ceinture.

— Connaissiez-vous l'existence de… de cette…? s'enquit-elle auprès de sœur Claire, incapable de prononcer les mots qui auraient révélé le secret.

— Oui, deux autres sœurs et moi, répondit la nonne, sans préciser ce qu'elles comprenaient toutes deux à demi-mot. Le prêtre qui savait, lui aussi, est parti depuis un moment. Sœur

Sophie était une prieure exceptionnelle. Elle comprenait la faiblesse humaine.

Nicola emporta cette épitaphe dans son cœur en quittant le couvent, rejoignant au-dehors son mari, ses frères et un groupe de parents dont les filles suivaient les cours au prieuré. George les connaissait pour la plupart, et Fergus également, car il s'agissait de marchands désireux de donner à leurs filles l'éducation qui ferait d'elles de bonnes épouses et de loyales sujettes.

— Ah ! Voici Nicola ! s'exclama Fergus en voyant approcher sa fiancée. Mais qu'avez-vous, ma chérie ? Vous voilà bien pâle, tout à coup…

— Non, rassurez-vous. Ce n'est rien. Je me suis simplement rendue dans la cellule de ma défunte amie. Cela m'a émue. Pensez, mon père aurait pu m'envoyer ici pour recevoir l'enseignement des sœurs.

— Et en ce cas, jamais nous ne nous serions rencontrés, n'est-ce pas ?

Plus tard, Nicola et George eurent l'occasion d'informer la nouvelle prieure de leur intention de rebâtir la maison et d'en faire don au prieuré en mémoire de leur père. Ils savaient tous deux qu'en réalité, ils voulaient réparer les dommages causés au couvent par l'incendie de la demeure de Nicola, dont cette dernière se sentait somme toute un peu responsable.

Ravies, éperdues de gratitude, les nonnes visitèrent l'espace calciné où se dressait jadis le logis de Nicola en poussant des cris de joie, les unes évoquant les difficultés liées au déblaiement des décombres, les autres dessinant déjà en esprit les plans de la future annexe — une de plus —, imaginant les améliorations qu'il faudrait apporter à la conception du projet pour leur rendre la vie plus facile et plus confortable. Nicola, de son côté, ne pouvait s'ôter de l'esprit l'image de son père traversant furtivement le jardin pour s'en aller rejoindre sa bien-aimée, de l'autre côté de la petite porte aujourd'hui fracassée.

Elle comprenait mieux, à présent, par quelles affres le pauvre homme avait dû passer.

— Assure-toi de conserver ce passage dans les plans que tu demanderas à l'architecte, conseilla-t-elle à George, en passant du cloître au jardin. Le mur est encore solide, n'est-ce pas ?

— Oh oui, bien sûr, répondit son frère. Nous referons l'huis à l'identique. C'est très pratique, et entre nous soit dit, je ne serais pas surpris d'apprendre que notre père l'utilisait parfois.

Nicola sentit un frisson passer sur sa nuque. Elle lança à son frère un regard interloqué, surprise de l'entendre faire une remarque qui lui ressemblait si peu. Se moquait-il, ou bien les fiançailles de sa sœur lui inspiraient-elles des idées licencieuses ?

— Que veux-tu dire ? s'enquit-elle, l'air de rien. Pourquoi l'aurait-il utilisée ?

— Pour rendre visite à quelqu'un, de l'autre côté, pardi ! laissa tomber George. Quand j'étais jeune, je dressais l'oreille chaque fois que j'entendais parler de… certaines choses. J'en ai entendu d'intéressantes…

— Lesquelles ? insista Nicola, abasourdie par cet aveu inattendu. Et de la bouche de qui, je te prie ?

— Oh… De nos cousins, qui les tenaient de la sœur de notre père, qui les tenait de Dieu sait qui. Tu sais comment se passe ce genre de choses… Apparemment, père aurait manifesté plus que de l'intérêt pour une de ses cousines, que l'on aurait envoyée très vite dans un couvent pour mettre un terme à leurs relations avant qu'il ne soit trop tard. Et le lieu de cette retraite, à ton avis ? Sainte-Hélène, justement ! Je n'ai aucune preuve bien sûr… Mais si tout ça est vrai, quel meilleur moyen de rencontrer secrètement celle qu'il aimait que d'acheter une maison attenante au cloître où elle passait ses journées, avec une porte dans le mur qui séparait les deux bâtiments ? Bien sûr, cela viole toutes les règles, mais ce genre de choses arrive plus souvent qu'on ne croit. Après tout, notre père passait beaucoup de temps à Londres, n'est-ce pas ? Tu t'en souviens sûrement…

— Je ne m'en souviens que trop, répondit Nicola, à qui revenaient les paroles de sœur Sophie évoquant son coup de foudre en rencontrant lord Coldyngham. Sont-ils tombés amoureux l'un de l'autre avant ou après le décès de notre mère ?

— Oh, ce devait être bien avant qu'il ne soit marié… Mais tu sais ce que c'est, quand on aime. La flamme peut brûler indéfiniment, n'est-ce pas ? Cette fameuse cousine, si tant est qu'elle ait vraiment existé, devait être très jeune en entrant au couvent. Les parents ne plaisantaient pas avec l'honneur des filles, en ce temps-là, ni avec celui de la famille. Dieu merci, les nôtres se sont montrés plus conciliants !

— Il faut dire que nous ne les voyions pas souvent, fit remarquer Nicola avec amertume. Ainsi, cette jeune personne se trouvait être une cousine de notre père ? Je suppose qu'on n'a pas voulu les marier à cause de cela, justement… Qu'en penses-tu ?

— Je suis comme toi, ma sœur : j'en suis réduit aux conjectures. C'est sûrement ça, à moins qu'elle n'ait préféré vivre cloîtrée plutôt qu'avec l'homme qu'elle aimait, ce qui semble peu vraisemblable. De toute façon, il ne s'agit que de rumeurs, et je t'avoue que je n'y ai jamais vraiment cru. On brode souvent beaucoup sur ce genre d'histoire, et il ne s'est peut-être agi, après tout, que d'une amourette d'enfance et d'une coïncidence sur lesquelles on s'est amusé à bâtir une légende. C'est simplement de voir cette porte dans le mur qui m'a rappelé tout ça et m'a fait penser qu'il pourrait y avoir un peu de vrai dans ce qu'on raconte. Nous ne le saurons jamais, bien sûr… Allons, ma chère sœur, il faut rentrer.

Une cousine qu'il ne pouvait épouser ? Une cousine avec laquelle il avait eu un enfant malgré tout… Etait-ce du courage, ou simplement de la légèreté ?

Quand ils arrivèrent à Holyrood, la question restait entière.

L'idée lui traversait l'esprit régulièrement depuis l'aveu de sœur Sophie : elle aurait dû, tout simplement, demander à Fergus ce qu'il savait de l'adoption par ses parents d'une jeune fille, comme l'aurait fait n'importe quelle personne sensée. Il s'en fallait de peu qu'elle ne l'ait fait, à plusieurs reprises, et elle manqua une nouvelle fois de succomber à sa curiosité juste avant le départ. Mais elle hésitait à jeter le trouble dans leur entente toute neuve. Sans compter qu'il y avait tant à faire, pour les préparatifs du voyage, qu'elle n'avait pas le temps de discuter de ces choses. Entre les achats de dernière minute et les malles à remplir, elle avait du travail pour deux. Il lui faudrait attendre un moment plus propice pour aborder le sujet. La traversée sur le bateau leur en fournirait inévitablement l'occasion.

Les blessures de Fergus semblaient s'améliorer avec le traitement qu'elle leur appliquait, même si elle s'y prenait d'une manière fort intime — et bien peu académique ! — qui aurait fait se dresser les cheveux sur la tête de n'importe quel membre de la Faculté. Un médecin aurait jugé dangereux que le blessé fasse autant d'efforts, et n'aurait pas vu dans ces ébats la garantie d'un prompt rétablissement.

Elle essaya bien, cette nuit-là, de l'inciter à se reposer davantage, allant même jusqu'à le menacer de le laisser dormir seul s'il s'y refusait, mais Fergus avait du repos une conception particulière.

— Vous lasseriez-vous déjà de moi, ma chère amie ? protesta-t-il en la serrant dans ses bras. Est-ce cela que vous cherchez à me dire ?

— Je suis fort tentée de le faire, en effet, répliqua-t-elle. Ne serait-ce que pour vous forcer à vous tenir tranquille…

— Donc, vous n'êtes pas encore lasse de votre fiancé ?

— Pas du tout. Je vous ai toujours désiré, Fergus. Vous le savez bien.

— Est-ce bien vrai, ma douce amie ? insista-t-il en se pressant contre elle. Avez-vous toujours eu envie de moi, même lorsque…

— Oui, mon amour, répondit-elle, émue de sentir sa peau brûlante contre ses seins. Même à ces moments-là. Mais Dieu merci, vous avez changé, depuis.

— C'est vrai. Pardonnez-moi. J'avais mes raisons pour agir ainsi, mais peut-être n'est-ce pas le moment de parler de tout cela.

— Je sais. Nous pourrons le faire pendant les jours qui viennent. A présent, dormez. Nous devons être debout à l'aube pour profiter de la marée.

— J'accepte, mais uniquement pour vous plaire, répliqua Fergus en s'abandonnant contre l'oreiller, non sans laisser sa main folâtrer un instant sur la cuisse soyeuse de Nicola. Vous êtes à moi, mon amour. Je vous ai conquise. Je suis l'homme le plus fort du monde !

Elle le regarda tendrement, amusée par ces enfantillages, et lui embrassa le menton avant de se blottir contre lui en pensant au voyage qui s'annonçait.

La famille Coldyngham se leva tôt, le lendemain matin, pour regarder passer le bateau de Fergus emportant les fiancés vers l'estuaire de la Tamise, puis la mer du Nord. De là, ils gagneraient la Manche, puis la mer d'Irlande, cap sur la côte occidentale de l'Ecosse. Comptant sur les vents d'ouest, le capitaine Munro prévoyait un voyage de quatre à cinq jours.

La peur exprimée par Charlotte que sa belle-sœur éprouve le mal de mer ne semblait pas confirmée, et la décision de Fergus de ne pas prendre à bord Melrose le lapin — la présence d'un tel rongeur sur un navire était contraire à toutes les règles de la marine — avait trouvé une conclusion heureuse : Roberta et Louis, les enfants de George et Lotti, se chargeraient de l'animal jusqu'au retour de leur tante ; après quoi ils juraient, croix de bois, croix de fer, de le rendre à celle-ci sans pleurnicher.

Une fois en mer, Romarine et Marguerite coururent se réfugier dans leur chambre, abandonnant leur maîtresse, son époux et Raymond sur le gaillard d'arrière. La proue du navire soulevait des embruns chaque fois qu'elle plongeait dans les flots noirs, se relevant l'instant d'après en projetant des gerbes d'écume qui scintillaient dans la lumière du soleil.

Fascinée de voir la terre disparaître lentement, à mesure qu'ils s'éloignaient de la côte de l'Essex et du Kent pour suivre les courants propices, Nicola regardait avec des yeux éperdus d'admiration son époux diriger la manœuvre pendant que le capitaine prenait du repos. Il semblait vraiment n'y avoir aucune activité où il n'excellait pas.

L'équipage lançait à l'épouse de l'armateur du navire des regards en coin, approuvant le choix de celui-ci et cherchant à s'attirer un sourire de la belle ; les uns et les autres se montraient aussi polis et respectueux que possible malgré leurs manières frustres. Le mousse, un garçon d'à peine quinze ans, semblait transi depuis le premier regard, tout comme le cuisinier, ce qui amusait beaucoup Fergus.

Raymond décida d'aller travailler dans sa chambre, mais Nicola, quant à elle, préféra rester sur le pont pendant la plus grande partie de la journée, s'émerveillant de voir pour la première fois de sa vie les côtes de l'Angleterre depuis l'océan. Tout lui paraissait magnifique : l'immensité du ciel et de la mer, le ballet des oiseaux devant l'horizon infini, ainsi que l'habileté des hommes qui montaient dans les huniers à une hauteur vertigineuse.

Fergus n'était jamais loin, bien sûr.

Le soir venu, ils jetèrent l'ancre dans le port d'un petit village de pêcheurs de l'île de Wight. Le bateau se balançait doucement sur la houle légère venant du large et, au milieu des craquements sonores des mâts et des cordages, et du clapotis de l'eau contre la coque, Nicola pensa que sa mission touchait bientôt à sa fin et qu'elle allait connaître la vérité sur cette mystérieuse affaire. Après quoi elle pourrait enfin consacrer toute son énergie à bâtir un avenir radieux en compagnie de Fergus Melrose.

En songeant à leur première étreinte, dans cette même cabine, aussi frénétique que précipitée, elle se prit à penser que son insistance à prendre elle-même les décisions susceptibles d'affecter sa vie n'avait pas toujours été une grande réussite. En témoignaient l'échec patent de ses rêves d'indépendance, et le fait qu'elle se retrouvait fiancée, elle qui à peine quinze jours plus tôt jurait ses grands dieux de ne pas convoler de sitôt.

Elle mettait cette obstination sur le compte de certains événements de sa vie auxquels elle devait de ne pas faire confiance aux hommes, et de se croire capable de se débrouiller sans eux. Pour la première fois de sa vie, elle avait le sentiment — mais pas encore la certitude — d'avoir découvert celui qui pourrait lui donner envie de se persuader du contraire.

Tournée vers lui dans leur couche étroite, elle chercha de la main le visage de Fergus, suivant des doigts les contours de ses lèvres, de son menton, s'étonnant encore qu'il accepte de telles caresses. Non seulement il les accueillit avec joie, mais il l'attira tout contre lui.

— Nicola ! murmura-t-il en lui donnant un baiser.

— Oui, Fergus ?

— J'ai envie de vous.

— Encore ?

— Oui ! Encore et encore.

A chaque fois, ils faisaient l'amour d'une façon différente. Il lui enseignait la façon de différer l'extase en faisant durer chaque étape aussi longtemps que possible. Leurs étreintes passaient par des moments de frénésie pure et de calme voluptueux, comme la mer monte et se retire sans cesser de lancer ses rouleaux à l'assaut de la grève. Ils parlaient, riaient, savouraient le calme et le silence avant de se jeter à nouveau l'un vers l'autre pour étancher leur faim inextinguible. Par moments, ils restaient immobiles, comme sidérés par la passion qu'ils se vouaient l'un à l'autre, submergés d'émotions, ne se parlant plus que par gestes.

Elle se sentait si accordée à lui, si attentive, qu'il suffisait qu'il la guide là où il voulait aller pour qu'elle le suive sans la moindre résistance, anticipant même ses désirs avec une spontanéité qui le laissait pantois. Au lieu de trouver ses silences inquiétants comme autrefois, elle trouvait excitant d'être à la merci de son plaisir, et de ne pouvoir y répondre qu'en imaginant ce qu'il voulait d'elle.

Pour l'heure, elle improvisait, feignant de le repousser comme si elle se refusait à lui, le mordillant doucement au bras et battant des pieds et des mains.

Quand elle sentit le souffle brûlant de son rire sur sa nuque, elle lui sut gré d'avoir deviné son manège et de se prendre au jeu.

Mais il avait la chance, en quelque sorte, d'être blessé, si bien qu'elle rendit les armes au lieu de chercher à le terrasser.

— Vous ne gagnerez pas toujours, Fergus Melrose, dit-elle, hors d'haleine. Je n'aurai pas pitié de vous longtemps encore. Vous feriez bien d'être sur vos gardes.

— Ah… Voilà bien ma farouche Nicola ! Vous pouvez me combattre tant qu'il vous plaira, désormais, et je ne devrai vous vaincre que lorsque vous l'aurez décidé, c'est bien cela ? Quelle harpie vous faites, Nicola Coldyngham ! Mais n'ayez crainte… Je saurai vous mater !

— Est-ce là le mieux que vous puissiez faire, messire ?

— Il faudra vous en contenter pour l'instant. Nous avons beaucoup de temps devant nous, et je connais un moyen efficace de vous calmer. Tenez-vous tranquille.

— Nenni, messire. Je ne me calmerai pas et ne veux pas être tranquille.

— Je crois bien que si ! murmura-t-il en étouffant de sa bouche la réponse sur les lèvres de Nicola.

Impitoyablement, en moins de temps qu'il ne l'aurait cru possible, ses mains la soumirent par des caresses affolantes, lui faisant abandonner toute résistance en l'espace d'un instant, l'ouvrant à lui comme si elle n'attendait que cela depuis le début. Elle l'accueillit en vainqueur, lançant ses bras autour de son cou avec un petit cri extasié.

En tant que secrétaire de sir Fergus, Raymond Coldyngham se faisait un point d'honneur d'être vu vaquant à son travail, refusant absolument de prendre prétexte de sa parenté avec son employeur pour se montrer peu assidu.

Il avait beaucoup à faire et se félicitait d'avoir suivi des études de droit, car une grande partie de ce qu'on attendait de lui — et également de ce qu'on n'attendait pas — faisait appel à ses compétences acquises à Gray's Inn. Cela dispenserait Fergus d'avoir à rétribuer les services d'un avocat.

Les deux hommes étudièrent ensemble quelques affaires restées en suspens pendant l'absence de Fergus, et que Raymond résolut avec une célérité étonnante. Nicola le rejoignit dans sa chambre pour lui faire part expressément des remarques louangeuses que Fergus faisait à son sujet.

Son bureau était presque entièrement recouvert de documents divers, ainsi que le reste de la pièce, si bien qu'en entrant chez lui, on ne repérait pas immédiatement l'emplacement du lit.

— Il doit être là, sous ces grands cahiers, déclara Raymond en faisant un geste vague de la main, penché sur les papiers amassés devant lui. Eh bien, milady Melrose ou presque ! lança-t-il en souriant, après avoir biffé d'un trait de plume une colonne sur un livre de comptes. Tu as l'air plus heureuse chaque jour, Nicola. Je suppose que tout se passe selon tes plans ?

— Je n'en ai pas, Raymond, tu le sais bien ! protesta la jeune femme.

— Pas de ta part, certes, admit-il. Mais tu pensais que Fergus ne faisait que remplir ses obligations filiales, par devoir. Il semble qu'il y ait plus que cela dans votre affaire. Tu l'admets toi-même.

— Et tu t'en régales, visiblement.

— Exact. Mais toi, tu ne commences pas à éprouver quelques certitudes ?

— Absolument.

— A la bonne heure ! Mais...? Car il y a un mais, n'est-ce pas ?

Nicola prit une pile de dossiers et la tendit à Raymond pour se faire de la place, après quoi elle s'assit sur le lit en prenant soin d'étaler sa robe de velours vert autour d'elle. Il était temps de parler franchement et de lui faire part de ce qu'elle savait. Si elle ne pouvait faire confiance à Raymond, elle ne pouvait se fier à personne.

— Tu te souviens de ce que je t'ai dit à propos d'une autre raison qui m'a fait accepter Fergus ? commença-t-elle de but en blanc.

— Et qui avait à voir avec notre père, d'après ce que tu disais ?

— En effet. Il s'agit d'une chose que j'ai découverte, concernant la promesse faite au père de Fergus.

— Récemment ?

— Oui. J'ai été extrêmement surprise, Raymond. Veux-tu que je te dise de quoi il s'agit ?

— Je crois que je suis en droit de savoir, répondit Raymond d'une voix douce. George en est-il informé ?

— Non, bien qu'il soit possible qu'il se doute de quelque chose.

— Je t'écoute, en ce cas.

— Père a eu une aventure, Raymond. Un enfant est né, pendant qu'il passait tout son temps à Bishopsgate, tu te souviens...

— Bien sûr…, répondit Raymond, comme s'il trouvait brusquement une réponse à de vieilles interrogations.

— Tu n'es pas choqué ?

— Non, Nicola. Pourquoi le serais-je ?

— Eh bien… parce que la femme en question demeurait dans le bâtiment d'à côté. Il s'agissait de la prieure de Sainte-Hélène, Raymond ! Celle dont nous avons suivi l'enterrement pas plus tard qu'avant hier.

— Ah ! s'exclama Raymond, en posant une main sur sa hanche, ce qui rassura un peu Nicola. Comment sais-tu cela, Nicola ?

— Elle m'a fait appeler quelques heures avant de mourir. Regarde !

Elle fouilla dans la bourse brodée qui pendait à sa ceinture, et en tira le feuillet reçu deux jours plus tôt. Elle le déplia devant son frère pour lui montrer la délicate boucle de cheveux d'enfant.

— C'est tout ce que nous avons de notre demi-sœur, Raymond. La date, là, est celle de sa naissance. Mille quatre cent soixante.

Raymond releva la tête, l'air perplexe.

— La couleur est remarquable. Es-tu vraiment convaincue de tout ceci ?

Nicola replia le parchemin pour montrer à son frère leur nom inscrit sur le recto.

— Je crois fermement que quand une religieuse fait ce genre d'aveu, c'est qu'elle dit la vérité. Mais il y a autre chose… Sœur Sophie ne pouvait raisonnablement garder l'enfant au couvent avec elle, et notre père ne pouvait admettre avoir eu une fille en dehors des liens du mariage. Aussi a-t-il décidé de se confier à sir Findlay Melrose, son ami de longue date, et de lui demander d'adopter la fillette. Comme l'épouse de ce dernier ne pouvait plus avoir d'enfants, et qu'elle regrettait chaque jour que le ciel ne lui ait pas donné de fille, ils ont accepté. La prieure n'a jamais su ce qu'il était advenu de cette enfant, hormis le fait qu'elle se trouvait chez des gens nommés Melrose, des Ecossais. Elle m'a suppliée de retrouver sa fille avant sa mort, et de lui donner de ses nouvelles à défaut de la lui amener. Elle doit avoir treize ans à l'heure qu'il est, Raymond. Le cœur du problème, c'est que tout cela constitue précisément la raison pour laquelle notre père a promis au père de Fergus de donner au fils de celui-ci ma main en mariage. Pour avoir recueilli sa fille bâtarde !

Sur ce mot qui lui écorchait les lèvres, elle se tassa sur elle-même, attendant la réaction de son frère.

Celle-ci ne se fit pas attendre, mais ne manqua pas de surprendre vivement la jeune femme.

— Quel âge avais-tu à l'époque ?

— En 1460 ? Onze ans. Au jour près, puisque je suis née le 14 février, moi aussi.

— Je vois. Eh bien, regarde un peu ceci, répondit Raymond en tirant de sa bourse la copie de la lettre à sir Findlay Melrose, qu'il y tenait serrée depuis la veille. Père l'a écrite deux mois seulement avant sa mort. Je l'ai trouvée hier. Tiens, écoute :

« A sir Findlay Melrose

» Mon cher ami

» Sachez que vous et votre épouse, que je salue également, occupez souvent mes pensées depuis le temps que je n'ai eu le plaisir de vous voir.

» Je prie le ciel de vous tenir en bonne santé, ainsi que vos fils.

» C'est à ce propos que je vous adresse la présente, ayant appris le mariage du plus jeune de vos fils, l'an passé, pour vous rappeler notre pacte de 1460, quand Nicola n'avait que onze ans. C'est dans ce but que je prends la liberté de vous prier de parler en termes favorables de ce sujet à votre fils Fergus, en omettant bien sûr ce qu'il doit ignorer des raisons de notre accord.

» A son âge, nous avions nous aussi jeté notre gourme, quoique nous nous soyons rangés plus tôt que lui sans doute, mais ma fille est désormais une femme et attire l'attention de beaucoup d'hommes partout où elle va. Je crains de ne pouvoir m'y opposer si elle décide de faire un choix, car elle est obstinée et professe à ce sujet des idées modernes que je ne goûte guère.

» Je crains également, mon cher ami, de ne plus vivre très longtemps, et cela soulagerait mon cœur de savoir que nos souhaits ont des chances de se réaliser. Je suis conscient de ce que vous et votre Fergus n'avez pas toujours vu les choses du même œil, tout comme mon fils Patrick et moi-même. Mais je veux croire que vous êtes à présent les meilleurs amis du monde et que vous ferez de votre mieux pour que s'accomplissent les dernières volontés de votre très fidèle, très dévoué et très reconnaissant Bertrand Coldyngham en ce dix-septième jour du mois d'avril de l'an de grâce 1472.

» J'espère que ce pli vous parviendra avant votre départ pour l'Afrique. Je prie pour que le ciel vous protège durant ce périlleux voyage, et qu'il rende la santé à votre épouse.

» Que Dieu vous bénisse tous les deux. »

— Voilà, conclut Raymond en relevant la tête. La lettre est arrivée à temps, en effet, mais le ciel ne semble pas avoir entendu ses prières, j'en ai peur. Est-ce que tout cela t'a appris des choses que tu ignorais encore ?

— Cela ne fait que confirmer ce que m'a dit la prieure,

Raymond. Quant à ce que Fergus est censé ignorer, il s'agit bien évidemment de la véritable identité de notre demi-sœur. Ce que je veux savoir, c'est où celle-ci se trouve à présent, et pourquoi nous n'avons jamais entendu la moindre mention de son existence. Tout ça est très mystérieux… Je me demande si père a jamais eu des nouvelles d'elle, et si c'est le cas, pourquoi il ne les a pas transmises à la prieure. Il devait forcément savoir à quel point elle souffrait de n'en avoir aucune.

— Tout ça est fort étrange, en effet. Il y a quelque chose qui nous échappe… As-tu l'intention d'en parler à Fergus ?

— Non, Raymond, surtout pas ! Pas avant de m'y voir contrainte. Nous allons rencontrer lady Beth très bientôt. C'est elle qui possède les réponses à toutes nos questions. Je lui exposerai ce que je sais et j'exigerai d'elle…

— Attends, Nicola. Je ne crois pas que ce soit le moment. Il est possible que le ciel n'ait pas non plus entendu les prières de notre père concernant la santé de la mère de Fergus…

— Comment ? s'exclama Nicola en ouvrant de grands yeux atterrés. Est-elle… ?

— Non, rassure-toi, elle sera à Whithorn avec la reine Marguerite, je pense, mais Fergus m'a dit, en confidence, qu'elle est loin d'être au mieux. Pour l'amour du ciel, ne lui laisse pas entendre que tu sais… Il ne veut pas que tu t'inquiètes.

— Oh ! Mon Dieu, Raymond, c'est affreux. J'avais vraiment les meilleures intentions du monde, et des arguments convaincants, je crois. Il s'agit pour moi de tenir la promesse que j'ai faite à sœur Sophie et d'accomplir mon devoir envers notre père et celui de Fergus. Je voulais faire cela pour lui. Et maintenant…

Raymond prit Nicola dans ses bras en un geste fraternel et la serra contre lui en silence pendant un long moment, puis, tel un avocat, il lui prodigua ce conseil :

— Ne fais rien tant que nous n'aurons pas découvert de quoi il retourne, ma sœur chérie. Protège ton bonheur, cela ne pourra que rendre les choses plus aisées. Apprends à te fier à lui. Il est honnête et droit, Nicola. Il prendra soin de toi.

— Oui, murmura-t-elle. Tu as raison. Je crois que je lui fais confiance, désormais. Vraiment.

10.

Cette nouvelle tombait fort mal, surtout maintenant que Nicola pensait approcher enfin de la solution de cette terrible énigme. Pas seulement à cause de la promesse faite à la prieure, mais parce qu'elle voulait elle-même savoir ce qu'il advenait de cette demi-sœur dont elle ne soupçonnait même pas l'existence une semaine plus tôt… Elle aurait donné n'importe quoi, enfant, pour avoir une compagne de jeux. Elle aimait ses quatre frères, bien sûr, mais elle devait avouer qu'une sœur aurait considérablement changé son existence.

Devant ce nouveau coup du sort, elle résolut de suivre les conseils de Raymond et de ne rien faire qui puisse mettre en péril ses relations avec Fergus. Elle mettrait à profit ce répit pour chercher à savoir ce qui importait le plus à ce dernier, et à découvrir ce qu'il lui cachait encore.

Elle observa son comportement vis-à-vis de l'équipage et constata, à sa grande joie, que les marins lui vouaient une sorte d'affection respectueuse teintée d'admiration. Il les traitait en effet avec équité et se préoccupait de leur bien-être autant qu'on pouvait le faire sur un navire, ce en quoi il se distinguait de la plupart de ses concurrents.

Comme l'expliquait Raymond, il ne mâchait ses mots avec personne, mais ses manières directes, qui la choquaient tant autrefois, lui paraissaient à présent parfaitement justes et acceptables.

En outre, il faisait montre de tant de compassion pour son prochain, de tant de douceur quand ils faisaient l'amour, de tant d'intérêt pour elle en tant que femme et en tant qu'être humain, qu'elle sentait la muraille érigée depuis des années autour de son propre cœur fondre graduellement à mesure que passaient les jours.

Il l'en dépouillait peu à peu à force d'attentions et de prévenance, au point qu'elle se sentait presque capable, désormais, de se donner à lui sans réserves. Une seule chose la taraudait encore : elle n'aurait pu jurer qu'il ne l'avait pas épousée pour se conformer aux vœux de son père. Sans le respect filial qui l'animait, serait-il venu la trouver à Bishopsgate ? Sans doute pas.

Mais, de son côté, aurait-elle accepté de l'épouser sans la perspective de découvrir, en interrogeant lady Melrose, la demi-sœur que le ciel lui envoyait enfin ?

A ces deux questions, elle n'avait pas de réponse. Elle doutait même d'en avoir jamais.

Le bonheur consistait peut-être à ne se poser que celles qu'on pouvait résoudre…

Le voyage constitua une occasion parfaite de revenir sur certains événements des jours d'avant, mais aussi de passer du temps à ne rien faire, ou à coudre et à broder en compagnie de Marguerite et Romarine, à contempler tranquillement l'océan, à converser avec le chapelain de Fergus, avec Raymond ou même le capitaine et ses officiers. La compagnie ne manquait pas à bord, et le temps se montra assez clément pour qu'à aucun moment elle ne se sente en danger.

Pour leur deuxième escale, ils mouillèrent l'ancre près de l'île de Flatholme, dans l'estuaire de la Severn, dont les eaux boueuses donnaient à la mer un aspect laiteux qui n'incitait pas à se pencher par-dessus le bastingage.

Ils passèrent leur troisième nuit en mer, à l'ancre, aux abords de l'île d'Anglesey, dont Nicola ignorait l'existence, mais dont le capitaine lui révéla que les Gallois l'appelaient *Ynys Mòn* dans leur langue imprononçable. Elle apprit également que cette île n'était séparée du continent que par un étroit bras de mer, et qu'un général romain du nom de Paullinus y avait dispersé les druides qui s'opposaient à la conquête, et renversé leurs temples, donnant à l'île le nom de *Mona*. Ce bout de terre perdu aux confins du monde avait ensuite été envahi successivement par les Vikings, les Saxons, puis les Normands, pour être enfin rattaché définitivement à la couronne d'Angleterre par le roi Edouard, au XIIIe siècle. Cela n'empêchait pas les Gallois de l'appeler encore *Mam Cymru*, autrement dit « mère des Gallois », ce qui prouvait qu'on ne pouvait se fier à la loyauté de ce peuple de barbares hirsutes qui vivaient encore dans des trous creusés à même la terre, vêtus de peaux de bêtes.

Pour l'Ecossais Munro, un Gallois ne valait pas plus cher qu'un Irlandais.

Leur quatrième étape les conduisit dans le port de Peel, sur l'île de Man. Nicola connaissait le nom de cette vaste île située en pleine mer, à égale distance des côtes d'Angleterre et d'Irlande, surtout parce que Londres n'y faisait régner sa loi que depuis très peu de temps.

Là, on lui expliqua que l'évêque de Whithorn y possédait des terres, qu'il y portait le titre de baron et pouvait même y rendre la justice.

— Il est aussi l'oncle de sir Fergus, précisa Munro, qui promit ensuite d'arriver à Whithorn, la capitale du Galloway, le lendemain.

Leur entrée dans le port industrieux de l'île de Whithorn — en fait une presqu'île rocheuse, reliée au continent par une bande de terre pas plus large qu'un pont — passa relativement inaperçue, car les pèlerins, qui ne voulaient manquer à aucun prix le pèlerinage de saint Ninian, se pressaient de toutes parts, arrivant par mer et par terre, par bateaux et voitures entiers. Cette ferveur faisait les affaires des marchands de la ville aussi bien que des hôteliers, qui se frottaient les mains en cette époque de l'année : les pèlerinages leur promettaient plus d'or qu'ils n'en gagnaient les onze autres mois.

Des embarcations de toutes sortes sillonnaient la passe en tous sens comme des scarabées d'eau tandis que, sur la berge, se dressaient des tentes aussi nombreuses que les champignons après la pluie d'été ; au milieu s'agitait tout un peuple de marchands, d'artisans, de paysans, de pèlerins, sans oublier les animaux innombrables qu'ils traînaient derrière eux.

Au bout de la langue de rochers qui s'avançait au-dessus de la mer, à la pointe de l'île, une procession interminable entrait et sortait de la chapelle érigée face à l'océan. Dès leur arrivée, les pèlerins se rendaient là toutes affaires cessantes, pour remercier le saint de leur avoir assuré un voyage sans encombres.

Sur le bateau, Munro leur fit distribuer des bandes de tissu jaune pour attester de leur qualité de pèlerins.

— C'est pour votre sécurité, expliqua Fergus. Tant que vous portez cette marque et ne restez pas en Ecosse plus de quinze jours, vous bénéficiez de la protection du roi. Comportez-vous comme si vous étiez en pèlerinage, surtout. Pas de violence, Raymond, s'il vous plaît !

— Bien sûr que non, répondit le nouveau secrétaire. Ni non plus de beuveries, de débauche ou de paroles offensantes, je suppose ?

— Certainement pas, confirma Fergus en serrant la main de Nicola.

Il portait, comme les trois femmes, une tenue élégante pour descendre à terre. Son grand manteau de serge bleue orné de parements de brocart rouge le couvrait presque entièrement, laissant seulement voir l'épée qu'il portait au côté par une fente habilement pratiquée sur sa hanche. Sur sa tête, un couvre-chef de feutre rouge orné d'un ruban doré complétait l'ensemble, le collier de gros grenats cousus sur l'encolure de son habit donnant à celui-ci une touche du meilleur effet.

Par un effet du hasard, les couleurs que portait Nicola s'accordaient parfaitement à celles des vêtements de Fergus, sa robe de soie bleu pâle aux manches et au col bordé de fils d'or répondant en une symétrie presque parfaite aux atours qu'il arborait avec sa grâce habituelle. Les épaules découvertes en dépit du vent qui soufflait de la mer, elle avait mis sur sa tête une coiffe à la mode bourguignonne, faite de voiles blancs sertis de pierres, tandis que Marguerite et Romarine offraient aux regards des tenues plus conformes à leur position, quoique joliment arrangées et fort seyantes.

Toutes les têtes se tournèrent quand ils entrèrent dans la chapelle, ce qui fit se rengorger brièvement Nicola ; elle jugea déplacé, surtout en ce lieu saint, une telle démonstration d'orgueil. Malgré tout, elle sentit peser sur elle comme sur Fergus les regards insistants des pèlerins pendant tout le temps qu'ils passèrent à prier et à remercier saint Ninian.

Il ne leur fut pas nécessaire de louer des chevaux pour franchir les trois milles qui les séparaient encore de la ville de Whithorm proprement dite, car le nouveau secrétaire de sir Fergus, qui prenait décidément son emploi très à cœur, leur annonça qu'il avait envoyé un message à la cour du roi pour prévenir de leur arrivée.

En moins d'une heure, on leur envoya des bêtes entièrement harnachées et, les femmes montant en croupe derrière les hommes, toute la troupe se mit en route vers le château pour y rencontrer ses hôtes.

Nicola se sentait si impatiente qu'elle donna du talon contre les flancs de leur monture, en serrant Fergus très fort dans ses bras, au point qu'elle lui arracha un cri.

— Pardonnez-moi…, lui dit-elle. Vous ai-je cassé une autre côte ?

— Presque, répondit-il par-dessus son épaule. Etes-vous si excitée que cela à l'idée de voir la famille royale ?

— Oh oui, admit-elle, jugeant inutile de faire semblant de rien quand elle tremblait d'excitation. Qui rencontrerons-nous d'abord ?

— J'aimerais que ce soit ma mère, mais cela va dépendre de qui viendra nous accueillir. Cela dit, nous ne verrons peut-être personne de connaissance avant un bon moment, car il y a des milliers de gens, ici.

— Avez-vous pu faire débarquer la cargaison ?

— Une partie seulement. De quoi remplir une voiture. Regardez, là-bas… On voit déjà la ville. Et par ici, les tentes de la reine et de sa suite.

— Ils ne vivent pas dans des tentes, tout de même ?

— Détrompez-vous, ce sont de vrais palais. Elles sont doublées de toile huilée pour éviter qu'il n'y pleuve, et tendues de tapisseries et de fourrures pour le froid ; le sol y est couvert de tapis, et il s'y trouve plus de meubles que dans bien des châteaux. Ce n'est pas exactement une épreuve que d'y dormir ou d'y passer ses journées, je vous assure, et beaucoup donneraient leurs maisons pour profiter d'un tel luxe.

Du doigt, il pointa certains pavillons autour desquels

s'affairaient des hommes en armes, et dont la taille dépassait celle de bien des masures qui bordaient la route.

Nicola songea que la plupart des pèlerins dormaient à la belle étoile, qu'il pleuve ou qu'il vente, et se reprocha sa question inepte.

Ces derniers avançaient en groupes serrés vers l'abbaye qui se dressait au sommet d'une colline, certains pieds nus et boitant, d'autres sur des béquilles de fortune ou sur des litières pour les plus riches, que portaient des hommes embauchés pour l'occasion, ou simplement des pèlerins ayant trouvé là l'occasion de financer leur voyage.

Certains portaient, en plus du feston jaune qu'arboraient également Fergus, Nicola et leur troupe, des rubans de couleurs diverses remplissant la même fonction, mais pour indiquer d'autres lieux de la chrétienté où tout fidèle soucieux d'assurer le salut de son âme devait se rendre pour s'éviter l'enfer. Certains ne faisaient de leur vie qu'un long voyage en direction de ces sanctuaires disséminés dans toute l'Europe.

Charriant avec eux toute une quincaillerie invraisemblable et brinquebalante sur leur dos ou simplement emballée dans un balluchon ou un sac qu'ils tenaient à la main, les infirmes et les gueux côtoyaient les notables, certains chantant des psaumes, d'autres psalmodiant des prières d'une voix lamentable, d'autres encore racontant des histoires autour d'eux pour faire oublier les rigueurs de la route, ou soufflant dans des flûtes, quand ils ne frappaient pas des tambours tendus de peaux de chèvre.

Nicola ne pouvait s'empêcher de comparer son sort à celui de certains de ces pauvres hères. Comment pouvait-elle pleurer la perte de sa maison quand la plupart d'entre eux n'avaient jamais eu le moindre toit pour abriter leur existence misérable ?

Elle ne s'attendait pas à ce que leur arrivée près de l'enclos royal cause une réaction si prompte et si vive, s'étant résolue à devoir attendre une heure, voire deux, que celle à qui Fergus apportait des présents veuille bien les recevoir.

Mais la garde les attendait, prévenue de leur approche, et un grand vacarme se fit brusquement autour d'eux. Nicola remarqua l'accent guttural avec lequel les Ecossais du cru parlaient sa langue, et qui faisait ressembler celle-ci à quelque lointain dialecte. Dieu merci, Fergus semblait avoir poli sa façon de parler au contact des Anglais…

Flanqué de son capitaine, il se faisait néanmoins une fête d'entendre à nouveau parler sa langue maternelle — car la plupart ici usaient du gaëlique —, ce qu'attestait le ton de sa voix, soudain plus tonitruante et plus rocailleuse qu'à l'ordinaire.

Il ne lui fallait pas longtemps pour retrouver les vieilles habitudes…

Ils apprirent bientôt que la reine et sa suite se reposaient après avoir pris leur repas de midi, ayant décidé de se rendre tôt le matin à l'abbaye pour rendre grâces au ciel de la naissance du premier-né. On leur indiqua que si lord Melrose et ses gens voulaient bien attendre un moment, le chambellan irait voir si Sa Majesté désirait les recevoir.

— Eh bien, murmura Fergus, il semble que nous verrons la reine d'abord, et ma mère ensuite.

— Lady Beth ne sera pas auprès de la souveraine ? demanda Nicola, étonnée.

— J'en doute. Raymond, peux-tu essayer de savoir où se trouve ma mère ?

— Certainement. Je vais la chercher et l'informer que nous sommes arrivés.

— Il est étonnant, commenta Fergus quand le jeune homme

se fut éloigné. Je ne sais déjà plus comment je ferais sans lui. Au fait, souvenez-vous, ma chérie : si le roi vous veut, vous n'êtes pas à vendre. Entendu ?

— Voyons ! Il a une femme de dix-sept ans… Il ne risque pas de s'attarder à me regarder.

— Détrompez-vous. Il se pourrait bien qu'il n'arrive pas à détacher ses yeux de vous. Je n'y parviens pas moi-même !

Nicola trouva le compliment agréable, et vraisemblablement sincère, vu leur dernière nuit en mer, à Peel Harbour. Elle le revoyait, les yeux rivés sur elle alors qu'elle s'était éveillée, intriguée par la lumière. Il aimait la regarder dormir, surtout lorsqu'un mouvement opportun la dénudait dans son sommeil.

— A quoi ressemble la reine ?

— Franchement, ma chérie, elle n'est pas à mon goût… Mais c'est entre nous, n'est-ce pas ?

L'antichambre était somptueuse, mais la pièce principale de la tente royale dépassait tout ce qu'on pouvait imaginer. Nicola trouva même l'abondance de meubles et de décorations quelque peu étouffante. Et puis, comment des souverains chrétiens pouvaient-ils faire preuve d'un goût du luxe aussi ostentatoire, quand leurs sujets allaient pieds nus ?

Il y avait de quoi s'interroger sur leur lecture de l'Evangile.

Chaque parcelle de la chambre croulait sous les plateaux ou les vases d'or et d'argent, les tissus brodés, les coussins de brocart, le cristal et les coffrets de bijoux, comme si le roi et la reine se trouvaient là pour choisir de quoi décorer leur palais et que tous les plus riches marchands du royaume leur avaient présenté en même temps leur meilleurs articles.

En tout cas, lorsque Nicola vit la jeune reine, naguère

princesse du Danemark, elle comprit toute de suite pourquoi Fergus montrait si peu d'enthousiasme à son sujet.

Assise au côté de son jeune époux, le roi Jacques III d'Ecosse, qui n'avait que vingt ans lui-même, elle portait une robe de soie noire au col de velours de la même couleur, ce qui ne faisait que renforcer son extrême pâleur. En outre, elle avait de petits yeux ronds, un double menton et un corps trop menu qui lui donnait l'air d'une enfant.

Pour autant, elle venait de donner au roi un fils, en mars, après trois longues et infructueuses années, ce qui expliquait qu'on célébrât l'événement à Whithorn, les Ecossais tenant à remercier saint Ninian pour la naissance d'un héritier royal.

La reine salua Fergus et Nicola, leur faisant signe d'approcher sans attendre que le roi les y invite.

Mais ce fut lui qui parla en premier :

— Eh bien, Melrose, il semble que vous ayez finalement décidé de venir ici en bateau, lança-t-il en roulant les r très fort, comme tout bon Ecossais. Est-ce pour nous apporter vos marchandises plus rapidement, ou pour le plaisir de voir votre mère sans délai ? Elle nous a accompagnés à l'abbaye, ce matin, ce qui lui a fait du bien, j'en suis sûr. Nous montrerez-vous ce que vous avez apporté avec vous, avant de courir la voir ? Et dites-moi… Qui est donc cette jeune personne qui vous accompagne ?

Le goût immodéré du roi pour la dépense ne le disputait qu'à celui de son épouse, mais Fergus savait qu'il s'agissait là d'un des rares points sur lesquels ils s'entendaient.

— Votre Majesté, répondit-il en s'inclinant devant le souverain, permettez que je vous présente lady Nicola Coldyngham, la fille de feu lord Bertrand Coldyngham. Milady Nicola et moi sommes promis l'un à l'autre depuis quelques jours, et je comptais justement demander à Votre Majesté l'autorisation de l'épouser.

Le roi leva son beau visage vers Nicola pour l'examiner des pieds à la tête. Heureusement pour elle, ses yeux baissés ne lui permirent que d'apercevoir furtivement l'expression luxurieuse avec laquelle il la regardait. Mais ce fut assez, cependant, pour qu'elle sache à quoi s'en tenir. Elle savait reconnaître cette lueur-là dans un regard, à présent.

— Promis, vraiment ? s'enquit le roi.

L'une des femmes assises derrière la reine se pencha vers sa voisine pour lui murmurer quelque chose à l'oreille, mais d'un geste sec de la main, Marguerite lui imposa le silence.

— Félicitations, sir Fergus, intervint-elle d'une voix qui tremblait un peu, avec un accent danois fortement marqué. Et à vous aussi, lady Nicola. Nous vous accordons notre royal autorisation, bien sûr. Vous marierez-vous bientôt, pendant que votre mère est encore parmi nous ?

Pour une fois, Fergus ne s'embarrassa pas de protocole ni de circonlocutions :

— Je ne l'ai pas encore vue, Votre Majesté ! s'exclama-t-il. Est-elle… ?

— Elle n'est pas au mieux, je le crains…, répondit la reine, qu'un regard à son époux sembla convaincre de s'en tenir à ces mots. Voyons un peu ce que vous nous avez apporté. C'est une excellente idée d'être venu par la mer. C'est tellement plus rapide ! Allons, où sont vos merveilles ?

Faisant preuve d'une patience admirable, Fergus ordonna à ses hommes de décharger la voiture rangée devant le dais royal, expliquant à la souveraine qu'il ne s'agissait là que d'une partie de la cargaison et que le reste suivrait bientôt. En attendant, il pouvait lui montrer quelques-unes des pièces commandées : quarante peaux d'écureuil gris, des rouleaux de soie, de satin, de toile damassée et de brocart, des peaux d'hermine, des gants de cuir d'Espagne d'une finesse extraordinaire, ainsi que des chaussures ravissantes à petits talons de liège, des ceintures de fils d'or et des chaînes du même métal, des colliers de pierres éclatantes, des cornes de licorne rarissimes et une boule d'argent qu'on pouvait remplir d'eau chaude pour se réchauffer les mains en hiver, des lampes de cristal, des tissus brodés, des livres, des selles et des étriers recouverts de velours.

— Oui, Majesté, les étriers le sont également… N'est-ce pas admirable ? remarqua Fergus devant le regard étonné du roi qui, pour une fois, trouvait la chose extravagante.

Cela n'arrivait pas souvent, de toute évidence.

Nicola ne savait nullement que tous ces trésors se trouvaient à bord durant leur traversée, et elle regardait la pièce se remplir, incrédule et presque effrayée de voir les marchandises menacer de leur couper le chemin de la sortie.

Si la reine et ses suivantes ne pouvaient détacher leurs yeux de toutes ces merveilles étalées devant elles, le roi, en revanche, fixait la jeune femme sans vergogne, au point que lorsque Fergus lui tendit enfin le bras pour prendre congé, elle fut si contente de partir qu'elle craignit presque de s'être montrée impolie.

— Venez, s'écria-t-elle à l'adresse de Fergus une fois qu'ils furent dehors, en le traînant derrière elle comme on fait d'un enfant récalcitrant. Partons, pour l'amour du ciel ! Allons retrouver votre mère. Où est Raymond ?

— Que vous arrive-t-il, ma chère Nicola ? s'exclama-t-il en regimbant un peu.

— Ce qui m'arrive ? lança-t-elle d'une voix vibrante pardessus son épaule. Vous n'avez donc rien vu ? Il restait là, sans rien dire, les yeux rivés sur moi comme des sangsues !

C'est plutôt à lui qu'il faut poser votre question, Fergus ! Où est Raymond ? Il faut trouver votre mère !

Fergus la retint par le bras, refusant de faire un pas de plus, comme une mule obstinée.

— Savez-vous quelque chose, Nicola ? Quelque chose que vous voudriez me cacher ? s'enquit-il d'une voix soudain empreinte d'inquiétude.

Elle craignit d'être entendue, au milieu de toute cette foule. Aussi s'approcha-t-elle pour parler plus bas.

— Je sais ce que la reine allait dire avant que son mari ne la fasse taire d'un regard, cher Fergus. Malheureusement, elle semble penser que les choses qu'elle vous achète comptent plus que lady Beth… Sans quoi, elle vous aurait laissé courir la rejoindre. Maintenant, venez. Ah, voici Raymond !

Elle agita la main en direction de son frère, qu'elle venait d'apercevoir au milieu de la foule.

— Comment m'avez-vous appelé ? demanda Fergus en la retenant de nouveau.

— Je… je ne sais plus… « cher Fergus », je crois…

— Je vous suis donc cher, Nicola ? Vraiment ?

Il lui sembla soudain si peu sûr de lui, comme un adolescent timide, qu'elle ne put s'empêcher de le trouver émouvant.

— Très cher, répondit-elle. Vous devez bien le savoir, d'ailleurs, Fergus Melrose ! En tout cas, j'ai remarqué qu'une des suivantes de la reine ne vous lâchait pas des yeux un seul instant. Me direz-vous encore que vous n'avez rien vu, là non plus ?

— Non, je l'avoue, admit-il en baisant la main de Nicola. Mais je puis vous promettre une chose, ma douce amie : nous quitterons cet endroit dès que le bateau sera vide et que j'aurai fait monter ma mère à bord. Qu'en dites-vous ?

— J'en dis que le plus tôt sera le mieux, Fergus, assurément.

Raymond savait apparemment où les conduire, mais si l'on songeait que lady Beth Melrose faisait partie de la suite de la reine, et qu'en plus de son grand âge elle était fort mal en point, le lieu où elle se trouvait semblait tout à fait inadéquat. Un chien n'en aurait pas fait sa tanière.

Malgré la joie qu'il avait de la voir enfin, Fergus fut atterré par la simplicité, et même par la pauvreté des lieux, alors que les souverains vivaient, eux, au milieu d'un luxe écœurant.

— Par le Christ et le Saint-Esprit ! s'exclama-t-il, outré, en avisant la tente. Est-ce là le mieux qu'ils puissent faire pour elle en matière de logement ? Pourquoi l'avoir placée ici, près de la forge où on martèle tout le jour, et sans doute même la nuit ? Les autres ne sont pas logés à la même enseigne, que je sache ! Est-ce parce qu'elle est souffrante et incapable de tenir son rang, qu'on l'a reléguée ici pour ne pas gaspiller de la place ? Regardez-moi cette toile ! Elle n'est même pas huilée, et je ne vois pas de tapis sur le sol ! Quelle honte !

Il n'y avait en effet sous le dais lamentable ni tapis ni fourrures, mais une méchante couche, un tas d'effets négligemment entreposés sans ordre, un tabouret de bois, et une lanterne à la mèche presque entièrement consumée posée sur un coffre.

En deux pas, Fergus fut au chevet de sa mère, se jetant à genoux auprès d'elle pour la prendre dans ses bras.

— Ah, ma chère mère ! On m'a dit que vous n'étiez pas au mieux, mais jamais je n'aurais pensé vous trouver ainsi… Etes-vous plus mal encore que la dernière fois que je vous ai vue ?

Lady Melrose leva les bras vers son fils, s'accrochant à lui désespérément, caressant du bout des doigts le riche tissu de son manteau. Elle portait des pieds à la tête des vêtements de velours gris, ainsi qu'une guimpe de lin blanc qui ne s'accordait que trop avec la pâleur de son visage.

Sur son front perlait une sueur glacée, tandis que ses yeux, jadis magnifiques, disparaissaient presque dans leurs orbites, comme des améthystes englouties dans leur gangue d'agate blanche. Rivés sur Nicola, ils luisaient encore dans la pénombre, comme ceux d'un chat.

— Ah, tu l'as amenée..., murmura-t-elle. C'est bien, mon fils. Très bien.

Un pâle sourire vint flotter sur ses lèvres l'espace d'un court instant, arrachant presque une larme à Nicola.

— Oui, mère, acquiesça doucement Fergus. Comme je l'avais promis. Mais vous ne pouvez rester ici. N'avez-vous donc personne pour prendre soin de vous ?

— L'une des suivantes vient de temps en temps me rendre visite. Ils m'ont fait porter jusqu'au sanctuaire de l'abbaye, ce matin. Je suis certaine que cela m'a fait du bien. Mais je t'en prie, mon cher fils, présente-moi lady Coldyngham.

Fergus aida la vieille dame à se dresser un peu sur sa couche avant de faire approcher Nicola, qui se tenait respectueusement en retrait.

— Mère, annonça-t-il d'une voix où perçait une fierté émouvante, voici la femme que je compte épouser bientôt. N'est-elle pas charmante ?

Nicola se jeta à genoux devant la mère de Fergus et lui prit la main pour l'embrasser, remarquant que sur sa peau glacée flottait un parfum capiteux censé masquer les exhalaisons d'un corps que l'on ne prenait plus la peine de laver. Décidément, leurs altesses ne se préoccupaient pas beaucoup de leurs sujets, si haut placés qu'ils soient.

— Milady, murmura Nicola, je suis venue pour vous demander votre bénédiction. Approuvez-vous cette union ? Est-ce bien ce que vous voulez pour votre fils ?

— Plus que jamais, ma chère enfant. C'est un grand bonheur pour moi de vous voir ici. Bien évidemment, je bénis ce mariage que j'appelais de mes vœux. Fergus n'a pas perdu de temps pour recruter un Coldyngham, en plus de vous ! Il a fait de l'un de vos frères son secrétaire, à ce que j'ai entendu ? C'est un peu présomptueux pour un Ecossais, n'est-ce pas ?

Le sourire de la vieille dame se faisait un peu plus large à mesure qu'elle parlait, comme si la vie revenait lentement dans ses veines. Nicola remarqua ses dents encore étonnamment blanches, ainsi que la peau parcheminée autour de ses lèvres, parcourue de rides minuscules et innombrables, si pâle qu'on aurait cru de la cire. Elle devait avoir été très belle dans sa jeunesse, aimable et douce.

— Ce n'est pas exactement ainsi que les choses se sont passées, milady, rectifia Nicola. C'est mon frère lui-même qui a proposé ses services à votre fils, en vérité. Mais… Fergus a raison. Vous ne pouvez rester ici.

Ce dernier avait déjà pris les choses en main, indiquant à Raymond où il pourrait trouver le charretier chargé de débarquer la cargaison.

— Dis-lui de venir ici tout de suite, avec sa voiture. Et qu'il amène avec lui des portefaix. Tiens, donne-lui ceci ! lança-t-il au frère de Nicola en lui tendant une bourse pleine de pièces.

— Fergus ! protesta lady Melrose. Je ne puis quitter ainsi leurs altesses sans leur demander congé.

— Non, ma mère, répliqua Fergus, le front empourpré de

colère. Ils ne s'apercevront même pas que vous êtes partie. Pas avant des heures en tout cas, et parce qu'on s'avisera de venir les en prévenir. D'ici là, il sera trop tard. Nous pouvons décharger la cargaison assez vite ; cela les tiendra occupés un bon moment, croyez-moi. Et nous prendrons la marée cette nuit. Je demanderai à Raymond d'écrire une lettre pour leur expliquer que vous devez être soignée d'urgence en Angleterre. Je présenterai mes excuses au roi et à la reine, et les vôtres également. Ne craignez rien. Je doute qu'ils prennent des mesures contre ma personne. Ils ont bien trop besoin de moi pour leur trouver toutes les choses dont ils ont envie.

— Et pour le paiement ? insista lady Beth. Allez-vous laisser tout cela ici sans savoir ce qu'ils achèteront ?

— Tout cela est déjà arrangé avec les agents du roi, à Londres, milady. De toute façon, notre départ est la seule chose qui m'importe vraiment. Nicola est de mon avis.

Celle-ci rangeait déjà dans un grand sac les effets dont lady Melrose aurait besoin.

— Depuis combien de temps vous a-t-on abandonnée ainsi, milady ? s'enquit-elle, atterrée par le désordre et la saleté qui régnaient sous cette tente.

— J'étais souffrante en quittant le château de Stirling, expliqua la vieille dame, mais leurs majestés ont insisté pour que je chevauche à leur côté. Cela a plus d'allure, vous comprenez. Malheureusement, je n'ai pas pu tenir plus de trois jours en selle, et il a fallu m'installer dans une voiture qui suivait le cortège. J'ai des crampes intestinales épouvantables, parfois.

— La reine vous a-t-elle envoyé de quoi manger ?

— Un peu, oui, mais je n'ai rien pu avaler.

— J'ai sur le bateau un petit coffre dans lequel je garde

des simples, pour faire des onguents et des potions. Je pense avoir de quoi vous soulager.

Nicola sortit un instant pour héler ses femmes de chambre qui attendaient dehors.

— Marguerite, Romarine ! Finissez d'emballer les effets de milady Beth. Ensuite, vous m'aiderez à la préparer pour la transporter jusqu'au navire. Nous l'installerons dans la voiture.

Le véhicule en question arriva sur ces entrefaites, soigneusement jonché de paille fournie par des garçons d'écurie compréhensifs. Après quoi on procéda à l'enlèvement de lady Beth au nez et à la barbe de la suite du roi. En moins d'une heure, la tente fut vidée et la troupe de Fergus gagna, à la faveur de la nuit qui s'annonçait radieuse, l'île de Whithorn, près de laquelle le navire du capitaine Munro attendait.

Ce ne fut pas un grand sacrifice pour Nicola que d'offrir sa chambre à la malade, puisqu'elle dormait dans le lit de Fergus depuis le début de leur périple.

Aidée de ses deux femmes de chambre, elle installa lady Beth dans son grand lit, après l'avoir baignée tendrement et vêtue d'une chemise de lin blanc immaculée.

— J'ai l'impression d'être au ciel ! s'exclama la mère de Fergus. Et entourée d'anges ! Je ne peux croire à un tel bonheur… Ah, j'avais moi-même deux femmes de chambre lorsque je suis entrée à la cour, mais je crains fort que la reine ne me les ait volées. Ne devrions-nous pas envoyer un message à Muir ? Il doit être chez lui, et j'ai l'impression que nous n'allons pas tarder à avoir un nouveau Melrose dans la famille, si Dieu le veut…

Elle but une petite gorgée de l'infusion de racine de mauve préparée par Nicola pour la soulager de ses crampes intestinales. Celle-ci l'avait longuement interrogée sur ses douleurs pour mieux déterminer la plante qu'il convenait d'utiliser. Lady Beth s'émerveillait de la prévoyance de la fiancée de son fils.

— Il faut vraiment être la meilleure des brus pour emporter ainsi en voyage un coffret de simples ! fit-elle remarquer avec un sourire reconnaissant. Je ne devrais pas critiquer ma souveraine, mais je doute qu'elle m'aurait donné son lit aussi volontiers que vous, ma chère petite... Elle préfère dormir seule...

— Depuis son retour de couches, je suppose ? ne put s'empêcher de demander Nicola.

— Non, cela ne date pas d'hier. Elle a toujours été comme cela. Elle a autorisé le roi à lui rendre visite jusqu'à ce qu'elle soit enceinte, ce qui a pris fort longtemps, à son grand dam. Mais dès qu'elle a senti qu'elle était prise, elle lui a tenu sa porte fermée obstinément. Il en sera toujours ainsi, à mon avis, puisqu'elle a eu un fils. Pas étonnant que Sa Majesté cherche à se consoler entre d'autres bras... Ce n'est pas comme vous et Fergus. Vous semblez faits l'un pour l'autre, tous les deux.

Elle but une nouvelle gorgée de tisane avant de reprendre :

— N'importe qui peut voir ce qui se passe entre vous. J'en suis tellement heureuse, Nicola ! C'est exactement ce que voulait sir Findlay... Je suppose que votre père vous l'a dit ?

— Oui, milady. Mais n'est-il pas temps de vous reposer, et de dormir, peut-être ? Je peux vous apporter une décoction d'aubier de tilleul, si vous voulez. Je sais que cela n'a pas grand goût, mais je peux la parfumer d'un peu de fenouil ou de menthe.

— Comme vous voudrez, ma chère enfant. Vous êtes vraiment un ange.

Nicola regagna la cabine de Fergus, poussant avec difficulté la porte encombrée par les bagages qui jonchaient le sol, puis repoussant de la main la carte qu'il tenait devant lui pour venir se blottir dans ses bras. Elle éprouvait le besoin de sentir sa chaleur, subitement. La situation, loin de s'améliorer comme elle aurait pu s'y attendre, semblait se compliquer terriblement.

— J'ai envie que vous me serriez dans vos bras, Fergus. Fort !

Il s'exécuta sans se faire prier, conscient qu'elle lui demandait cela pour la première fois.

— Ma chérie, murmura-t-il en lui caressant doucement les cheveux. Mon ange gardien !

— C'est exactement ce que votre mère pense que je suis, remarqua-t-elle en se blottissant contre lui. Cela me fait deux Melrose à protéger ! Mais trêve de plaisanterie… Il faut que nous parlions, Fergus.

— C'est vrai, ma belle. Vous avez des choses à me dire, n'est-ce pas ?

Elle releva la tête à ces mots, surprise.

— Quelles choses ?

— Croyez-vous que je ne sache pas ce qui vous ronge depuis si longtemps, Nicola ? demanda-t-il en laissant sa main glisser dans la masse sombre des cheveux de la jeune femme. Nous étions convenus qu'il nous restait certaines choses à régler, et je sais que vous attendiez de ma mère qu'elle vous donne certaines explications. C'est ce dont vous avez besoin, n'est-ce pas ? Eh bien, je pense qu'il est temps que nous parlions à présent, tous les trois. Vaut-il mieux que nous attendions un jour ou deux, le temps qu'elle se sente mieux ? Ou bien y a-t-il une raison pour que nous décidions d'avoir cette conversation maintenant ?

Nicola comprenait fort bien le sens de sa question.

— Lady Melrose a besoin d'une nuit de repos avant que nous puissions nous prononcer là-dessus, Fergus. Si elle parvient à manger un peu et que ses crampes se calment, elle se rétablira peut-être. Il faut attendre pour savoir. En tout cas, nous ne pouvons lui imposer une telle fatigue avant demain. Elle n'est vraiment pas bien.

Fergus soupira mais garda le silence un moment, écoutant les craquements du bateau et le claquement du vent dans les voiles, qui faisaient gîter le navire.

— Le vent n'est pas très favorable, remarqua-t-il en déposant Nicola sur le lit couvert de fourrure. Cela va nous prendre plus de temps pour rentrer. Mais au moins, elle est avec nous, saine et sauve, si l'on peut dire. Grâce à vous, ma chérie.

— Non, c'est à vous qu'il faut rendre grâce, cher Fergus. Vous auriez pu vouloir attendre qu'une cargaison se présente. Aucun armateur n'aime voyager les cales vides, c'est bien connu. Et compréhensible.

— Le navire n'est pas vide, ma douce amie. Grâce à mon indispensable secrétaire, nous avons une cargaison d'un genre un peu spécial à ramener en Angleterre.

— De quoi parlez-vous ?

— Tendez l'oreille et vous entendrez peut-être de quoi satisfaire votre curiosité. Chut ! Ecoutez…

Par-dessus le bruit des vagues qui frappaient la coque, elle crut entendre des voix. Qui chantaient !

— Des pèlerins ! s'exclama-t-elle en repoussant la poitrine de Fergus de ses deux mains.

— Exact, confirma-t-il en riant. Il en a trouvé tout un groupe qui attendait désespérément un bateau pour regagner le Wessex. Nous en avons pris trente à bord pendant que vous vous occupiez de ma mère. Nous leur fournissons eau et nourriture en plus de leur passage. Ils payent un bon prix. Je leur ai fait donner ordre de se tenir tranquilles pendant la traversée. Quant à vous, je vous ordonne de prendre un peu de repos en attendant le dîner.

— Je dois donc obéir, répondit-elle en se blottissant entre les bras de Fergus. Mais ne comptez pas sur moi pour me satisfaire de tomber enceinte, comme le désire votre mère. Je veux bien plus que cela.

— Que voulez-vous dire ? s'exclama Fergus, interloqué par cette remarque énigmatique.

— Je vous en parlerai plus tard. Pour l'i nt, contentez-vous de me serrer dans

L'occasion cette conversation qu'elle attendait avec impatience se prés effectivement le lendemain matin. Lady Melrose avait bi rmi, veillée toute la nuit par son fils et sa future bru, ai e par Marguerite et Romarine.

Ancré dans le port el comme à l'aller, le capitaine fit remplir les réserves d pendant que ses passagers profitaient du beau temps r se dégourdir les jambes sur le pont. La malade but e un peu de décoction d'aubier de tilleul mélangé à du l e chèvre, puis une petite cuillerée d'orties bouillies.

— Cela stimule le g, précisa Nicola en promettant à la vieille dame un régi plus adapté à son âge que ce qu'on lui servait à la cour d i Jacques.

Après quoi, ce fut dy Melrose elle-même qui jugea le temps venu pour Nic a d'apprendre enfin les raisons qui avaient motivé la promesse faite par son père à celui de Fergus. Ce dernier savait déjà, expliqua-t-elle, depuis qu'elle lui avait raconté toute l'affaire, après la mort prématurée de sir Findlay.

Poussé par une bonne brise de nord-ouest, le navire voguait

en direction de Holyhead, le port d'Anglesey. Allongée sur son lit, la tête bien calée par deux oreillers moelleux, lady Beth écouta la question de Nicola puis répondit d'une voix douce :

— Quand se sont-ils fait cette promesse ? Ma foi, vous deviez n'être qu'une enfant à l'époque, ma chère petite. Vous souvenez-vous d'avoir vu la visite de Fergus peu après ?

— Oui, en effet... core un peu de... est très bon... n'en... ?

— Non, merci... essuya... la bo... peux plus.

La vieille...

poursuivre...

— Ils avaient vraiment une... de

vous vraiment qu'ils auraient pris une telle décision

à la légère ? Venez, murmura... le drap à

côté d'elle, pour inviter Nicola à s'approcher. Quel souvenir

gardez-vous de son séjour chez... s ?

— Eh bien, milady..., bredouilla Nicola, hésitant à révéler à

la malade l'histoire de ses relations orageuses avec son fils.

— Vous pouvez tout me dire, petite, assura lady Beth.

C'est à propos de Fergus, n'est-ce pas ?

— Oui. Je me souviens de sa visite, en effet, et de ce que je ressentais pour lui à l'époque...

— Le détestiez-vous ?

— Oui, et je l'adorais à la fois... Il était comme un dieu pour moi, habile en tout, beau, plein de... Mais je n'étais qu'une petite fille affublée de quatre frères de son âge qui attendaient ses visites avec impatience, et... je... vous imaginez la suite.

La main frêle de lady Melrose se posa sur celle de Nicola et la pressa doucement.

— J'imagine trop bien ce qui se passait. Fergus en voulait à la terre entière, en ce temps-là. Une fillette de onze ans ne pouvait l'intéresser, bien évidemment, pensez ! A seize ans !

Et il n'avait pas particulièrement envie de faire plaisir à son père non plus, en faisant semblant de vous trouver attrayante. Vous étiez dans une position très difficile, c'est le moins qu'on puisse dire, ma chère enfant.

— En y repensant aujourd'hui, je puis comprendre ce qu'il ressentait. Aucun jeune homme de son âge n'aurait trouvé facile de parler à une fillette de onze ans, il faut bien l'admettre.

— Il aurait pu. Encore aurait-il fallu qu'il le veuille. Il s'est rendu à Coldyngham Manor à la requête de son père mais a expliqué très clairement que, si cela ne le gênait pas de jouer avec vos frères, il ne voulait en aucune façon tenir la promesse faite par mon mari. Il a même ajouté qu'il déciderait lui-même quand le temps serait venu de se marier.

— Mais justement, c'est ce que je ne peux comprendre. Comment son père a-t-il pu le persuader de changer d'avis ? Je sais que cela a à voir avec ses dernières volontés, mais…

— Mais sir Findlay lui a expliqué qu'il y avait bien plus dans cette promesse qu'une simple fantaisie de la part de deux pères. Il lui a expliqué que je lui en révélerais les raisons à son retour de voyage. C'est ce que j'ai fait, mais après la mort de mon mari, malheureusement.

— Je vois. Donc, Fergus sait. En ce cas, pourquoi ne m'a-t-il rien dit ?

— Peut-être parce que le rôle qu'il a joué dans cette affaire n'est pas à son avantage. Voulez-vous qu'il nous rejoigne afin que nous puissions partager cette conversation avec lui ?

Nicola se leva aussitôt. Elle n'attendait que cette question depuis un moment.

Fergus revint avec elle quelques instants plus tard, le visage et les cheveux mouillés d'embruns, les yeux pétillants et un large sourire sur les lèvres. Les ordres que lui donnait Nicola semblaient l'amuser.

— Par le sang du Christ ! Deux femmes ont décidé de commander sur mon propre bateau ! s'exclama-t-il en feignant la colère. Que voulez-vous de moi, ma chère mère ?

Lady Beth adressa un sourire indulgent à son fils, puis à Nicola, avant de répondre :

— Assieds-toi, mon cher fils, sinon tu finiras par avoir un torticolis, à force de rester debout ainsi ! Je m'apprêtais à dire à Nicola ce que je t'ai confié après la mort de ton père, car je pense qu'elle a besoin de savoir. Mais je ne trouve pas de manière facile de le lui expliquer…

Elle regardait Fergus comme pour lui demander de l'assister, mais ce fut Nicola qui intervint.

— Je peux vous aider, murmura-t-elle, prenant pitié de la vieille dame. Mon père a eu une maîtresse rencontrée bien avant qu'il ne connaisse ma mère. Ils ont eu un enfant, une fille, et vous, milady… vous et votre mari avez accepté d'adopter celle-ci. Est-ce bien cela ?

— Ainsi, vous saviez ? demanda Fergus, étonné, en passant son bras autour des épaules de sa fiancée. Comment avez-vous appris la chose, Nicola ?

— Vous le saurez bientôt, répondit Nicola d'un ton évasif. Lady Melrose, vous faisiez allusion à l'instant au rôle joué par Fergus dans cette histoire ?

— Je crois qu'il peut vous l'expliquer lui-même, affirma l'intéressée en tournant son regard vers Fergus.

Celui-ci s'agita sur son siège, mal à l'aise, en serrant un peu plus sa bien-aimée contre lui.

— J'étais déjà un jeune garçon plutôt rebelle quand mon père est arrivé avec cet enfant dans les bras, qu'il ramenait de Londres en compagnie d'une nourrice. Ma mère venait de perdre une petite fille, pendant que je me trouvais à Salisbury… Et lorsque je suis rentré chez moi, j'ai trouvé mes parents occupés à admirer un nourrisson presque du même âge. Je...

Fergus s'éclaircit la voix.

— Vous pouvez imaginer ce que j'ai pensé alors. A seize ans, je savais tout ce qu'il fallait savoir sur la faiblesse des hommes et sur leurs maîtresses. Je me suis rapidement convaincu qu'il s'agissait du bâtard de mon père, conçu avec une autre femme pendant que ma mère portait son enfant légitime. J'ai éprouvé un dégoût abominable à son égard. Non seulement pour avoir apporté l'enfant à ma mère sans vergogne, mais aussi parce qu'elle l'aimait assez pour lui pardonner ce geste inqualifiable. J'ai pensé qu'il profitait de sa détresse pour lui imposer cette petite, parce qu'il savait très bien que dans son état, elle ne refuserait pas de la prendre pour apaiser la douleur qui lui ravageait le cœur. Mon père m'a assuré que l'enfant n'était pas de lui, qu'il faisait cela pour un ami dont l'épouse venait de mourir, mais je ne l'ai pas cru, parce qu'il n'a pas pu me donner de détails convaincants. Sans doute ne savait-il rien non plus de l'identité de la mère... Mais comment aurais-je pu deviner ? Si j'avais su que l'ami en question était votre père, mon amour, peut-être aurais-je pu accepter la situation. En tout cas, mes parents ne m'ont jamais appris d'où venait cet enfant, et moi, j'ai continué à soupçonner mon père, que j'adorais jusque-là. Une fois tombé de son piédestal, je l'ai haï comme personne. Pour s'être servi de la tristesse de ma mère et pour nous avoir imposé sa bâtarde... Je ne voulais rien avoir à faire avec elle, et c'est pour cela qu'ils m'ont renvoyé à Salisbury. Le monde tel que je le connaissais s'est effondré. Je me voyais exilé loin de chez moi, et j'en ai voulu à la terre entière pour cela. Et bien évidemment, je n'ai jamais fait mention devant personne de l'existence de cette sœur que je refusais.

— Voyez-vous, poursuivit lady Melrose après un instant

de silence pesant, Fergus et Muir étaient déjà très proches, quand tout cela est arrivé. Il leur en aurait coûté d'accueillir une petite sœur, sans doute… Mais une bâtarde, vous pensez ! Ni sir Findlay ni moi-même n'avions imaginé quel fossé cela creuserait entre nous. Muir semble avoir été moins affecté que son frère, car il est d'un naturel plus conciliant. Fergus a très mal supporté de me voir tout à coup reporter mon affection sur ce petit être qui en avait tant besoin. L'intruse pleurait beaucoup, malgré les soins attentifs des nourrices que nous avions embauchées, et elle réclamait plus d'attention que mes deux fils ne se souvenaient d'avoir jamais reçue.

— Bref, coupa Fergus, que le récit de sa mère rendait quelque peu nerveux, j'ai nourri envers cette petite une jalousie féroce, comme on pouvait s'y attendre de la part d'un enfant gâté comme moi. Jusque-là, je pensais que le monde tournait autour de ma petite personne, et voilà que cette créature pleurnicharde, qui sortait de nulle part, réclamait tout à coup l'attention de mes parents et du reste de la maisonnée ! Je me suis mis à la détester, et mon père avec elle. Et à vous mépriser, mère, à cause de ce que je prenais pour de la faiblesse… Vous, en même temps que toute la gent féminine. Je ne trouvais d'excuses à personne. Je me suis comporté de façon tout à fait odieuse. Peut-être aurais-je mérité que mon père me donne une bonne leçon.

— Il connaissait les raisons de ton attitude, mon cher fils, mais il pensait, je crois, qu'avec le temps tu surmonterais ta colère. Sa bonté envers toi, sa compréhension sont sans doute ce qu'il a fait de mieux dans sa vie. Il lui a fallu du courage, crois-moi, car tu t'es montré vraiment insupportable.

— C'est à ce moment que vous êtes venu à Coldyngham Manor, Fergus, pour voir cette jeune fille à qui on venait de vous marier par avance, en quelque sorte. Et vous n'avez pas voulu de moi.

— Je n'aurais voulu de personne, ma chérie. Je détestais le genre humain. Cela n'avait rien à voir avec vous en particulier. Il fallait que je montre à mon père que je refusais de prendre ma part dans son plan honteux. C'était ma façon de lui faire payer ce que je croyais être sa trahison, et de refuser qu'il choisisse à ma place celle que je devrais épouser un jour. Fût-elle l'héritière des Coldyngham… Je voulais montrer à mes parents que je n'avais nul besoin de me lier à une riche famille pour réussir ma vie, et que je pouvais y parvenir sans eux. Et vous… vous étiez un garçon manqué…

Fergus s'interrompit un instant pour embrasser tendrement Nicola sur le front.

— Vous étiez comme une ombre, poursuivit-il en la serrant contre lui. Je ne pouvais me débarrasser de vous, car vous nous suiviez partout où nous allions, si périlleux que ce soit ! Mais quand je vous ai revue, à Bishopsgate, je n'ai pas pu en croire mes yeux, malgré les vêtements d'homme que vous portiez obstinément à chacune de mes visites. Vous étiez la plus belle créature sur laquelle il m'ait jamais été donné de poser les yeux, Nicola, et je suis tombé amoureux de vous à l'instant. Toutes mes résolutions se sont trouvées anéanties en l'espace d'un regard. Je vous en ai beaucoup voulu !

Fergus s'esclaffa soudain et, se tournant vers sa mère :

— Rappelez-moi, mère, lança-t-il en se passant la main dans les cheveux, de vous raconter ce qu'il m'a fallu de patience et de bonne volonté pour obtenir que Nicola veuille bien m'accepter pour époux !

— Cela ne me surprend nullement, mon cher fils, répliqua lady Beth, car si tu t'es montré aussi déplaisant avec notre chère bru qu'avec tes parents, elle a bien du mérite. Quel butor tu faisais, Fergus !

Interloqués devant ce cri du cœur, les deux jeunes gens se tinrent cois un instant, puis Nicola reprit la parole en levant vers son fiancé des yeux inquisiteurs.

— Vous êtes tombé amoureux, Fergus ? lança-t-elle. J'en doute ! Vous vous êtes montré impossible, et grossier, comme toujours ! Votre mère a bien raison de vous traiter de butor !

Elle sentait le corps de Fergus tressauter de rire contre le sien tandis qu'il embrassait ses doigts, les mordillant espièglement comme pour la défier d'en dire plus. Le souvenir de ses baisers de la nuit lui revenait, éblouissant, si fort qu'elle en rougit. Il faut dire qu'il n'avait pas embrassé que sa main…

Lady Beth intervint, ramenant les amants à la raison.

— Il semble que vous ayez découvert l'essentiel de tout cela par vous-même, ma chère enfant. Puis-je vous demander comment ?

— En vivant à côté du prieuré de Sainte-Hélène, à Bishopsgate, milady, répondit Nicola. Dans la maison où mon père passait le plus clair de son temps quand il aurait dû être avec sa famille, à Coldyngham Manor. La prieure m'a fait appeler pour me confier un secret.

Elle raconta en détail sa conversation avec sœur Sophie, la confession de celle-ci puis sa requête, mentionnant avec précision chaque date. Quand elle eut terminé, elle tira de sa bourse le feuillet contenant la boucle de cheveux cuivrés. La mère de Fergus fondit en larmes devant cette relique qui lui rappelait l'enfance de sa petite Kitty.

— Elle était si jolie avec ses cheveux roux ! Et si petite ! Une vraie poupée ! murmura-t-elle en serrant le parchemin et son précieux contenu contre son cœur, sanglotant doucement.

Nicola sentit sa gorge se serrer devant l'émotion de la vieille dame, inquiète que ces pleurs ne présagent d'une mauvaise nouvelle.

Il y eut un silence lourd, bientôt rompu par la mère de Fergus :

— C'est une grande fille de treize ans aujourd'hui ! annonça-t-elle fièrement. Vous allez l'adorer, Nicola. Elle a déjà entendu parler de vous par son oncle Muir, qui vous connaît, je crois…

Nicola faillit s'étrangler de surprise, rassurée mais encore tremblante à l'idée de ce qu'elle venait d'imaginer.

— Où se trouve-t-elle, milady ?

— Chez Muir et son épouse. Elle a tenu à leur offrir son aide pour l'arrivée du nouveau-né. Elle ne se doute pas un instant, bien sûr, qu'elle est une Coldyngham, et non une Melrose. Quand j'ai confié à Fergus le secret de la naissance de Kitty — c'est ainsi que nous l'avons nommée — il a compris son erreur et s'est précipité aussitôt à Londres pour essayer de réparer les dégâts occasionnés par sa conduite stupide. Et donc, pour tenter de vous convaincre de l'épouser, conformément à la volonté de son père.

Lady Beth tourna la tête vers son fils pour lui adresser un sourire.

— Pas seulement la sienne, mère, rectifia Fergus avec une moue amusée. Vous aviez tellement envie d'avoir des filles ! Et des Coldyngham par-dessus le marché !

— Non, mon fils, tu te trompes. Le fait d'être noble compte bien moins pour moi que tu ne sembles le croire. J'ai vu Nicola une seule fois avant hier, dans les bras de sa mère, pour son baptême, et j'ai su tout de suite qu'elle deviendrait une jeune femme ravissante. Son père et sa mère étaient des gens d'une beauté étonnante, tous les deux. Comment aurait-il pu en être autrement ? Et je ne me suis pas trompée, d'ailleurs. Elle semble avoir fort bon caractère, en plus, ce qui ne gâte rien ! Je crois que tu t'es décidé à temps, mon garçon. Tu aurais pu arriver trop tard…

— En effet, mère. Juste à temps.

Les deux femmes échangèrent un regard amusé, et Nicola fut même sidérée de voir sa future belle-mère lui adresser un clin d'œil. Décidément, elle aurait tout vu !

Lady Beth connaissait son fils comme personne, mais Nicola préféra passer sous silence les détails de sa première rencontre avec Fergus à Bishopsgate, pour éviter à la malade des émotions inutiles. Les mères n'imaginent pas souvent, en effet, que leurs fils affrontent l'épée à la main les jeunes femmes qu'ils souhaitent épouser.

Et encore moins qu'ils leur tailladent la chair d'un coup d'estoc…

Personne n'aurait pu concevoir la joie qui gonflait le cœur de Nicola à l'idée qu'elle allait enfin rencontrer la sœur qu'elle attendait depuis sa plus tendre enfance. D'avoir été l'unique fille d'une famille de cinq enfants lui laissait un souvenir teinté de tristesse. Mais elle l'oublierait vite, maintenant que le ciel exauçait enfin sa prière.

Le bonheur la transformait littéralement. Elle rayonnait, savourant longuement les cadeaux du ciel que constituait l'arrivée dans sa vie d'une belle-mère douce et attentionnée, d'une sœur qu'elle brûlait de connaître et d'un homme dont elle souhaitait devenir la femme depuis ses onze ans. Le cercle de famille prenait soudain une ampleur inattendue, si harmonieuse qu'on aurait pu y voir la main de la Providence.

*
**

Toutes ces émotions semblaient avoir épuisé lady Melrose, au point qu'elle céda bientôt au sommeil, apaisée de sentir son cœur enfin libéré de tous ses secrets. Marguerite et Raymond vinrent la veiller, s'asseyant tous deux au bord du lit, main dans la main, heureux d'apprendre que les derniers obstacles au bonheur de leur sœur et maîtresse venaient d'être levés.

Dans la cabine de Fergus, cependant, eut lieu une conversation qu'un observateur inattentif aurait fort bien pu prendre pour une dispute. Avec Nicola dans le rôle de la femme exprimant son courroux :

— Juste à temps, dites-vous ? lança-t-elle d'une voix vibrante. Vous n'auriez pu choisir plus mal votre moment, Fergus, au contraire ! Vous avez fait irruption dans ma maison sans y être invité et vous... Non ! Fergus ! Me lâcherez-vous ? Ecoutez-moi !

Elle se retrouva soulevée en l'air, puis jetée sur le lit en moins de temps qu'il n'eût fallu pour le dire, clouée sur sa couche par la main d'acier de son fiancé, tandis que de l'autre il dégrafait les petits boutons qui fermaient son corset.

— Je vous écoute, ma belle amie, dit-il dans un souffle. Parlez. Que disiez-vous ?

— Je... je disais que vous étiez une brute, messire, que votre arrogance me... Non, je vous en prie, il ne faut pas ! J'ai changé d'avis, maintenant que je sais...

— Que vous savez quoi ? s'enquit-il en se jetant sur elle, la tête penchée sur la poitrine de Nicola, qui commençait à perdre la tête.

Du bout des lèvres, il agaçait sa chair frémissante, s'attardant particulièrement sur la cicatrice presque entièrement guérie, usant et abusant de la connaissance qu'il avait de ses points sensibles.

— Je préférerais que vous n'en changiez pas maintenant,

murmura-t-il sans cesser de la couvrir de baisers qui la faisaient frissonner des pieds à la tête. Si je vous disais que je vous aime, cela changerait-il les choses ?

— Comment pourrais-je vous croire, Fergus Melrose ? Vous êtes-vous amendé, subitement ?

— Non, admit-il avec une grimace comique. Pas beaucoup. Mais je vous aime !

— Et votre arrogance ? Peut-on espérer qu'elle s'atténuera un peu ?

— Pas plus, répondit-il en donnant à Nicola un nouveau baiser affolant, qui la fit s'abandonner davantage. Mais je vous promets que mon désir ne fera, lui, que croître encore, et que je vous ferai l'amour plus souvent qu'aujourd'hui. Je veux bien jurer ! M'aimerez-vous un peu si je tiens ma promesse ?

Nicola blottit sa tête au creux de l'épaule de Fergus et lui mordilla doucement l'oreille qui portait une boucle d'or.

— Non, messire. Pas un peu. Je n'en suis plus là, figurez-vous. Je vous aime. Moins que demain, cependant, mais déjà plus qu'hier. Je vous ai toujours aimé. Il faut que vous sachiez que vous m'effrayiez, Fergus, et que cette peur que j'avais de vous m'empêchait de vous le dire.

— Pardonnez-moi, ma chérie. J'en suis désolé, sincèrement. Moi aussi, j'avais peur. Je craignais de devoir partager l'affection de ma mère et de perdre l'estime de mon père. J'aurais dû me montrer plus sensé. Est-ce vrai que vous m'avez toujours aimé ? Oh, Nicola ! Je ne mérite pas votre amour…

— Il ne s'agit pas de le mériter, mon tendre ami, mais quand bien même, vous avez fait preuve d'une bravoure sans égale. Vos côtes brisées en témoignent. Jamais je ne me suis sentie plus en sécurité qu'avec vous. Excepté, bien sûr, le premier jour à Bishopsgate.

Les lèvres de Fergus couraient sur sa peau satinée, effleurant son sein, son cou, sa gorge, tandis qu'il la débarrassait de sa chemise d'une main agile. Quand elle fut à moitié nue, il leva les yeux vers elle.

— C'est ainsi que je vous ai vue la première fois, Nicola Coldyngham, sur votre lit, livrée à moi, n'attendant qu'un geste de ma part. J'aurais pu vous prendre alors, comme vous étiez. Blessée et toute tremblante de rage.

Il avait les yeux aussi noirs que ce jour-là.

— Eh bien, prenez-moi ! répondit-elle. Faites-moi ce que vous m'auriez fait alors !

L'obscurité les enveloppa au moment où le navire glissait sur une lame, projetant en avant sa masse noire sur les flots comme pour offrir à leur duel un sanctuaire. Le chant des pèlerins s'éleva doucement par-dessus les craquements du bateau.

— Je vous aime, Fergus Melrose, s'entendit murmurer Nicola. Plus que j'aurais cru pouvoir aimer jamais.

Ils eurent cinq jours pour se répéter ces douces paroles et se révéler l'un à l'autre leurs secrets les plus intimes, ceux qu'ils ignoraient eux-mêmes. On aurait pu croire que deux êtres au caractère aussi affirmé finiraient par s'opposer au fil des nuits passées dans l'espace clos de la cabine, mais il n'en fut rien. Ils avaient bien trop à découvrir, bien trop à savourer.

Et bien trop à faire.

Lady Melrose requérait leur attention, pour commencer, et quoi que sa santé semblât s'améliorer, Nicola jugea bon de laisser entendre à Fergus qu'ils devraient songer à se marier pendant qu'elle était encore là pour se réjouir de leur union.

Ce n'était pas une pensée très réjouissante, et il accusa le coup. A leur arrivée, cependant, ils eurent la bonne surprise d'apprendre que Muir était désormais le père d'un fils en bonne santé, ce qui le comblait de joie et de fierté. Son épouse se portait aussi bien que possible et formait le vœu que sa belle-mère choisisse elle-même un nom pour l'enfant, ce que fit la vieille dame.

— Nous l'appellerons Bertrand, répondit-elle quand on lui demanda si elle avait fait son choix. En souvenir d'un vieil ami…

Les jeunes gens s'attristèrent néanmoins de ce que lord Coldyngham et sir Findlay n'aient pas eu le bonheur de voir leurs rejetons s'unir selon leurs vœux, et de ce que sœur Sophie n'ait pu recevoir des nouvelles de son enfant perdu. Ils adressèrent ensemble une lettre à Kitty pour lui dire qu'ils attendaient avec impatience de la voir, ainsi que Muir et son épouse, à l'occasion de leur mariage.

Si l'on s'apprêtait à cimenter par le sacrement nuptial les liens formés entre Fergus et Nicola, d'autres relations se nouaient dans le même temps à une vitesse accélérée. Romarine et le capitaine Munro semblaient résolus à partir vivre ensemble en Ecosse, où le marin se proposait de s'établir. Il pensait pouvoir gagner confortablement sa vie en transportant les pèlerins par mer jusqu'au sanctuaire de Whithorn, ce qui présentait l'avantage de pouvoir économiser sur le chargement et le déchargement de la cargaison : la marchandise, disait-il avec humour, embarquait et débarquait toute seule.

Raymond et Marguerite, qui formaient le couple le plus délicieux qu'on puisse imaginer, comptaient demeurer au service de Fergus et Nicola sans rien changer à leurs attributions, exactement comme l'avait prédit lady Charlotte. Le frère de Fergus se trouvait dans son élément avec les livres de comptes et la paperasse, et fut véritablement comblé quand son beau-frère lui offrit une demeure à Moorgate, non loin des entrepôts de Holyrood, dans laquelle il fit aménager une grande pièce pour y tenir son bureau. Ce qui le dispensait de sortir de chez lui pour aller à son travail, certains matins où il sentait son épouse un peu trop amoureuse pour être abandonnée si tôt.

Lotti n'était pas du genre à s'enorgueillir d'avoir prévu l'avenir, mais ses prédictions concernant Patrick furent confirmées à un point qu'on n'aurait pu soupçonner, car il revint des Flandres totalement changé.

— Je suis envoûté ! affirma-t-il en débarquant du bateau, ravi de son expérience en mer. Je crois que je vais rester sur ce bateau.

— Si Fergus est d'accord ! remarqua celui-ci d'un air sévère.

— Bien sûr, Ferg, si tu m'y autorises.

— Et en quelle qualité, je te prie ? s'enquit Fergus avec un sourire discret.

— Ton capitaine dit que je suis un navigateur-né.

— Tu plaisantes, Patrick ! Entre l'Angleterre et les Flandres, qui a besoin d'un navigateur ?

— Justement ! Nous n'allons pas rester en mer du Nord. Le capitaine dit que…

Fergus interrompit le jeune homme d'un signe de la main avant de le prendre à part pour une conversation privée, mais à son retour, il refusa de révéler à Nicola ce qu'ils venaient de se dire.

Quant à Melrose le lapin, ayant trouvé un trou dans le mur qui entourait le jardin de George, il disparut pendant quelque temps, après quoi les enfants du maître de maison vinrent prévenir leurs parents qu'ils venaient de voir, dans le verger d'à côté, douze lapereaux tout blancs qui gambadaient en remuant leurs petits museaux adorables.

— Ils ont dû rêver, George, remarqua Lotti.

— Je ne crois pas, ma douce amie. Je les ai vus aussi, ces lapins ! Je vous disais bien qu'on n'avait pas idée de nommer Melrose une lapine !

Le jour du mariage, Fergus offrit à sa jeune épouse un collier de rubis éblouissant qui arracha des cris incrédules aux femmes. Et comme lors de la précédente cérémonie, quelques larmes perlèrent aux yeux de la jeune mariée.

— J'ai quelque chose pour vous, moi aussi, Fergus, murmura-t-elle en souriant timidement.

— Où cela ? demanda Fergus avec un petit rire, en posant la main sur la robe de brocart violet de son épouse, juste sous la taille. Ici ?

— Oui, répondit-elle. Ce sera un garçon, sûrement.

— Oh, mon amour, c'est merveilleux ! Je suis vraiment le plus heureux des hommes ! s'exclama Fergus, enthousiaste. Mais vous devriez commencer à choisir des noms de fille, ma chérie. Les femmes se trompent souvent sur ce genre de choses…

Ils appelèrent l'enfant Beth, en souvenir de lady Melrose. Ce qui lui aurait sûrement causé le plus grand plaisir de son existence.

HARLEQUIN

Collection *Les Historiques*

PROCHAINS RENDEZ-VOUS LE

1er novembre 2007

LE BAISER DU GUERRIER, ***de Margaret Moore • n°387***

SAGA NOCES CELTIQUES, 3E PARTIE.

Complots et passions au temps des châteaux forts…

Pays de Galles, 1230. Depuis toujours, Trystan Delanyea, un chevalier gallois, rêve de vivre à la Cour. Aussi, quand on lui présente Rosamonde, la ravissante fille d'un noble normand, se promet-il d'obtenir sa main. Mais, par une nuit de fête, il devient l'amant de Mair, une rousse villageoise au tempérament ardent. Or, non seulement Mair n'appartient pas au même monde que lui, mais elle s'est laissé autrefois séduire par le propre cousin de Trystan, Dylan, dont elle a eu un enfant...

UN CARNET DE BAL, ***de Louise Allen • n°388***

Angleterre, 1815. C'est avec enthousiasme que miss Lily France fait ses débuts dans le grand monde. Héritière d'un bourgeois fortuné, elle est bien décidée à exaucer la dernière volonté de son père en épousant un aristocrate. Son projet semble bien engagé jusqu'à ce qu'elle rencontre le très séduisant Jake Lowell. Roturier, et précédé d'une sulfureuse réputation, il n'a certes pas le profil du mari idéal. Pire, rien qu'à croiser son regard, on a l'impression de commettre avec lui une indécence. Mais cela ne déplaît pas à Lily — au contraire…

LE BOUCLIER DE CRISTAL, ***de Sharon Schulze • n°389***

Pays de Galles, 1222. Pour parfaire l'éducation de leur dernière fille, lady Alys, qui ne montre aucun empressement à se marier, ses parents l'envoient en séjour chez une de leurs amies, lady Gillian, une noble dame apparentée à toutes les riches familles du royaume. Grâce à ses précieux conseils, espèrent-ils, leur fille fera un beau mariage. Mais c'est de Padrig ap Huw, le chevalier sans terre qu'on lui a désigné comme escorte pour son voyage de retour, que s'éprend Alys la rebelle…

LA CAPTIVE DU PIRATE, ***de Anne Herries*** **• *n°390***

Venise et Rome, 1569. Dix ans après le rapt de Dickon, son ami d'enfance enlevé par des pirates ottomans, Kathryn Rowland espère toujours le revoir vivant. Peut-être, malgré leurs vaines recherches, est-il prisonnier quelque part, captif d'un prince d'Orient? Un espoir partagé par le père de Dickon qui décide d'aller à Venise rencontrer Lorenzo Santorini, un riche armateur proche du sultan. Kathryn le convainc de la laisser l'accompagner dans la Cité des Doges…

L'HÉRITIERE ET LE BRIGAND, ***de Helen Dickson*** **• *n°391***

Angleterre, 1815. Afin d'échapper à une union forcée, Amanda O'Connell profite d'un voyage en Amérique pour épouser en secret un bandit de grand chemin qu'elle croit condamné au gibet. Son plan fonctionne à merveille jusqu'à ce que, de retour en Angleterre, elle découvre le nouvel éleveur de chevaux engagé par son père. Riche et séduisant, sir Christopher Claybourne n'est autre que… son mari !

LE SECRET DU MANOIR, ***de Candace Camp*** **• *n°392***

Angleterre, 1879. Bouleversée par la mort de son frère Dennis, décédé en de mystérieuses circonstances en Amérique du Sud, Megan Mulcahey se jure de découvrir ce qui s'est vraiment passé. Elle apprend alors que, durant son voyage, son frère s'était lié d'amitié avec un aristocrate, le marquis de Raine. Résolue à en savoir plus, elle se fait engager comme préceptrice au manoir de Broughton, où le marquis vit avec ses parents et ses jeunes frères jumeaux…

— Le 1er novembre —

Noces noires - Metsy Hingle • N°304

Six ans se sont écoulés depuis le jour fatal de la mort d'Emily Le Blanc, étranglée à l'aide d'un bas de soie noir. Et son meurtrier n'a jamais été retrouvé. Charlotte Le Blanc, jeune inspecteur de police, n'a qu'une idée en tête : arrêter l'assassin de sa sœur adorée.

Or un nouveau meurtre vient d'être commis, selon le même mode opératoire. Cette fois, la victime est une très belle jeune femme, à la veille de ses noces avec un homme d'affaires. Pour mettre la main sur le tueur, Charlotte doit trouver quel lien fatal unit les deux victimes...

Au cœur de l'ouragan - Karen Harper • N°305

Plus que quelques heures.... Julie Minton, thérapeute en Floride, n'a plus que quelques heures pour retrouver sa fille Randi. Car celle-ci a mystérieusement disparu lors d'une promenade en mer avec son petit ami — alors même qu'un violent ouragan se rapproche dangereusement des côtes de la Floride... Comment lancer des recherches quand tout le monde ne songe qu'à fuir ? Il reste si peu de temps à Julie, si peu de temps pour retrouver Randi... et pour échapper elle-même à la mort.

La perle de sang - Cameron Cruise • N°306

Une voyante vietnamienne vient d'être poignardée à Westminster, Californie. A la place de ses yeux, deux orbites vides. Et dans sa bouche, une étrange perle appelée l'œil d'Athéna, volée par des pilleurs de tombes, et connue pour délivrer le don de double vue... Gia Moon, elle aussi medium, sait qu'elle court désormais un grand danger — car elle seule est capable de retrouver ce tueur avide de pouvoirs occultes et de sacrifices ...

Pendant que la ville dort - Helen R. Myers • N°307

Par une violente nuit d'orage, Campbell Cody, chargée de la sécurité d'une luxueuse propriété, voit la Pontiac blanche de Maida, l'une des résidentes, manquer l'écraser avant de s'enfuir à vive allure. Or Maida est une respectable vieille dame dont rien n'explique cette course affolée dans la nuit. Le lendemain, lorsque le véhicule est retrouvé au fond d'un fossé, Campbell sait qu'elle va devoir remonter la piste de cette nuit criminelle. Car Maida n'a pas été victime d'un accident, mais d'un meurtre...

La fortune des Stanton - Karen Young • N°308

Elizabeth Stanton, belle héritière de 29 ans, est ruinée. Pour sauver le domaine de Mimosa Landing, dans sa famille depuis le XIXe siècle, elle se résout à faire un mariage d'argent avec un riche homme d'affaires : Max Riordan.
Mais une fois leur union célébrée, Elizabeth est victime d'accidents et d'agressions qui ressemblent fort à des tentatives de meurtres... Qui peut bien être derrière tout cela ? Et si c'était une terrible méprise ? Elizabeth ne se connaît en effet aucun ennemi...

Le secret du Nil - Shannon Drake • N°309

Quand on lui propose de venir travailler au Caire, Katherine est ravie. L'Egypte... La Vallée des rois, Toutankhamon, Néfertiti... autant de noms magiques qui la font rêver depuis toujours. Et puis, David Turnberry, le brillant archéologue qu'elle aime en secret, sera du voyage. Avec sa fiancée, certes, mais au royaume des Pharaons, les espoirs les plus fous ne sont-ils pas permis ? Pourtant, très vite, d'étranges incidents viennent perturber l'expédition...

Promesse et défi - Debbie Macomber • N°155

A la mort de son père, Margaret Clemens se retrouve seule, et immensément riche. Mais dans la petite ville de Buffalo Valley, où elle s'est toujours comportée en véritable garçon manqué, personne ne s'attend à la voir trouver un compagnon. Aussi la stupeur est-elle générale lorsqu'elle annonce son mariage avec Matt Eilers, un séducteur au passé tumultueux...

Composé et édité par les
éditions Harlequin
Achevé d'imprimer en septembre 2007

BUSSIÈRE
GROUPE CPI

à Saint-Amand-Montrond (Cher)
Dépôt légal : octobre 2007
N° d'imprimeur : 71348 — N° d'éditeur : 13063

Imprimé en France